唐彥謙詩箋釋

［唐］唐彥謙　著
袁津琥　箋釋

巴蜀書社

圖書在版編目(CIP)數據

唐彥謙詩箋釋/(唐)唐彥謙著;袁津琥箋釋. —成都:
巴蜀書社, 2021. 2

ISBN 978-7-5531-1406-4

Ⅰ. ①唐…　Ⅱ. ①唐…　②袁…　Ⅲ. ①唐詩—詩集
Ⅳ. ①I222. 742

中國版本圖書館 CIP 數據核字(2020)第 225469 號

唐彥謙詩箋釋
TANGYANQIANSHIJIANSHI

〔唐〕唐彥謙　著
袁津琥　箋釋

責任編輯　王承軍
出版發行　巴蜀書社(成都市槐樹街 2 號　郵編 610031)
電　　話　總編室:(028)86259397
　　　　　發行科:(028)86259422　86259423
網　　址　www. bsbook. com
排　　版　成都完美科技有限責任公司
印　　刷　成都國圖廣告印務有限公司(028-83420992)
版　　次　2021 年 2 月第 1 版
印　　次　2021 年 2 月第 1 次印刷
成品尺寸　203mm×140mm
印　　張　11. 5
字　　數　260 千字
書　　號　ISBN 978-7-5531-1406-4
定　　價　78. 00 圓

前言

唐彦謙是晚唐一位上承温庭筠、李商隱華縟詩風，下啓北宋西崑體、江西詩派，在詩歌創作中取得相當成就的詩人。宋計有功稱其『爲詩篡慕玉溪，得其清峭感愴，盡其一體也』。（《唐詩紀事》卷五十三）元辛文房稱其『極能用事，如自己出。初師温庭筠，風調逼似，故多纖麗之詞；後變淳雅，尊崇工部。唐人效甫者，惟彦謙一人而已』。（《唐才子傳》卷七）宋吴曾《能改齋漫録》卷十：『葉少藴《石林詩話》云：楊大年、劉子儀皆喜唐彦謙詩，以其用事精巧，對偶親切。黄魯直詩體雖不類，然不以楊劉爲過。如彦謙題《高廟》云：「耳聞明主提三尺，眼見愚民盗一坏。」每稱賞不已，多示學詩者，以爲模式。』評價之高，同時罕有倫比。然而長期以來，學界對于唐彦謙的詩歌尚缺乏深入的研究，不僅相關研究論文不多，其詩歌迄今亦無人整理，筆者不揣淺陋，近年從事唐彦謙詩歌之箋釋，今謹略述研究情况之一斑，懇請方家批評。

一、唐彦謙生平

唐彦謙生平家世，略見《新舊唐書・唐次傳》，而以《舊唐書》稍詳，然亦僅存梗概而已。

《舊唐書》卷一百九十下：

唐次，并州晉陽人也，國初功臣禮部尚書儉之後。建中初進士擢第，累辟使府。貞元初，歷侍御史，竇參深重之，轉禮部員外郎。八年，參貶官，次坐出爲開州刺史。在巴峽間十餘年，不獲進用。西川節度使韋皋抗表請爲副使，德宗密諭皋令罷之。次久滯蠻荒，孤心抑鬱，怨謗所積，孰與申明，乃採自古忠臣賢士，遭罹讒謗放逐，遂至殺身，而君猶不悟，其書三篇，謂之《辨謗略》，上之。德宗省之，猶怒，謂左右曰：『唐次乃方吾爲古之昏主，何自諭如此！』改夔州刺史。憲宗即位，與李吉甫同自峽内召還，授次禮部郎中。尋以本官知制誥，正拜中書舍人，卒。

章武皇帝明哲嫉惡，尤惡人朋比傾陷，嘗閲書禁中，得次所上書三篇，覽而善之，謂學士沈傳師曰：『唐次所集辨謗之書，實君人者時宜觀覽。朕思古書中多有此事，次編録未盡。卿家傳史學，可與學士類例廣之。』傳師奉詔與令狐楚、杜元穎等分功修續，廣爲十卷，號《元和辨謗略》……憲宗優詔答之。次子扶、持。

扶字雲翔，元和五年進士登第，累佐使府。入朝爲監察御史，出爲刺史。太和初，入朝爲屯田郎中。五年，充山南道宣撫使，至鄧州，奏：『内鄉縣行市、黄澗兩場倉督鄧琬等，先主掌湖南、江西運到糙米，至淅川縣于荒野中囤貯，除支用外，六千九百四十五石，裛爛成灰塵。度支牒徵元掌所由，自貞元二十年，鄧琬父子兄弟至玄孫，相承禁繫二十八年，前後禁死九人。今琬孫及玄孫見在枷禁者。』敕曰：『如聞鹽鐵、度支兩使，此類極多。其鄧琬等四人，資産全已賣納，禁繫三代，庾死獄中，實傷和氣。鄧琬等並疏放。天下州府監院如有此類，不得禁經三年已上。速便疏理以聞。』物議嘉扶有宣撫之才。俄轉司勳郎中。八年，充弘文館學士，判院事。九年，轉職方郎中，權知中書舍人事。開成初，正拜舍人，踰月，授福州刺史、御史中丞、福建團練觀察使。四年十一月，卒于鎮。

扶佐幕立事，登朝有名，及廉問甌、閩，政事不治。身殁之後，僕妾争財。詣闕論訴，法司按劾，其家財十萬貫，歸于二妾。又嘗枉殺部人，爲其家所訴。行己前後不類，時論非之。

持字德守，元和十五年擢進士第，累辟諸侯府。入朝爲侍御史、尚書郎。大中末，自工部郎中出爲容州刺史、御史中丞、容管經略招討使。入爲給事中。大中末，檢校左散騎常侍、靈州大都督府長史、朔方節度、靈武六城轉運等使。進位檢校户部尚書、潞州大都督府長史、昭義節度、澤潞邢洺磁觀察處置等使，卒。

子彦謙，字茂業，咸通末應進士，才高負氣，無所屈降，十餘年不第。乾符末，河南盗起，兩都覆没，以其家避地漢南。中和中，王重榮鎮河中，辟爲從事，累奏至河中節度副使，歷晉、絳二州刺史。彦謙博學多藝，文詞壯麗，至于書畫音樂博飲之技，無不出于輩流，尤能七言詩。少時師温庭筠，故文格類之。

光啓末，王重榮爲部下所害，朝議責參佐，彦謙與書記李巨川俱貶漢中掾曹。時楊守亮鎮興元，素聞其名，彦謙以本府參承，守亮見之，喜握手曰：『聞尚書名久矣，邂逅于兹。』翌日，署爲判官。累官至副使，閬、壁二郡刺史。卒于漢中。有詩數百篇，禮部侍郎薛廷珪爲之序，號《鹿門先生集》，行于時。子渙，位亦至郡守。

然南宋陳振孫《直齋書録解題》卷十九『《唐彦謙集》一卷』：『唐河中節度副使襄陽唐彦謙茂業撰，號鹿門先生。』今考其集中《楚天》、《楚世家》、《垂柳》等作，且多楚地之思，如《親仁里聞猿》『楚魂湘夢兩徒清』，《紅葉》『桂緑明淮甸，楓丹照楚鄉』，是至其父時，或已移家今湖北襄陽，陳振孫説是。

又《新唐書》卷一百六十二《獨孤及傳》：『（獨孤）及喜鑒拔後進，如梁肅、高參、崔元翰、陳京、唐次、齊抗皆師事之。』

宋歐陽修《集古録》卷九《唐將軍新廟記》、《唐王重榮德政碑》，並言唐彦謙書。則唐彦謙書法亦尚可觀。

綜上可知，唐彦謙家學有自，父持曾佐幕。故彦謙一生，亦得以『書畫音樂博飲之技』，遊走四方，佐幕居多。

今人羅敏中先生曾據唐彦謙《自詠》『白髮三千丈，青春四十年』一句，爬梳現存署名唐彦謙全詩，鈎稽史乘，撰有《唐彦謙年譜》一文（刊《中國文學研究》，一九九五年第四期），試圖對其生平行蹤，予以揭示。但遺憾的是，羅敏中先生没有意識到唐彦謙詩歌在流傳過程中已羼入了大量他人詩歌，即如所謂《自詠》一詩，據陶敏先生考證，實乃元人許謙作品（見傅璇琮主編《唐才子傳校箋》），羅敏中先生據此推論其生年，宜其多誤也（同樣由于不明白今署名唐彦謙詩歌存在僞詩，還有一些語言學研究者，甚至把他作爲研究晚唐韻系的材料）。吴在慶先生據唐彦謙與楊守亮之關係，推測其卒年當在唐昭宗景福元年（八九二）前後（見《唐五代作家生卒年考》，刊《遼寧大學學報》哲社版，一九九六年第五期）。其他情況在未有更多新材料發現之前，唐彦謙的生平詳細行履，我們仍無從深入知曉。

二、唐彦謙歌詩流傳情況

關于唐彦謙詩歌版本，歷來有三卷本、二卷本、一卷本之説：

五代宋初薛居正等編纂《舊唐書·經籍志》時未予著録。

北宋歐陽修等《新唐書·藝文志》：『《唐彦謙詩集》三卷。』

南宋鄭樵《通志·藝文略》：『《唐彦謙詩集》三卷。』

明焦竑《國史·經籍志》：『《唐彦謙詩集》三卷。』

清孫星衍《孫氏祠堂書目》内編卷四：『《鹿門詩集》三卷，《拾遺》一卷，《續補》一卷。』

此爲三卷本主要著録情況。

元脱脱《宋史·藝文志》：『《唐彦謙詩集》二卷。』

明胡震亨《唐詩統籤》卷七百二十一、卷七百二十二編爲二卷。

清錢謙益抄本《鹿門集》上下二卷。

瞿良士《鐵琴銅劍樓藏書題跋集録》卷四：『《鹿門集》二卷。』

此爲二卷本主要著録情況。

南宋晁公武《郡齋讀書志》卷四：『唐彦謙《鹿門詩》一卷。』

陳振孫《直齋書録解題》卷十九：『《唐彦謙集》一卷。』

馬端臨《文獻通考》卷二百四十三：『唐彦謙《鹿門詩》一卷。』

此爲一卷本主要著録情況。

至清康熙時，又先後有所謂金俊明據晚明王乃昭家藏三卷本的傳抄本。席啓寓即據此刊行《唐詩百名家全集·鹿門詩集》，凡一百四十一首，這是唐彦謙詩的第一個刊刻本。席刻《鹿門詩集》卷首有所謂晚唐鄭貽《序》，云唐彦謙去世後，稿多散落，『予爲補輯，僅二百餘篇……因題曰《鹿門集》，析爲三卷。』康熙四十四年，清聖祖玄燁『發内府所有全唐詩，命諸詞臣合《唐音統籤》諸編，參互校勘，搜補缺遺』，纂成《全唐詩》九百卷。其中卷六百七十一至六百七十二爲唐彦謙詩，共收録一百八十四首，另殘句一。這兩卷中收録的詩歌即以席啓寓《唐詩百名家全集》本《鹿門詩集》爲基礎，部分《鹿門詩集》未收録的，則多見于各類書及五代兩宋詩文選本，應是館臣以席刻本爲藍本，並據此又進行了增補。惟《全唐詩·補遺四》增補有唐彦謙詩十一首，這些詩不見于此前歷代詩文選本，其來源也無從知曉。兩者合計，凡一百九十五首，殘句一。與所謂晚唐鄭貽所輯二百餘篇之數，已經非常接近，可謂幾還舊觀矣。

然而到了清末，朱緒曾《開有益齋讀書志》卷五《剡源集逸稿》：『唐彦謙《鹿門集》多誤收剡源之作，與三十卷詩（筆者按：指明刊本《剡源戴先生文集》）同者六十二首。開卷《逢韓喜》、《夜坐示友》、《梅亭》、《歲除》與剡源無異。』惜未詳細舉證。嗣後，經王兆鵬先生深入考辨，今《全唐詩》唐彦謙詩中所收録的《逢韓喜》、《夜坐示友》、《梅亭》、《歲除》、《聞應德茂先離棠溪》、《寄同上人》、《題證道寺》、《夜坐》、《弔方干處士二首》、《宿趙峄別業》、《遊陽明洞呈王理得諸君》、《拜越公墓因遊定水寺有懷源老》、《任潛謀隱之作》、《晚秋遊中溪》、《寄陳少府簡叔高》、《過清凉寺王導墓下》、《毘陵道中》、《第三溪》、《越城待旦》、《過浩然先生墓》、《贈孟德茂》、《春風四首》、《感物二首》、《和陶淵明貧士詩七首》、《舟中望紫巖》、《九日遊中溪》、《六日十三日上陳微博士》，凡四十首，已可論定爲元戴表元詩（見王兆鵬《唐彦謙詩四十首贋詩證僞》，載《中華文史論叢》五二輯，一九九三年）。近年來，陶敏先生指出今署名唐彦謙之《自詠》，爲元許謙詩，劉瑩瑩指出今署名唐彦謙的《原上》、《寄台省知己》爲元許謙詩，《秋日感懷》爲明人石存禮詩（見《唐彦謙詩歌辨僞》，載《文教資料》第七期，二〇一〇年）。則今席啓寓以所謂金俊明據晚明王乃昭家藏三卷本抄本爲底本刊行的三卷本《鹿門詩集》，不過係後人僞造而已。詩既爲僞造，則缺乏前代文獻材料佐證的其中晚唐鄭貽序亦不能不令人生疑焉。

筆者以爲所謂唐彦謙詩集三卷本宋代就已失傳，所謂二卷本可能根本不存在。後世流傳的唐彦謙詩歌，均是以一卷本爲基礎輯録補綴而成。爲什麽這麽説呢？

我們知道唐人選詩，少的像元結《篋中集》一卷，因收録古體較多，僅二十四首，連同序言，字數在二千一百字左右；高仲武《中興間氣集》，凡二卷，一百四十首；芮挺章《國秀集》，凡三卷，二百二十首；殷璠《河嶽英靈集》，凡三卷，二百三十四首；平均下來，每卷少則二十餘首，多則亦不過近八十首而已。此殆因唐時典籍仍以手抄爲主，故每卷内容自不太多。至北宋，雕版開始盛行，時人編纂刊刻詩集時，喜取整飭。五七言近體，一般都是以一百首爲一卷，如後蜀韋縠《才調集》十卷：『每卷録詩一百首，共一千首。』宋洪邁《唐人萬首絶句》一百卷，選詩萬首。唐彦謙詩以五七言近體居多，故可推知如果唐彦謙詩集三卷本真實存在，當在二百餘首左右。席刻《鹿門詩集》卷首所謂晚唐鄭貽序云唐彦謙詩有二百餘首，分三卷，從數量和分卷情况看，是没有問題的。

不過，雖然北宋歐陽修等《新唐書·藝文志》云：『《唐彦謙詩集》三卷。』此後南宋鄭樵《通志·藝文略》、明焦竑《國史·經籍志》亦同。但《通志·藝文略》、《國史經籍志》這類内容大多係抄録舊史，未必出自兩人親見親聞。目前可信的唐彦謙詩歌僅在七十餘首左右，這只相當于一卷本的數量。如果歷史上真實存在三卷本的唐彦謙詩集，那麽這個三卷本收録的大部分詩歌無疑宋代就已經開始散佚了，否則何以宋後再也未見有任何唐詩選本選録超出五代宋唐詩選本所收録的唐彦謙詩歌之外的詩歌呢？難道除了五代宋唐詩選本選録的唐彦謙七十餘首詩歌之外，唐彦謙的其他一百餘首詩歌均一無可取嗎？至于元脱脱《宋史·藝文志》著録之二卷本，不能排除『二』爲『三』或『一』字之誤的可能。或係當時編纂者在照抄《新唐書·藝文志》或南宋晁公武《郡齋讀書志》、陳振孫《直齋書録解題》時發生了錯訛，當然也有可能是《宋史》刊行時出現的錯訛。後世自稱的二卷本，如明胡震亨《唐詩統籤》（收詩八十二首）、錢謙益抄本《鹿門詩》（收詩七十六首）等，收詩數量均與一卷之數量無大差異。所謂二卷，不過是因無法湊足三卷本之數，就虚張聲勢，對一卷本進行簡單離析罷了。這也是一些書商爲了聳人耳目以達到牟利的小伎倆。亦反證《宋史·藝文志》所稱二卷本也許歷史上根本就没存在過。今考《全唐詩》中所收録的署名唐彦謙詩歌可以分成四大部分：

（一）署名唐彦謙且見于五代兩宋時期詩文選本的詩歌。

根據我們的不完全調查，目前的一些五代至明以來有代表性的重要詩文選本中，對唐彦謙詩歌選録情況如下：

後蜀韋縠《才調集》選録十八首：《垂柳》、《牡丹》、《春雨》、《秋晚高樓》、《上巳》、《長溪秋望》、《離鸞》、《曲江春望》、《八月十六日夜月》、《柳》、《春陰》、《春深獨行馬上有作》、《寄蔣二十四》、《漢代》、《春殘》、《小院》、《寄懷》、《玫瑰》。

宋李昉《文苑英華》選録二十五首：《新豐》、《蒲津河亭》、《秋霽豐德寺與玄貞師詠月》、

《長陵》、《上巳》、《七夕》（露白風清夜向晨）、《亂後經表兄瓊華觀舊居》、《秋霽夜吟寄友人》、《賀李昌時禁苑新命》、《寄蔣二十四》、《寄懷》、《送樊琯司業歸朝》、《奉使岐下聞唐弘夫行君爲賊所擒傷而有作》、《咸通中始聞褚河南歸葬陽翟是歲上平徐方大肆慶賞又詔八品錫其裔孫追叙風概因成二十韻》、《西明寺威公盆池新稻》、《岐王宅》、《東韋曲野思》、《興元沈氏莊》、《移莎》、《紅葉》、《鸂鶒》、《螢》、《夜蟬》、《中秋夜玩月》。

宋蒲積中《歲時雜詠》選録五首：《上巳》、《七夕二首》、《中秋夜玩月》、《八月十六日夜月》。

宋洪邁《萬首唐人絶句》選録四十三首：《穆天子傳》、《楚天》、《寄徐山人》、《題宗人故帖》、《垂柳》、《登興元城觀烽火》、《鄧艾廟》、《漢殿》、《賀李昌時禁苑新命》、《牡丹》、《羅江驛》、《奏捷西蜀題沱江驛》、《春早落英》、《仲山》、《漢嗣》、《四老廟》、《洛神》、《初秋到慈州冬首换絳牧》、《南梁戲題漢高廟》、《重經馮家舊里》、《克復後登安國寺閣》、《題虔僧室》、《見煬帝竇帳》、《樓上偶題》、《親仁里聞猿》、《聞李瀆司勛下世》、《試夜題省廊桂》、《竹風》、《長溪秋望》、《嚴子陵》、《北齊》、《楚世家》、《驪山道中》、《韋曲》、《黄子陂荷花》、《野行》、《興元沈氏莊》、《牡丹》、《小院》、《春雪初霽杏花正芳月上夜吟》、《文惠宫人》、《贈竇尊師》。

宋周弼《三體唐詩》選録六首：《蒲津河亭》、《長陵》、《緋桃》、《韋曲》、《曲江春望》、《長溪秋望》。

宋計有功《唐詩紀事》選録五首：《垂柳》、《上巳》、《七夕》、《中秋夜玩月》、《八月十六日夜月》。

宋岳珂《寶真齋法書贊》選録一首：《春早落英》。

宋潘自牧《萬首唐人絶句》選録一首：《仲山》。

金元好問《唐詩鼓吹》選録二首：《長陵》、《蒲津河亭》。

元方回《瀛奎律髓》選録一首：《長陵》。

元楊士弘《唐音》選録二首：《曲江春望》、《小院》。

明陸時雍《唐詩鏡》選録四首：《興元沈氏莊》、《小院》、《詠柳》、《仲山》。

明唐汝詢《唐詩解》選録二首：《仲山》、《曲江春望》。

明高棅《唐詩品彙》選録九首：《小院》、《仲山》、《曲江春望》、《長溪秋望》、《詠月》、《長陵》、《蒲津河亭》、《秋霽豐德寺與玄貞師詠月》、《新豐》。

明張之象《唐詩類苑》選録十四首：《上巳》、《七夕》、《中秋夜玩月》、《八月十六日夜月》、《東韋曲野思》、《長陵》、《小院》、《興元沈氏莊》、《湘妃廟》、《西明寺威公盆池新稻》、《移莎》、《垂柳》、《夜蟬》、《螢》。

明王志慶《古儷府》選録一首：《紅葉》。

明王訥《文章辨體》外集選録一首：《曲江春望》。

明施重光《唐詩近體集韻》選録三首：《蒲津河亭》、《長陵》、《長溪秋望》。

（按：以上詩題名稱，各本存在一定差異，爲便于讀者辨别，此予以統一）。

除去彼此重複及誤收的（如《唐詩品彙》所收《詠月》，係唐李頻詩，應剔除），凡七十七首，全部爲近體詩。其中七言律詩二十六首，占總數的百分之三十三；七言絶句三十八首，占總數的百分之四十九；其次則是五言排律六首，占總數的百分之七；五言絶句四首，占總數的百分之五；五言律詩三首，占總數的百分之三。内容則不外宦遊、詠物、詠史、酬贈、詠懷、感時之作。由于五代兩宋距離晚唐極爲接近，所以這部分詩歌是目前傳世的署名唐彦謙詩歌中最爲可信的部分（雖然其中極個别詩篇仍存在疑點，如《題虔僧室》）。這些詩歌所表現的内容題材、所使用的詩歌體裁、所反映出的地理遊蹤、所涉及的遣詞造句、用典等信息，也是我們用來甄别現存其他署名唐彦謙詩真僞的唯一標尺。比如現存署名唐彦謙詩中的五七言古體詩，就多可疑。但也有人疑所不當疑。如有人認爲署名唐彦謙的《無題十首》是僞作，理由是：『唐彦謙學李商隱詩，不是學其愛情詩，而是學詩歌的語言技巧——用典，以及詩歌的諷諭性。……若唐彦謙學李商隱之無題詩，並親身力爲，歷代的詩話應有所記載，但事實上並没有。所以這有可能是作僞者斷章取義，以此作爲唐彦謙學李商隱之例證。』（見劉瑩《唐彦謙詩歌辨僞》）這不能不説全屬臆測，不足爲據。唐彦謙學李商隱，亦步亦趨之處甚多。如宋洪邁《萬首唐人絶句》卷五十九所引唐彦謙《北齊》，即是效仿李商隱的同題之作。然則此首組詩效仿李商隱《無題》，又有何不可？至于説『若唐彦謙學李商隱之無題詩，並親身力爲，歷代的詩話應有所記載』，更是主觀牽强之論，唐彦謙並非大家，詩話作者的評述也是各有側重，不追求全面，並非有見必録。不要説唐彦謙，即使唐詩中的不少大家，其作品也不可能在詩話中盡數有所反映，怎麽可能要求唐彦謙的詩歌就一定要有記載？

（二）署名唐彦謙且不見于五代兩宋時期詩文選本的詩歌。

如前所述，並考慮到唐彦謙詩歌中存在數量不少的五言排律，其一卷本詩歌數量至少當在八九十首左右，除去五代兩宋詩文選本所選録的七十七首外，即使按最極端的情况計算（指這些詩都被一卷本收録），唐彦謙詩仍至少有十數首可能存世，並以傳抄形式流傳，故時人始得以此爲基礎輯録成一卷本。現存署名唐彦謙且不見于歷代詩文選本的詩歌，當有一部分出此。如《松》一首，未見五代兩宋詩文選本選録，但是其中『誰云山澤間，而無棟梁才』一句所表露出的思想和藝術表現形式，却和宋洪邁《萬首唐人絶句》卷五十九所引唐彦謙《樓上偶望》『可能前嶺空喬木，應有懷才抱器人』，如出一轍。又如清修《全唐詩・補遺四》中的《紫薇花》一首，是出現時間最晚的署名唐彦謙詩歌之一，但無論題材、體裁、用典，都與五代兩宋詩文選本中選録的唐彦謙詩具有高度的一致性。諸如此類的詩作，或許即爲原一卷本中的遺珠。可惜由于後人有意作僞，目前署名唐彦謙詩歌中已羼入大量後人作品，直接造成原一卷本中尚存的選本之外的唐彦謙詩，與僞詩混雜，甄别困難。雖然近年來，經過一些專家學者的不斷努力，一些僞詩不斷被發現，但更大規模的發現恐怕還有賴于將來《全元詩》、

《全明詩》的編纂完成及現有各大型古籍數據庫的不斷完善。即或如此，一些僞詩由于作者本不知名，或者原作者詩集可能存在散佚，也許將永遠無法甄别了，這真是一件十分遺憾的事。

（三）署名存在歧異，但可以考定作者者。

今署名唐彥謙詩部分存在異説。

《全唐詩》卷八百八十五唐彥謙《垂柳》『垂柳碧髯茸』一詩，又見卷五百四十一李商隱詩集。

按：此詩署名唐彥謙出自清代，而李詩版本歷代流傳有序，皆收有此詩，則此詩自以作李詩爲宜。

唐彥謙名作《長陵》，南宋時有人作李商隱詩（見《苕溪漁隱叢話》後集卷十四引），明施端教《唐詩韻匯》題下有小注：『一刻曹松。』

按：此詩北宋李昉《文苑英華》卷三百六已作唐彥謙詩，自宜屬唐。

南宋蒲積中《歲時雜詠》卷二十六收録唐彥謙《七夕》『牛女相期七夕秋，相逢俱喜鵲横流。凉風縹緲回金輅，明月嬋娟掛玉鈎。鳥語幾曾添别恨，花容終不更含羞。更殘便是分襟處，曉箭東來射翠樓』一詩。

按：此詩北宋李昉《文苑英華》卷一百五十八作曹松詩，後接唐彥謙同題『露白風清夜向晨』一詩，明顯是蒲積中編纂時誤署所致。

（四）關于唐彥謙僞詩産生時代之推測。

總之，北宋時尚能見到的《唐彥謙詩集》三卷本，到南宋時已經逐漸散佚。元修《宋史·藝文志》所載二卷本，很有可能是因爲傳抄有誤，才產生的一個子虛烏有的版本。這也是自五代兩宋以後至明以前的專業學者編選的各種重要詩文選本中，再無新增署名唐彦謙之詩出現的一個重要原因。直至明洪武二十六年（一三九三）高棅編纂《唐詩品彙》時，始出現誤將此前從未署名過唐彦謙的唐李頻《詠月》（陰盛此宵中）詩作唐彦謙詩收録（見《唐詩品彙》卷六十九）的情況。即或如此，此後的一些明代重要的詩歌選本並未沿襲這個錯誤。嘉靖前後，明代逐漸出現了對前代詩歌，包括唐詩的收集、整理、總結的高潮，各種唐詩集成性質的大型唐詩選本，開始大量出現，著名的如張之象《唐詩類苑》二百卷，卓明卿《唐詩類苑》一百卷，胡震亨《唐詩統籤》一千二十四卷（以上並見《明史·藝文志》），徐獻忠《百家唐詩》一百卷，毛應忠《唐雅同聲》五十卷、《初唐詩紀》六十卷、《盛唐詩紀》一百十卷，趙宧光、黄習遠《增定萬首唐人絶句》四十卷（以上並見清黄虞稷《千頃堂書目》）。其他中小型唐詩選本，更是指不勝屈。因此，貪多務得，虛增濫收之風，也由此而起，如萬曆年間胡震亨編纂《唐詩統籤》時，所録唐彦謙詩僅八十二首，乃分爲兩卷，則當時他本所收録唐彦謙詩之情況，亦可推知。其中除《詠月》（陰盛此宵中）外，《岐王宅》（朱邸平臺隔禁闈）、《湘妃廟》（劉表荒碑斷水濱）、《送韋向之睦州謁使君》（才子南遊多遠情）等詩均爲首次增入。而胡震亨在《詠月》下且有小注『前人已有』。（按：此詩宋李昉《文苑英華》卷一百五十一、蒲積中《歲時雜詠》卷三十均署名李頻，李頻《黎嶽集》亦已收録，前代各詩文選集中均未有作唐彦謙者，故此詩當屬李頻，斷無可疑。）其他如《岐王宅》、《湘妃廟》、《送韋向之睦州謁使君》三首，也屬于同樣的情况。胡震亨或許不知《岐王宅》等三首爲他人詩作，但是在已發現高棅《唐詩品彙》中所收録的《詠月》詩爲他人所作的情况下，仍不忍割棄，不能不説是心有别念。同樣，錢謙益抄録的所謂兩卷本《鹿門集》，據其跋語乃據明嘉靖年間豐坊所藏宋抄本抄録，然其中仍羼入了《詠月》（陰盛此宵中）、《岐王宅》（朱邸平臺隔禁闈）、《湘妃廟》（劉表荒碑斷水濱）三首他作。而這三首詩作，在宋時歸屬是很明確的，不可能存在争議，如豐坊所藏確爲宋抄本，斷不至此。可見其時唐詩各總集的編纂導致學者之間争强好勝，寧濫毋缺，甚至不惜作僞。這也是導致當時作僞之風盛行的原因。但也正因爲唐詩總集的大量編纂問世，又迫使商賈不得不將用以冒充足本全本中的唐代詩人的詩作從同時詩人的作品，轉向宋代、元代甚至明代的詩人的作品。考慮到錢謙益抄録兩卷本《鹿門集》的時間爲崇禎七年（一六三四），其時尚僅七十六首，及至清康熙四十七年（一七〇八）席啓寓刊行《唐詩百名家全集·鹿門詩集》時，唐彥謙詩歌即已增至一百六十五首，數量增加竟超一倍有餘，故筆者以爲今所謂三卷本唐彥謙詩即係此一階段書商批量作假的産物（即大量選取某一時期某一位或某幾位詩人的詩集中的詩作羼入），其作僞者或許就是席啓寓本人。這也許可以解釋今署名唐彥謙詩中的部分存疑的詩歌爲什麼在地理行蹤、藝術風格、遣詞造句、用典等上具有高度的一致性。

三、唐彥謙的詩歌藝術成就

唐彥謙是公認的晚唐體代表作家。所謂晚唐體，不是泛指所有晚唐詩人所創作的詩歌，而是對其中特定一部分晚唐詩人所創作的詩歌風格及美學特徵的概括和歸納。（嚴羽《滄浪詩話・詩體》：『唐初體、盛唐體、大曆體、元和體、晚唐體。』又《詩評》：『盛唐人詩亦有一二濫觴晚唐者，晚唐人詩亦有一二可入盛唐者，要當論其大概耳。』）比如筆者以爲李商隱、温庭筠、皮日休、陸龜蒙等人的詩歌就不能籠統地説成是屬于晚唐體。關于晚唐體，前人已多有論述，筆者這裏不妨先摘録數則：

宋阮閲《詩話總龜》卷五：『晚唐人詩多工巧，無風騷氣味。如崔櫓《山鵲》詩云：「一林寒雨吹巢冷，半朵山花咽嘴香。」張林《池上》云：「菱葉乍翻人采後，荇花初没舸行時。」《蓮花》云：「何人解把無塵袖，盛取清香盡日憐。」皆浮豔無足尚，而昔人愛重佳作。』

又卷十三：『晚唐詩句尚切對，然氣韻甚卑。鄭綮《山居》云：「童子病歸去，鹿麑寒入來。」自謂銖兩輕重不差。有人作《梅花》云：「强半瘦因前夜雪，數枝愁向曉來天。」對屬雖偏，亦有佳處。』

宋王銍《四六話序》：『唐天寶十二載，始詔舉人策問外，試詩賦各一首，自此八韻律賦始盛。其後作者如陸宣公、裴晉公、吕温、李程，猶未能極工。逮至晚唐，薛逢、宋言及吴融出于場屋，然後曲盡其妙。然但山川草木、雪風花月，或以古之故實爲景題，賦于人物情態，爲無餘地。若夫禮樂刑政、典章文物之體，略未備也。』

宋吴可《藏海詩話》：『晚唐詩失之太巧，只務外華，而氣弱格卑，流爲詞體耳。』

概括以上諸家論述，我們不難知曉晚唐體詩人的詩歌的一些特點：

（一）作者普遍學殖不豐，才力不厚。

中唐元稹曾首倡李杜優劣，『時山東人李白亦以奇文取稱，時人謂之李杜。予觀其壯浪縱恣，擺去拘束，摸寫物象，及樂府歌詩，誠亦差肩于子美矣。至若鋪陳終始，排比聲韻，大或千言，次猶數百，詞氣豪邁而風調清深，屬對律切而脱棄凡近，則李尚不能歷其藩翰，况堂奥乎？』這個觀點，後世頗遭詬病，然所論未必就全不可取。『鋪陳終始，排比聲韻，大或千言，次猶數百』，固非大才不能，我們看劉禹錫《遊桃源一百韻》，元稹《代曲江老人百韻》、《酬翰林白學士代書一百韻》、《酬樂天東南行詩一百韻》，白居易《代書詩一百韻寄微之》、《和夢遊春詩一百韻》、《渭村退居寄禮部崔侍郎翰林錢舍人詩一百韻》、《東南行一百韻寄通州元九侍御澧州李十一舍人果州崔二十二使君開州韋大員外庾三十二補闕杜十四拾遺李二十助教員外竇七校書》，又是哪個晚唐體詩人能寫得出來的呢？所以筆者以爲李商隱、皮日休、陸龜蒙等人，雖然生活于晚唐，集中也不乏晚唐體詩作，但却不宜稱之爲晚唐體詩人。故晚唐體詩人每或一篇獨擅，而他作不稱；一聯警覺，而全篇枯窘。雍鷺鷥、崔鴛鴦、鄭鷓鴣、趙倚樓之名，因此而起，不爲無因。

（二）體裁不尚古體而專攻近體。近體中，又以五七言絶句居多。

宋劉克莊在《野穀集序》中曾轉述了『永嘉四靈』趙師秀的一段話：『古人之詩大篇短章皆工，後人不能皆工，始以一聯半句擅名。頃趙紫芝諸人尤尚五言律體，紫芝之言曰：「一篇幸止有四十字，更增一字，吾末如之何矣？」其精苦如此。』趙師秀的這段話，其實正道出了晚唐體詩人喜歡五七言近體的一個重要根源——學殖不豐，才力不厚。楊萬里《誠齋詩話》：『五七字絶句最少而最難工，雖作者亦難得四句全好者，晚唐人與介甫最工于此。』所謂『五七字絶句最少』自然不錯，而『最難工』，則其實不過是才力窘迫，文過飾非之語罷了。

（三）工于抒情詠懷，而不善叙事鋪陳。

其中摹景狀物之作，又以夕陽、晚秋、柔柳、流螢、鴛鴦、鸊鵜等體格弱小、外表纖柔、時間短暫之景物爲多。盛唐時詩人筆下的秋水長天、老木古樹，猛獸鷙鳥等宏大、雄渾、剛猛的意象，至此不復存在。

（四）詩歌取徑不高，從盛唐的昂揚激烈，中唐的諷刺，一變而爲遠離時代的低徊感傷。

宋阮閱《詩話總龜》卷五：『晚唐人詩多工巧，無風騷氣味。』所謂無風騷氣味，就是指這時的詩歌，已經脱離了自《詩經》、《楚辭》以來所開闢的現實主義道路，收斂了批判的鋒芒，重新又回到白居易在《與元九書》中所批評的齊梁間『率不過嘲風雪、弄花草而已』『風雅比興，十無一焉』的歧路上去了。

唐彦謙的詩歌自然也無法擺脱所處時代的局限。他的詩作，題材不廣，詠物寫景之作，不出緋桃、小院、杏花、柔柳、落英、紅葉、鸂鶒、離鸞、流螢、夜蟬、晚秋、春殘等之外，構思立意，遣詞造句，多有雷同。

試舉數例：

一、《秋霽豐德寺與玄貞師詠月》：『八月槎通好上天。』

《蒲津河亭》：『煙横博望乘槎水，日上文王避雨陵。』

《興元沈氏莊》：『江遶武侯籌筆地，雨昏張載勒銘山。』

《螢》：『寒煙陳后長門閉，夜雨隋家舊苑空。』

二、《夜蟬》：『羈人此夕如三歲。』

《螢》：『羈人此夕方愁緒。』

三、《夜蟬》：『勁風危露雨淒淒。』

《西明寺威公盆池新稻》：『露蟬鳴後雨霏霏。』

四、《柳》：『南内無人拂檻垂。』

《春雨》：『花欹渾拂檻。』

五、《秋晚高樓》：『晚蝶飄零驚宿雨。』

《春雨》：『亂蝶寒猶舞。』

因才力有限，唐彦謙還有少部分詩歌存在對仗窘困牽强。如《漢代》『未信潘名岳，應疑史姓蕭』；爲還合聲律，不得不顛倒改竄文辭。如《送樊瑄司業歸朝》：『論心期舌在，問事畏頭長』，改『長頭』爲『頭長』之類的情況。

但是和其他晚唐體詩人相比，他多少又能顯示出自己的一定的特色和風貌，是取得了一定藝術成就的詩人。這表現在以下幾個方面：

（一）相對于同時詩人，唐彦謙學養顯然更爲深厚，特别是他在詩歌創作中，將稗官小説納入寫作題材和典故使用，爲後世詩歌寫作題材的擴大和典故的運用開拓了範圍。

以詩體而論，今存詩歌中如《送樊琯司業歸朝》、《咸通中始聞褚河南歸葬陽翟是歲上平徐方大肆慶賞又詔八品錫其裔孫追叙風概因成二十韻》、《春雨》、《移莎》、《紅葉》、《漢代》等詩，都是一般晚唐體詩人很少敢于染指的五言排律；從涉獵的典籍看，唐彦謙的詠史詩，如《穆天子傳》，係小説範疇，而《文惠宫人》、《楚天》、《北齊》、《楚世家》、《仲山》、《漢嗣》、《四老廟》、《洛神》、《南梁戲題漢高廟》等，涉及題材除了常見的《史記》、《漢書》、《三國志》、《後漢書》等『前四史』外，還涉及當時人少有涉及的《晉書》、《梁書》、《北齊書》、《南史》等史書；從用典情况看，除了一般的正經正史，唐彦謙詩歌中還大量使用《穆天子傳》（見《穆天子傳》）、《世説新語》（見《緋桃》、《寄徐山人》、《聞李瀆司勛下世》、《送樊琯司業歸朝》、《上巳》、《春殘》等）等稗官小説中的一些典故，爲此後宋詩如黄庭堅等江西詩派以小説入詩，開闢了一條新的途徑。

（二）七律、七絶步趨李商隱，取得了較高的藝術成就。

如果我們把晚唐武城鄭貽所輯録的『二百餘篇』，按二百五十篇計算，那麽僅五代兩宋詩文選本中所收録的唐彦謙的近體詩就已經超過了其詩歌總數的百分之三十，這足以顯示出唐彦謙對近體詩寫作的偏愛。關于詩宗李商隱，前人言及者已多。如宋計有功《唐詩紀事》卷六十八『彦謙學義山爲詩』，明楊慎稱贊其絶句『諷喻悠遠似李義山』。

唐彦謙對李商隱的學習表現在兩個方面：

一、題材上的學習。據筆者統計，現存五代至宋收録的唐彦謙詩歌中的無題詩（指題名《無題》和取首二字爲題的詩歌），即有七首，占其全部詩歌的百分之九，占比之高，整個唐代無出其右。而《北齊》等詠史詩爲仿效李商隱同題作，更是望而可知。

二、具體寫作技巧上的學習和借鑒。

李商隱《深宫》：『豈知爲雨爲雲處，只有高唐十二峰。』唐彦謙《牡丹》：『爲雲爲雨徒虚語，傾國傾城不在人。』

李商隱《寄令狐學士》：『曉飲豈知金掌迥，夜吟應訝玉繩低。』唐彦謙《克復後登安國寺閣》：『惆悵建章鴛瓦盡，夜來空見玉繩低。』

李商隱《謁山》：『從來繫日乏長繩，水去雲回恨不勝。』唐彦謙《春早落英》：『紛紛從此見花殘，轉覺長繩繫日難。』

這也難怪後世兩人的詩歌甚至發生淆亂。北宋西崑體領袖楊億曾將李商隱和唐彦謙集中的警拔之句，一起摘録出來，作爲學習的對象，足見兩人藝術詩風之接近與楊對兩人詩歌喜愛程度之深。

唐彦謙集中七律，對仗可取之句甚多，如《新豐》：『半夜素靈先哭楚，一星遺火下燒秦。貔貅掃盡無三户，雞犬歸來識四鄰。』特别是在摹寫景物時，唐彦謙喜歡在寫景時，融入與景物相關的事典，增加了讀者的歷史滄桑與厚重感，在藝術描寫上有較大的感染力。如煙横秋水、日上高陵的景象，到了唐彦謙筆下，就變成了『煙横博望乘槎水，日上文王避雨陵』（見《蒲津河亭》）。類似的句子還有：『江遶武侯籌筆地，雨昏張載勒銘山。』（見《興元沈氏莊》）而《長陵》：『耳聞明主提三尺，眼見愚民盗一抔。』以『明主』對『愚民』，『三尺』對『一抔』，這是典型的以漢人語對漢人語，典麗精工，備受後人推崇，似爲北宋王安石、黄庭堅等人的先聲。

（三）部分諷喻詩，『諷喻悠遠』，藝術價值較高。

如《登興元城觀烽火》、《鄧艾廟》、《曲江春望》、《見煬帝賓帳》、《親仁里聞猿》等。而《文惠宫人》、《仲山》，竟一變而爲辛辣。

（四）對杜甫詩歌中現實寫作精神的繼承。

元辛文房在《唐才子傳·唐彦謙》中曾説：『（唐彦謙）初師温庭筠，風調逼似，故多纖麗之詞。後變淳雅，尊崇工部，唐人效杜甫者，惟彦謙一人而已。』此論遭到了後人的嚴厲批評。《四庫全書總目·唐才子傳》：『謂唐人效杜甫者，惟唐彦謙一人，乖傳不一而足。』又説：『彦謙所著在晚唐，僅當中駟，未能窺杜甫門廡也，原文揄揚失實。』按：《四庫全書總目》批評，失之無謂。關于唐彦謙詩學杜甫，起自北宋陳師道。師道《後山詩話》：『唐人不學杜詩，惟唐彦謙與今黄亞夫庶、謝師厚景初學之。……然過于出奇，不如杜之遇物而奇也。』細諳其意，陳所謂學杜，乃似就藝術表現手法而言，不過這一點在今存唐彦謙詩中表現得並不突出。考慮到今存唐彦謙詩散佚嚴重，因此我們尚不能僅因此就輕率否定陳説。至若辛文房《唐才子傳》所謂『後變淳雅』，明顯乃就唐彦謙詩歌中對杜甫現實寫作精神的繼承而言。關于這一點，目前所存唐彦謙詩中，表現極爲突出。

和其他晚唐詩人相比，唐彦謙是位有着較强憂國憂民之心的詩人，表現在詩歌中，就是哀怨和憂愁成了他詩歌的主要基調，如《蒲津河亭》：『孤棹夷猶期獨往，曲闌愁絶每長憑。』《春早落英》：『樓上有愁春不淺，小桃風雪憑闌干。』《題虔僧室》：『水月定中何所謂，也嚬眉黛托腮愁。』《竹風》：『竹映風窗數陣斜，旅人愁坐思無涯。』《長溪秋望》：『寒鴉閃閃前山去，杜曲黄昏獨自愁。』《韋曲》：『欲寫愁腸愧不才，多情練漉已低催。』《黄子陂荷花》：『世間花氣皆愁絶，恰是蓮香更惱人。』《興元沈氏莊》：『異鄉一笑因酣醉，忘却愁來鬢髮班。』《寄蔣二十四》：『大知高士禁愁寂，試倚闌干莫斷腸。』《東韋曲野思》：『孤燈夜夜愁欹枕，一覺滄州似昔時。』《紅葉》：『茂陵愁卧客，不自保危腸。』《春殘》：『景爲春時短，愁隨别夜長。』《玫瑰》：『無力春煙裏，多愁暮雨中。』《春陰》：『一寸迴腸百慮侵，旅愁危涕兩争禁。』『春雲更覺愁于我，閑蓋低村作暝陰。』《漢代》：『别隨秦柱促，愁爲蜀弦么。』《秋霽夜吟寄友人》：『前事悲凉何足道，遠書慵懶未能修。』《牡丹》：『那堪更被煙蒙蔽，南國西施泣斷魂。』《羅江驛》：『已是向來多淚眼，短亭回首在天涯。』《題虔僧室》：『何緣春恨貯離憂，欲入空門萬事休。』《中秋夜玩月》：『坐來離思憂將曉，争得嫦娥仔細知。』

這些哀愁固然有些是因景物時令而感發，但結合《八月十六日夜月》『堪恨賈生曾慟哭，不緣清景爲憂時』及《曲江春望》、《奉使岐下聞唐弘夫行軍爲賊所擒傷而有作》、《奏捷西蜀題沱江驛》、《咸通中始聞褚河南歸葬陽翟是歲上平徐方大肆慶賞又詔八品錫其裔孫追叙風概因成二十韻》、《克復後登安國寺閣》、《親仁里聞猿》、《亂後經表兄瓊華觀舊居》等晚唐詩歌中極爲罕見的直接描寫現實題材的佳作，我們就不難明白其中更多的是因爲植根于作者内心深處的憂國憂民的精神。至如《送樊琯司業歸朝》：『未見泥函谷，俄驚火建章。煙塵昏象魏，行在隔巴梁。紅粟填郿塢，青袍過壽陽。翦茅行殿濕，伐柏舊陵香。爨室青衿盡，渠門火旆揚。雲飛同去國，星散各殊方。』則沉鬱頓挫，竟能逼似少陵矣。

雖然這種感喟很細微委婉，但在晚唐體詩人中，已屬鳳毛麟角、空谷足音了。

二〇一五年，筆者曾以《唐彦謙詩箋注彙評》爲題，申報了四川省社科專項（課題編號：MTJD15–02），其初衷是旨在把唐彦謙作爲晚唐體代表詩人的一個標本來進行研究，同時也嘗試迎難而上，以五代宋以來選本爲標尺，俾通過注釋，使讀者對署名唐彦謙詩歌在用典、遣詞造句等情況進行繫聯，找到一個甄别其真僞的方法。雖然該課題順利結題，但自己却並不滿意，因此書稿也就和其他類似書稿一樣，庋藏于家，未曾示人。巴蜀書社青年編輯王承軍先生勤懇敬業，消息靈通。二〇一九年十一月，利用我赴成都治療眼疾的機會，索去一閲，認爲還有些價值，鼓勵我修訂出版。我自二〇一四年以來，主要精力一直忙于蘇轍詩文的注釋工作，辛勞數年，目力大損，看書寫作多有不便。加之年底新冠之疫起，外出查訪資料，又已受限，無法進一步修改完善。幸友生雲南師範大學二〇一八級中國古典文獻學冷浪濤、四川大學二〇一九級漢語言文學博士生廖曉琴爲我代核資料並貢獻意見，網友用堂陳酌蕭先生熱心題簽，終使此書順利問世，謹此一併致謝。

目録

外編

補編……二八〇

點校凡例

一、本詩集以康熙揚州書局本《全唐詩》爲底本，參校以清康熙四十七年東山席氏琴川書屋仿宋本《唐詩百名家全集》及沈宗畸《晨風閣叢書》本。

二、今唐彦謙詩集中羼入後人詩頗多，凡業經學界考定者，一律删除，列爲附録，並説明理由。雖有疑問而無確證者，則予以保留並注明。

三、兹將原詩分爲内外編，凡五代至宋詩文選集選録者，列爲内編；未見選録者，列爲外編。

四、書中異體字酌情予以統一。

五、歷代詩文集中，有涉及對唐彦謙詩歌評論者，如僅是對其中某一句進行評説者，附于該詩之後；如對全詩進行評説者，收入《唐彦謙詩歌研究資料選編》中。

内編

一　新豐[一]

沛中歌舞百餘人[二]，帝業功成里巷新[三]。半夜素靈先哭楚[四]，一星遺火下燒秦[五]。貔貅掃盡無三户[六]，雞犬歸來識四鄰[七]。惆悵故園前事遠[八]，曉風長路起埃塵[九]。

〔一〕詩見《文苑英華》卷三百九、《唐詩拾遺》卷十、《唐詩統籤》卷七百二十一、《錢謙益抄本鹿門集》（後簡稱《錢抄》）卷上。《全唐詩》列卷六百七十一，後同。新豐：縣名。漢高祖七年（前二〇〇）置，唐玄宗天寶四年（七四五）廢。治所在今陝西省西安市臨潼區。本秦驪邑。漢高祖定都關中，其父太上皇居長安宫中，思鄉心切，鬱鬱不樂。高祖乃依故鄉豐邑街里房舍格局，改築驪邑，並遷來豐民，稱新豐。

〔二〕《史記·高祖本紀》：『十二年，十月，高祖已擊布軍會甀，布走，令别將追之。高祖還歸，過沛，留。置酒沛宫，悉召故人父老子弟縱酒，發沛中兒得百二十人，教之歌。』

〔三〕里巷新：指劉邦營造新豐事。《史記·高祖本紀》：『（漢十年）七月，太上皇崩櫟陽宫。

楚王、梁王皆來送葬。赦櫟陽囚。更命酈邑曰新豐。』《正義》：『《括地志》云：新豐故城在雍州新豐縣西南四里，漢新豐宫也。太上皇時悽愴不樂，高祖竊因左右問故，答以平生所好皆屠販少年，酤酒賣餅，鬬雞蹴踘，以此爲歡，今皆無此，故不樂。高祖乃作新豐，徙諸故人實之。太上皇乃悦。』里：古代地方行政組織。自周始，二十五家爲一里。《周禮·地官·遂人》：『五家爲鄰，五鄰爲里。』《禮記·郊特牲》：『唯爲社事，單出里。』鄭玄注：『二十五家爲里。』後代多因之，其制不一。

〔四〕素靈：白蛇的精靈。指老嫗。史岑《出師頌》：『五曜霄映，素靈夜歎。』李善注：『《漢書》：高祖夜經澤中，有大蛇當徑，拔劍斬蛇，蛇分爲兩。後人至蛇所，有一嫗夜哭，人問嫗，嫗曰：「吾子白帝子，化爲蛇當道。今者赤帝子斬之也。」』陸機《漢高祖功臣頌》：『彤雲晝聚，素靈夜哭。』楚：此指劉邦。因劉邦爲故楚地人，故云。謝榛《四溟詩話》卷一以爲用事有謬（見《彙評》引），似未明其意。

〔五〕一星：一點兒。李群玉《仙明州口號》：『半浦夜歌聞盪槳，一星幽火照叉魚。』遺火：遺落的火種。燒秦：指項羽焚燒秦宫室事。《史記·項羽本紀》：『居數日，項羽引兵西屠咸陽，殺秦降王子嬰，燒秦宫室，火三月不滅；收其貨寶婦女而東。』

〔六〕貔貅：傳説中的兩種猛獸。《逸周書·周祝》：『山之深也，虎豹貔貅何爲可服？』《史記·五帝本紀》：『（軒轅）教熊羆貔貅貙虎，以與炎帝戰于阪泉之野。』《索隱》：『此六者猛獸，可以教戰。』此指勇猛的將士。張説《王氏神道碑》：『赳赳將軍，貔貅絶群。』無三户：《史記·項羽本紀》：『居鄛人范增，年七十，素居家，好奇計，往説項梁曰：「陳勝敗固當。夫秦滅六國，楚最無罪。自懷王入秦不反，楚人憐之至今。故楚南公曰：「楚雖三户，亡秦必楚也。」』《集解》：『瓚曰：「楚人怨秦，雖三户猶足以亡秦也。」』此反其意而用之，謂楚滅秦，連三户都没留下。

〔七〕潘岳《西征賦》：『于斯時也，乃摹寫舊豐，制造新邑。故社易置，枌榆遷立。街衢如一，庭宇相襲。渾雞犬而亂放，各識家而競入。』李善注：『《三輔舊事》曰：「太上皇不樂關中，思慕鄉里。高祖徙豐沛屠兒酤酒、煮餅商人，立爲新豐。」《西京雜記》曰：「高祖既作新豐，并徙舊社。放犬羊雞鴨于通途，亦競識其家。」』趙嘏《寒日新豐别故人》：『一百五日家未歸，新豐雞犬獨依依。』

〔八〕前事：此指前朝往事。

〔九〕友生冷浪濤補：杜牧《過華清宫絶句》其二：『新豐緑樹起黄埃，數騎漁陽探使回。』

彙評

明謝榛《四溟詩話》卷一：『唐彦謙《新豐》云：「半夜素靈先哭楚。」此皆用事之謬。』

二　蒲津河亭〔一〕

宿雨清秋霽景澂〔二〕，廣亭高樹向晨興〔三〕。煙横博望乘槎水〔四〕，日上文王避雨陵〔五〕。孤棹夷猶期獨往〔六〕，曲闌愁絶每長憑〔七〕。思鄉懷古多傷别〔八〕，况此哀吟意不勝〔九〕。

〔一〕詩見《文苑英華》卷三百十六、《三體唐詩》卷四、《唐詩近體集韻》卷二十五、《唐詩品彙》卷六十九、《雅音會編》卷十一、《唐詩統籤》卷七百二十一、《錢抄》卷下。『蒲津河亭』，《三體唐詩》題下有小注：『在同州。』蒲津：即蒲津關。唐屬河中道河中府蒲州。《舊唐書·地理志一》：『河中節度使，治河中府。管蒲、晉、絳、慈、隰等州。』故址在山西省永濟市西約十三公里處。《元和郡縣志·河中府》：『蒲坂關，一名蒲津關，在（河東）縣西四里。《魏志》曰：「太祖西征馬超、韓遂，夜渡蒲津關。」即謂此也。今造舟爲梁，其制甚盛。每歲徵竹索價，謂之橋脚錢，數至二萬，亦關河之巨防焉。』據《集古録》卷九《唐王重榮德政碑》：彦謙嘗爲中和四年立《王重榮德政碑》書碑，則此詩當作于唐僖宗中和四年（八八四）前後。時王重榮爲河中節度使，辟彦謙爲河中節度使從事。

〔二〕『澂』，《文苑英華》、《三體唐詩》、《唐詩近體集韻》、《唐詩統籤》、《錢抄》作『澄』，通。宿雨：經夜的雨。霽景：雨後晴明的景色。陳子昂《晦日宴高氏林亭序》：『山河春而霽景華，城闕麗而年光滿。』

〔三〕『樹』，《三體唐詩》、《唐詩近體集韻》作『榭』。『向』，《文苑英華》、《三體唐詩》、《唐詩近體集韻》、《錢抄》作『更』。《唐詩統籤》下有小注：『一作「更」。』向：在。興：起來。《詩·衛風·氓》：『夙興夜寐，靡有朝矣。』鄭玄箋：『早起夜卧。』

〔四〕博望：指西漢張騫。曾因功封博望侯。張華《博物志·雜説下》：『舊説云天河與海通，近世有人居海濱者，年年八月有浮槎，去來不失期。人有奇志，立飛閣于槎上，多齎糧，乘槎而去。十餘日中，猶觀星月日辰。自後芒芒，忽忽亦不覺晝夜。去十餘日，奄至一處，有城郭狀，屋舍甚嚴，遥望宫中多織婦，見一丈夫牽牛渚次飲之，牽牛人乃驚問曰：「何由至此？」此人具説來意，并問此是何處。答曰：「君還，至蜀郡訪嚴君平，則知之。」竟不上岸，因還如期。後至蜀問，君平曰：「某年月日有客星犯牽牛宿。」計年月，正是此人到天河時也。』祝穆《古今事文類聚·乘槎犯斗牛》：『漢武帝令張騫使大夏尋河源，乘槎經月，而至一處，見城郭如官府，室内有一女織，又見一丈夫牽牛飲河，君問云：「此是何處？」答曰：「可問嚴君平。」（原注：《荆楚歲時記》，然今本無。）按：張華《博物志》即無張騫之名，而《張騫傳》又無乘槎之説，宗懔作《荆楚歲時記》，未知何所據而云。』按：據此，則唐代已有張騫乘槎至天河斗牛之傳説。

〔五〕《左傳·僖公三十二年》：『蹇叔之子與師，哭而送之曰：「晉人御師必于殽，殽有二陵焉。

其南陵，夏后皋之墓。其北陵，文王之所辟風雨也。」』

〔六〕孤棹：孤槳。藉指孤舟。長孫佐輔《杭州秋日別故友》：『獨隨孤櫂去，何處更同衾。』夷猶：亦作『夷由』。猶豫，徘徊不前。《楚辭·九歌·湘君》：『君不行兮夷猶。』王逸注：『夷猶，猶豫也。』期：常。《史記·万石張叔列傳》：『仁爲人陰重不泄，常衣敝補衣溺袴，期爲不絜清，以是得幸。』《正義》：『期，猶常也。』友生冷浪濤補：李商隱《無題》：『萬里風波一葉舟，憶歸初罷更夷猶。』

〔七〕『每』，《文苑英華》、《唐詩統籤》作『悔』。『闌』，《唐詩近體集韻》、《唐詩統籤》作『欄』，通。曲闌：連綿曲折的闌干。喻深邃。白居易《題岳陽樓》：『岳陽城下水漫漫，獨上危樓憑曲闌。』李商隱《碧城三首》其一：『碧城十二曲闌干，犀辟塵埃玉辟寒。』愁絕：憂愁到極點。陳子昂《居延海樹聞鶯同作》：『間關如有意，愁絶若懷人。』憑：憑靠。按：此句猶言每長憑曲闌愁絕。

〔八〕『多』下原有小注：『一作「人」。』按：《文苑英華》、《唐詩統籤》作『人』，下注『一作多』。傷別：因離別而感傷。李白《憶秦娥》：『秦樓月，年年柳色，灞陵傷別。』友生冷浪濤補：李商隱《無題》：『人生豈得長無謂，懷古思鄉共白頭。』

〔九〕『况此』下原有小注：『一作「此際」。』按：《三體唐詩》、《文苑英華》、《唐詩近體集韻》、《唐詩統籤》、《錢抄》作『此際』。『意』，《文苑英華》、《唐詩近體集韻》、《唐詩統籤》、《錢抄》作『幾』。不勝（shèng）：無法承受。

彙評

宋范晞文《對床夜語》卷五：『劉滄《咸陽》云：「渭水故都秦二世，咸陽秋草漢諸陵。」唐彥謙《蒲津河亭》云：「煙横博望乘槎水，日上文王避雨陵。」論句法則劉不及唐，然序懷感之意，得諷興之體，則劉詩勝。』

宋計有功《唐詩紀事》卷六十八：『又題《蒲津河亭》云：「煙横博望乘槎水，月上文王避雨陵。」最善用事。』

宋胡仔《苕溪漁隱叢話後集》卷二：『古今詩人以詩名世者，或只一句，或只一聯，或只一篇，雖其餘别有好詩，不專在此。然播傳于後世，膾炙于人口者，終不出此矣，豈在多哉？如……「煙横博望乘槎水，月上文王避雨陵。」乃唐彥謙也。』

李慶甲《瀛奎律髓彙評》卷二十八：『馮班：略點「乘槎」、「避雨」兩故事，「煙横」、「月上」二字，含却古之無限感慨，如此用事，千古不得一句也。』

明周珽《唐詩選脈會通評林》：『前四句叙河亭秋霽所臨覽，就蒲津之景言。後四句述臨覽之情，有無限凄楚之感。』

清毛奇齡等《唐七律選》評『煙横』句：『自是可念，有對此茫茫，百端交集之感。』

清錢謙益評《唐詩鼓吹》卷八：『此言宿雨消而霽景清明，晨興而對廣庭之高樹。遠見煙籠乎博望乘槎之水，日上于文王避雨之陵。時且已期獨往，而孤棹尚爾夷猶；每一長憑，而曲闌殊堪愁絶。是以既戚戚于思鄉，復悠悠于懷古，所以傷心離别之際，不能不觸景而哀吟也。』

清何焯批《唐詩鼓吹》卷八：『此黄寇初平時作。三四庶幾王路一平之意也。「榭」原作「樹」。』

清金聖歎《貫華堂選批唐才子詩甲集》卷八：『通解只寫得「向晨興」三字，不知夜來思念何事，其早更不能寐。因而披衣下床，開户直視，見雨又收、天又霽、庭又廣、榭又高，如此好時好日，我當如何若何？三四「煙横」、「日上」，正是寫起得過早也。其「博望乘槎」、「文王避雨」字，皆只是文章點染，可知。五「孤舟獨往」。言思鄉，一宜往也；懷古，二宜往也；傷别，三又宜往也。若得趁此清秋，果然遂往，此真夷猶之至也。六「曲闌長憑」，言思鄉于此憑也，懷古于此憑也，傷别又于此憑也。可惜如許清秋，每日長憑，豈非愁絶之至也。末又加「况此哀吟」，此便是思鄉、懷古、傷别外，自尋出第四件苦事矣。』

清黄生評賀裳《載酒園詩話》卷一：『晚唐對仗工而反俗者甚多，如「萬卷祖龍坑外物，一泓孫楚耳中泉」；「煙横博望乘槎水，日上文王避雨陵」；「數枝艷拂文君酒，半里紅欹宋玉牆」。』

清陸次雲《五朝詩善鳴集》：『三四用事精切。』

三　秋霽豐德寺與玄貞師詠月〔一〕

露冷風輕霽魄圓〔二〕，高樓更在碧山巔〔三〕。四溟水合疑無地〔四〕，八月槎通好上天〔五〕。黯黯星辰環紫極〔六〕，喧喧朝市匝青煙〔七〕。夜深獨與巖僧語〔八〕，群動消聲舉世眠〔九〕。

〔一〕詩見《文苑英華》卷一百五十一、《唐詩品彙》卷六十九、《錢抄》卷下。『德』，《文苑英華》、《錢抄》作『得』，非。『玄貞』，《唐詩統籤》、《錢抄》作『玄真』。按：疑作『真』是。今作『貞』者，當如清初王士禛避雍正胤禛諱，改名王士禎例。秋霽：秋日雨後天晴。豐德寺：在今陝西省西安市城南灃峪口東山坡上。玄貞：僧名，生平事迹不詳，俟考。

〔二〕霽魄：雨後的月亮。魄：通『霸』。本指月初出或將没時的微光。一説指月初生或圓而始缺時不明亮處。《尚書·康誥》：『惟三月哉生魄。』陸德明《經典釋文》：『月三日始生兆朏，名曰魄。』孫星衍疏引馬融曰：『《説文》作「霸」，云月始生霸然也。』後指月。唐太宗《遼城望月》：『魄滿桂枝圓，輪虧鏡彩缺。』

〔三〕按：因寺在山上，故云。盧綸《夜投豐德寺謁海上人》：『半夜中峰有磬聲，偶逢樵者問山名。上方月曉聞僧語，下路林疏見客行。野鶴巢邊松最老，毒龍潛處水偏清。願得遠公知姓氏，焚香洗鉢過浮生。』可證。

〔四〕四溟：四海，四方之海。阮籍《答伏義書》：『四溟之深，幽鱗不能測其底。』張協《雜詩》之十：『雲根臨八極，雨足灑四溟。』李善注：『四溟，四海也。』秦韜玉《問古》：『深作四溟何浩渺，高爲五嶽太峥嶸。』此泛指四處的水。許棠《過洞庭湖》：『四顧疑無地，中流忽有山。』按：唐豐德寺附近有渭水、灞水、樊川、御宿川等，故云。或謂此當喻山腰之雲霧。王勃《滕王閣序》：『飛閣流丹，下臨無地。』

〔五〕見二《蒲津河亭》注四。

〔六〕黯黯：光綫昏暗；顔色发黑。陳琳《遊覽》其一：『蕭蕭山谷風，黯黯天路陰。』江淹《哀千里賦》：『水黯黯兮蓮葉動，山蒼蒼兮樹色紅。』紫極：本星名。潘岳《西征賦》：『厭紫極之閑敞，甘微行以遊盤。』李善注：『紫極，星名，王者爲宫以象之。』曹植上表曰：『情注于皇居，心在乎紫極。』』此似指長安城中之皇宫。友生冷浪濤補：《論語・爲政》：『子曰：「爲政以德，譬如北辰居其所，而衆星共之。」』

〔七〕『匝青』下原有小注：『一作「蔽蒼」。』按：《文苑英華》、《唐詩統籤》、《錢抄》作『蔽蒼』。喧喧：形容聲音喧鬧。何遜《學古贈丘永嘉征還》：『結客葱河返，喧喧動四隣。』朝市：早市。《周禮・地官・司市》：『朝市，朝時而市，商賈爲主。』匝：環繞。青煙：指夜晚山谷中的霧氣。

〔八〕巖僧：猶言山僧。

〔九〕群動：各種動物。陶潛《飲酒》其七：『日入群動息，歸鳥趨林鳴。』按：暗寓世人皆醉我獨醒之意。

四　長陵〔一〕

長陵高闕此安劉〔二〕，祔葬纍纍盡列侯〔三〕。豐上舊居無故里〔四〕，沛中原廟對荒丘〔五〕。耳聞明主提三尺〔六〕，眼見愚民盜一坏〔七〕。千載豎儒騎瘦馬〔八〕，渭城斜日重回頭〔九〕。

〔一〕詩見《文苑英華》卷三百六、《三體唐詩》卷四、《唐詩鼓吹》卷八、《瀛奎律髓》卷二十八、《唐詩近體集韻》卷二十六、《唐詩類苑》卷二十七、《唐詩品彙》卷八十九、《雅音會編》卷十一、《唐詩韻匯》、《唐詩統籤》卷七百二十一、《錢抄》卷下。另《三體唐詩》題下原有小注：『《三輔黃圖》云：「長陵，在渭北，高祖所葬。」』長陵：《唐詩韻匯》原注：『一刻曹松。』非。長陵：又名長山，位于今陝西省咸陽市東約二十公里的窯店鎮三義村北。是漢高祖劉邦與呂后同塋不同穴的陵墓。《史記·高祖本紀》：『朝以十月。車服黄屋左纛，葬長陵。』《集解》：『皇甫謐曰：長陵山東西廣百二十步，高十三丈，在渭水北，去長安城三十五里。』《正義》：『《括地志》云：長陵在雍州咸陽縣東三十里。』

〔二〕『長陵』原作『長安』，非。詩當取前二字爲題，唐彦謙詩題此類多有，兹從《三體唐詩》、《唐詩鼓吹》、《瀛奎律髓》、《唐詩近體集韻》、《唐詩類苑》、《唐詩品彙》、《唐詩韻匯》改。高闕：高大的城闕。《漢書·高后紀》：『（六年）六月，城長陵。』顔師古注：『《黄圖》云：長陵城周七里百八十步，因爲殿垣，門四出，及便殿掖庭諸官寺皆在中。』安劉：安葬着漢高祖劉邦。按：《三體唐詩》、《唐詩鼓吹》卷八選此詩，皆引《史記·高祖本紀》：『已而吕后問：「陛下百歲後，蕭相國即死，令誰代之？」上曰：「曹參可。」問其次，上曰：「王陵可。然陵少戇，陳平可以助之；陳平智有餘，然難以獨任。周勃重厚少文，然安劉氏者必勃也，可令爲太尉。」』皮傅字面，致後人疑所不當疑，以爲唐氏誤用，非是。

〔三〕祔：《文苑英華》、《唐詩近體集韻》作『附』，亦通。祔葬：本指葬于先塋之旁。《禮記·喪禮小記》：『祔葬者不筮宅。』孫希旦《集解》：『祔葬，謂葬于祖之旁也。』此指陪葬墓。纍纍：衆多貌。郭茂倩《樂府詩集·横吹曲辭五·紫騮馬歌四》：『遥看是君家，松柏冢纍纍。』《後漢書·和帝紀》：『詔曰：「高祖功臣蕭曹爲首，有傳世不絶之義。曹相國後容城侯無嗣，朕望長陵東門，見二臣之壠，循其遠節，每有感焉。忠義獲寵，古今所同，可遣使者以中牢祠，大鴻臚求近親宜爲嗣者，須景風紹封，以章厥功。』」李賢注：「《東觀記》曰：蕭何墓在長陵東，司馬門道北百步。《廟記》云：曹參冢在長陵旁道北，近蕭何冢。』」按：長陵的營建規模雖不是漢代帝王陵墓中最大的，但其陪葬墓却是西漢帝王陵墓中最多的，構成了一個龐大的陵墓群。長陵以東，爲功臣貴戚陪葬墓群，計有張耳、蕭何、曹參、周勃、周亞夫、王陵、張耳、紀信、田蚡、田燃、田勝及王娡母親平原君臧兒等人的墓。每個墓冢占地不多，但墓冢之間前後左右的行列間距大致相當，排列得井然有序，形狀有覆斗形、圓錐形、山形三種。又胡鳴玉《訂訛雜録》卷三《纍纍》：『纍借音雷，《樂記》：「纍纍乎端如貫珠。」白樂天詩「玉敲音歷歷，珠貫字纍纍。」《華表鶴歌》：「有鳥有鳥丁令威，出家千載今來歸。城郭皆是人民非，何不學仙冢纍纍。」唐彥謙詩：「長陵高闕此安劉，袝葬纍纍盡列侯。」放翁詩：「還家欲作諸孫贈，村路纍纍柿未丹。」偶拈一二，則平聲較然，今之作詩者，或誤作上聲用。』

〔四〕豐：縣名，在今江蘇豐縣，爲劉邦之家鄉。《史記·高祖本紀》：『高祖，沛豐邑中陽里人。』《集解》：『孟康曰：「後沛爲郡，豐爲縣。」』無故里：指劉邦稱帝都關中後，徙原豐地百姓于驪邑，置新豐事。元好問《唐詩鼓吹》卷八郝天挺注：『沛中豐民盡移于長安新豐，故云無故里。』見一《新豐》注三。

〔五〕沛：郡名。在今江蘇沛縣。原廟：在正廟以外另立的宗廟。《史記·高祖本紀》：『及孝惠五年，思高祖之悲樂沛，以沛宫爲高祖原廟。』《集解》：『徐廣曰：「《光武紀》云：上幸豐，祠高祖于原廟。」駰按：謂原者，再也。先既已立廟，今又再立，故謂之原廟。』

〔六〕『明』下原有小注：『《英華》作「英」。』按：《三體唐詩》、《唐詩近體集韻》、《唐詩類苑》亦作『英』。琥按：《史記》有『明主』而無『英主』，作『明主』是。此以《史記》語對《史記》語，且以『明主』對『愚民』，更爲工穩。明主：賢明的君主，此指漢高祖劉邦。三尺：指劍。《史記·高祖本紀》：『高祖擊布時，爲流矢所中，行道病。病甚，吕后迎良醫。醫入見，高祖問醫，醫曰：「病可治。」于是高祖嫚駡之曰：「吾以布衣提三尺劍取天下，此非天命乎？命乃在天，雖扁鵲何益？」遂不使治病，賜金五十斤罷之。』

〔七〕『見』，《錢抄》作『看』。『坏』，《唐詩統籤》作『抔』，通。一坏（póu）：一捧。《史記·張釋之傳》：『其後有人盜高廟坐前玉環，捕得，文帝怒，下廷尉治，釋之案律盜宗廟服御物者爲奏，奏當棄市。上大怒曰：「人之無道，乃盜先帝廟器，吾屬廷尉者，欲致之族，而君以法奏之，非吾所以共承宗廟意也。」釋之免冠頓首謝曰：「法如是足也。且罪等，然以逆順爲差，今盜宗廟器而族之，有如萬分之一，假令愚民取長陵一抔土，陛下何以加其法乎？」』《集解》：『張晏曰：不欲指言，故以取土譬也。……張晏云不欲指言，故以取土譬者，蓋不欲言盜開長陵及侵柩，及説傷迫近先帝故也。』按：二句言昔日立下豐功偉業之帝王的陵墓，今則已爲任人盜挖的荒丘。『耳聞』、『眼見』寓古今一瞬、盛衰無常之意。

〔八〕『豎』，原作『腐』，下有小注：『一作「豎」。』按：《文苑英華》、《三體唐詩》、《唐詩近體集韻》、《唐詩統籤》、《錢抄》作『豎』，是，據改。豎儒：本指酈食其。《史記·酈生傳》：『初，沛公引兵過陳留，酈生踵軍門上謁曰：「高陽賤民酈食其，竊聞沛公暴露將兵助楚討不義，敬勞從者，願得望見，口畫天下便事。」使者入通，沛公方洗，問使者曰：「何如人也？」使者對曰：「狀貌類大儒，衣儒衣，冠側注。」沛公曰：「爲我謝之。言我方以天下爲事，未暇見儒人也。」使者出，謝曰：「沛公敬謝先生，方以天下爲事，未暇見儒人也。」酈生瞋目案劍，叱使者曰：「走，復入言沛公，吾高陽酒徒也，非儒人也。」使者懼而失謁，跪拾謁，還走，復入報曰：「客天下壯士也。叱臣，臣恐至失謁。曰：走復入言，而公高陽酒徒也。」沛公遽雪足杖矛曰：「延客入。」』此作者自指。可參二九《南梁戲題漢高廟》。

〔九〕『城』下原有小注：『一作「濱」。』按：《文苑英華》、《唐詩統籤》作『濱』。《三體唐詩》、《唐詩鼓吹》、《瀛奎律髓》、《唐詩近體集韻》、《唐詩品彙》均作『城』。『渭城』，《唐詩紀事》卷六十八，胡仔《苕溪漁隱叢話》前集卷二十二、後集卷十四，又作『灞陵』。『日』，原作『月』，下有小注：『一作「日」。』按：今《文苑英華》、《三體唐詩》、《唐詩紀事》卷六十八，《苕溪漁隱叢話》前集卷二十二、後集卷十四，《唐詩鼓吹》、《瀛奎律髓》、《唐詩近體集韻》、《唐詩品彙》、《雅音會編》、《唐詩統籤》、《錢抄》皆作『日』，作『日』是。兹據改。句猶言斜日重回頭渭城。王粲《七哀》：『南登霸陵岸，回首望長安。』詩即署名李白《憶秦娥》『西風殘照，漢家陵闕』之意。渭城：在今陝西咸陽市東，南面隔渭河與西安相望。《三輔黄圖》卷六：『高祖長陵，在渭水北，去長安城三十五里。』又高士奇注《三體唐詩》卷四：『詩意謂帝昔慢儒生，今日陵寢廢掘，使豎儒憑弔千載也。』

彙評

宋胡仔《苕溪漁隱叢話》前集卷二十二《唐彥謙》：『《洪駒父詩話》云：山谷言唐彥謙詩最善用事。其過長陵詩云：「耳聞明主提三尺，眼見愚民盗一抔。千古腐儒騎瘦馬，灞陵斜日重回頭。」又題《蒲津河亭》云：「煙横博望乘槎水，月上文王避雨陵。」皆佳句。』

宋吴曾《能改齋漫録·辨唐彥謙蘇子瞻詩用三尺字》：『葉少藴《石林詩話》云：楊大年、劉子儀皆喜唐彥謙詩，以其用事精巧，對偶親切。黄魯直詩體雖不類，然不以楊、劉爲過。如彥謙題高廟云：「耳聞明主提三尺，眼見愚民盗一抔。」每稱賞不已，多示學詩者，以爲模式。「三尺」、「一抔」雖是着題，然語皆歇後。「一抔」事無兩出，或可略土字。如「三尺」，則三尺律、三尺喙皆可，豈獨劍乎？「耳聞明主」、「眼見愚民」，尤不成語。余數見交遊道魯直語，意不可解。蘇子瞻有「買牛但自捐三尺，射獵何勞挽六鈞」，亦同此病。「六鈞」可去弓字，「三尺」不可去劍字，此理甚易知也。以上皆石林語。予按《高祖紀》云：「上嫚罵之曰：吾以布衣，提三尺取天下。」又《韓安國傳》云：「高帝曰：提三尺取天下者，朕也。」顏師古注曰：「三尺，劍也。而流俗書本或云提三尺劍，劍字後人所加耳。」然則《石林詩話》乃有歇後之説，何耶？』

宋陳巖肖《庚溪詩話》卷上：『余按漢《高帝紀》曰：「吾以布衣提三尺取天下」，又《韓安國傳》：「高帝曰：提三尺取天下者，朕也。」皆無「劍」字。唯注曰：「三尺，謂劍也。」出處既如此，則詩家用其本語，何爲不可？』

金王若虛《滹南遺老集》卷三十七：『張釋之言「盜長陵一坏土」，坏，掬也。此本謂發冢。而云一坏者，蓋不敢指斥耳。駱賓王《檄武后書》云：「一坏之土未乾」，世皆稱工，而其語意實未安也。而唐彦謙詩復有「眼見愚民盜一抔」之句，豈不益謬哉。』

李慶甲《瀛奎律髓彙評》卷二十八：『方回：此漢高帝陵也。「耳聞」、「眼看」，或以爲病，然「提三尺」、「盜一抔」，屬對親切，詩體如李義山。彦謙又有警句云：「煙横博望乘槎水，月上文王避雨陵。」馮舒：力在「耳」、「目」二字，包括却許多大議論，以爲病者，眯目者也。○不選「煙横」首，直附載二句，真無目也。紀昀：鹿門本學義山，此首却不似義山。馮舒：首句不可解。馮班：只首句不妥，以下字字不苟，崑體妙作。錢湘靈：「安劉」二字不妥。何義門：貞觀十一年，詔從漢氏將相陪陵功臣密戚，皆賜塋地一所，第二正用其事。○一路逼出末句，可謂揶揄殆盡。紀昀：「安劉」二字誤用。飴山老人批《唐詩鼓吹》而爲之詞，非也。「豎儒」暗對嫚罵酈生事。許印芳：「『安劉』藉言安厝，非誤用也。『提三尺』，乃往時事，故曰『耳聞』；『盜一抔』是後來事，故曰『眼看』；亦不得謂之病。惟『舊居』、『故里』，意重複耳。後半譏其重武輕文，妙在語無痕迹。」

明謝榛《四溟詩話》卷一：「唐彦謙曰：『耳聞明主提三尺，眼見愚民盜一抔。』此皆歇後，何鄭五之多也。」

清姜宸英《湛園集》卷八：「古人語不可輕駁。……予按：《漢書·高祖本紀》曰：『吾以布衣提三尺取天下。』師古曰：『三尺，劍也。』下韓安國所云『三尺』亦用而流俗書本。或云提三尺劍，劍字後人所加耳。此語及注甚明，是歇後語，班固已然。而石林止憑《史記》，從夢中彈駁古人，不慮子瞻、魯直胡盧地下耶？」

清錢謙益評《唐詩鼓吹》：「首言漢家卜葬高祖于此，以安劉氏，而陪附者纍纍然盡列侯焉。因思高祖之起豐沛，得都長安，則豐上屣居已無故里，但沛中立廟猶對荒丘耳。今者霸業無存，空聞明主之提三尺；而長陵猶在，已見愚民之盜一抔。一興一廢，感慨繫之矣。昔高祖不好儒生，動爲謾罵。余亦一豎儒也，千載之下，騎瘦馬而望渭城，但見落日荒凉而已，事業安在哉？」

清何焯批《唐詩鼓吹》：「存威格于天區，亡墳掘而莫御，如指温韜之事而云。」

清陸次雲《五朝詩善鳴集》：「『一重回頭』三字深，此時腐儒胸中有無限議論没處告語在。」

清金聖歎《貫華堂選批唐才子詩甲集》卷八：「高闕，陵上闕也。前解冷眼覷一『此』字，熱話駁一「安」字，言昔者高帝封諸列侯，豈有他哉？只爲「安劉」計也。以我論之，必到此陵此闕，則劉始得安矣；豈惟劉安，彼列侯亦得安矣。何者？莊子云「造化勞我以生，而逸我以死」，是也。設不然而必欲安者豐沛，則「豐上舊居」已「無故里」，「沛中原廟」只「對荒丘」，當時榻前顧命，竟復奚施哉。後解忽寫腐儒，遂不復寫長陵也。「聞」，腐儒聞也；「見」，腐儒見也。特爲其腹中實實記得千載舊事之故，于是亦遂據實謚之曰「千載腐儒」。「騎瘦馬」，妙妙。瘦馬背上是腐儒，腐儒腹中是千載，不知是千載後來只合騎瘦馬，不知是瘦馬背上恰稱馱腐儒。然我則見腐儒腹儲千載，脚跨瘦馬，既已自古至今矣。「重回頭」，「重」字去聲，寫腐儒吃驚不小也。腐儒意中，只道三尺至今猶自提，一抔至今不可盜。』

清毛張健《唐體膚詮》：『松楸禾黍，寄興雖佳，猶落套數。惟此句句切長陵，不泛作憑吊語，信爲傑出。』

清吴景旭《歷代詩話》卷五十三：『余以長陵乃漢高帝墓也，庚溪之説爲長。故黄山谷每讀此詩，稱賞不已。劉後村謂「三尺」、「一抔」之聯惜不多見，蓋取其工而當也。《野客叢書》云：觀歐陽行周集有「或掬一抔土焉，或剪一枝材焉」。劉禹錫詩「血污城西一杯土」，歐陽詢《藝文類聚》于《杯門》編入「長陵一抔土」事，是以抔字爲杯盞字用矣。又考之古詞中有以酒杯字作抔土字押者，如《隴西行》是也，因知古人嘗以此二字通用。然觀《藝苑雌黄》引《漢・張釋之傳》「假如愚民取長陵一抔土」，師古注：抔，步侯反。謂以手掬之也。其字從手，讀爲杯勺之杯非也。杯非應盛土之物也。郭氏《佩觿》論杯、抔二字云：杯，薄來切，杯，勺也。抔，步侯切，手掬貌也。駱賓王《檄》「一抔之土未乾」，正用張釋之語。僧惠洪有詩云：「人生如逆旅，歲月苦逼催。安知賢與愚，同作土一杯。」其説蓋誤矣。據此，則二字安可通用。』

五　緋桃〔一〕

短牆荒圃四無鄰〔二〕，烈火緋桃照地春〔三〕。坐久好風休掩袂〔四〕，夜來微雨已霑巾〔五〕。敢同俗態期青眼〔六〕，似有微詞動絳脣〔七〕。盡日更無鄉井念〔八〕，此時何必見秦人〔九〕。

〔一〕詩見《三體唐詩》卷四、《雅音會編》卷五、《唐詩統籤》卷七百二十一。《全唐詩》列卷六百七十二，後同。緋桃：桃花的一種。高濂《遵生八箋·桃花十種》：『有緋桃，俗名蘇州桃花。如剪絨者，比諸桃開遲而色可愛。』

〔二〕荒圃：無人養護拋荒的花圃。

〔三〕烈火：喻緋桃紅艷之狀。照地：照耀着大地。極言紅艷。錢起《梨花》：『桃花徒照地，終被笑妖紅。』

〔四〕掩袂：用衣袖遮面。

〔五〕巾：此指頭巾。《急就篇》卷二：『鞁、鞮、卬角、褐、韤、巾。』顔師古注：『巾者，一幅之巾，所以裹頭也。一曰裹足之巾，若今人裹足布也。』

〔六〕敢同：猶言豈敢混同。期：期盼。青眼：眼睛注視對方，表示對人的尊敬和欣賞。劉義慶《世説新語·簡傲》：『嵇康與吕安善。』劉孝標注引《晉百官名》：『嵇喜字公穆，歷揚州刺史，康兄也。阮籍遭喪，往弔之。籍能爲青白眼，見凡俗之士，以白眼對之。及喜往，籍不哭，見其白眼，喜不懌而退。康聞之，乃齎酒挾琴而造之，遂相與善。』此指青睞。

〔七〕微詞：又作『微辭』。微妙之詞。宋玉《登徒子好色賦》：『玉爲人體貌閑麗，口多微辭，又性好色。』絳唇：紅唇。此喻桃花花瓣如欲言的朱唇。孟棨《本事詩·事感》：『白尚書（白居易）姬人樊素，善歌；妓人小蠻，善舞。嘗爲詩曰：「櫻桃樊素口，楊柳小蠻腰。」』

〔八〕鄉井：家鄉。崔峒《酬李補闕雨中寄贈》：『白髮還鄉井，微官有子孫。』

〔九〕晉太元中，武陵有捕魚人迷路，入一桃花林。漁人甚異之，欲窮其林，則得一山口，初極狹，纔通人。復行數十步，豁然開朗，屋舍儼然，人煙稠密。其人自云先世避秦時亂，率妻子邑人來此絶境，不復出焉。見陶淵明《桃花源記》。此反用其義，言雖見桃花，而不必效武陵人更訪秦人也。

六 小院〔一〕

小院無人夜，煙斜月轉明〔二〕。清宵易惆悵〔三〕，不必有離情。

〔一〕詩見《才調集》卷六、《萬首唐人絶句》卷十九、《唐音》卷十四、《唐詩類苑》卷一六六、《唐詩品彙》卷四十四、《唐詩鏡》卷五十三、《唐詩韻匯》、《唐詩統籤》卷七百二十二、《錢抄》卷上。

〔二〕轉：更。

〔三〕清宵：清静的夜晚。蕭統《鍾山講解》：『清宵出望園，詰晨届鍾嶺。』按：李商隱《無題》其二：『重幃深下莫愁堂，卧後清宵細細長。神女生涯元是夢，小姑居處本無郎。風波不信菱枝弱，月露誰教桂葉香。直道相思了無益，未妨惆悵是清狂。』唐句似參用李詩。

彙評

明陸時雍《唐詩鏡》卷五十三：『語却真。』

清徐增《而庵説唐詩》：『要看「無人夜」三字，下「惆悵」正爲此，却把推到清宵邊上去，于是尋夜之罪案來説，煙月是清宵之罪案也。月不明則煙不見，月明則煙受月光而見。見煙斜在那裏，我正怕此煙，而月却又照的分明，自然生出惆悵來。此時獨身無伴，憑欄不可，隱几不可，捲簾不可，下帷不可，煞有二十分過不去，總是離情在胸前梗塞。若説有離情，便落凡近；若説無離情，又涉懸空。乃輕輕轉下去曰「清宵易惆悵」，合曰「不必有離情」，的有雅人深致，唐賢之妙如此。』

清紀昀《刪正二馮評閱才調集》：『真情新語，此乃妙于言情。』

清王堯衡《古唐詩合解》：『「無人夜」便有「離情」，因「離情」而「惆悵」。今反云「惆悵」不由「離情」，乃「清宵」之故。詩人用筆深曲，令人覽之不盡，妙有含蓄。』

清俞陛雲《詩境淺説續編》：『人之閑恨閑愁，其來無自。埸臨廣武，則憑吊英雄；宫過咸陽，則追懷故國。訪貞娘之墓，歎息嬋娟；經宋玉之居，興嗟詞客。其實皆悠悠陳迹，而言愁欲愁，亦如此詩之小院月明，無端惆悵，非必有離情暗恨也。近人聽雨詩：「明知關我心何事，祇是撩人夢不成」，頗與此詩同意。』

七　春雪初霽杏花正芳月上夜吟〔一〕

霽景明如練〔二〕，繁英杏正芳〔三〕。姮娥應有語〔四〕，悔共雪争光〔五〕。

〔一〕詩見《萬首唐人絶句》卷五十九、《唐詩韻匯》、《唐詩統籤》卷七百二十二、《錢抄》卷上。『月上夜吟』，《唐詩統籤》、《錢抄》作『月夜閑吟』。初霽：此指雪後初晴。

〔二〕謂雪後的大地如白色的素練。練：煮熟生絲或生絲織品，使之柔軟潔白。《周禮·天官·染人》：『凡染，春暴練，夏纁玄。』鄭玄注：『暴練，練其素而暴之。』謝朓《晚登三山還望京邑》：『餘霞散成綺，澄江静如練。』

〔三〕繁英：繁花。

〔四〕姮娥：神話中的月中女神。《淮南子·覽冥訓》：『羿請不死之藥于西王母，姮娥竊以奔月。』高誘注：『姮娥，羿妻。羿請不死之藥于西王母，未及服之，姮娥盗食之，得仙，奔入月中，爲月精也。』此指月。

〔五〕按：杏花有變色的特點，含苞待放時，朵朵艶紅，隨着花瓣的伸展，色彩由濃漸漸轉淡，到謝落時就成雪白一片。詩人云杏花因欲與雪争光變白而致凋零，殊具巧思。

八　文惠宫人〔一〕

認得前家令〔二〕，宫人淚滿裾〔三〕。不知梁佐命〔四〕，全是沈尚書〔五〕。

〔一〕詩見《萬首唐人絶句》卷五十九、《唐詩韻匯》、《唐詩統籤》卷七百二十二、《錢抄》卷上。文惠：南朝齊武帝蕭賾長子蕭長懋，未即位而卒。宫人：宫女。

〔二〕《梁書·沈約傳》：「（沈約）嘗侍讌，有妓師是齊文惠宫人。帝問識座中客不？曰：『惟識沈家令。』約伏座流涕，帝亦悲焉，爲之罷酒。」家令：太子家令。《梁書·沈約傳》：「齊初爲征虜記室，帶襄陽令，所奉之王，齊文惠太子也。……遷太子家令。」

〔三〕淚滿裾（jū）：猶言淚滿襟。李白《冬夜醉宿龍門覺起言志》：「殷憂向誰寫，去去淚滿襟。」裾：衣服的前後襟。

〔四〕佐命：古代帝王得天下，自稱是上應天命，故稱輔佐帝王創業爲「佐命」。《梁書·沈約傳》：「時高祖勳業既就，天人允屬。約嘗扣其端，高祖默而不應。佗日又進曰：『今與古異，不可以淳風期萬物。士大夫攀龍附鳳者，皆望有尺寸之功，以保其福禄。今童兒牧豎，悉知齊祚已終，莫不云明公其人也。天文人事，表革運之徵，永元以來，尤爲彰著。讖云「行中水，作天子」，此又歷然在記。天心不可違，人情不可失。苟是曆數所至，雖欲謙光，亦不可得已。』高祖曰：『吾方思之。』對曰：『公初杖兵樊沔，此時應思。今王業已就，何所復思？昔武王伐紂，始入，民便曰：吾君，武王不違民意，亦無所思。公自至京邑，已移氣序，比于周武，遲速不同。若不早定大業，稽天人之望，脱有一人立異，便損威德。且人非金石，時事難保，豈可以建安之封，遺之子孫？若天子還都，公卿在位，則君臣分定，無復異心。君明于上，臣忠于下，豈復有人方更同公作賊？』高祖然之。」

〔五〕沈尚書：指南朝梁沈約。齊高帝時嘗爲尚書左丞，故云。

彙評

元劉壎《隱居通議·吟詠誅姦》：『一代之亡，必有一誤國者爲人所指目，見于吟詠，自唐以來，賦者多矣。雖機軸不免相同，然誅姦誅于既死，誠千古之一快，不可議其蹈襲也。如唐彦謙詠《文惠宫人》云：「認得前家令，宫人淚滿裾。不知梁佐命，全是沈尚書。」』

清王士禛《古夫于亭雜録》卷二：『唐彦謙《齊文惠宫人》詩：「認得前家令，宫人淚滿裾。那知梁佐命，全是沈尚書。」余以事實考之，誤也。文惠太子，武帝長子，鬱林王之父，蚤薨。鬱林即位，西昌侯鸞輔政，鬱林失道，鸞遂謀篡弑，盡害高武諸王，是爲明帝。鸞之子東昏侯無道，無罪殺尚書令蕭懿，懿弟衍乃起兵于襄陽，蓋明帝乃高武二帝之仇，而梁之革命，在東昏之世，與文惠相去遠矣，不應捨蕭鸞而怨及梁也，詩人之不核史事如此。』

九　贈竇尊師〔一〕

我愛竇高士〔二〕，棄官仍在家。爲嫌句漏令〔三〕，兼不要丹砂〔四〕。

〔一〕詩見《萬首唐人絶句》卷五十九、《唐詩韻匯》、《唐詩統籤》卷七百二十二、《錢抄》卷上。竇尊師：生平事迹不詳，俟考。尊師：對道士的敬稱。王昌齡《武陵開元觀黄煉師院》：『松間白髮黄尊師，童子燒香禹步時。』

〔二〕高士：志行高潔之人。李白《贈孟浩然》：『吾愛孟夫子，風流天下聞。』此指賓尊師。

〔三〕爲嫌：因爲嫌棄而看不上。句漏：今廣西北流市。西晉曾于此置縣。《晉書·葛洪傳》：『（葛洪）以年老，欲煉丹以祈遐壽。聞交阯出丹，求爲句漏令。帝以洪資高，不許。洪曰：「非欲爲榮，以有丹耳。」帝從之。』

〔四〕丹砂：即朱砂。礦物名。色深紅，古代道教徒用以化汞煉丹。杜甫《爲農》：『遠慚句漏令，不得問丹砂。』

一〇　穆天子傳〔一〕

王母清歌玉琯悲〔二〕，瑶臺應有再來期〔三〕。穆王不得重相見，恐爲無端哭盛姬〔四〕。

〔一〕詩見《萬首唐人絶句》卷五十九、《唐詩韻滙》、《唐詩統籤》卷七百二十二、《錢抄》卷上。穆天子傳：古書名，作者不詳。西晉太康二年，出土于今河南汲縣一座戰國時期魏國墓葬中，原寫于竹簡，後經荀勖整理校訂爲六卷。主要記周穆王巡遊事。按：友生冷浪濤謂此係追和李商隱《瑶池》：『瑶池阿母綺窗開，黄竹歌聲動地哀。八駿日行三萬里，穆王何事不重來』之作，是。

〔二〕王母：西王母。清歌：不用樂器伴奏的歌。《穆天子傳》卷三：『吉日甲子，天子賓于西王母。乃執白圭玄璧，以見西王母。……乙丑，天子觴西王母于瑶池之上。西王母爲天子謡曰：「白雲在天，山陵自出。道里悠遠，山川間之。將子無死，尚能復來。」天子答之曰：「予歸東土，和治諸夏。萬民平均，吾顧見汝。比及三年，將復而野。」』玉琯（guǎn）：玉製的古樂器，用以定律。《大戴禮記・少間》：『西王母來獻其白琯。』盧辯注：『琯所以候氣。』庾信《賦得鸞臺》：『九成吹玉琯，百尺上瑶臺。』

〔三〕瑶臺：此指瑶池。西王母所居地。參見注二。

〔四〕無端：無奈。表示事與願違，或没有辦法。楊巨源《大堤曲》：『無端嫁與五陵少，離别煙波傷玉顔。』盛姬：本姓盛，周穆王賜盛姓于姬姓之上，故稱盛姬。周穆王嘗爲盛姬築臺，後遇風寒得疾，不久病逝。周穆王依皇后之禮葬于轂丘之廟。見《穆天子傳》卷六。

一一　楚天〔一〕

楚天遥望每長嚬〔二〕，宋玉襄王盡作塵〔三〕。不會瑶姬朝與暮〔四〕，更爲雲雨待何人〔五〕。

〔一〕詩見《萬首唐人絶句》卷五十九、《寶真齋法書贊》卷十、《唐詩統籤》卷七百二十二、

《錢抄》卷上。楚天：楚地的天。楚：芈姓。始祖鬻熊。西周時立国于荆山一帯，都丹陽（今湖北秭歸東南）。周人稱爲荆蠻。後建都于郢（今湖北江陵西北紀王城）。春秋戰國時國勢强盛，疆域由湖北、湖南擴展到今河南、安徽、江蘇、浙江、江西和四川。公元前二二三年爲秦所滅。見《史記・楚世家》。按：友生泠浪濤謂此係追和李商隱《有感》：『非關宋玉有微辭，却是襄王夢覺遲。一自高唐賦成後，楚天雲雨盡堪疑』之作，是。

〔二〕嚬（pín）：同『顰』。皺眉。

〔三〕宋玉：戰國時楚人，與屈原同時而稍後，好辭而以賦見稱，然能祖屈原之從容辭令，而不能直諫。襄王：楚頃襄王熊横，楚懷王子。盡作塵：盡數化爲塵土。言逝去已久。杜甫《醉時歌》：『儒術于我何有哉？孔丘盗跖俱塵埃。』按：宋玉《〈高唐賦〉序》：『昔者楚襄王與宋玉遊于雲夢之臺，望高唐之觀，其上獨有雲氣，崪兮直上，忽兮改容，須臾之間，變化無窮。王問玉曰：「此何氣也？」玉對曰：「所謂朝雲者也。」王曰：「何謂朝雲？」玉曰：「昔者先王嘗遊高唐，怠而晝寢，夢見一婦人曰：妾巫山之女也。爲高唐之客，聞君遊高唐，願薦枕席。」王因幸之。去而辭曰：「妾在巫山之陽，高丘之阻。旦爲朝雲，莫爲行雨。朝朝莫莫，陽臺之下。」』李善注引《襄陽耆舊傳》曰：『赤帝女曰瑶姬，未行而卒，葬于巫山之陽，故曰巫山之女。楚懷王遊于高唐，晝寢夢見與神遇，自稱是巫山之女，王因幸之。遂爲置觀于巫山之南，號爲朝雲。後至襄王時，復遊高唐。』

〔四〕句猶言不朝與暮會瑶姬。瑶姬：指巫山神女。酈道元《水經注·江水二》：『郭景純曰：丹山在丹陽，屬巴。丹山西即巫山者也。又帝女居焉。宋玉所謂天帝之季女，名曰瑶姬，未行而亡，封于巫山之陽，精魂爲草，實爲靈芝。所謂巫山之女，高唐之阻。』一説即西王母之女雲華夫人。《太平廣記》卷五六引《集仙録》：『雲華夫人，王母第二十三女，太真王夫人之妹也，名瑶姬。』李賀《巫山高》：『瑶姬一去一千年，丁香筇竹啼老猿。』又可參見注三。

〔五〕雲雨：此雙關，既指自然界之景象，又暗指男女歡愛之情。見注三。

一二　寄徐山人〔一〕

一室清羸鶴體孤〔二〕，氣和神瑩爽冰壺〔三〕。吴中高士雖求死〔四〕，不那稽山有謝敷〔五〕。

〔一〕詩見《萬首唐人絶句》卷五十九、《唐詩統籤》卷七百二十二、《錢抄》卷上。徐山人：不詳，俟考。山人：隱居在山中的士人。孔稚珪《北山移文》：『蕙帳空兮夜鶴怨，山人去兮曉猿驚。』王勃《贈李十四》其一：『野客思茅宇，山人愛竹林。』

〔二〕清羸：清瘦羸弱。《南齊書·桂阳王鑠傳》：『鑠清羸有冷疾，常枕卧。』此喻得道者之象。

《世説新語·言語》：『庾公造周伯仁。伯仁曰：「君何所欣説而忽肥？」庾曰：「君復何所憂慘而忽瘦？」伯仁曰：「吾無所憂。直是清虚日來，滓穢日去耳。」』鶴體：如仙鶴之體。喻身材清癯修長，多指修道者。

〔三〕『氣和』，《唐詩統籤》、《錢抄》作『體和』，與前『鶴體』犯複，恐非。氣和：語氣温和。神瑩：此指精神純净。《列仙傳》卷下《朱璜》：『朱璜寢瘕，福祚相迎。真人投藥，三屍俱靈。心虚神瑩，騰贊幽冥。毛頳髮黑，超然長生。』冰壺：盛冰的玉壺。常用以比喻品德清白廉潔。鮑照《白頭吟》：『直如朱絲繩，清如玉壺冰。』李周翰注：『玉壺冰，取其絜净也。』姚崇《冰壺誡序》：『冰壺者，清潔之至也。君子對之，示不忘清也。……内懷冰清，外涵玉潤，此君子冰壺之德也。』

〔四〕吴中高士：指東晉畫家戴逵。字安道，譙國人。晉武帝時，以散騎常侍、國子博士累徵。辭父疾不就。郡縣敦逼不已，乃逃于吴，居會稽剡縣（今浙江嵊州）。求死：《晉書·謝敷傳》：『初月犯少微，少微一名處士。星占者以隱士當之。譙國戴逵有美才，人或憂之，俄而敷死。故會稽人士以嘲吴人云：「吴中高士便是求死不得死。」』

〔五〕不那：無奈。王維《愚公谷》其一：『非須一處住，不那兩心空。』謝敷：字慶緒，會稽人。入太平山隱居十餘年，鎮軍郗愔召爲主簿，臺徵博士，皆不就。見《晉書·謝敷傳》。

一三　題宗人故帖〔一〕

所忠無處訪相如〔二〕，風笈塵編迹尚餘〔三〕。惟有孝標情最厚〔四〕，一編遺在茂陵書〔五〕。

〔一〕詩見《萬首唐人絶句》卷五十九、《唐詩韻匯》、《唐詩統籤》卷七百二十二、《錢抄》卷上。宗人：同族之人。故帖：逝後留下的書帖。

〔二〕所忠：人名，西漢武帝時人。《史記·司馬相如傳》：『相如既病，免家居茂陵。天子曰：「司馬相如病甚，可往從悉取其書。若不然，後失之矣。」使所忠往，而相如已死，家無書。問其妻，對曰：「長卿固未嘗有書也。時時著書，人又取去，即空居。長卿未死時，爲一卷書，曰有使者來求書，奏之。無他書。」其遺札書言封禪事，奏所忠。』此藉指自己。相如：司馬相如。此代指己之宗人。

〔三〕風笈塵編：風吹雨打、塵土堆積的書箱和簡册。喻時日已久。迹尚餘：書迹尚得留存。此指宗人故帖。

〔四〕孝標：南朝梁劉峻之字。平原平原人（今山東平原），少嗜學，人稱書淫。嘗撰《辨命論》，中山劉沼致書以難之，凡再反，峻並爲申析以答之。會沼卒，不見峻後報者，峻乃爲書追序之。見《梁書·劉峻傳》。此自喻。

〔五〕茂陵：古縣名。治在今陝西省興平縣東北。漢初爲茂鄉，屬槐里縣。武帝築茂陵，置爲縣，屬右扶風。見《漢書·地理志上》。此代指宗人所居地。茂陵書者，當指作者之答書。

一四 垂柳〔一〕

絆惹春風別有情〔二〕，世間誰敢鬬輕盈〔三〕。楚王江畔無端種〔四〕，餓損纖腰學不成〔五〕。

〔一〕詩見《才調集》卷六、《萬首唐人絶句》卷五十九、《唐詩紀事》卷六十八、《絶句衍義》卷二、《唐詩類苑》卷一百九十三、《唐詩鏡》卷五十三、《唐詩統籤》卷七百二十二、《錢抄》卷下。『垂柳』，《晨風閣叢書·鹿門續補詩》作《詠柳》，《唐詩紀事》、《唐詩類苑》、《唐詩鏡》同。

〔二〕『絆惹』，《才調集》、《唐詩紀事》、《唐詩類苑》、《唐詩百名家全集》本作『惹絆』。『春風』下原有小注『一作「風光」』。按：《唐詩類苑》、《錢抄》、《唐詩百名家全集》本即作『風光』。《唐詩統籤》『絆惹春風』下有小注：『一作「惹絆風光」。』絆惹：招惹。因柳枝細長如繩索狀，故云絆。白居易《柳絮》：『憑鶯爲向楊花道，絆惹春風莫放歸。』又《閨怨》：『愁絲墮絮相逢著，絆惹春風卒未休。』別有情：格外有一種風情。

〔三〕鬬：比賽，争勝。輕盈：形容柳枝的婀娜柔媚。劉禹錫《楊柳枝》：『輕盈嫋娜占春華，舞榭妝樓處處遮。春盡絮飛留不得，隨風好去落誰家。』

〔四〕楚王：此當指楚靈王。垂柳多植于江畔，而楚靈王好細腰，柳枝纖柔，有似腰肢，故聯想其或爲昔日楚靈王所種。無端：無緣無故。

〔五〕『纖腰』下原有小注『一作「宫娥」』。按：《才調集》、《唐詩百名家全集》本作『宫娥』，《唐詩類苑》、《唐詩統籤》作『宫腰』，《錢抄》墨筆似亦作『宫腰』，然後又有塗抹。《絶句衍義》謂『「蠻腰」或作「纖腰」，非。』按：句謂楊柳婀娜，有似細腰。雖楚國之人節食瘦身，亦不如也。《韓非子·二柄》：『楚靈王好細腰，而國中多餓人。』隋煬帝《望江南》其二：『湖上柳，煙裏不勝垂。宿霧洗開明媚眼，東風摇弄好腰肢，煙雨更相宜。』楊炎《贈元載歌妓》：『玉山翹翠步無塵，楚腰如柳不勝春。』

彙評

明楊慎《絶句附録》卷二：『詠柳而貶美人，詠美人而貶柳，唐人所謂尊題格也，詩家常例。』

一五　登興元城觀烽火〔一〕

漢川城上角三呼〔二〕，扈蹕防邊列萬夫〔三〕。褒姒冢前烽火起〔四〕，不知泉下破顔無〔五〕？

〔一〕詩見《萬首唐人絶句》卷五十九、《唐詩韻匯》、《唐詩統籤》卷七百二十二、《錢抄》卷下。興元城：即興元府城，今陝西漢中，唐時爲山南西道節度使治所。初名梁州，唐玄宗開元十三年（七二五），改褒州。開元二十年（七三二），又爲梁州。天寶元年（七四二），改爲漢中郡。唐肅宗乾元元年（七五八），復爲梁州。唐德宗建中四年（七八三），太尉朱泚叛亂，唐德宗李适（kuò）逃往奉天。興元元年（七八四）二月，德宗由儻駱道入漢中。六月，朱泚誅，亂平。詔以梁州爲興元府，鄭縣爲赤畿。烽火：古時邊防報警的煙火。《史記・周本紀》：『有寇至，則舉烽火。』

〔二〕漢川城：此指興元府城。漢川：漢水。角：號角。原爲軍隊中傳令用的吹奏樂器，此泛指軍隊操練時用以傳令、警衆的各種樂器。

〔三〕『扈』，《唐詩統籤》、《錢抄》作『護』，亦通。扈蹕：隨侍皇帝出行至某處。蹕，指帝王的車駕或行幸之處。《舊五代史・李茂貞傳》：『朱玫之亂，唐僖宗再幸興元，文通扈蹕山南，論功第一。』防邊：防守邊地。

〔四〕褒姒冢：據此詩當在今陝西漢中一帶，然今已不存。褒姒：周幽王妃，本褒國人（今陝西漢中），後被立爲后。

〔五〕泉下：黄泉之下。指陰間。破顔：猶開顔。指高興。宋之問《發端州初入西江》：『破顔看鵲喜，拭淚聽猿啼。』無：語氣詞。猶言嗎。按：《史記·周本紀》：『褒姒不好笑，幽王欲其笑萬方，故不笑。幽王爲烽燧大鼓，有寇至，則舉烽火，諸侯悉至，至而無寇，褒姒乃大笑。幽王説之，爲數舉烽火，其後不信，諸侯益亦不至。幽王以虢石父爲卿，用事，國人皆怨，石父爲人佞巧，善諛好利，王用之，又廢申后，去太子也。申侯怒，與繒西夷犬戎，攻幽王。幽王舉烽火征兵，兵莫至，遂殺幽王驪山下，虜褒姒，盡取周賂而去。』

一六　鄧艾廟〔一〕

昭烈遺黎死尚羞〔二〕，揮刀斫石恨譙周〔三〕。如何千載留遺廟，血食巴山伴武侯〔四〕。

〔一〕詩見《萬首唐人絶句》卷五十九、《唐詩統籤》卷七百二十二、《錢抄》卷下。鄧艾廟：祭祀鄧艾的屋舍。唐時曾于今劍閣普安鎮北廟鄉孤玉山南麓設廟祭祀。王象之《輿地碑記目》卷四《隆慶府碑記》：『《魏太尉鄧公神廟記》，唐長慶四年劍州刺史邢册題。《鄧艾衛聖侯碑》，在普安縣北十五里，唐中和五年八月劍州刺史郭淮立石。』鄧艾：字士載，三國時義陽棘陽（今河南新野）人。曹魏景元四年（二六三）冬十月，鄧艾率軍自陰平道行無人之地七百餘里偷襲江油，滅蜀。旋因居功自傲，爲亂兵所殺。《三國志》有傳。

〔二〕昭烈遺黎：指蜀國亡國後之遺民。昭烈：三國時蜀國先主劉備的謚號。遺黎：亡國之民。《晉書·地理志下》：『自中原亂離，遺黎南渡，并僑置牧司，在廣陵丹徒南城，非舊土也。』

〔三〕《三國志·蜀志·姜維傳》：『維等初聞瞻破，或聞後主欲固守成都，或聞欲東入吴，或聞欲南入建寧。于是引軍由廣漢、郪道，以審虚實。尋被後主勑令，乃投戈放甲，詣會于涪軍前，將士咸怒，拔刀砍石。』譙周：字允南，巴西西充國人。鄧艾由陰平入蜀，進逼成都，群臣惶惑，不知應對，譙力主出降。《三國志》有傳。

〔四〕血食：謂受享後人祭品。古代杀牲取血以祭，故稱。《左傳·莊公六年》：『若不從三臣，抑社稷實不血食，而君焉取餘？』《漢書·高帝紀下》：『故粤王亡諸世奉粤祀，秦侵奪其地，使其社稷不得血食。』顔師古注：『祭者尚血腥，故曰血食也。』巴山：大巴山脈。爲陝西、四川、湖北三省交界地區山地之總稱。此泛指蜀地。武侯：諸葛亮。因生前曾封武鄉侯，死後追謚爲忠武侯，故云。按：今四川成都、陝西勉縣均有武侯祠，故此云『伴武侯』。

彙評

清王士禛《香祖筆記》卷五：『康熙丙子，余以祭告使秦蜀，過劍州之南門外，有小廟一區，方改作，問之，曰：「鄧艾廟也。」余謂不祀姜伯約，反祀鄧艾，于義悖矣。乃從來有司無昌言毁之者，何也？欲賦詩正之，未果。後見唐人唐彦謙一詩云：「昭烈遺黎死尚羞，揮刀斫石恨譙周。

如何千載留遺廟，血食巴山伴武侯。」已先我而言之矣。以此見三代之直不泯。』

一七　曲江春望〔一〕

杏艷桃夭奪晚霞〔二〕，樂遊無廟有年華〔三〕。漢朝冠蓋皆陵墓〔四〕，十里宜春下苑花〔五〕。

〔一〕詩見《才調集》卷六、《萬首唐人絶句》卷五十九、《三體唐詩》卷一、《江湖小集》卷二十二、《唐音》卷十四、《唐詩解》卷三十、《唐詩品彙》卷五十四、《文章辨體》外集卷四、《雅音會編》卷八、《錢抄》卷上。曲江：在今陝西省西安市東南。秦爲宜春苑，漢爲樂遊原，有河水水流曲折，故稱。隋文帝以曲名不正，更名芙蓉園。唐復名曲江。開元中更加疏鑿，爲都人中和、上巳等盛節遊賞勝地。參閲康駢《劇談録・曲江》、樂史《太平寰宇記・關西道一・雍州》。

〔二〕『夭』，《全唐詩》作『光』，下有小注：『一作「夭」。』按：《萬首唐人絶句》作『光』。《才調集》、《三體唐詩》、《唐音》、《唐詩品彙》、《雅音會編》、《唐詩統籤》、《錢抄》又作『嬌』。作『夭』是。《詩經・周南・桃夭》：『桃之夭夭，灼灼其華。』毛亨傳：『夭夭，其少壯也。』因字形與『光』相似，故訛作『光』。又因讀音與『嬌』相近，故又訛作

『嬌』。

〔三〕句謂昔日樂遊原上之廟，今已不存，惟風景依然。《漢書·宣帝紀》：『（神爵）三年春，起樂遊苑。』顔師古注：『《三輔黄圖》云在杜陵西北。又《關中記》云宣帝立廟于曲池之北，號樂遊。案其處則今之所呼樂遊廟者是也。其餘基尚可識焉。蓋本爲苑，後因立廟乎？』年華：風光；風景。張嗣初《春色滿皇州》：『何處年華好，皇州淑氣匀。韶陽潛應律，草木暗迎春。』

〔四〕冠蓋：本指禮帽和車蓋。此指達官顯貴。杜甫《夢李白》其二：『冠蓋滿京華，斯人獨憔悴。』友生冷浪濤補：杜甫《諸將》其二：『漢朝陵墓對南山，胡虜千秋尚入關。』

〔五〕『下』，《全唐詩》原作『漢』，下有小注：『一作「下」。』按：《才調集》、《三體唐詩》、《江湖小集》、《唐音》、《唐詩品彙》、《雅音會編》、《唐詩統籤》、《錢抄》、《晨風閣叢書》本皆作『下苑』，作『下苑』是，兹據改。若作『漢苑』，則與上句『漢朝』犯複。《漢書·元帝紀》：『（黄龍二年春）三月，立廣陵厲王太子霸爲王。詔罷黄門乘輿狗馬，水衡禁囿、宜春下苑、少府佽飛外池、嚴籞池田，假與貧民。』顔師古注：『宜春下苑，即今京城東南隅曲江池是也。』句謂只有昔日下春苑遺址上，還開滿了舊日的花。宜春苑，據《史記·司馬相如傳》：『上善之，還過宜春宫。』《正義》：『《括地志》云：秦宜春宫，在雍州萬年縣西南三十里。宜春苑，在宫之東、杜之南。』與詩題不合。

彙評

明唐汝詢《唐詩解》：『漢之冠蓋皆爲陵墓，所存者惟花，故因所見此終篇。』

一八　漢殿〔一〕

鳥去雲飛意不通〔二〕，夜壇斜月轉松風〔三〕。君王寂寞無消息〔四〕，却就閑人覓巨公〔五〕。

〔一〕詩見《萬首唐人絶句》卷五十九、《唐詩韻匯》、《唐詩統籤》卷七百二十二、《錢抄》卷下。

〔二〕句謂昔日漢家宫殿，只有鳥雀行雲尚能來來去去，而彼此心意則已無法溝通。

〔三〕『松』，《晨風閣叢書》本作『相』，恐非。轉：變化。松風：松林之風。顔延之《拜陵廟作》：『松風遵路急，山煙冒壠生。』《南史·陶弘景傳》：『特愛松風，庭院皆植松，每聞其響，欣然爲樂。』杜甫《玉华宫》：『溪迴松風長，蒼鼠竄古瓦。不知何王殿，遺構絶壁下。』

〔四〕『寂寞』，原作『寂慮』。按：『寂慮』一詞典籍中未見有其他用例，費解。此從《晨風閣叢書》本改。

〔五〕句謂當年之帝王已然无存，只有就今尋常人中尋覓其後裔。閑人：此指普通的人。巨公：皇帝的别稱。《史記·孝武本紀》：『群臣有言見一老父牽狗，言「吾欲見巨公」，已忽不見。』《索隱》：『《漢書音義》曰：巨公謂武帝。』

一九　賀李昌時禁苑新命〔一〕

振鷺翔鸞集禁闈〔二〕，玉堂珠樹瑩風儀〔三〕。不知新到靈和殿〔四〕，張緒如何柳一枝〔五〕。

〔一〕詩見《文苑英華》卷二百六十五、《萬首唐人絶句》卷五十九、《唐詩韻匯》、《唐詩統籤》卷七百二十二、《錢抄》卷下。李昌時：即李拯，字昌時，隴西人，唐懿宗咸通十二年（八七一）登進士第。唐僖宗乾符中，累佐府幕。黄巢之亂，避地平陽。僖宗還京，召拜尚書郎，轉考功郎中，知制誥。光啓元年（八八五），田令孜奏請收安邑、解縣兩鹽池之利歸神策軍。河中節度使王重榮上表陳訴令孜十罪。令孜率神策軍討重榮，重榮引河東節度使李克用軍爲援，共拒令孜，神策軍大敗。令孜挾僖宗逃往興元（今陝西漢中）。邠寧節度使朱玫等擁立唐肅宗第九子襄王李僙曾孫李熅監國爲帝，改元建貞，建置百官，任命李拯爲翰林學士。及王行瑜殺朱玫，襄王出奔，京城亂，拯爲亂兵所殺。《舊唐書》有傳。禁苑：此指翰林學士供職之學士院。陳鵠《耆舊續聞》卷五：『自此禁苑闕人，上謂少年輕薄，不足爲館閣重。』新命：新的任命。此指李爲翰林學士事。

〔二〕『禁』，《錢抄》作『楚』，非是。振鷺：《詩·周頌·振鷺》：『振鷺于飛，于彼西雝。』孔穎達疏：『言有振振然絜白之鷺鳥往飛也。……美威儀之人臣而助祭王廟亦得其宜也。』又《魯頌·有駜》：『振振鷺，鷺于下。』毛亨傳：『鷺，白鳥也，以興絜白之士。』鄭玄箋：『絜白之士群集于君之朝。』後因以『振鷺』喻在朝的操行純美的賢士。翔鸞：飛行的鸞鳥。此喻文學侍從之士。禁闈：宫廷門户。《後漢書·周舉傳》：『及還納言，出入京輦，有欽哉之績；在禁闈，有密静之風。』何遜《石頭答庾郎丹》：『相如阻禁闈，何由從簡易。』此指禁苑。

〔三〕句謂從此翰林院中，將得見李之風姿。玉堂：官署名。漢侍中有玉堂署。《漢書·李尋傳》：『過隨衆賢待詔，食太官，衣御府，久汙玉堂之署。』顔師古注：『玉堂殿在未央宫。』王先謙《補注》引何焯曰：『漢時待詔于玉堂殿，唐時待詔于翰林院，至宋以後，翰林遂並蒙玉堂之號。』此指學士院。珠樹：神話傳説中的仙樹。《山海經·海内西經》：『三株樹在厭火北，生赤水上，其爲樹如柏葉，皆爲珠。一曰其爲樹若彗。』友生冷浪濤補：《舊唐書·王勃傳》：『勃六歲解屬文，構思無滯，詞情英邁，與兄勔、勮才藻相類，父友杜易簡常稱之曰：「此王氏三珠樹也。」』黄滔《寄同年崔學士》：『雖知珠樹懸天上，終賴銀河接世間。』瑩：珠玉的光彩。《韩詩外傳》卷四：『良珠度寸，雖有百仞之水，不能掩其瑩。』

風儀：風姿，儀容。

〔四〕『新』下原有小注：『一作「親」。』靈和殿：本南朝齊武帝蕭賾所建宫殿名。此泛指宫殿。見注五。

〔五〕『如何』，《文苑英華》、《唐詩韻匯》、《錢抄》作『何如』，義通。張緒：字思曼，齊武帝時，官吏部尚書祭酒。《南史·張緒傳》：『緒吐納風流，聽者皆忘飢疲，見者肅然如在宗廟。雖終日與居，莫能測焉。劉悛之爲益州，獻蜀柳數株，枝條甚長，狀若絲縷。時舊宫芳林苑始成，武帝以植于太昌靈和殿前，常賞玩咨嗟，曰：「此楊柳風流可愛，似張緒當年時。」其見賞愛如此。』此藉指李拯。句猶言如何張緒柳一枝。謂不知李到了學士院後，如何做到像當年張緒一樣風姿俊美，如楊柳一樣風流可愛。喻企羡之意。

二〇 牡丹〔一〕

顏色無因饒錦繡〔二〕，馨香惟解掩蘭蓀〔三〕。那堪更被煙蒙蔽〔四〕，南國西施泣斷魂〔五〕。

〔一〕詩見《萬首唐人絶句》卷五十九、《唐詩韻匯》、《唐詩統籤》卷七百二十二、《錢抄》卷下。牡丹：毛茛科芍藥屬植物，多年生落葉小灌木。唐人甚重之。素有『花中之王』的美譽。但古無牡丹之名，統稱芍藥，後以木芍藥稱牡丹。一般謂牡丹之稱在唐以後，至唐開元中始盛于長安。

〔二〕無因：猶言無由，没有辦法。皛：重，濃。祖詠《泊揚子津》：『客衣今日薄，寒氣近來皛。』錦繡：花紋色彩精美鮮艷的絲織品。按：此可與六〇《紅葉》『甘寧棄錦張』及六八《玫瑰》『無力春煙裏』互參。

〔三〕解：知道。掩：遮蔽。猶言超過。蘭蓀：即菖蒲。一种香草。沈約《和謝宣城》：『昔賢侔時雨，今守馥蘭蓀。』劉良注：『蘭蓀，香草也。』沈括《夢溪筆談・辯證一》：『香草之類，大率多異名，所謂蘭蓀，蓀即今菖蒲是也。』

〔四〕蒙蔽：遮蔽。煙：此當指春天早晨的霧氣。

〔五〕南國西施：此指牡丹。因牡丹有國色之譽，故取西施相譬。《唐詩紀事》卷四十：『唐文皇好詩，大和中，賞牡丹，上謂程脩己曰：「今京邑人傳牡丹詩，誰爲首出？」對曰：「中書舍人李正封詩：天香夜染衣，國色朝酣酒。」』又劉禹錫《賞牡丹》：『唯有牡丹真國色，花開時節動京城。』西施：春秋越地美女。或稱先施，別名夷光，亦稱西子。姓施。春秋末年越國苧羅（今浙江諸暨南）人。越王勾踐敗于會稽，范蠡取西施獻吴王夫差，使其迷惑忘政。越遂亡吴。後西施歸范蠡，同泛五湖。事見《吴越春秋・勾踐陰謀外傳》。泣斷魂：此喻牡丹枝葉上沾滿雨露之狀，宛如南國哭泣之西施。

二一　羅江驛〔一〕

數枝高柳帶鳴鴉〔二〕，一樹山榴自落花。已是向來多淚眼〔三〕，短亭回首在天涯〔四〕。

〔一〕詩見《萬首唐人絶句》卷五十九、《唐詩統籤》卷七百二十二、《錢抄》卷下。羅江驛：在今四川羅江縣境内。南接德陽，北連綿陽，歷來爲蜀道要衝。宋張孝祥、陸游均有同題作。

〔二〕『鳴鴉』，《錢抄》作『明霞』。

〔三〕向來：從來。淚眼：充滿眼淚的雙眼。庾信《昭君辭應詔》：『片片紅顔落，雙雙淚眼生。』

〔四〕短亭：舊時城外大道旁，五里設短亭，十里設長亭，爲行人休憩或送行餞别之所。庾信《哀江南賦》：『十里五里，長亭短亭。』李白《菩薩蠻》：『何處是歸程，長亭更短亭。』

二二　奏捷西蜀題沱江驛〔一〕

野客乘軺非所宜〔二〕，况將儒懦報戎機〔三〕。錦江不識臨邛酒〔四〕，且免相如渴病歸〔五〕。

〔一〕詩見《萬首唐人絶句》卷五十九、《蜀中廣記》卷一百二《詩話記第二》、《升庵集》卷五十五《唐彦謙詩》、《補叙全蜀藝文志》卷十二、《唐詩統籤》卷七百二十二、《錢抄》卷下。奏捷：向國君報捷。沱江驛：在今四川省成都市新都區。《資治通鑑・唐懿宗咸通十一年》：『（二月）乙未，蠻步騎數萬復至，會右武衛上將軍宋威以忠武二千人至，即與諸軍會戰，蠻軍大敗，死者五千餘人。退保星宿山，威進軍沱江驛，距成都三十里，蠻遣其臣楊定保詣支詳請和。』胡三省注：『沱江驛在成都府新繁縣。《禹貢》：「岷山導江，别爲沱。」』本詩當即指此事。

〔二〕野客：客居他鄉的鄉野之人。杜甫《柟樹爲風雨所拔嘆》：『野客頻留懼雪霜，行人不過聽竽籟。』乘軺（yáo）：乘坐使節所用之車。丘遲《與陳伯之書》：『乘軺建節，奉疆埸之任。』劉良注：『軺，使車也。』此作者自指。

〔三〕『儒懦』，《蜀中廣記》、《升庵集》、《補叙全蜀藝文志》作『儒服』。儒懦（nuò）：柔弱，不剛强。《北齊書・儒林傳・權會》：『性甚儒懦，似不能言；及臨機答難，酬報如響。』《舊唐書・廬江王瑗傳》：『朝廷以瑗儒懦，非邊將才，遣右領軍將軍王君廓助典兵事。』報戎機：即赴戎機。指參與戰争；或軍事事宜。《樂府詩集・梁鼓角横吹曲・木蘭詩》：『萬里赴戎機，關山度若飛。』

〔四〕錦江：岷江分支之一，在今四川成都平原。傳説蜀人織錦濯于其中則錦色鮮艷，濯于他水，則錦色暗淡，故稱。左思《蜀都賦》：『百室離房，機杼相和；貝錦斐成，濯色江波。』劉逵注引譙周《益州志》：『成都織錦既成，濯于江水，其文分明，勝于初成；他水濯之，不如江水也。』此指沱江。臨邛酒：西漢臨邛以出産美酒著稱。兼用司馬相如事。司馬相如初依梁孝王，梁孝王卒，往投臨邛令王吉，得識卓王孫新寡之女卓文君，文君悦之，夜奔。後兩人無以爲生，乃買一酒舍酤酒，而令文君當鑪，相如身自着犢鼻褌，與保庸雜作，滌器于市中。見《史記·司馬相如傳》。又李商隱《杜工部蜀中離席》：『美酒成都堪送老，當壚仍是卓文君？』

〔五〕『且免』，《蜀中廣記》、《升庵集》、《補叙全蜀藝文志》並作『幸免』。句謂己雖已到成都（錦江），却因不識臨邛美酒，故可免像相如得消渴之疾而歸。渴病：即消渴病。中醫學病名。口渴，善飢，尿多，消瘦。包括糖尿病、尿崩症等。《素問·奇病論》：『肥者令人内熱，甘者令人中滿，故其氣上溢，轉爲消渴。』《史記·司馬相如列傳》：『司馬相如者，蜀郡成都人也。……相如口吃而善著書，常有消渴疾，與卓氏婚，饒於財，其進仕宦，未嘗肯與公卿國家之事，稱病閑居，不慕官爵。』作者此以相如自比。又李商隱《病中早訪招國李十將軍遇挈家遊曲江》其一：『相如未是真消渴，猶放沱江過錦城。』

二三　春早落英〔一〕

紛紛從此見花殘〔二〕，轉覺長繩繫日難〔三〕。樓上有愁春不淺〔四〕，小桃風雪憑闌干〔五〕。

〔一〕詩見《萬首唐人絶句》卷五十九、《寶真齋法書贊》卷十、《唐詩韻匯》、《唐詩統籤》卷七百二十二、《錢抄》卷下。落英：指花瓣墜落。

〔二〕猶言從此紛紛見花殘。

〔三〕轉：更。繫日：喻留住時光。《太平御覽》卷七百六十六引傅玄《九曲詩》：『歲暮景邁時光絶，安得長繩繫日月。』江總《歲暮還宅》：『長繩豈繫日，濁酒傾一杯。』《周書·蕭大圜傳》：『嗟乎，人生若浮雲朝露，寧俟長繩繫景，寔不願之。』李白《恨賦》：『恨不挂長繩于青天，繫此西飛之白日。』李商隱《謁山》：『從來繫日乏長繩，水去雲回恨不勝。』

〔四〕春不淺：言春已漸深，指春天將盡。

〔五〕小桃：初春即開花的一種桃樹。陸游《老學庵筆記》卷四：『歐陽公、梅宛陵、王文恭集皆有小桃詩。歐詩云：「雪裏花開人未知，摘來相顧共驚疑。便須索酒花前醉，初見今年第一枝。」初但謂桃花有一種早開者耳。及遊成都，始識所謂小桃者，上元前後即著花，狀如垂絲海棠。曾子固《雜識》云：「正月二十，開天章閣賞小桃。」正謂此也。』按：此似言桃花墜落如風飄雪花，而非謂風雪中看花也。

二四　仲山高祖兄仲隱居之所〔一〕

千載遺蹤寄薜蘿〔二〕，沛中鄉里舊山河〔三〕。長陵亦是閑丘隴〔四〕，異日誰知與仲多〔五〕。

〔一〕詩見《萬首唐人絶句》卷五十九、《唐詩解》卷三十、《唐詩品彙》卷五十四、《唐詩鏡》卷五十三、《唐詩絶句類選》卷四、《唐詩統籤》卷七百二十二、《錢抄》卷下。『高祖兄仲隱居之所』，《錢抄》、《晨風閣叢書》本作『高祖兄仲山隱居之所』。《唐詩統籤》作『漢高祖兄仲葬此』。又本詩詩題《記纂淵海》卷二十四作『房彦謙題郃陽劉仲城』。《太平寰宇記・蒲城》：『劉仲城，漢高祖兄也。封仲于戊，十年爲匈奴所攻，棄國而走，廢爲郃陽侯，居此城也。』題下小注：『宋蔡正孫《詩林廣記》卷九作「漢高祖兄劉仲葬于此山」。』劉仲：又名喜，漢高祖劉邦次兄。劉邦稱帝後，封代王，因匈奴圍攻，棄國亡歸雒陽，廢以爲合陽侯。

〔二〕薜蘿：薜荔和女蘿。兩者皆野生植物，常攀緣于山野林木或屋壁之上。《楚辭・九歌・山鬼》：『若有人兮山之阿，被薜荔兮帶女蘿。』此泛指山間各種攀援植物的藤蔓。

〔三〕沛中：即沛。劉仲之家鄉，今江蘇沛縣。

〔四〕長陵：又名長山，漢高祖劉邦與吕后同塋不同穴的陵墓。見四《長陵》注一。閑丘隴：猶言無主的陵墓。丘隴：墳墓。《禮記·月令》：『（孟冬之月）塋丘壟之大小高卑厚薄之度，貴賤之等級。』孫希旦《集解》：『墓域曰塋，其封土而高者曰丘壟。』

〔五〕《史記·高祖本紀》：『未央宫成，高祖大朝諸侯群臣，置酒未央前殿。高祖奉玉巵，起爲太上皇壽，曰：「始大人常以臣無賴，不能治産業，不如仲力。今某之業所就，孰與仲多？」殿上群臣皆呼萬歲，大笑爲樂。』異日：猶言他日，以後。

彙評

宋蔡正孫《詩林廣記》卷九：『謝疊山云：「觀此詩，則貧富貴賤，等是空花，有道者一不以此累其心。堯讓天下，許由不受，亦見此理。」愚謂彦謙此詩之意以爲高祖得天下之後，乃與兄仲較産業所就之多寡，及其死也，則長陵與仲山均之爲一抔土耳，果何多寡之分邪？』

明唐汝詢《唐詩解》：『漢高以天下驕其兄，殊不知千載之下，同一荒丘，未必多于仲也。讀此則舉世紛華，皆如嚼蠟。』

明周珽《唐詩選脈會通評林》：『唐陳彝曰：「説得富貴冷落。」周珽曰：「茂業絶句，大多用事隱僻，諷諭悠遠。此篇與《登興元城》、《鄧艾廟》、《漢殿》等什，楊用修謂首首藴藉堪詠，比之貫休、胡曾輩天壤矣。」』

清黄周星《唐詩快》：『使漢高聞之，亦當啞然一笑。』

清徐增《而庵説唐詩》：『結句即用高祖語，妙。讀之何異冷水澆背。』

清宋宗元《網師園唐詩箋》：『漢高對太皇語原甚唐突，宜千載下來此詆娸。』

王國維《人間詞話删稿》：『「君王枉把平陳業，换得雷塘數畝田。」政治家之言也。「長陵亦是閑丘隴，異日誰知與仲多」，詩人之言也。政治家之眼，域于一人一事。詩人之眼，則通古今而觀之。』

二五　漢嗣〔一〕

漢嗣安危繫數君〔二〕，高皇决意勢難分〔三〕。張良口辨周昌吃〔四〕，同建儲宫第一勛〔五〕。

〔一〕詩見《萬首唐人絶句》卷五十九、《唐詩韻匯》、《唐詩統籤》卷七百二十二、《錢抄》卷下。

〔二〕漢嗣：猶言漢朝嗣君，此指當時嗣君漢惠帝劉盈。數君：指留侯張良、東園公、甪里先生、綺里季、夏黄公、周昌、太傅叔孫通等當時反對漢高祖劉邦廢嗣之人。按：劉邦稱帝後，寵愛戚夫人，欲廢太子劉盈，立戚夫人子趙王如意。大臣諫争而未能。吕后乃使建成侯吕澤劫張良爲謀，張良令太子爲書卑辭安車往請四皓，又因叔孫通以死争，最終促使劉邦放棄廢太子劉盈。見《史記・留侯世家》。

〔三〕『決意』，《唐詩統籤》、《錢抄》、《晨風閣叢書》本作『意決』。《史記・留侯世家》：『上欲廢太子，立戚夫人子趙王如意，大臣多諫争，未能得堅決者也。』高皇：高皇帝。指漢高祖劉邦。勢難分：謂當時形勢難以分清高下。

〔四〕口辨：即『口辯』，指能言善辯。此指張良爲吕后獻計事。《史記・留侯世家》：『吕后乃使建成侯吕澤劫留侯，曰：「君常爲上謀臣，今上欲易太子，君安得高枕而卧乎？」留侯曰：「始上數在困急之中，幸用臣策。今天下安定，以愛欲易太子，骨肉之間，雖臣等百餘人何益？」吕澤强要曰：「爲我畫計。」留侯曰：「此難以口舌争也。顧上有不能致者，天下有四人。四人者，年老矣，皆以爲上慢侮人，故逃匿山中，義不爲漢臣。然上高此四人，今公誠能無愛金玉璧帛，令太子爲書，卑辭安車，因使辯士固請，宜來。來，以爲客，時時從入朝，令上見之，則必異而問之。問之，上知此四人賢，則一助也。」』周昌：沛人，以卒史從劉邦起兵，以功封汾陰侯。昌爲人口吃，劉邦『欲廢太子，而立戚姬子如意爲太子，大臣固争之，莫能得。上以留侯策即止，而周昌廷争之彊。上問其説，昌爲人吃，又盛怒曰：「臣口不能言，然臣期期知其不可。陛下雖欲廢太子，臣期期不奉詔。」上欣然而笑。既罷，吕后側耳于東廂，聽見周昌，爲跪謝曰：「微君，太子幾廢。」』見《史記・周昌傳》。

〔五〕儲宫：本指太子所居的宫室。《後漢書·郎顗傳》：『臣竊見皇子未立，儲宫無主。』此用爲動詞，指立爲儲宫。潘尼《贈陸機出爲吴王郎中令》：『乃漸上京，乃儀儲宫。』第一勛：排名第一的功勛。鮑溶《和淮南李相公夷簡喜平淄青回軍之作》：『馬毛不汗東方靖，行見蕭何第一勛。』李商隱《四皓廟》：『蕭何只解追韓信，豈得虚當第一功？』

二六　四老廟〔一〕

西漢儲宫定不傾〔二〕，可能園綺勝良平〔三〕。舉朝公將無全策〔四〕。借請閑人羽翼成〔五〕。

〔一〕詩見《萬首唐人絶句》卷五十九、《唐詩統籤》卷七百二十二、《錢抄》卷下。四老廟：供奉祭祀東園公、甪里先生、綺里季、夏黄公（又稱『商山四皓』）的屋舍。據《太平寰宇記·萬年縣》：『四皓廟在縣南終南山下，去縣五十里。』按：李商隱有《四皓廟》。

〔二〕句謂漢惠帝劉盈儲君的位置最終得以確定，未遭傾覆。儲宫：本指立爲儲君，此指漢惠帝劉盈。見二五《漢嗣》注五。

〔三〕可能：也許。韓偓《偶題》：『蕭艾轉肥蘭蕙瘦，可能天亦妬馨香！』園綺：東園公、綺里季。此泛指商山四皓。皇甫謐《高士傳》：『四皓者，皆河内軹人也。或在汲。一曰東園公，二曰甪里先生，三曰綺里季，四曰夏黄公，皆修道潔己，非義不動。秦始皇時，見秦政虐，乃退入藍田山而作歌曰：「莫莫高山，深谷逶迤。曄曄紫芝，可以療飢。唐虞世遠，吾將何歸。駟馬高蓋，其憂甚大。富貴之畏人，不如貧賤之肆志。」乃共入商雒，隱地肺山，以待天下定。及秦敗，漢高聞而徵之不至，深自匿終南山，不能屈己。』良平：張良、陳平。全策：萬全的計策。見二五《漢嗣》注三。

〔四〕『公將』，《晨風閣叢書》本作『公相』。指王公將相。舉朝：猶言滿朝。

〔五〕閑人：此指閑散隱居之四老（即四皓）。羽翼成：指輔佐的人或者力量已經形成。《史記·留侯世家》：『漢十二年，上從擊破布軍歸，疾益甚，愈欲易太子。留侯諫，不聽，因疾不視事。叔孫太傅稱説引古今，以死争太子，上詳許之，猶欲易之。及燕置酒，太子侍。四人從太子，年皆八十有餘，鬚眉皓白，衣冠甚偉。上恠之，問曰：「彼何爲者？」四人前對，各言名姓。曰東園公、甪里先生、綺里季、夏黄公。上乃大驚，曰：「吾求公數歲，公辟逃我，今公何自從吾兒遊乎？」四人皆曰：「陛下輕士善駡，臣等義不受辱，故恐而亡匿。竊聞太子爲人仁孝，恭敬愛士，天下莫不延頸欲爲太子死者，故臣等來耳。」上曰：「煩公幸卒調護太子。」四人爲壽已畢，趨去。上目送之，召戚夫人，指示四人者曰：「我欲易之，彼四人輔之，羽翼已成，難動矣。吕后真而主矣。」』

二七　洛神〔一〕

人世仙家本自殊〔二〕，何須相見向中途〔三〕。驚鴻瞥過遊龍去〔四〕，漫惱陳王一事無〔五〕。

〔一〕詩見《萬首唐人絶句》卷五十九、《唐詩統籤》卷七百二十二、《錢抄》卷下。洛神：傳説爲宓妃氏之女，溺死洛水爲神。《楚辭·離騷》：『吾令豐隆乘雲兮，求宓妃之所在。』王逸注：『宓妃，神女。』司馬相如《上林賦》：『若夫青琴、宓妃之徒，絶殊離俗。』李善注引如淳曰：『宓妃，伏羲氏女，溺死洛，遂爲洛水之神。』

〔二〕人世：世間之人。此指曹植。仙家：指洛神。曹植《洛神賦》：『恨人神之道殊兮，怨盛年之莫當。』

〔三〕向中途：在途中。指從洛陽返回封地甄城的途中。曹植《洛神賦》：『黄初三年，余朝京師，還濟洛川，古人有言，斯水之神，名曰宓妃。感宋玉對楚王神女之事，遂作斯賦。』

〔四〕曹植《洛神賦》：『余從京域，言歸東藩。……睹一麗人，于巖之畔。乃援御者而告之曰：「爾有覿于彼者乎？彼何人斯，若此之艷也。」御者對曰：「臣聞河洛之神，名曰宓妃。然則君王所見，無乃是乎？其狀若何？臣願聞之。」余告之曰：「其形也，翩若驚鴻，婉若遊龍。榮曜秋菊，華茂春松。」』

〔五〕漫惱：平白無故地撩撥起。陳王：指曹植。因生前曾封陳王，故云。一事：指感念甄后之事。《洛神賦》李善注：『《記》曰：魏東阿王漢末求甄逸女，既不遂。太祖回與五官中郎將，植殊不平。晝思夜想，廢寢與食。黄初中入朝，帝示植甄后玉鏤金帶枕，植見之，不覺泣。時已爲郭后讒死，帝意亦尋悟。因令太子留宴飲，仍以枕賚植。植還，度轘轅，少許，時將息洛水上，思甄后。忽見女來，自云：「我本託心君王，其心不遂，此枕是在我家時，從嫁前與五官中郎將，今與君王。遂用薦枕席，懽情交集，豈常辭能具，爲郭后以糠塞口，今被髮，羞將此形貌重睹君王爾。」言訖，遂不復見所在。遣人獻珠于王，王答以玉珮，悲喜不能自勝，遂作《感甄賦》。後明帝見之，改爲《洛神賦》。』無：語氣詞，猶言嗎。

彙評

宋劉克莊《後村集》卷十七《詩話》：『《洛神賦》，子建寓言也，好事者乃造甄后事以實之。使果有之，當見誅于黄初之朝矣。唐彦謙云：「驚鴻瞥過遊龍去，虚惱陳王一事無。」似爲子建分疏者。』

二八　初秋到慈州冬首换絳牧〔一〕

秋杪方攀玉樹枝〔二〕，隔年無計待春暉〔三〕。自嫌暫作仙城守〔四〕，不逐鶯來共燕飛〔五〕。

〔一〕詩見《萬首唐人絶句》卷五十九、《錢抄》卷下。慈州：屬河東道，治慈州，今山西吉縣。冬首：開冬，冬季的開始。换：對調。絳牧：絳州刺史。絳州：屬河東道，治絳州，今山西新絳。按：《舊唐書·鄭從讜傳》：『（中和三年）五月十五日，從讜離太原。時京城雖復，車駕未還，道途多寇，行次絳州，唐彦謙爲刺史。』則此詩當作于唐僖宗中和三年（八八三）初秋。牧：本指治民的人。此指州郡長官。《國語·魯語下》：『日中考政，與百官之政事師尹，維旅牧相，宣序民事。』韋昭注：『牧，州牧也。』《孟子·梁惠王上》：『今夫天下之人牧，未有不嗜殺人者也。』孫奭疏：『言今天下爲牧養人民之君，未有不好殺人者。』《漢書·成帝紀》：『十二月，罷部刺史，更置州牧，秩二千石。』任昉《爲范尚書讓吏部封侯第一表》：『持斧作牧，以薏苡興謗。』李周翰注：『馬援爲交趾太守，出薏苡可治瘴氣，遂取一車，將還時，人以爲南土珍怪，因而流謗也。』儲光羲《送丘健至州敕放作時任下邽縣》詩：『邦牧新下車，德禮彼甿謳。』

〔二〕秋杪（miǎo）：秋末。玉樹枝：白雪覆蓋的樹枝。李白《對雪獻從兄虞城宰》：『庭前看玉樹，腸斷憶連枝。』

〔三〕猶言無計隔年待春暉。隔年：來年。無計：没有辦法。春暉：春天的陽光。

〔四〕自嫌：不滿自己。仙城守：指慈州刺史。因冬季慈州爲白雪覆蓋，猶如瓊樓玉宇，故擬之爲仙城。

〔五〕猶言只能逐鶯燕飛來，不能共鶯燕飛去。前後互文。共：和。按：羅敏中《唐彥謙年譜》：『「燕爲候鳥，秋冬南遷，絳州在慈州之南，故言「共燕飛」。』

二九　南梁戲題漢高廟〔一〕

數載從軍似武夫，今隨戎捷氣偏粗〔二〕。漢皇若問何爲者〔三〕，免道高陽舊酒徒〔四〕。

〔一〕詩見《萬首唐人絶句》卷五十九、《唐詩統籤》卷七百二十二、《錢抄》卷下。南梁：疑指南梁州，治南安縣（今四川劍閣普安）。南朝梁天監二年（五〇三）設，後改爲安州。轄南安郡，輔劍郡，南新巴郡。唐彥謙曾由漢中入蜀，經過此地，見二二《奏捷西蜀題沱江驛》等詩。漢高廟：供奉祭祀漢高祖劉邦的屋舍。

〔二〕戎捷：軍隊取得勝利。氣偏粗：猶言氣最壯。偏：最。

〔三〕漢皇：漢高祖劉邦。何爲者：做什麽的人。

〔四〕免道：不用説。高陽舊酒徒：本西漢酈食其自稱，見四《長陵》注八。高陽：今河南開封一帶。此作者自比。

三〇 重經馮家舊里[一]

馮家舊宅閉柴關[二]，修竹猶存潏水灣[三]。應繫星辰天上去[四]，不留英骨葬人間[五]。

〔一〕詩見《萬首唐人絶句》卷五十九、《唐詩韻匯》、《唐詩統籤》卷七百二十二、《錢抄》卷下。馮家舊里：當是某馮姓人家的故居，其名字、事迹俟考。

〔二〕柴關：猶言柴門。極言簡陋。

〔三〕『潏水』，『潏』下有小注：『一作「泬」。』《唐詩韻匯》、《唐詩統籤》、《錢抄》亦作『泬水』，《晨風閣叢書》本作『橘水』，非是。修竹：長長的竹子。潏（jué）水：一作泬水，或訛作沈水。上游即今陝西長安縣東南的潏河上游。自縣南皇子陂以下，漢、晉時故道大致即今皂河。惟古潏水在漢長安城西南支分爲三：正流穿城西建章宫北流入渭；支流一東流從章門入城，流經未央宫、桂宫、長樂宫，出青門，又東注漕渠，稱泬水支渠；另一北流折東北繞城西、城北兩面又北入渭，稱泬水支津。今皂河下游但有一道，即古泬水支津。隋、唐時遏潏水西流匯交水，又遏交水西流滙豐水，後世遂統指自皇子陂西至秦渡鎮入豐一段爲潏河下游。灣：水流彎曲處。庾信《望渭水》詩：『樹似新亭岸，沙如龍尾灣。』沈佺期

《入鬼門關》詩：『馬危千仞谷，舟險萬重灣。』

〔四〕『天上』，《唐詩韻匯》、《唐詩統籤》、《錢抄》作『上天』。繫（xì）：是。

〔五〕英骨：英烈的遺骸。按：此謂馮某應是天上星宿下凡，故死後重回天上，未在人間留下尸骨。友生冷浪濤補：《太平廣記》卷六：『（東方）朔未死時，謂同舍郎曰：「天下人無能知朔，知朔者太王公耳。」朔卒後，武帝得此語，即召太王公問之曰：「爾知東方朔乎？」公對曰：「不知。」「公何所能？」曰：「頗善星曆。」帝問諸星皆具是否。曰：「諸星具，獨不見歲星十八年，今復見耳。」帝仰天歎曰：「東方朔生在朕旁十八年，而不知是歲星哉。」慘然不樂。』

三一　克復後登安國寺閣〔一〕

千門萬户鞠蒿藜〔二〕，斷燼遺垣一望迷〔三〕。惆悵建章鴛瓦盡〔四〕，夜來空見玉繩低〔五〕。

〔一〕詩見《萬首唐人絶句》卷五十九、《唐詩韻匯》、《唐詩統籤》卷七百二十二、《錢抄》卷下。克復：攻克收復。安國寺：在長安大明宫東南，朱雀東第四街之長樂坊，本唐睿宗李旦在藩舊宅，景雲元年（七一〇）立爲寺，以本封安國爲名。

〔二〕千門萬户：極言其多。猶言家家户户。鞠：通『鞫』。困窘。傅亮《爲宋公至洛陽謁五陵表》：『山川無改，城闕爲墟。宫廟隳頓，鍾簴空列。觀宇之餘，鞠爲禾黍。』李周翰注：『宫觀之餘，盡爲田疇而生禾黍也。』卢肇《宣州新興寺碑銘》序：『故有崇基廣厦，文甍雕甍，鞠爲土梗。』蒿藜：蒿和藜。泛指雜草，野草。杜甫《無家别》詩：『寂寞天寶後，園廬但蒿藜。』

〔三〕斷燼：建築物被毁壞焚烧後的殘餘。遺垣：此指經兵燹劫掠後遺留下的斷垣殘壁。一望迷：一眼望去一片凄迷。

〔四〕建章：即建章宫。本漢代宫殿名。《三輔黄圖·漢宫》：『武帝太初元年，柏梁殿灾。粤巫勇之曰：「粤俗，有火灾即復大起屋，以厭勝之。」帝于是作建章宫，度爲千門萬户。宫在未央宫西，長安城外。』此泛指長安的宫殿。鴛瓦：即鴛鴦瓦。中國傳統屋瓦形式，一俯一仰，形同鴛鴦依偎交合，故稱鴛鴦瓦。蕭統《講席將畢賦三十韻詩依次用》：『日麗鴛鴦瓦，風度蜘蛛屋。』白居易《长恨歌》：『鴛鴦瓦冷霜華重，翡翠衾寒誰與共？』于鵠《送唐大夫讓節歸山》：『朱門鴛瓦爲仙觀，白領狐裘出帝城。』

〔五〕玉繩：星名。常泛指群星。張衡《西京賦》：『上飛闥而仰眺，正睹瑶光與玉繩。』李善注引《春秋元命苞》曰：『玉衡北兩星爲玉繩。』謝朓《暫使下都夜發新林至京邑贈西府同僚一首》：『金波麗鳷鵲，玉繩低建章。』李商隱《寄令狐學士》：『曉飲豈知金掌迥，夜吟應訝玉繩低。』按：此暗示昔日高大之宫闕已經焚毁殆盡，故以前常爲宫闕所遮掩的低垂的星宿，如今皆能見到。

三二　題虔僧室〔一〕

何緣春恨貯離憂〔二〕，欲入空門萬事休〔三〕。水月定中何所謂〔四〕，也嚬眉黛托腮愁〔五〕。

〔一〕詩見《萬首唐人絶句》卷五十九、《唐詩統籤》卷七百二十二、《錢抄》卷下。虔僧：此處之『虔』，既可理解爲地名，指虔州（今江西贛州），謂虔地之僧人；亦可理解爲人名，指名虔之僧人。然具體何指，已難確斷。按：唐彦謙雖有與僧侣交遊酬應之作，但皆屬泛泛酬應之作，此詩大量使用佛典，殊爲可疑。

〔二〕何緣：爲什麽。春恨：春天帶來的怨恨。

〔三〕空門：猶言佛門。因佛教闡揚空的道理，並以空法作爲進入涅槃之門。萬事休：萬事罷休。沈佺期《從驩州廨宅移住山間水亭贈蘇使君》：『棄置一身在，平生萬事休。』

〔四〕『謂』，《唐詩統籤》、《錢抄》作『爲』，亦通。水月定中：指僧室中。水月：水中之月，大乘十喻之一，十緣生句之一。水中之月乃月之影現，並無月之實體，以此比喻諸法無自性，凡夫妄執心水中所現我我所之相，而著于諸法，實則諸法了無實體。《大智度論》卷六：『解了諸法，如幻，如焰，如水中月……如鏡中像，如化。』定：心住于一境不散亂。定原爲梵語 sama ḍhi（三摩地、三昧）之意譯。

〔五〕『嚬』（pín），同『顰』。皺眉。眉黛：古代女子用黛畫眉，因稱眉爲眉黛。董思恭《昭君怨》其一：『裾衫霑馬汗，眉黛染胡塵。』

三三　見煬帝寶帳〔一〕

漢文窮相作前王〔二〕，慳惜明珠不斗量〔三〕。翡翠鮫綃何所直〔四〕，千裨萬接上書囊〔五〕。

〔一〕詩見《萬首唐人絶句》卷五十九、《寶真齋法書贊》卷十、《唐詩統籤》卷七百二十二、《錢抄》卷上。煬帝：隋煬帝楊廣。在位期間以奢靡稱。《隋書·煬帝紀》：『以天下承平日久，士馬全盛。慨然慕秦皇、漢武之事，乃盛治宫室，窮極侈靡。召募行人，分使絶域，諸蕃至者，厚加禮賜；有不恭命，以兵擊之。盛興屯田于玉門柳城之外，課天下富室，益市武馬，匹直十餘萬，富强坐是凍餒者十家而九。』寶帳：裝飾有珍寶的帳子。按：《紺珠集·四寶帳》：『帝建迷樓，樓上設四寶帳：一曰散春愁，二曰醉忘歸，三曰夜合香，四曰迎秋月。

皆寶所成也。』

〔二〕猶言前王漢文作窮相。謂作爲前代帝王漢文帝一副貧窮的樣子。漢文：漢文帝劉恒。在位期間，以恭儉著稱。《漢書·文帝紀贊》：『孝文皇帝即位二十三年，宫室苑囿車騎服御無所增益。有不便，輒弛以利民。嘗欲作露臺，召匠計之，直百金，上曰：「百金，中人十家之産也。吾奉先帝宫室，嘗恐羞之，何以臺爲！」身衣弋綈，所幸慎夫人衣不曳地，帷帳無文繡，以示敦朴，爲天下先。治霸陵，皆瓦器，不得以金銀銅錫爲飾，因其山，不起墳。』窮相：貧窮的樣子。

〔三〕『慳』，《錢抄》墨筆作『慳』，又施朱筆改動。句暗用西晉石崇事。劉恂《嶺表録異》卷上：『緑珠井，在白州雙角山下。昔梁氏之女有容貌，石季倫爲交趾採訪使，以真珠三斛買之。』劉禹錫《泰娘歌》：『斗量明珠鳥傳意，紺幰迎入專城居。』慳惜：吝惜。明珠：光澤晶瑩的珍珠。《白虎通·封禪》：『江出大貝，海出明珠。』《漢書·景帝紀》：『三年春正月，詔曰：「農，天下之本也。黄金珠玉，飢不可食，寒不可衣，以爲幣用，不識其終始。閒歲或不登，意爲末者衆，農民寡也。其令郡國務勸農桑，益種樹，可得衣食物。吏發民若取庸采黄金珠玉者，坐臧爲盜。二千石聽者，與同罪。」』按：此謂漢文帝因爲吝惜珠玉，所以從無斗量豪奢之舉措。

〔四〕翡翠：即硬玉。色彩鮮艷的天然礦石，主要用作裝飾品和工藝美術品。謝朓《落梅》：

『用持插雲髻，翡翠比光輝。』鮫綃：亦作『鮫綃』。傳説中鮫人所織的綃。任昉《述異記》卷上：『南海出鮫綃紗，泉室潛織，一名龍紗。其價百餘金，以爲服，入水不濡。』此喻珍稀難得之物。何所值：猶言到底值什麽呢？

〔五〕『裨』，《晨風閣叢書》本作『稗』，非是。裨：補綴。千裨（bì）萬接：極言經過無數次補綴拼接。書囊：用來盛裝圖書的袋子。岑參《送李别將摄伊吾令充使赴武威便寄崔員外》：『詞賦滿書囊，胡爲在戰場。』按：據此，則傳説爲隋煬帝的寶帳，被亂兵劫掠後，分拆補綴成裝盛放物品的袋子。《後漢書·儒林列傳序》：『初，光武遷還洛陽，其經牒秘書載之二千餘兩。自此以後，參倍于前。及董卓移都之際，吏民擾亂，自辟雍、東觀、蘭臺、石室、宣明、鴻都諸藏典策文章，競共剖散，其縑帛圖書，大則連爲帷蓋，小乃製爲縢囊。』與此相類。

三四　樓上偶題〔一〕

塵土無因狎隱淪〔二〕，青山一望每傷神〔三〕。可能前嶺空喬木〔四〕，應有懷才抱器人〔五〕。

〔一〕詩見《萬首唐人絶句》卷五十九、《唐詩統籤》卷七百二十二、《錢抄》卷上。

〔二〕塵土：細小的灰土。此暗指俗世中骯髒的人或事。無因：没有機緣。狎：親近，接近。隱淪：本爲神人等級之一。郭璞《江賦》：『納隱淪之列真，挺異人乎精魄。』李善注引桓譚《新論》：『天下神人五：一曰神仙，二曰隱淪，三曰使鬼物，四曰先知，五曰鑄凝。』此指隱居山林的神仙或隱士。

〔三〕青山：此暗指懷才抱器之人隱居之處。傷神：傷心。

〔四〕空：僅僅（有）。

〔五〕懷才抱器人：擁有才華能力的人。《易·繫辭下》：『君子藏器于身，待時而動，何不利之有。』趙璘《因話録》：『昔歲，德宗搜訪懷才抱器不求聞達者，有人于昭應縣逢一書生，奔馳入京，問求何事。答云：「將應不求聞達科。」』按：此詩有對時局失望，感傷有才華能力之人又隱居山林，不能爲國所用。可與七八《松》『誰云山澤間，而無梁棟材』互參。

三五　親仁里聞猿〔一〕

朱雀街東半夜驚〔二〕，楚魂湘夢兩徒清〔三〕。五更撩亂趨朝火〔四〕，滿口塵埃亦數聲〔五〕。

〔一〕詩見《萬首唐人絶句》卷五十九、《唐詩統籤》卷七百二十二、《錢抄》卷上。親仁里：

又稱親仁坊。按唐時長安城序列，在朱雀街東第三街，即皇城東之第一街。北臨宣陽坊，南臨永寧坊。爲唐代著名之顯貴居住地。尚書右僕射燕國公于志寧、太子詹事韋琨、駙馬都尉鄭萬鈞、滕王元嬰、安禄山、汾陽郡王郭子儀、昌樂公主、太子太師汧國公李勉、兵部尚書致仕歸崇敬、劍南東川節度使馮宿、大同軍節度使李國昌均曾宅于此。見宋敏求《長安志》卷八。

〔二〕朱雀街：唐長安城主幹道之一，從城南正中的明德門直達南山石砬峪。以朱雀大街爲界，分爲東西兩部分。街東歸萬年縣管轄，街西歸長安縣管轄。

〔三〕『湘夢』，『湘』下有小注：『一作「和」。』《唐詩統籤》、《錢抄》亦作『和夢』。『兩徒』，下有小注：『一作「雨中」。』《錢抄》亦作『雨中』。楚湘：此藉指猿生長的故楚地一帶。清：此指清夢，猶言美夢。按：句當謂猿即使在魂夢中，亦無不思念自己的生長之地。

〔四〕五更：舊時自黄昏至拂曉一夜間，分爲甲、乙、丙、丁、戊五段，謂之『五更』。又稱五鼓、五夜。《顏氏家訓·書證》：『或問：「一夜何故五更？更何所訓？」答曰：「漢魏以來，謂爲甲夜、乙夜、丙夜、丁夜、戊夜；又云鼓，一鼓、二鼓、三鼓、四鼓、五鼓；亦云一更、二更、三更、四更、五更；皆以五爲節……更，歷也，經也，故曰五更爾。」』約相當于現在的三點到五點。撩亂：錯亂。此指猿錯認朝火爲天明。朝火：早晨燃燒的火。

〔五〕滿口塵埃：暗示猿不在山林中，而處于街市。《水經注·江水二》：『每至晴初霜旦，林寒澗肅。常有高猿長嘯，屢引淒異，空谷傳響，哀轉久絶。故漁者歌曰：「巴東三峽巫峽長，猿鳴三聲淚沾裳。」』『屢引淒異』，沈炳巽《水經注集釋訂訛》謂『《荆州記》作「屬引清遠」。』據此，知猿有清晨啼叫之習慣。

三六　聞李瀆司勛下世〔一〕

異鄉丹旐已飄揚〔二〕，一顧深知實未亡〔三〕。任被褚裒泉下笑〔四〕，重將北面哭真長〔五〕。

〔一〕詩見《萬首唐人絶句》卷五十九、《唐詩統籤》卷七百二十二、《錢抄》卷上。李瀆：生平事迹不詳，俟考。司勛：官名。《周禮》夏官之屬，主管功賞之事。北周因周制置司勛，掌六勛之事。隋置司勛侍郎，屬吏部。唐改爲郎中。參閲李林甫《唐六典》卷二。下世：去世。

〔二〕丹旐（zhào）：猶言丹旌。舊時出喪所用的紅色魂幡。

〔三〕『亡』，《晨風閣叢書》本作『忘』，似皆可通。作『亡』者，《老子》『死而不亡者壽』，謂李雖死而猶未死也。作『忘』者，謂李對己之知遇之恩，己未敢忘也。一顧：《戰國策·燕策二》有經伯樂一顧而馬價十倍之説。後以『一顧』喻受人引舉稱揚或提携知遇。謝朓《和王主簿怨情》詩：『生平一顧重，宿昔千金賤。』《南史·蕭子顯傳》：『一顧之恩，非望而至。』李益《將赴朔方早發漢武泉》：『問我此何爲，平生重一顧。』

〔四〕褚裒：字季野，河南陽翟（今河南禹縣）人。女爲康獻皇后褚蒜子，康帝即位，徵拜侍中，遷尚書。除建威將軍，江州刺史。後拜左將軍、兖州刺史、都督兖州徐州之琅邪諸軍事，假節，鎮金城，又領琅邪内史。晉穆帝即位，授衛將軍，徐兖二州刺史，鎮京口。永和五年（三四九），率軍北伐，因失利退回，慚恨發病去世，贈侍中、太傅，謚號元穆。《晉書》有傳。泉下：黄泉之下。指死後歸骨之地下。

〔五〕北面：面向北。古禮，臣拜君，卑幼拜尊長，皆面向北行禮，因而居臣下、晚輩之位曰『北面』。《周禮·夏官·司士》：『正朝儀之位，辨其貴賤之等。王南向，三公北面東上。』真長：西晉劉惔之字。沛國相縣（今安徽宿州）人，少清遠有標奇，論者比之荀粲。歷任司徒左長史、侍中、丹陽尹等職。爲魏晉八君子之一。《晉書》有傳。《世説新語·輕詆》：『褚太傅南下，孫長樂于船中視之，言次及劉真長死，孫流涕，因諷詠曰：「人之云亡，邦國殄瘁。」褚大怒曰：「真長平生何嘗相比數？而卿今日作此面向人？」孫回泣向褚曰：「卿當念我。」時咸笑其才而性鄙。』

三七　試夜題省廊桂〔一〕

麻衣穿穴兩京塵〔二〕，十見東堂緑桂春〔三〕。今日競飛楊葉箭〔四〕，魏舒休作畫籌人〔五〕。

〔一〕詩見《萬首唐人絶句》卷五十九、《唐詩統籤》卷七百二十二、《錢抄》卷上。試夜：此指省試的前夜。省：尚書省。唐代科舉，每年仲冬，各州縣館監舉其成者與舉選不由館學之鄉貢，赴京師，參加尚書省禮部主持的考試。廊桂：廊院中的桂樹。

〔二〕麻衣：舊時舉子所穿的麻織物衣服。李賀《野歌》：『麻衣黑肥衝北風，帶酒日晚歌田中。』王琦《彙解》：『唐時舉子皆著麻衣，蓋苧葛之類。』穿穴：猶鑽研。孔穎達《尚書正義序》：『然焯乃織綜經文，穿鑿孔穴，詭其新見，異彼前儒。』兩京塵：西都長安和東都洛陽的風塵中。此專指長安。趙嘏《過噴玉泉》：『兩京塵路一雙鬢，不見玉泉千萬秋。』

〔三〕東堂緑桂：據《晉書・郤詵傳》載：郤詵以對策上第，拜議郎。後遷官，晉武帝于東堂會送，問詵曰：『卿自以爲何如？』詵對曰：『臣舉賢良對策，爲天下第一，猶桂林之一枝，崑山之片玉。』東堂：晉宫的正殿。此代指試院。據辛文房《唐才子傳》載：唐彦謙曾

『十餘年不第』，此云十見，當是舉其成數。
〔四〕戰國時楚國養由基善射，去柳葉百步而射之，百發而百中。見《戰國策・西周》。按：唐代科舉考試一般在春天進行，此時正值楊柳嫩葉長出之時，故時人多以箭射楊葉，擬之文戰。李商隱《爲裴懿無私祭薛郎中文》：『澤宮貍首，棘場楊葉。箭去星懸，弓懸月怯。』
〔五〕魏舒：字陽元，西晉任城樊人。《晉書》有傳。畫籌：指用籌碼計算（射箭的成績）。《晉書・魏舒傳》：『累遷後將軍鍾毓長史，毓每與參佐射，舒常爲畫籌而已。後遇朋人不足，以舒滿數。毓初不知其善射。舒容範閑雅，發無不中，舉坐愕然，莫有敵者。毓歎而謝曰：「吾之不足以盡卿才，有如此射矣，豈一事哉！」』後用爲才士未得試用之典。

三八　竹風〔一〕

竹映風窗數陣斜〔二〕，旅人愁坐思無涯。夜來留得江湖夢〔三〕，全爲乾聲似荻花〔四〕。

〔一〕詩見《萬首唐人絶句》卷五十九、《全芳備祖集》前集卷十四、《唐詩統籤》卷七百二十二、《錢抄》卷下。
〔二〕『數陣』，《全芳備祖集》作『數處』。風窗：透風的窗户。
〔三〕『江湖』，《全芳備祖集》作『湖山』。江湖夢：此雙關，一指因風吹竹葉似江邊之蘆荻，引發出的似身處于江河湖海之夢；一指渴望隱逸閑居之夢。

〔四〕『乾聲』，《全芳備祖集》作『乾蘆』。全爲：都是因爲。乾聲：指竹葉被風吹拂發出清脆的聲響，以區别于雨打竹葉發出的聲響。岑參《虢州西亭陪端公宴集》：『開瓶酒色嫩，踏地葉聲乾。』又可參一三七《詠葡萄》（西園晚霽浮嫩涼）注六。似荻花：指風吹竹葉之聲有似吹江湖邊荻花之聲。荻花：蘆荻的花。荻：多年生草本植物，與蘆同類。生長在水邊。根莖都有節似竹，葉抱莖生，秋天生紫色或白色、草黄色花穗，莖可以編席箔。

三九　長溪秋望〔一〕

柳短莎長溪水流〔二〕，雨微煙暝立溪頭〔三〕。寒鴉閃閃前山去〔四〕，杜曲黄昏獨自愁〔五〕。

〔一〕詩見《才調集》卷六、《萬首唐人絶句》卷五十九、《三體唐詩》卷一、《唐詩近體集韻》卷二十六、《唐詩品彙》卷五十四、《雅音會編》卷十一、《唐詩統籤》卷七百二十二、《錢抄》卷上。『望』，《雅音會編》作『思』。長溪：當是唐時杜曲附近的一條溪流名。

〔二〕『短莎』，《才調集》作『暗沙』。莎（suō）：多年生草本植物，多生于潮濕地區或河邊沙地。塊莖稱『香附子』，可供藥用。

〔三〕『微』，《唐詩近體集韻》作『餘』。煙暝：傍晚的煙靄。

〔四〕『去』，《才調集》、《錢抄》作『遠』。按：句謂烏鴉拍打着翅膀，在傍晚夕陽的照耀下，一閃一閃地飛向前山。

〔五〕『獨』，《唐詩近體集韻》作『人』。杜曲：在今陝西西安市長安區東少陵原東南端。有樊川、御宿川流經其間。因唐貴族杜氏世居于此，故名。其南爲杜固。世稱杜曲爲北杜，杜固爲南杜。白居易《寄湘靈》：『遥知别後西樓上，應憑闌干獨自愁。』

四〇　嚴子陵〔一〕

嚴陵情性是真狂，抵觸三公傲帝王〔二〕。不怕舊交嗔僭越〔三〕，唤他侯霸作君房〔四〕。

〔一〕詩見《萬首唐人絶句》卷五十九、《嚴陵集》卷二、《唐詩統籤》卷七百二十二、《錢抄》卷下。嚴子陵：名光。東漢會稽餘姚人。少有高名，與光武帝劉秀同遊學，及光武即位，光乃變名姓，隱身不見。光武後尋訪始得，迎之宫中，除爲諫議大夫，不屈，乃耕于富春山。《後漢書》有傳。

〔二〕抵觸：冒犯。三公：此指侯霸，時爲司徒。帝王：指漢光武帝劉秀。《後漢書·嚴光傳》：『司徒侯霸與光素舊，遣使奉書。使人因謂光曰：「公聞先生至，區區欲即詣造，迫于典司，是以不獲。願因日暮，自屈語言。」光不答，乃投札與之，口授曰：「君房足下，位至鼎足，甚善。懷仁輔義天下悦，阿諛順旨要領絶。」霸得書，封奏之。帝笑曰：「狂奴故態也。」車駕即日幸其館，光卧不起。帝即其卧所，撫光腹曰：「咄咄子陵，不可相助爲理邪？」光又眠不應。良久乃張目熟視，曰：「昔唐堯著德，巢父洗耳，士故有志，何至相迫乎？」帝曰：「子陵，我竟不能下汝邪？」于是升輿歎息而去。復引光入論道舊故，相對累日。帝從容問光曰：「朕何如昔時？」對曰：「陛下差增于往。」因共偃卧，光以足加帝腹上。明日，太史奏客星犯御坐甚急，帝笑曰：「朕故人嚴子陵共卧耳。」』

〔三〕『嗔』，《唐詩統籤》、《錢抄》作『稱』。舊交：指侯霸。嗔（chēn）：發怒；生氣。僭越：超越禮數。

〔四〕君房：侯霸之字。按：侯霸時爲三公，嚴光以其字稱之，是以亢禮（平等的禮數）待之，故云僭越。

四一　北齊〔一〕

草草招提强據鞍〔二〕，周師乘勝莫回看〔三〕。背城肯戰知虛實〔四〕，争奈人前忍笑難〔五〕。

〔一〕詩見《萬首唐人絶句》卷五十九、《唐詩韻匯》、《唐詩統籤》卷七百二十二、《錢抄》卷下。北齊：南北朝時期北方王朝之一，由高洋于公元五五〇年建立，都鄴城，歷經文宣帝高洋、廢帝高殷、孝昭帝高演、武成帝高湛、後主高緯、幼主高恒六帝。公元五七七年爲北周所滅，享國二十八年。按：李商隱有同題同體裁作二首，其一：『一笑相傾國便亡，何勞荆棘始堪傷。小憐玉體横陳夜，已報周師入晉陽。』其二：『巧笑知堪敵萬幾，傾城最在著戎衣。晉陽已陷休回顧，更請君王獵一圍。』唐彦謙此詩明顯乃學李之作，詠北齊後主高緯事。

〔二〕『招提』，《唐詩韻匯》、《唐詩統籤》、《錢抄》作『招携』，非。草草：匆遽貌。李白《南奔書懷》：『草草出近關，行行昧前筭。』招提：梵語。音譯爲『拓鬥提奢』，省作『拓提』，後誤爲『招提』。其義爲『四方』。四方之僧稱招提僧，四方僧之住處稱爲招提僧坊。北魏太武帝造伽藍，創招提之名，後遂爲寺院的别稱。謝靈運《答范光禄書》：『即時經始招提，在所住山南。』此指晉陽。因晉祠曾改爲大崇皇寺。《北齊書·後主紀》：『（天統五年三月）是月，行幸晉陽。夏四月甲子，詔以并州尚書省爲大基聖寺，晉祠爲大崇皇寺。』據鞍：跨着馬鞍。《後漢書·馬援傳》：『援自請曰：「臣尚能被甲上馬。」帝令試之。援據鞍顧眄，以示可用。』此指上馬出征。按：《北齊書·後主紀》：『（武平七年）八月丁卯，行幸晉陽。雉集于御坐，獲之，有司不敢以聞。詔營邯鄲宮。冬十月丙辰，帝大狩于祁連池，周師攻晉州。癸亥，帝還晉陽。甲子，出兵，大集晉祠。庚午，帝發晉陽。癸酉，帝列陣而行，上雞棲原，與周齊王憲相對。至夜不戰，周師斂陣而退。』

〔三〕《北齊書·高阿那肱傳》：『周師逼平陽，後主于天池校獵。晉州頻遣馳奏，從旦至午，驛馬三至。肱云：「大家正作樂，何急奏聞？」至暮，使更至，云：「平陽城已陷，賊方至。」乃奏知。明早旦，即欲引軍，淑妃又請更合一圍。』李商隱《北齊》其二：『晉陽已陷休回顧，更請君王獵一圍。』

〔四〕指武平七年十二月，周武帝宇文邕圍攻晉陽事。《北齊書·後主紀》：『（武平七年）十二月戊申，武帝來救晉州。庚戌，戰于城南，我軍大敗，帝棄軍先還。癸丑，入晉陽，憂懼不知所之。甲寅，大赦。帝謂朝臣曰：「周師甚盛，若何？」群臣咸曰：「天命未改，一得一失，自古皆然。宜停百賦，安慰朝野，收拾遺兵，背城死戰，以存社稷。」帝意猶豫，欲向北朔州。乃留安德王延宗、廣寧王孝珩等守晉陽。若晉陽不守，即欲奔突厥。群臣皆曰不可，帝不從其言。』

〔五〕《北齊書·後主紀》：『（武平七年十二月）庚申，帝入鄴。辛酉，延宗與周師戰于晉陽，大敗，爲周師所虜。帝遣募人，重加官賞，雖有此言，而竟不出物。廣寧王孝珩奏請出宫人及珍寶班賜將士。帝不悦。斛律孝卿居中受委，帶甲以處分，請帝親勞，爲帝撰辭，且曰宜慷慨流涕，感激人心。帝既出臨衆，將令之，不復記所受言，遂大笑。左右亦群咍，將士莫不解體。』

四二　楚世家〔一〕

偏信由來惑是非〔二〕，一言邪佞脱危機〔三〕。張儀重入懷王手，駟馬安車却放歸〔四〕。

〔一〕詩見《萬首唐人絶句》卷五十九、《唐詩統籤》卷七百二十二、《錢抄》卷下。楚世家：此當詠《史記·楚世家》中所記楚懷王事。世家：司馬遷作《史記》時用以記載侯王家世的一種傳記。『世家』之體古已有之，司馬遷撰《史記》時，以之記王侯諸國之事，著《世家》三十篇。

〔二〕偏信：相信一方。惑是非：使是非淆亂。按：《史記·楚世家》：『（懷王）十六年，秦欲伐齊，而楚與齊從親，秦惠王患之，乃宣言張儀免相，使張儀南見楚王，謂楚王曰：「敝邑之王所甚説者無先大王，雖儀之所甚願爲門闌之廝者亦無先大王。敝邑之王所甚憎者無先齊王，雖儀之所甚憎者亦無先齊王。而大王和之，是以敝邑之王不得事王，而令儀亦不得爲門闌之廝也。王爲儀閉關而絶齊，今使使者從儀西取故秦所分楚商於之地方六百里，如是則齊弱矣。是北弱齊，西德于秦，私商於以爲富，此一計而三利俱至也。」懷王大悦，乃置相璽于張儀，日與置酒，宣言「吾復得吾商於之地」。群臣皆賀，而陳軫獨弔。懷王曰：「何故？」陳軫對曰：「秦之所爲重王者，以王之有齊也。今地未可得而齊交先絶，是楚孤也。夫秦又何重孤國哉？必輕楚矣。且先出地而後絶齊，則秦計不爲。先絶齊而後責地，則必見欺于張儀。見欺于張儀，則王必怨之。怨之，是西起秦患，北絶齊交。西起秦患，北絶齊交，則兩國之兵必至。臣故弔。」楚王弗聽，因使一將軍西受封地。張儀至秦，詳醉墜車，稱病不出三月，地不可得。楚王曰：「儀以爲絶齊爲尚薄邪？」乃使勇士宋遺北辱齊王。齊王大怒，折楚符而合于秦。秦齊交合，張儀乃起朝，謂楚將軍曰：「子何不受地？從某至某，廣袤六里。」楚將軍曰：「臣之所以見命者六百里，不聞六里。」即以歸報懷王。』

〔三〕猶言邪佞一言脱危機。邪佞：指靳尚。《史記·楚世家》：『（懷王）十八年，秦使使約復與楚親，分漢中之半以和楚。楚王曰：「願得張儀，不願得地。」張儀聞之，請之楚。秦王曰：「楚且甘心于子，奈何？」張儀曰：「臣善其左右靳尚，靳尚又能得事于楚王幸姬鄭袖，袖所言無不從者。且儀以前使負楚以商於之約，今秦楚大戰，有惡，臣非面自謝楚不解。且大王在，楚不宜敢取儀。誠殺儀以便國，臣之願也。」儀遂使楚。至，懷王不見，因而囚張儀，欲殺之。儀私于靳尚，靳尚爲請懷王曰：「拘張儀，秦王必怒。天下見楚無秦，必輕王矣。」又謂夫人鄭袖曰：「秦王甚愛張儀，而王欲殺之，今將以上庸之地六縣賂楚，以美人聘楚王，以宫中善歌者爲之媵。楚王重地，秦女必貴，而夫人必斥矣。夫人不若言而出之。」鄭袖卒言張儀于王而出之。儀出，懷王因善遇儀，儀因説楚王以叛從約而與秦合親，約婚姻。張儀已去，屈原使從齊來，諫王曰：「何不誅張儀？」懷王悔，使人追儀，弗及。』

〔四〕駟馬：指顯貴者所乘的駕四匹馬拉的高車。表示地位顯赫。安車：古代可以坐乘的小車。古車立乘，此爲坐乘，故稱安車。供年老的高級官員及貴婦人乘用。高官告老還鄉或徵召有重望的人，往往賜乘安車。安車多用一馬，禮尊者則用四馬。《周禮·春官·巾車》：『安車，彫面鷖總，皆有容蓋。』鄭玄注：『安車，坐乘車。凡婦人車皆坐乘。』《漢書·張禹傳》：『爲相六歲，鴻嘉元年以老病乞骸骨，上加優再三，乃聽許。賜安車駟馬，黄金百斤，罷就第。』此喻任其堂而皇之、大摇大擺地離開。

四三　驪山道中〔一〕

月殿真妃下綵煙〔二〕，漁陽追虜及湯泉〔三〕。君王指點新豐樹〔四〕，幾不親留七寶鞭〔五〕。

〔一〕詩見《萬首唐人絶句》卷五十九、《唐詩韻匯》、《唐詩統籤》卷七百二十二、《錢抄》卷下。驪山：在新豐縣南十里。今陝西西安臨潼區。

〔二〕月殿：月宫。梁簡文帝《玄圃園講頌》序：『風生月殿，日照槐煙。』李咸用《雪》：『高樓四望吟魂斂，却憶明皇月殿歸。』真妃：楊貴妃之號。《舊唐書·玄宗楊貴妃》：『時妃衣道士服，號曰「太真」。』羅隱《牡丹》：『日晚更將何所似，太真無力憑欄干。』綵煙：言楊貴妃身上所穿着的輕薄的絲織品如煙霧一樣輕盈。

〔三〕『追虜』，《唐詩韻匯》作『師旅』。漁陽追虜：指安禄山、史思明的叛軍。漁陽：地名。戰國燕置漁陽郡，秦漢治所在漁陽（今北京市密雲縣西南）。此指范陽。《舊唐書·安禄山傳》：『（天寶十四年）十一月，反于范陽。矯稱奉恩命以兵討逆賊楊國忠。以諸蕃馬步十五萬，夜半行，平明食，日六十里。以高尚、嚴莊爲謀主，孫孝哲、高邈、何千年爲腹心。』白居易《長恨歌》：『漁陽鞞鼓動地來，驚破霓裳羽衣曲。』湯泉：温泉，此指驪山。按：驪山附近多温泉。《元和郡縣圖志·京兆府》：『華清宫，在驪山上。開元十一年初，置温泉宫。天寶六年，改爲華清宫。又造長生殿及集靈臺以祀神。』白居易《長恨歌》：『春寒賜浴華清池，温泉水滑洗凝脂。』

〔四〕君王：指唐玄宗。新豐：縣名。漢高祖七年置，在長安縣東十八里，唐廢。今屬陝西省西安市臨潼區。南依驪山，北臨渭水。爲安史叛軍從漁陽入關，進入長安之方向。杜牧《過華清宫絶句三首》其二：『新豐緑樹起黄埃，數騎漁陽探使回。』

〔五〕幾不：猶言恨不。《晉書·明帝紀》：『（太寧元年）六月，（王）敦將舉兵内向。帝密知之，乃乘巴滇駿馬微行至于湖，陰察敦營壘而出。有軍士疑帝非常人，又敦正晝寢，夢日環其城，驚起曰：「此必黄鬚鮮卑奴來也。」帝母荀氏燕代人，帝狀類外氏，鬚黄，敦故謂帝云。于是使五騎物色追帝，帝亦馳去，馬有遺糞，輙以水灌之。見逆旅賣食嫗，以七寶鞭與之，曰：「後有騎來，可以此示也。」俄而追者至，問嫗，嫗曰：「去已遠矣。」因以鞭示之，五騎傳玩，稽留遂久，又見馬糞冷，以爲信遠，而止不追，帝僅而獲免。』李白《南奔書懷》：『顧乏七寶鞭，留連道旁玩。』按：句含譏諷之意。

四四　韋曲〔一〕

欲寫愁腸愧不才，多情練漉已低摧〔二〕。窮郊二月初離別〔三〕，獨傍寒村嗅野梅〔四〕。

〔一〕詩見《萬首唐人絶句》卷五十九、《三體唐詩》卷一、《雅音會編》卷四、《唐詩統籤》卷七百二十二、《錢抄》卷下。韋曲：地名，在今陝西西安長安區。唐韋安石等曾築別業于此。

〔二〕練漉：其義不詳，俟考。

〔三〕窮郊：猶言遠郊。于邺《野外行》：『窮郊日蕭索，生意已蒼黄。』

〔四〕寒村：荒凉偏僻的村莊。按：此句周弼《三體唐詩》謂用王羲之事（見彙評），然未詳所出。

彙評

宋周弼《三體唐詩》：『此詩暗用王羲之事。羲之當晉亂，終日撚花嗅香無言，時人不會其意，蓋憂晉亂也。按：《唐史》云：「彦謙乾符末，河南北盜起，兩都覆没，旅于漢南，爲王重榮參佐。光啓末，重榮殺死。」所謂練漉低摧者也。故末句憂思之意，悠然見于辭，諷之愈有味。』

清陸次雲《五朝詩善鳴集》：『此詩幽到極處。』

四五　黄子陂荷花〔一〕

十頃狂風撼麯塵〔二〕，緑堤照水露紅新〔三〕。世間花氣皆愁絶〔四〕，恰是蓮香更惱人〔五〕。

〔一〕詩見《萬首唐人絶句》卷五十九、《唐詩統籤》卷七百二十二、《錢抄》卷下。黄子陂：在樊川。今陝西西安長安區少陵原與神禾原之間的一片平川。

〔二〕頃（qǐng）：古代面積單位。舊有百畝、十二畝之説。此極言其多。麯塵：本指酒麴上所生菌。因色淡黄如塵，亦用以指淡黄色。谷神子《博異志・閻敬立》：『須臾吐昨夜所食，皆作朽爛氣，如黄衣麴塵之色，斯乃櫬中送亡人之食也。』此藉指堤岸上隨風飄舞的柳條。因嫩柳葉色鵝黄，故稱。白居易《代書詩一百韻寄微之》：『峰攢石緑點，柳宛麴塵絲。』

〔三〕猶言緑堤露新紅照水。言緑色的堤岸上露出新開放的荷花照耀着水面。

〔四〕愁絶：猶言使人心醉。

〔五〕恰是：猶言只有。惱人：撩撥人。元稹《贈劉采春》：『更有惱人腸斷處，選詞能唱望夫歌。』

四六 野行〔一〕

蝶戀晚花終不去〔二〕，鷗逢春水固難飛〔三〕。野人心地都無著〔四〕，伴蝶隨鷗亦不歸〔五〕。

〔一〕詩見《萬首唐人絶句》卷五十九、《唐詩統籤》卷七百二十二、《錢抄》卷下。野行：在野外行走。

〔二〕『不去』，《唐詩統籤》、《錢抄》作『未去』。何遜《答高博士》：『飛蝗弄晚花，清池映疏竹。』司空曙《獨遊寄衛長林》：『戀花同野蝶，愛水劇江鷗。』

〔三〕謂鷗鳥喜歡春水，故不再飛去。杜甫《客至》：『舍南舍北皆春水，但見群鷗日日來。』

〔四〕陸希聲《清輝堂》：『野人心地本無機，爲愛茅簷倚翠微。』野人：野行之人。作者自稱。心地：心情；心緒。無著：無所依託；無所着落。劉長卿《題王少府堯山隱處簡陸鄱陽》：『群動心有營，孤雲本無著。』

〔五〕『亦』，《錢抄》作『也』。

四七　興元沈氏莊〔一〕

清淺縈紆一水間〔二〕，竹岡藤樹小躋攀〔三〕。露沾荒草行人過〔四〕，月上高林宿鳥還〔五〕。江遶武侯籌筆地〔六〕，雨昏張載勒銘山〔七〕。異鄉一笑因酣醉，忘却愁來鬢髮班〔八〕。

〔一〕詩見《文苑英華》卷三百十九、《唐詩類苑》卷一百六十八、《唐詩鏡》卷五十三、康麟《雅音會編》卷六、《唐詩韻匯》、《唐詩統籤》卷七百二十一、《錢抄》卷上。《雅音會編》題作『適興過沈氏莊』。興元：指興元府（今屬陝西漢中）。見一五《登興元城觀烽火》注一。沈氏莊：地點不詳，俟考。

〔二〕縈紆：盤旋環繞。班固《西都賦》：『步甬道以縈紆，又杳窱而不見陽。』白居易《長恨歌》：『黃埃散漫風蕭索，雲棧縈紆登劍閣。』一水間：指嘉陵江。《古詩十九首》：『盈盈一水間，脉脉不得語。』

〔三〕竹岡：長滿竹子的山崗。藤樹：爬滿葛藤的樹木。小：猶言稍微。指强度不大。躋攀：猶攀登。杜甫《白水縣崔少府十九翁高齋三十韻》：『清晨陪躋攀，傲睨俯峭壁。』

〔四〕《詩·召南·行露》：『豈不夙夜，謂行多露。』友生冷浪濤補：陶淵明《歸園田居》：

『道狹草木長，夕露沾我衣。』

〔五〕宿鳥：歸巢的鳥兒。陶淵明《飲酒》其五：『山氣日夕佳，飛鳥相與還。』

〔六〕江：指今嘉陵江。武侯籌筆地：即籌筆驛。在今四川廣元以北。《方輿勝覽・利州》：『籌筆驛，在綿谷縣。去州北九十九里。舊傳諸葛武侯出師，嘗駐此。』

〔七〕『銘』，《文苑英華》作『名』，《錢抄》墨筆作『名』，又施朱筆于旁加『金』字。按：『名』、『銘』通。張載勒銘山：指大小劍山。在今四川劍閣縣境内。《太平寰宇記・劍州》：『大劍山亦曰梁山。《山海經》：「高梁之山，西接岷嶓，東引荆衡。」張載：西晉文學家。王隱《晉書》：「張載隨父收入蜀，作《劍閣銘》，益州刺史張敏見其父，乃表天子，刻石于劍閣焉。又有小劍山，在其西三十里，故曰此爲大劍。」』勒銘：鐫刻銘文。銘：一種文體。常刻于碑版或器物之上，或以稱功德，或用以自警。

〔八〕『班』，《唐詩韻匯》、《唐詩統籤》作『斑』，意同。指鬢髮花白。鮑照《秋夕》：『髮班悟壯晚，物謝知歲微。』

四八　亂後經表兄瓊華觀舊居〔一〕

一去仙居似轉蓬〔二〕，再經花謝倚春叢〔三〕。醉中篇什金聲在〔四〕，別後音書錦字空〔五〕。長憶映碑逢若士〔六〕，未曾携杖逐壺公〔七〕。東風狼藉苔侵徑〔八〕，蕙草香銷杏帶紅〔九〕。

〔一〕詩見《文苑英華》卷二百二十七、《唐詩統籤》卷七百二十一、《錢抄》卷上、《淵鑒類函》卷三百五十四。瓊華觀：道觀名，當在揚州。羅隱《瓊華觀經故友所居》：『槐花漠漠向人黄，此地追遊迹已荒。清論不知蒙叟達，死交空嘆趙岐亡。病來未忍言閑事，老去唯應覓醉鄉。日暮街頭策羸馬，一聲横笛似山陽。』瓊華：又稱聚八仙、蝴蝶花、牛耳抱珠。忍冬科落葉半常緑灌木。四五月間開花，花大如盤，潔白如玉。聚傘花序生于枝端，周邊八朵爲萼片發育成的不孕花，中間爲兩性小花。分布于江蘇南部、安徽西部、浙江、江西西北部、湖北西部及湖南南部。

〔二〕一去：猶言一别。仙居：指瓊華觀。因道家講求修仙，故云。轉蓬：隨風飄轉的蓬草。《後漢書·輿服志》：『上古聖人，見轉蓬始知爲輪。』曹植《雜詩》：『轉蓬離本根，飄飖隨長風。』李善注引《説苑》：『魯哀公曰：秋蓬惡其本根，美其枝葉，秋風一起，根本拔矣。』岑參《送祁樂歸河東》：『鳥且不敢飛，子行如轉蓬。』杜甫《客亭》：『多少殘生事，飄零似轉蓬。』此喻四處漂泊。

〔三〕『花謝』，《淵鑒類函》作『花榭』，恐非。春叢：春日叢生的草木。此喻瓊華觀之破敗荒涼。

〔四〕金聲：即金石聲。指鏗鏘有力之聲。後亦用以比喻文辭優美動人。《晉書·孫綽傳》：『嘗作《天台山賦》，辭致甚工，初成，以示友人范榮期，云：「卿試擲地，當作金石聲也。」』劉長卿《落第贈楊侍御兼拜員外仍充安大夫判官赴范陽》：『擲地金聲著，從軍寶劍雄。』按：此與羅隱《瓊華觀經故友所居》『病來未忍言閑事，老去唯應覓醉鄉』句，合。

〔五〕錦字：即錦字書。《晉書·竇滔妻蘇氏》：『竇滔妻蘇氏，始平人也，名蕙，字若蘭。善屬文。滔，苻堅時爲秦州刺史，被徙流沙，蘇氏思之，織錦爲回文旋圖詩對贈滔。宛轉循環以讀之，詞甚悽惋。』李白《久別離》：『況有錦字書，開緘使人嗟。』

〔六〕《淮南子·道應訓》：『盧敖遊乎北海，經乎太陰，入乎玄闕，至于蒙谷之上，見一士焉，深目而玄鬢，淚注而鳶肩，豐上而殺下，軒軒然方迎風而舞，顧見盧敖，慢然下其臂，遯逃乎碑。盧敖就而視之，方倦龜殼而食蛤梨。盧敖與之語曰：「……子殆可與敖爲友乎？」若士者齤然而笑曰：「……然子處矣，吾與汗漫期于九垓之外，吾不可以久駐。」若士舉臂而竦身，遂入雲中。』後因以『若士』代仙人。此指其表兄。

〔七〕壺公：傳説中的仙人。《水經注·汝水》：『昔費長房爲市吏，見王壺公懸壺于市，長房從之，因而自遠，同入此壺，隱淪仙路。』王懸河《三洞珠囊》：『壺公謝元，歷陽人。賣藥于市，不二價，治病皆愈。』《雲笈七籤》卷二八引《雲臺治中録》：『施存，魯人。夫子弟子，學大丹之道。……常懸一壺如五升器大，變化爲天地，中有日月，如世間，夜宿其内，自號「壺天」，人謂曰「壺公」。』此指其表兄。

〔八〕東風：春風。狼藉：縱横散亂貌。

〔九〕蕙草：即蕙蘭。葉似草蘭而稍瘦長，暮春開花，一莖可發八九朵，氣遜于蘭，色也略淡。劉禹錫《早秋集賢院即事》：『蕙草香書殿，槐花點御溝。』杏帶紅：指杏子已經泛紅。

四九　秋霽夜吟寄友人〔一〕

槐柳蕭疏溽暑收〔二〕，金商頻伏火西流〔三〕。塵衣歲晚緣身賤〔四〕，雨簟更深滿背秋〔五〕。前事悲凉何足道，遠書慵懶未能修〔六〕。惟思待月高梧下〔七〕，更就東林訪惠休〔八〕。

〔一〕詩見《文苑英華》卷二百六十五、《唐詩統籤》卷七百二十一、《錢抄》卷上。秋霽：秋日雨後天晴。

〔二〕蕭疏：稀疏。指逐漸枯萎凋零。溽暑：猶言酷暑。《禮記·月令》：『（季夏之月）土潤溽暑，大雨時行。』《後漢書·張衡傳》：『溽暑至而鶉火棲，寒冰沍而鼋鼉蟄。』

〔三〕『金商』，《唐詩統籤》、《晨風閣叢書》本作『商金』。金商頻伏：猶言秋天已經潛伏，悄悄到來。金商：指秋天。秋于五行爲金，于五音爲商，商爲金音，其音凄厲，于時爲秋。鍾會《菊花賦》：『挺葳蕤于蒼春兮，表壯觀乎金商。』白居易《洛川晴望賦》：『金商應律，玉斗西建。』火西流：大火星向西運行。指天氣將寒。《詩·豳風·七月》：『七月流火，九月授衣。』毛亨傳：『火，大火也。流，下也。』鄭玄箋：『大火者，寒暑之候也。火星中而寒暑退，故將言寒，先著火所在。』

〔四〕塵衣：四處奔波，沾滿塵土的衣服。歲晚：猶言歲末。一年將近的時候。

〔五〕雨簟：遮雨的竹席。更深：夜深。杜甫《火》：『流汗卧江亭，更深氣如縷。』滿背秋：言後背已漸感秋意。

〔六〕遠書：寄往遠方的書信。杜牧《秋岸》：『曾入相思夢，因憑附遠書。』慵懶：懶惰；懶散。未能修：没能撰寫。

〔七〕崔鶯鶯《答張生》：『待月西廂下，迎風户半開。』高梧：高大的梧桐。按：古代以爲是鳳凰棲止之木。《詩·大雅·卷阿》：『鳳凰鳴矣，于彼高岡。梧桐生矣，于彼朝陽。』《莊子·秋水》：『夫鵷鶵發于南海，而飛于北海，非梧桐不止。』

〔八〕東林：東林寺。位于今江西九江廬山西麓。惠休：湯惠休，南朝劉宋詩人，字茂遠。生卒年不詳。早年爲僧，人稱『惠休上人』。因善于寫詩被徐湛之賞識。孝武帝劉駿命其還俗，官至揚州從事史。鍾嶸《詩品》作『齊惠休上人』，可能卒于南齊初。此藉指其友人。張喬

《再題敬亭清越上人山房》：『重來訪惠休，已是十年遊。』

彙評

明胡震亨《唐詩統籤》：『五六太似竇叔向，奈何。』

五〇　賀李昌時禁苑新命〔一〕

玉簡金文直上清〔二〕，禁垣丹地閉嚴扃〔三〕。黄扉議政參元化〔四〕，紫殿稱觴拂壽星〔五〕。萬户千門迷步武〔六〕，非煙非霧隔儀形〔七〕。塵中舊侶無音信〔八〕，知道遼東鶴姓丁〔九〕。

〔一〕詩見《文苑英華》卷二百六十五、《唐詩統籤》卷七百二十一。李昌時：即李拯。見一九《賀李昌時禁苑新命》（振鷺翔鸞集禁闈）注一。禁苑：此指學士院。見一九《賀李昌時禁苑新命》（振鷺翔鸞集禁闈）注一。新命：新的任命。多指升遷。

〔二〕玉簡：指玉質的簡札。爲皇帝撰寫的封禪、詔誥用的文書。劉義恭《失題》：『金牒封梁父，玉簡禪岱山。』金文：指爲皇帝撰寫的詔告等重要的文字。于志寧《〈大唐西域記〉序》：『于是金文暫啓，佇秋駕而雲趨；玉柄纔撝，披霧市而波屬。』季羨林等校注：『金文：此指佛經。』直：供直。值班侍奉帝王。上清：本道家所稱的三清境之一。《雲笈七籤》卷三：『其三清境者，玉清、上清、太清是也。亦名三天，其三天者，清微天、禹餘天、大赤天是也。……靈寶君治在上清境，即禹餘天也。』此喻學士院清華之地。

〔三〕禁垣：本指皇宫的城牆，因指宫中官署。丹地：即丹墀之地。宫殿的赤色臺階或赤色地面。張衡《西京賦》：『右平左城，青瑣丹墀。』《漢書·孝成班倢伃傳》：『俯視兮丹墀，思君兮履綦。』顔師古注引孟康曰：『丹墀，赤地也。』《宋書·百官志上》：『殿以胡粉塗壁，畫古賢烈士。以丹朱色地，謂之丹墀。』唐李嘉祐《送王端赴朝》：『君承明主意，日日上丹墀。』梁簡文帝《圍城賦》：『升紫霄之丹地，排玉殿之金扉。』嚴扃（jiōng）：守衛森嚴的門户。楊炯《後周明威將軍梁公神道碑》：『公洞曉戎章，妙詳兵律，軍國是賴，戎幕允歸，由是徽道長巡，嚴扃每奉，朝求夕警。』

〔四〕黄扉：古代丞相、三公、給事中等高官辦事的地方，以黄色塗門上，故稱。《南史·梁武陵王紀傳》：『武帝諸子罕登公位，唯紀以功業顯著，先啓黄扉。』亦指宫門。陳子昂《唐故循州司馬申國公高君墓誌銘》：『含章丹穴，籍寵黄扉。』王維《工部楊尚書夫人墓誌銘》：『朝含香兮禮闈，夕青瑣兮黄扉。』趙殿成箋注：『黄扉猶黄闥，禁門也。』元化：造化；天地。陳子昂《感遇》其六：『古之得仙道，信與元化并。』

〔五〕紫殿：本漢代宫殿名。《三輔黄圖·漢宫》：『武帝又起紫殿，雕文刻鏤黼黻，以玉飾之。』

此指學士院。謝朓《直中書省詩》：『紫殿肅陰陰，彤庭赫弘敞。』杜甫《贈蜀僧閭邱師兄》：『當時上紫殿，不獨卿相尊。』稱觴：舉杯祝酒。壽星：即老人星。南部天空一顆光度較亮的二等星。《史記・封禪書》：『于杜亳有三社主之祠、壽星祠。』《索隱》：『壽星，蓋南極老人星也，見則天下理安，故祠之以祈福壽。』自古以來用作長壽的象徵，民間常把它塑造成禿頂廣額、白鬚持杖的老人。

〔六〕萬户千門：猶言千門萬户。形容宫苑的深廣。徐陵《玉臺新詠序》：『凌雲概日，由余之所未窺；萬户千門，張衡之所曾賦。』李白《上皇西巡南京歌十首》其二：『九天開出一成都，萬户千門入畫圖。』迷步武：猶言迷路。步武：脚步。

〔七〕非煙非霧：指朝堂中瀰漫的香煙。賈至《早朝大明宫呈兩省僚友》：『劍珮聲隨玉墀步，衣冠身惹御爐香。』杜甫《奉和賈至舍人早朝大明宫》：『朝罷香煙携滿袖，詩成珠玉在揮毫。』儀形：儀容；形體。謝靈運《廬山慧遠法師誄》：『從容音旨，優遊儀形。廣演慈悲，饒益衆生。』王儉《褚淵碑文》：『德猷靡嗣，儀形長遞。』李善注：『儀形，容儀形體也。』

〔八〕『音信』，《晨風閣叢書》本作『奇信』。塵中舊侣：昔日的老友。因李拯爲翰林學士，地位高華，故昔日老友，自感形穢。

〔九〕陶潛《搜神後記》卷一：『丁令威，本遼東人，學道于靈虚山。後化鶴歸遼，集城門華表柱。時有少年，舉弓欲射之。鶴乃飛，徘徊空中而言曰：「有鳥有鳥丁令威，去家千年今始歸。城郭如故人民非，何不學仙冢壘壘。」遂高上衝天。』

五一　寄蔣二十四〔一〕

鳥囀蜂飛日漸長〔二〕，旅人情味悔思量〔三〕。禪門澹薄無心地〔四〕，世事生疏欲面牆〔五〕。二月雲煙迷柳色〔六〕，九衢風土帶花香〔七〕。大知高士禁愁寂〔八〕，試倚闌干莫斷腸〔九〕。

〔一〕詩見《才調集》卷六、《文苑英華》卷二百六十五、《唐詩統籤》卷七百二十一、《錢抄》卷下。蔣二十四：生平事迹不詳，俟考。或疑爲蔣曙，中和初，自起居郎以弟兄因亂離，遂屏迹丘園，因應天令節奏請入道，從之。事迹見《萬姓統譜》卷八十六、《唐摭言》卷八（見劉瑩瑩碩士論文《唐彦謙及其詩歌研究》，二〇〇八年）。

〔二〕『日』，《文苑英華》作『目』，非是。鳥囀：鳥婉轉地鳴叫。沈炯《六甲詩》：『庚庚聞鳥囀，肅肅望鳧征。』日漸長：白晝逐漸變長。王績《初春》：『春來日漸長，醉客喜年光。』

〔三〕情味：情感，滋味。思量：想念，思念。《敦煌曲子詞·風歸雲遍·征夫數載》：『想君薄行，更不思量。誰爲傳書與，表妾衷腸。』

〔四〕『澹薄』，《才調集》作『澹泊』、《文苑英華》作『淡泊』，義並同。禪門：本指禪宗之法門。此猶言佛門。澹薄：猶言冷淡，不熱衷。

〔五〕生疏：生分；疏遠。殷元勛、宋邦綏《才調集補注》卷六：『貫□注：欲入禪門，覺淡泊而無心地工夫；涉世則世事生疏有面牆難行之勢。』

〔六〕『二月』，《錢抄》作『一月』。

〔七〕九衢：縱横交叉的大道；繁华的街市。《楚辭・天問》：『靡蓱九衢，枲華安居。』王逸注：『九交道曰衢。』張文琮《同潘屯田冬日早朝》：『霜靄清九衢，霞光照雙闕。』風土：被風吹起的塵土。賈思勰《齊民要術・造神麴並酒等》：『（全餅麴）可三日曬，然後細剉，布帊，盛高屋廚上，曬經一日，莫使風土穢汙。』李商隱有《東下三旬苦于風土馬上戲作》詩。

〔八〕『大』下原有小注：『一作「亦」。』按：《才調集》、《唐詩統籤》、《錢抄》、《晨風閣叢書》本亦作『亦』。大知：大智。李涉《詠古》：『大智思濟物，道行心始休。』愁寂：憂愁；寂寞。杜甫《八哀詩・故司徒李公光弼》：『胡騎攻吾城，愁寂意不愜。』

〔九〕斷腸：形容極度思念或悲傷。曹丕《燕歌行》：『念君客遊思斷腸，慊慊思歸戀故鄉。』

五二　寄懷〔一〕

有客傷春復怨離〔二〕，夕陽亭畔草青時〔三〕。淚從紅蠟無由制〔四〕，腸比朱弦恐更危〔五〕。梅向好風惟是笑〔六〕，柳因微雨不勝垂〔七〕。雙溪未去饒歸夢〔八〕，夜夜孤眠枕獨欹〔九〕。

〔一〕詩見《才調集》卷六、《文苑英華》卷二百六十五、《唐詩韻匯》、《唐詩統籤》卷七百二十一、《錢抄》卷下。寄懷：寄託懷抱。

〔二〕傷春：因春天的到來而引發的感傷、苦悶。李商隱《杜司勛》：『刻意傷春復傷別，人間惟有杜司勛。』

〔三〕『夕陽亭畔』呼應前句『怨離』，『草青時』呼應前句『傷春』。

〔四〕『從』下原有小注：『一作「隨」。』按：《才調集》、《唐詩韻匯》、《唐詩統籤》作『隨』。句謂眼淚如同蠟燭一樣往下流淌，無法制止。杜牧《贈別二首》其二：『蠟燭有心還惜別，替人垂淚到天明。』皮日休《春夕酒醒》：『夜半醒來紅蠟短，一枝寒淚作珊瑚。』

〔五〕『恐』，《唐詩韻匯》作『愁』。句謂自己的愁腸比喻伯牙彈奏的尋找知音的琴曲更危苦。朱弦：指琴。《韓詩外傳》：『伯牙鼓琴，鍾子期聽之。方鼓琴志在山，鍾子期曰：「善哉鼓琴，巍巍乎如太山。」志在流水，鍾子期曰：「善哉鼓琴，洋洋乎若江河。」鍾子期死，伯牙擗琴絶弦，終身不復鼓琴，以爲世無足與鼓琴也。』黄庭堅《登快閣》：『朱弦已爲佳人絶，青眼聊因美酒横。』任淵注：『用鍾期伯牙事。』

〔六〕向：對。笑：喻花蕾綻放。崔護《題都城南莊》：『人面不知何處去，桃花依舊笑春風。』李商隱《嘲桃》：『無賴夭桃面，平明露井東。春風爲開了，却擬笑春風。』

〔七〕謂柳枝因無力承受小雨而下垂。隋煬帝《望江南》其二：『湖上柳，煙裏不勝垂。宿霧洗開明媚眼，東風摇弄好腰肢，煙雨更相宜。』

〔八〕雙溪：據祝穆《方輿勝覽》：婺州、處州、宣城（今安徽宣城）、普州（今四川安岳）等地均有名雙溪者。此具體不詳所指。饒：多。歸夢：思歸之夢。

〔九〕欹（qī）：歪斜；傾斜。

彙評

清金聖歎《貫華堂選批唐才子詩甲集》卷八：『此只是寄内詩，看他纔動筆，便寫出「有客」二字。「有客」之爲言，此客實爲一人所有，蓋别有一有此客之人，乃爲此客之所無明無夜，不敢不置心頭眉頭者，因而有此《寄懷》一詩也。「傷春」者，深惜少年已去也；「怨離」者，深恨玉人不見也。「夕陽亭畔」者，怨離也；「草青時」者，傷春也。淚何由制者，怨離也；腸已更危者，傷春也。只爲有一此客之人，便令此客如此也。五六不可不一寫景，然「梅」句不脱傷春意，「柳」句不脱怨離意。若末句，則已意言俱竭矣。』

五三　送樊琯司業歸朝〔一〕

近者蘇司業〔二〕，文雄道最光〔三〕。夫君居太學〔四〕，妙譽繼中行〔五〕。汲郡陵初發〔六〕，汾陰篋久亡〔七〕。寂寥方倚席〔八〕，容易忽升堂〔九〕。去日應懸榻〔一〇〕，來時定裂裳。〔一一〕愜心頻拾芥〔一二〕，應手屢穿楊〔一三〕。辯給如無敵〔一四〕，飛騰固自强〔一五〕。論心期舌在〔一六〕，問事畏頭長〔一七〕。駟馬終題柱〔一八〕，諸生悉面牆〔一九〕。啗鳌譏《爾雅》〔二〇〕，賣餅詆《公羊》〔二一〕。未見泥函谷〔二二〕，俄驚火建章〔二三〕。煙塵昏象魏〔二四〕，行在隔巴梁〔二五〕。紅粟填鄜塢〔二六〕，青袍過壽陽〔二七〕。翦茅行殿濕〔二八〕，伐柏舊陵香〔二九〕。黌室青衿盡〔三〇〕，渠門火旆揚〔三一〕。雲飛同去國〔三二〕，星散各殊方〔三三〕。賤子悲窮轍〔三四〕，當年亦擅場〔三五〕。齏辛尋幼婦〔三六〕，醴酒憶先王〔三七〕。聖域探姬孔〔三八〕，皇風樂禹湯〔三九〕。畏誅輕李喜〔四〇〕，言命小臧倉〔四一〕。折樹休盤槊〔四二〕，沉鈎且釣璜〔四三〕。鴻都問詞客〔四四〕，他日莫相忘〔四五〕。

〔一〕詩見《文苑英華》卷二百八十三、《唐詩統籤》卷七百二十一、《錢抄》卷上。樊琯：生平事迹不詳，俟考。司業：學官名。隋以後國子監置司業，爲監内副長官，協助祭酒，掌儒學訓導之政。至清末始廢。參閲《通典·職官九》、《續通典·職官九》、《清通典·職官六》。

〔二〕蘇司業：疑指蘇源明，唐京兆武功人。初名預，字弱夫。少孤，寓居徐兖，工文辭，有名天寶間。及進士第，更試集賢院，累遷太子諭德，出爲東平太守。《新唐書》卷二百二有傳。杜甫有《戲簡鄭廣文兼呈蘇司業》。

〔三〕文雄：謂文章雄放傑出。道：技藝；才學。最光：最爲顯赫。

〔四〕太學：我國古代設于京城的最高學府。西周已有太學之名。漢武帝元朔五年（前一二四）立五經博士。弟子五十人，爲西漢置太學之始。東漢太學大爲發展，魏晉到明清，或設太學，或設國子學（國子監），或兩者同時設立，名稱不一，制度亦有變化，但均爲傳授儒家經典的最高學府。唐代國子監設六館，亦稱『六學』。《舊唐書·職官志三》：『（國子監）祭酒、司業之職，掌邦國儒學訓導之政令，有六學。一國子學，二太學，三四門，四律學，五書學，六算學也。』

〔五〕中行：當是複姓，然其人生平事迹不詳，俟考。

〔六〕指汲冢古書發現事。《晉書·束晳傳》：『初，太康二年，汲郡人不準盗發魏襄王墓，或言安釐王冢，得竹書數十車。其《紀年》十三篇，記夏以來至周幽王爲犬戎所滅，以事接之，三家分，仍述魏事至安釐王之二十年。蓋魏國之史書，大略與《春秋》皆多相應。其中經傳大異，則云夏年多殷；益干啓位，啓殺之；太甲殺伊尹；文丁殺季歷；自周受命，至穆王百年，非穆王壽百歲也；幽王既亡，有共伯和者攝行天子事，非二相共和也。其《易經》二篇，與《周易》上下經同。《易繇陰陽卦》二篇，與《周易》略同，《繇辭》則異。《卦下易經》一篇，似説卦而異。《公孫段》二篇，公孫段與邵涉論《易》。《國語》三篇，言楚晉事。《名》三篇，似《禮記》，又似《爾雅》、《論語》。《師春》一篇，書《左傳》諸卜筮，「師春」似是造書者姓名也。《瑣語》十一篇，諸國卜夢妖怪相書也。《梁丘藏》一篇，先叙魏之世數，次言丘藏金玉事。《繳書》二篇，論弋射法。《生封》一篇，帝王所封。《大曆》二篇，鄒子談天類也。《穆天子傳》五篇，言周穆王遊行四海，見帝臺、西王母。《圖詩》一篇，畫贊之屬也。又雜書十九篇：《周食田法》、《周書》、《論楚事》、《周穆王美人盛姬死事》。大凡七十五篇，七篇簡書折壞，不識名題。冢中又得銅劍一枚，長二尺五寸。漆書皆科斗字。初發冢者燒策照取寶物，及官收之，多燼簡斷札，文既殘缺，不復詮次。武帝以其書付秘書校綴次第，尋考指歸，而以今文寫之。』

〔七〕《漢書・張安世傳》：『安世字子孺，少以父任爲郎，用善書給事尚書，精力于職，休沐未嘗出。上行幸河東，嘗亡書三篋，詔問莫能知，惟安世識之，具作其事。後購求得書，以相校無所遺失。上奇其材，擢爲尚書令，遷光禄大夫。』汾陰：縣名，西漢屬河東郡，故城在今山西運城市萬榮縣西南。

〔八〕猶言方寂寥倚席。倚席：博士、經師的坐席倚于一側，指不設講座，廢棄學術。《北堂書鈔》卷一〇一引《典略》：『（樊淮）乃上疏曰：「今學約少，遠方尤甚，博士倚席不講，太學多治產業。」』《後漢書·儒林傳序》：『自安帝覽政，薄于蓺文，博士倚席不講，朋徒相視怠散。』李賢注：『倚席，言不施講坐也。』

〔九〕容易：做起來不費事。升堂：登上廳堂。按：二句謂樊瑁才志難伸，方寂寥無所事事時，忽然遇到類似新發現的汲冢古書和汾陰亡書之類的事情出現，急忙登上廳堂，輕鬆破解。

〔一〇〕懸榻：《後漢書·徐穉傳》：『蕃（陳蕃）在郡不接賓客，唯穉來特設一榻，去則縣之。』此以『懸榻』喻無可結交者。

〔一一〕裂裳：相傳公輸般爲楚設置雲梯，欲以攻宋。墨子聞之，『自魯往，裂裳裹足，日夜不休』，十日十夜而至郢説楚王。事見《戰國策·宋衛策》、《吕氏春秋·愛類》。後用爲奔走急切之典。劉孝標《廣絶交論》：『是以耿介之士，疾其若斯，裂裳裹足，棄之長騖。』亦作『裂裳裹膝』。《吴越春秋·闔閭内傳》：『申包胥知不可，乃之于秦，求救楚，晝馳夜趨，足踵蹠劈，裂裳裹膝，鶴倚哭于秦庭，七日七夜，口不絶聲。』亦省作『裂裳』。此指裂裳相迎。極言迫不及待。

〔一二〕愜心：稱心；滿意。拾芥：喻取之極易。《漢書·夏侯勝傳》：『勝每講授，常謂諸生曰：「士病不明經術；經術苟明，其取青紫如俛拾地芥耳。」』任昉《天監三年策秀才文》之二："輜軿青紫，如拾地芥。" 劉良注："取之易如拾地草也。"

〔一三〕應手：隨手；順手。穿楊：見三七《試夜題省廊柱》注四。

〔一四〕"辯給"原作"辯急"，此從《文苑英華》、《錢抄》、《晨風閣叢書》本改。謂言談或寫作敏捷流利。"辨"通"辯"。《文心雕龍·誄碑》："張陳兩文，辨給足采，亦其亞也。"

無敵：没有可與對抗的；没有可與比擬的。《左傳·昭公二十六年》："師有濟也，君而繼之，兹無敵矣。" 杜甫《春日憶李白》："白也詩無敵，飄然思不群。"

〔一五〕飛騰：猶言飛黄騰達。本形容馬的飛馳。後多比喻官職地位升得很快。杜甫《奉寄李十五秘書文嶷》其二："飛騰知有策，意度不無神。" 仇兆鰲注："飛騰，猶韓文言飛黄騰達之意。"

〔一六〕論心：談心，傾心交談。陸機《演連珠》之二九："撫臆論心，有時而謬。" 舌在：《史記·張儀列傳》："張儀者，魏人也。始嘗與蘇秦俱事鬼谷先生學術。蘇秦自以不及張儀，張儀已學而遊説諸侯，嘗從楚相飲，已而楚相亡璧，門下意張儀，曰："儀貧無行，必此盜相君之璧。" 共執張儀，掠笞數百，不服，醳之。其妻曰："嘻，子毋讀書遊説，安得此辱乎？" 張儀謂其妻曰："視吾舌尚在不？" 其妻笑曰："舌在也。" 儀曰："足矣。""

〔一七〕頭長：即"長頭"，猶言高個子。指東漢著名學者賈逵。頭：詞尾，無義。此因叶韻，故易『長頭』爲『頭長』。《後漢書·賈逵傳》：『自爲兒童，常在太學，不通人間事。身長八尺二寸，諸儒爲之語曰：「問事不休賈長頭。」』

〔一八〕駟馬：指駕一車之駟馬，喻地位顯赫。《華陽國志·蜀志》：『城北十里有昇僊橋，有送客觀。司馬相如初入長安，題市門曰：「不乘赤車駟馬，不過汝下也。」』白居易《白孔六帖》卷九作『題其柱』。許渾《將赴京師留題孫處士山居》其一：『應學相如志，終須駟馬回。』杜甫《投贈哥舒開府翰二十韻》：『壯節初題柱，生涯獨轉蓬。』

〔一九〕面牆：喻不學。《尚書·周官》：『不學牆面，莅事惟煩。』僞孔安國傳：『人而不學，其猶正牆面而立，臨政事必煩。』《後漢書·鄧皇后紀》：『今末世貴戚，食禄之家，温衣美飯，乘堅驅良，而面牆術學，不識臧否。』

〔二〇〕《世説新語·紕漏》：『蔡司徒渡江見彭蜞，大喜曰：「蟹有八足，加以二螯。」令烹之。既食，吐下委頓，方知非蟹。後向謝仁祖説此事，謝曰：「卿讀《爾雅》不熟，幾爲《勸學》死。」』

〔二一〕『詆』原作『訴』，《唐詩統籤》同。《困學紀聞》卷十八又引作『斥』，此從《文苑英華》改。『詆』、『訴』形近故訛，或又脱去『言』，則又訛作『斥』矣。又此句後原有小注：『《三國志》注：魏嚴幹善《春秋公羊》，鍾繇好《左氏》，謂公羊爲賣餅家。』《三國志·魏書·裴潛傳》裴松之注引《魏略》：『司隸鍾繇不好《公羊》而好《左氏》，謂左氏爲太官，而謂公羊爲賣餅家，故數與幹共辨析長短。』

〔二二〕函谷：即函谷關。在今河南靈寶市北。《後漢書·隗囂傳》：『（王）元遂説囂曰：「……今天水完富，士馬最强。北收西河、上郡，東收三輔之地，案秦舊迹，表裏山河。元請以一丸泥爲大王東封函谷關，此萬世一時也。」』此指廣明元年（八八〇）十二月，兵馬先鋒使兼把截潼關制置使張承範爲黄巢軍所敗，失守潼關事。

〔二三〕建章：即建章宫，本漢代宫殿名。見三一《克復後登安國寺閣》注四。庾信《枯樹賦》：『建章三月火，黄河千里槎。』火建章：指長安宫殿燃起了大火。按：此當指廣明元年（八八〇）十二月，黄巢攻陷長安事。

〔二四〕煙塵：烽煙和戰場上揚起的塵土。因指戰亂。蕭統《七契》：『當朝有仁義之師，邊境無煙塵之驚。』高適《燕歌行》：『漢家煙塵在東北，漢將辭家破殘賊。』象魏：古代天子、諸侯宫門外的一對高建築，亦叫『闕』或『觀』，爲懸示教令的地方。《周禮·天官·太宰》：『正月之吉，始和，布治于邦國都鄙，乃縣治象之法于象魏，使萬民觀治象，挾日而斂之。』鄭玄注引鄭司農曰：『象魏，闕也。』賈公彦疏：『鄭司農云：「象魏，闕也」者，周公謂之象魏，雉門之外，兩觀闕高魏魏然，孔子謂之觀。』此泛指京城長安之宫觀。

〔二五〕行在：即行在所。指天子所在的地方。《史記·衛將軍驃騎列傳》：『右將軍蘇建盡亡其軍，獨以身得亡去，自歸大將軍……遂囚建詣行在所。』《集解》引蔡邕曰：『天子自謂所居曰「行在所」，言今雖在京師，行所至耳。』《漢書・武帝紀》：『諭三老孝弟以爲民師，舉獨行之君子，徵詣行在所。』顔師古注：『天子或在京師，或出巡狩，不可豫定，故言行在所耳，不得亦謂京師爲行在也。』簡稱『行在』。杜甫《北征》：『揮涕戀行在，道途猶恍惚。』巴梁：巴蜀、梁州。三國魏元帝景元四年（二六三），魏滅蜀漢，旋分蜀漢故地爲益、梁二州，各領八郡。梁州初治沔陽（今陝西勉縣）；晉太康中移治南鄭（今陝西漢中）。轄境相當于今陝西秦嶺以南，子午河、任河以西，四川青川、江油、中江、遂寧和重慶璧山、綦江等縣以東，大溪、分水河以西及貴州桐梓、正安等縣地。此泛指蜀地。按：此指廣明元年（八八〇）十二月，唐僖宗李儇因避黄巢之亂，逃往山南（今陝西漢中），後入蜀，至光啓元年（八八五），始返長安事。

〔二六〕紅粟：儲藏過久而變爲紅色的陳米。《漢書・賈捐之傳》：『至孝武皇帝元狩六年，太倉之粟紅腐而不可食。』顔師古注：『粟久腐壞，則色紅赤。』郿塢：地名。今屬陝西眉縣。《三国志・魏志・董卓傳》：『築郿塢，高與長安城埒，積穀爲三十年儲，云：「事成雄據天下，不成守此足以畢老。」』

〔二七〕青袍：漢以後賤者穿青色衣服。此指樊瑄。杜甫《徒步歸行》：『青袍朝士最困者，白頭拾遺徒步歸。』仇兆鰲注：『公往行在，麻鞋謁帝，有青袍而無朝服。』壽陽：今山西壽陽。

〔二八〕『翦』，《文苑英華》作『剪』。翦茅：斬除茅草。行殿：猶言行宫。李昂《戚夫人楚舞歌》：『風花菡萏落轅門，雲雨徘徊入行殿。』按：此言行宫之簡陋，因均爲臨時砍伐搭建，故修建行宫之木頭都是濕的。

〔二九〕謂倉促之中只能砍伐原來陵廟中之柏木以應急。《北齊書·魏蘭根傳》：『丁母憂，居喪有孝稱。將葬，常山郡境先有董卓祠，祠有柏樹。蘭根以卓凶逆無道，不應遺祠至今，乃伐柏以爲槨材，人或勸之不伐，蘭根盡取之，了無疑懼。』

〔三〇〕黌（hóng）室：學校。青衿：青色交領的長衫。古代學子的常服。《詩·鄭風·子衿》『青青子衿，悠悠我心。』毛亨傳：『青衿，青領也。學子之所服。』

〔三一〕『火旆』，《唐詩統籤》作『大旆』。渠門：古城門名。《左傳·桓公十四年》：『冬，宋人以諸侯伐鄭，報宋之戰也。焚渠門，入及大逵。』杜預注：『渠門，鄭城門。』此泛指城門。火旆：紅色的旌旗。李群玉《凉公從叔春祭廣利王廟》：『海客斂威驚火旆，天吴收浪避樓船。』

〔三二〕雲飛：如白雲在天空中飛行。喻漂泊無定。去國：離开朝廷。顔延之《和謝靈運》：『去國還故里，幽門樹蓬藜。』

〔三三〕星散：分散，四散。《三國志·蜀志·姜維傳》：『故維爲魏大將鄧艾所破于段谷，星散流離，死者甚衆。』杜荀鶴《亂後逢村叟》：『至于雞犬皆星散，日落前山獨倚門。』殊方：遠方，異域。王維《曉行巴峽》：『人作殊方語，鶯爲舊國聲。』

〔三四〕賤子：用于自己之謙稱。《漢書·樓護傳》：『時請召賓客，邑居樽下，稱「賤子上壽」。』杜甫《奉贈韋左丞丈二十二韻》：『丈人試静聽，賤子請具陳。』窮轍：猶言窮途。指處境困窘。疑此用阮籍故事。《晉書·阮籍傳》：『時率意獨駕，不由徑路，車迹所窮，輒慟哭而反。』

〔三五〕擅場：謂强者勝過弱者，專據一場。張衡《東京賦》：『秦政利觜長距，終得擅場。』薛綜注：『言秦以天下爲大場，喻七雄爲鬬雞，利喙長距者終擅一場也。』後謂技藝超群。杜甫《冬日洛城北謁玄元皇帝廟》：『畫手看前輩，吴生遠擅場。』

〔三六〕《後漢書·曹娥傳》李賢注引《會稽典録》：『上虞長度尚弟子邯鄲淳，字子禮。時甫弱冠，而有異才。尚先使魏朗作《曹娥碑》，文成未出，會朗見尚，尚與之飲宴，而子禮方至督酒。尚問朗碑文成未？朗辭不才，因試使子禮爲之。操筆而成，無所點定，朗嗟嘆不暇，遂毁其草。其後蔡邕又題八字曰：「黄絹幼婦，外孫虀臼。」』《世説新語·捷悟》：『魏武嘗過曹娥碑下，楊脩從碑背上見題作：「黄絹幼婦，外孫虀臼」八字。魏武謂脩曰：「解不？」答曰：「解。」魏武曰：「卿未可言，待我思之。」行三十里，魏武乃曰：「吾已得。」令脩别記所知，脩曰：「黄絹，色絲也，于字爲絶。幼婦，少女也，于字爲妙。

外孫，女子也，于字爲好。虀臼，受辛也，于字爲辭。所謂絶妙好辭也。魏武亦記之與脩同。乃歎曰：「我才不及卿，乃覺三十里。」』

〔三七〕《漢書・楚元王傳》：『穆生不耆酒，元王每置酒，常爲穆生設醴。及王戊即位，常設。後忘設焉。穆生退曰：「可以逝矣！醴酒不設，王之意怠。不去，楚人將鉗我于市。」稱疾卧。』

〔三八〕『探』，《錢抄》作『先』。句謂沉酣于儒家之典籍中。聖域：聖人的境界。《漢書・賈捐之傳》：『臣聞堯舜，聖之盛也，禹入聖域而不優。』韓愈《進學解》：『是二儒（孟軻、荀卿）者，吐辭爲經，舉足爲法，絶類離倫，優入聖域。』姬孔：周公、孔子。

〔三九〕皇風：皇帝的教化。班固《東都賦》：『覲明堂，臨辟雍，揚緝熙，宣皇風。』張協《七命》：『蓋有晉之融皇風也，金華啓徵，大人有作。』王昌齡《放歌行》：『清樂動千門，皇風被九州。』禹湯：大禹、商湯。

〔四〇〕猶言輕畏誅李喜。輕：鄙視，瞧不起。李喜：當作『李憙』。《晉書・李憙傳》：『景帝輔政，命憙爲大將軍從事中郎。憙到，引見，謂憙曰：「昔先公辟君，而君不應。今孤命君，而君至，何也？」對曰：「先君以禮見待，憙得以禮進退；明公以法見繩，憙畏法而至。」』

〔四一〕小：意動，猶言鄙視。臧倉：戰國時魯平公寵臣。《孟子・梁惠王下》：『魯平公將出，嬖人臧倉者請曰：「他日君出，則必命有司所之，今乘輿已駕矣，有司未知所之，敢請？」公曰：「將見孟子。」曰：「何哉，君所爲輕身以先于匹夫者，以爲賢乎？禮義由賢者出，而孟子之後喪踰前喪，君無見焉。」公曰：「諾。」樂正子入見，曰：「君奚爲不見孟軻也？」曰：「或告寡人曰孟子之後喪踰前喪，是以不往見也。」曰：「何哉君所謂踰者？前以士後以大夫，前以三鼎而後以五鼎與？」曰：「否，謂棺槨衣衾之美也。」曰：「非所謂踰也，貧富不同也。」樂正子見孟子，曰：「克告于君，君爲來見也，嬖人有臧倉者沮君，君是以不果來也。」曰：「行或使之，止或尼之，行止非人所能也。吾之不遇魯侯天也，臧氏之子焉能使予不遇哉？」』

〔四二〕《南史·羊侃傳》：『車駕幸樂遊原，侃預宴。時少府奏新造兩刃矟成，長二丈四尺，圍一尺三寸。帝因賜侃河南國紫騮令試之，侃執矟上馬，左右擊刺，特盡其妙。觀者登樹。帝曰：「此樹必爲侍中折矣。」俄而果折，因號此矟爲折樹矟。』

〔四三〕釣璜：垂釣而得玉璜。喻賢士得遇明主。典出《尚書大傳》卷一：『周文王至磻溪，見呂望，文王拜之。尚父云：「望釣得玉璜，刻曰：周受命，呂佐檢，德合于今昌來提。」』劉禹錫《和重題》：『一泛釣璜處，再吟鏘玉聲。』

〔四四〕鴻都：本爲漢代藏書之所。《後漢書·儒林傳序》：『及董卓移都之際，吏民擾亂，自辟雍、東觀、蘭臺、石室、宣明、鴻都諸藏典策文章，競共剖散。』王羲之《書論》：『蔡尚書入鴻都觀碣，十旬不返，嗟其出群。』亦指東漢靈帝光和元年設在鴻都門的學校。專習辭賦書畫，出授高級官職。駱賓王《久戍邊城有懷京邑》：『楊溝連鳳闕，槐路擬鴻都。』後亦藉指秘書省。王昌齡《灞上閑居》：『鴻都有歸客，偃卧滋陽村。』李雲逸注：『鴻都，漢代朝廷藏書之所。此處代指昌齡供職之秘書省。』

〔四五〕《史記·陳涉世家》：『陳涉少時嘗與人傭耕，輟耕之壟上，悵恨久之，曰：「苟富貴，無相忘」。』

彙評

宋王應麟《困學紀聞》卷十八：『唐彦謙詩：「啗螯譏《爾雅》，賣餅斥《公羊》。」事出《晉書》、《魏志》。』

五四　奉使岐下聞唐弘夫行軍爲賊所擒傷而有作〔一〕

報國捐軀實壯夫〔二〕，楚囚垂欲復神都〔三〕。雲臺畫像皆何者〔四〕，青史書名或不孤〔五〕。散卒半隨袁校尉〔六〕，寡妻休問辟司徒〔七〕。聞君敗績無歸計〔八〕，氣激星辰坐向隅〔九〕。

〔一〕詩見《文苑英華》卷二百九十七、《唐詩統籤》卷七百二十一、《錢抄》卷上。『行軍』，《錢抄》作『行君』，非是。按：《唐詩統籤》下有小注：『弘夫故靈武節度使也，鄭畋拒黄巢鳳翔，以爲行軍司馬，破巢于龍尾坡。弘夫取咸陽，渡渭，賊伏甲僞走，入都門爲賊所覆，後至天復初贈官，事見畋傳。』岐下：今陝西岐山一帶。唐弘夫：唐懿宗、僖宗時人。曾任朔方節度使、靈鹽節度使、涇原行軍司馬。行軍：此爲『行軍司馬』之簡稱。按：《資治通鑑・中和元年》：『（夏四月）是時唐弘夫屯渭北，王重榮屯沙苑，王處存屯渭橋，拓跋思恭屯武功，鄭畋屯盩厔。弘夫乘龍尾之捷，進薄長安。壬午，黄巢帥衆東走，程宗楚先自延秋門入，弘夫繼至，處存帥鋭卒五千夜入城。坊市民喜，争讙呼出迎官軍，或以瓦礫擊賊，或拾箭以供官軍。宗楚等恐諸將分其功不報鳳翔鄜夏，軍士釋兵入第舍，掠金帛妓妾，處存令軍士繫白繻爲號，坊市少年或竊其號以掠人。賊露宿霸上，詗知官車不整，且諸軍不相繼，引兵還襲之。自諸門分入，大戰長安中，宗楚、弘夫死。軍士重負不能走，是以甚敗，死者什八九。處存收餘衆還營。』

〔二〕報國：爲國家效力盡忠。馬融《忠經・報國》：『爲人臣者官于君，先後光慶，皆君之德，不思報國，豈忠也哉！』陳子昂《感遇》其三五：『感時思報國，拔劍起蒿萊。』捐軀：爲國家爲正義而死。《越絶書・外傳紀策考》：『子胥至直，不同邪曲，捐軀切諫，虧命爲邦。』壯夫：豪壯之士；豪傑。枚乘《上書重諫吴王》：『信而見疑，貞而見戮，是以壯夫義士，伏死而不顧者此也。』

〔三〕楚囚：此指唐弘夫。因後爲黄巢軍所俘，故云。《左傳·成公九年》：『晉侯觀于軍府，見鍾儀。問之曰：「南冠而縶者，誰也？」有司對曰：「鄭人所獻楚囚也。」』垂欲：將要。孟浩然《美人分香》：『髻鬟垂欲解，眉黛拂能輕。』神都：猶言神京。謂長安。鮑照《侍宴覆舟山》其一：『明輝爍神都，麗氣冠華甸。』杜甫《贈李八秘書别三十韻》：『玄朔迴天步，神都憶帝車。』

〔四〕『畫像』，《錢抄》、《晨風閣叢書》本作『畫象』，義同。雲臺畫像：永平中，顯宗追感前世功臣，乃圖畫二十八將于南宫雲臺。其外又有王常、李通、竇融、卓茂，合三十二人。見《後漢書·朱景王杜馬劉傅堅馬傳論》。按：此指唐弘夫功績如昔日圖畫于雲臺之東漢二十八將。

〔五〕青史：古代以竹簡記事，故稱史籍爲『青史』。江淹《詣建平王上書》：『俱啓丹册，並圖青史。』書：書寫，記載。

〔六〕散卒：此指唐軍潰散之士卒。袁校尉：疑指東漢袁紹。中平五年，曾任佐軍校尉。初平元年，以勃海起兵，征討董卓。此指王處存。《舊唐書·王處存傳》：『明年，黄巢犯闕，僖宗出幸，處存號哭纍日，不俟詔命，即率本軍入援，遣二千人間道往山南衛從車駕。時李都守河中，降賊。會王重榮斬僞使，通使于處存，乃同盟誓師，營于渭北。時巢賊僭號，天下藩鎮多受其僞命。唯鄭畋守鳳翔，鄭從讜守太原，處存、王重榮首倡義舉，以招太原。俄而鄭畋破賊前鋒，王鐸自行在至，故諸鎮翻然改圖，以出勤王之師。』因其事與袁紹相類，故取以相譬。

〔七〕寡妻休問：謂弘夫無須掛念妻子，必得朝廷撫恤。辟司徒：謂弘夫子嗣亦將爲司徒所徵召。辟：徵召；舉薦。司徒：官名。相傳少昊始置，唐虞因之。周時爲六卿之一，曰地官大司徒。掌管國家的土地和人民的教化。漢哀帝元壽二年，改丞相爲大司徒，與大司馬、大司空並列三公。東漢時改稱司徒。歷代因之，明廢。

〔八〕無歸計：謂無所歸往；無歸宿。蓋唐彦謙本奉使唐弘夫軍，今弘夫兵敗，故無所歸往矣。敗績：指軍隊潰敗。《尚書・汤誓》：『夏師敗績，湯遂從之。』僞孔安國傳：『大崩曰敗績。』

〔九〕氣激星辰：極言氣憤之狀。向隅：猶言向隅而泣。即面對屋子的一個角落哭泣。《説苑・貴德》：『今有滿堂飲酒者，有一人獨索然向隅而泣，則一堂之人皆不樂矣。』

五五　咸通中始聞褚河南歸葬陽翟是歲上平徐方大肆慶賞又詔八品錫其裔孫追叙風概因成二十韻〔一〕

冊府藏餘烈〔二〕，皇綱正本朝〔三〕。不聽還笏諫〔四〕，幾覆綴旒祧〔五〕。咫尺言終直〔六〕，愴惶道已消〔七〕。淚心傳位日〔八〕，揮涕授遺朝〔九〕。飛燕潛來趙〔一〇〕，黄龍豈見譙〔一一〕。既迷秦帝鹿〔一二〕，難問賈生鵩〔一三〕。穆卜緘縢秘〔一四〕，金根轍迹遥〔一五〕。北軍那奪印〔一六〕，東海漫難橋〔一七〕。羅織黄門訟〔一八〕，笙簧白骨銷〔一九〕。炎方無信息〔二〇〕，丹旐竟淪漂〔二一〕。邂逅江魚食〔二二〕，凄涼楚客招〔二三〕。文忠徒謚議〔二四〕，子卯但簫韶〔二五〕。未見公侯復〔二六〕，尋傷嗣續凋〔二七〕。流年隨水逝〔二八〕，高誼薄層霄〔二九〕。柱石林公遠〔三〇〕，緗緗故國饒〔三一〕。奇蹤天驥活〔三二〕，遺軸錦鸞翹〔三三〕。近者淮夷戮〔三四〕，前年歸馬調〔三五〕。始聞移北葬〔三六〕，兼議蔭山苗〔三七〕。聖澤覃將溥〔三八〕，真魂喜定飄〔三九〕。異時窮巷客〔四〇〕，懷古漫成謡〔四一〕。

〔一〕詩見《文苑英華》卷三百五、《錢抄》卷上。咸通：唐懿宗李漼年號（八六〇－八七四），凡十五年。據詩中『前年歸馬調』句，知本詩當作于咸通十二年（八四一）。褚河南：褚遂良。字登善，陽翟人（今河南禹州）。唐太宗貞觀二十三年（六四九），與長孫無忌同受太宗詔輔政。高宗即位，封河南縣公。貞觀二十四年（六五〇），進封河南郡公。永徽四年（六五三），任尚書右僕射。因堅决反對武則天爲后，貶潭州（今湖南長沙）都督，後轉桂州（今廣西桂林）都督，再貶愛州（今越南北境清化）刺史。唐顯慶四年（六五九）卒。新舊《唐書》有傳。《新唐書·褚遂良傳》：『安南觀察使高駢表遂良客窆愛州，二男一孫祔。咸通九年，詔訪其後，護喪歸葬陽翟云。』『是歲』，《晨風閣叢書》本作『是年』。徐方：此指武寧軍節度糧料判官龐勛兵變事。《資治通鑑·唐紀咸通九年》：『初，南詔陷安南，敕徐泗募兵二千赴援，分八百人别戍桂州。初約三年一代，徐泗觀察使崔彦曾，愼由之從子也，性嚴刻。朝廷以徐兵驕，命鎮之。都押牙尹戡、教練使杜璋、兵馬使徐行儉用事，軍中怨之。戍桂州者已六年，屢求代還，戡言于彦曾以軍帑空虚，發兵所費頗多，請更留戍卒一年，彦曾從之。戍卒聞之，怒都虞侯許佶。軍校趙可立、姚周、張行實皆故徐州群盜，州縣不能討招，出之補牙職。會桂管觀察使李叢移湖南，新使未至。秋七月，佶等作亂，殺都將王仲甫，推糧料判官龐勛爲主，刼庫兵北還，所過剽掠，州縣莫能禦。』大肆：猶言大面積；大範圍。慶賞：賞賜。八品：魏晉以後，官分九品，八品爲低級官階。杜牧《洛中送冀處士東遊》：『我作八品吏，洛中如繫囚。』錫：即賜。裔孫：遠代子孫。按：《新唐書·褚遂良傳》：『文宗時，詔以遂良五世孫虔爲臨汝尉。』風概：猶言節操。

〔二〕册府：猶盟府，用于存放帝王册立、封贈等事的詔書的地方。《左傳·僖公五年》：『（號仲、號叔）爲文王卿士，勳在王室，藏于盟府。』孔穎達疏：『以勳受封，必有盟要，其辭當藏于司盟之府也。』韋昭《博弈論》：『當世之道，宜勉思至道，愛功惜力，以佐明時，使名書史籍，勳在盟府。』司空圖《上考功》：『洛下則神仙元禮，威振邊陲；江南則談笑謝公，勳高册府。』餘烈：遺留下來的功績、功業。賈誼《過秦論上》：『及至始皇，奮六世之餘烈，振長策而御宇内，吞二周而亡諸侯。』按：此指記載褚遂良功勳的文書存于册府。

〔三〕猶言正本朝皇綱。皇綱：朝廷的綱紀。陸機《答賈長淵》：『在漢之季，皇綱幅裂。』杜甫《北征》：『胡命其能久？皇綱未宜絶。』

〔四〕謂褚遂良力阻唐高宗廢王皇后立武則天事。《舊唐書・褚遂良傳》：『及入，高宗難于發言。再三顧謂無忌曰：「莫大之罪，絶嗣爲甚。皇后無胤息，昭儀有子，今欲立爲皇后，公等以爲何如？」遂良曰：「皇后出自名家，先朝所娶，伏事先帝，無愆婦德。先帝不豫，執陛下手以語臣曰：「我好兒好婦，今将付卿。」陛下親承德音，言猶在耳。皇后自此，未聞有愆，恐不可廢。臣今不敢曲從，上違先帝之命，特願再三思審。愚臣上忤聖顏，罪合萬死。但願不負先朝厚恩，何顧性命。」遂良致笏于殿陛，曰：「還陛下此笏。」仍解巾叩頭流血，帝大怒，令引出。長孫無忌曰：「遂良受先朝顧命，有罪不加刑。」』

〔五〕指武則天于唐睿宗載初二年（六九〇），改國號唐爲周，至神龍元年（七〇五），宰相張柬之等發動兵變，始歸號唐事。綴旒祧：喻宗廟垂危。潘勗《册魏公九錫文》：『當此之時，若綴旒然。』張銑注：『旒，冠上垂珠，而綴于冠者，言帝室之危如旒之懸。然，辭也。』《魏書・肅宗紀》：『祖宗盛業，危若綴旒，社稷鴻基，殆將淪墜。』白居易《隋堤柳》：『上荒下困勢不久，宗社之危如綴旒。』

〔六〕咫尺：謂褚遂良在面聖時，常能以直道相規勸。《左傳・僖公九年》：『天威不違顏咫尺。』

《舊唐書·褚遂良傳》：『（貞觀）十五年，詔有事太山，先幸洛陽。有星孛于太微，犯郎位。遂良言于太宗曰：「陛下撥亂反正，功超前烈，将告成東嶽，天下幸甚。而行至洛陽，彗星輒見，此或有所未允合者也。且漢武優柔數年，始行岱禮。臣愚，伏願詳擇。」太宗深然之。下詔罷封禪之事。其年，遷諫議大夫，兼知起居事。太宗嘗問：「卿知起居，記録何事？大抵人君得觀之否？」遂良對曰：「今之起居，古左右史，書人君言事，且記善惡，以爲鑒誡，庶幾人主不爲非法，不聞帝王躬自觀史。」太宗曰：「朕有不善，卿必記之耶？」遂良曰：「守道不如守官。臣職當載筆，君舉必記。」黄門侍郎劉洎曰：「設令遂良不記，天下亦記之矣。」太宗以爲然。』《新唐書·長孫無忌傳》：『褚遂良鯁亮有學術，竭誠親于朕，若飛鳥依人，自加憐愛。』

〔七〕俟考。

〔八〕『淚』，《唐詩百名家全集》爲墨釘。《錢抄》作『淚』，外施方框；《文苑英華》、《唐詩統籤》作『淚』。然《文苑英華》『淚』下有小注『疑』。按『淚心』與後『揮涕』不對，是《文苑英華》時即出臆補。淚心：極言悲痛。《新唐書·長孫無忌傳》：『（貞觀）二十三年，帝疾甚。召入卧内，帝引手捫無忌頤，無忌哭，帝感塞不得有所言。翌日，與遂良入受詔，顧遂良曰：「我有天下，無忌力也。爾輔政，勿令讒毁者害之。」有頃崩。』并可參注三。傳位：傳授帝位。此指唐太宗李世民臨終託付事。《舊唐書·褚遂良傳》：『（貞觀）

二十三年，太宗寢疾。召遂良及長孫無忌入臥内，謂之曰：「卿等忠烈，簡在朕心，昔漢武寄霍光，劉備託葛亮，朕之後事，一以委卿。太子仁孝，卿之所悉，必須盡誠輔佐，永保宗社。」又顧謂太子曰：「無忌、遂良在，國家之事，汝無憂矣。」仍命遂良草詔。高宗即位，賜爵河南縣公。』

〔九〕遺朝：指唐高宗李治。參注八。友生冷浪濤補：杜甫《述懷》：『涕淚授拾遺，流離主恩厚。』

〔一〇〕此以漢成帝廢許皇后立趙飛燕，比唐高宗廢王皇后立武則天事。《漢書・五行志》：『成帝時，童謠曰：「燕燕尾涎涎，張公子，時相見。木門倉琅根，燕飛來，啄皇孫。皇孫死，燕啄矢。」其後帝爲微行出遊，常與富平侯張放俱稱富平侯家人，過陽阿主作樂，見舞者趙飛燕而幸之，故曰「燕燕尾涎涎」，美好貌也。張公子謂富平侯也。「木門倉琅根」，謂宫門銅鍰，言將尊貴也。後遂立爲皇后。弟昭儀賊害後宫皇子，卒皆伏辜，所謂「燕飛來，啄皇孫。皇孫死，燕啄矢」者也。』

〔一一〕意謂哪裏是黄龍見譙那樣的吉兆。《後漢書・單颺傳》：『初，熹平末，黄龍見譙。光禄大夫橋玄問颺：「此何祥也？」颺曰：「其國當有王者興。不及五十年，龍當復見，此其應也。」魏郡人殷登密記之，至建安二十五年春，黄龍復見譙，其冬，魏受禪。』

〔一二〕《史記・淮陰侯列傳》：『（蒯通）對曰：「秦之綱絶而維弛，山東大擾，異姓並起，英俊烏集，秦失其鹿，天下共逐之。」』《集解》：『張晏曰：「以鹿喻帝位也。」』

〔一三〕『雎』，當作『鵩』。此因叶韻，故改。《史記·屈原賈生列傳》：『三年，有鵩飛入賈生舍，止于坐隅。楚人命鵩曰服，賈生既以適居長沙，長沙卑濕，自以爲壽不得長，傷悼之，乃爲賦以自廣。』

〔一四〕穆卜：恭敬地卜問吉凶。《尚書·金縢》：『我其爲王穆卜。』僞孔安國傳：『穆，敬也，言王疾當敬卜吉凶。』緘縢：《莊子·胠篋》：『将爲胠篋、探囊、發匱之盜而爲守備，則必攝緘縢，固扃鐍，此世俗之所謂知也。』郭象注：『緘縢：皆繩也。』

〔一五〕金根：即金根車。以黄金爲飾的根車。帝王所乘。蔡邕《獨斷》卷下：『上所乘曰金根車，駕六馬，有五色安車、五色立車各一，皆駕四馬，是爲五時副車。』《舊唐書·輿服志》：『金根車，朱質，紫油通幰，油畫絡帶，朱絲網，常行則供之。』

〔一六〕漢惠帝去世後，吕后以吕台、吕産、吕禄爲將，將兵居南北軍。及吕后病危，乃令趙王吕禄爲上將軍，軍北軍；吕王産居南軍。誡産、禄曰：『高帝已定天下，與大臣約曰：「非劉氏王者，天下共擊之。」今吕氏王，大臣弗平。我即崩，帝年少，大臣恐爲變，必據兵衛宫，慎毋送喪，毋爲人所制。』太尉周勃及丞相陳平乃劫曲周侯酈商，令其子寄往紿説吕禄歸將印，以兵屬太尉。周勃入軍門，行令軍中，曰：『爲吕氏右襢，爲劉氏左襢。』軍中皆左襢爲劉氏。于是盡誅諸吕。見《史記·吕后本紀》。那：哪。按：此謂哪有如周勃入北軍奪印之事，言無有也。

〔一七〕《水經注·濡水》引《三齊略記》曰：『始皇于海中作石橋，海神爲之豎柱。始皇求與相見，神曰：「我形醜，莫圖我形，當與帝相見。」乃入海四十里，見海神，左右莫動手，工人潛以脚畫其狀。神怒曰：「帝負約，速去。」始皇轉馬還，前脚猶立，後脚隨崩，僅得登岸。畫者溺死于海，衆山之石皆傾注，今猶岌岌東趣，疑即是也。』此喻褚貶謫之荒遠，雖使神人相助建橋而猶不能。

〔一八〕謂羅織對褚遂良的訴訟。羅織：謂無中生有，多方構陷。黄門：指褚遂良。褚嘗于貞觀十八年，官黄門侍郎。見《舊唐書》本傳。

〔一九〕笙簧：此指巧言如簧。本謂花言巧語，悦耳動聽，有如笙中之簧。《詩·小雅·巧言》：『巧言如簧，顔之厚矣。』孔穎達疏：『巧爲言語，結構虚辭，速相待合，如笙中之簧，聲相應和。』此指造謠中傷之詞。《後漢書·陳蕃傳》：『夫讒人似實，巧言如簧，使聽之者惑，視之者昏。』白骨銷：此謂衆口不斷毁謗，雖死猶不能免。《史記·張儀列傳》：『臣聞之，積羽沉舟，群輕折軸，衆口鑠金，積毁銷骨。』《新唐書·褚遂良傳》：『（遂良卒）後二歲，許敬宗、李義府奏長孫無忌逆謀，皆遂良驅煽。乃削官爵，二子彦甫、彦冲流愛州，殺之。』

〔二〇〕炎方：泛指南方炎熱地區。《藝文類聚》卷九一引三國魏鍾會《孔雀賦》：『有炎方之偉鳥，感靈和而來儀。』李白《古風》其三四：『怯卒非戰士，炎方難遠行。』《舊唐書·褚遂良傳》：『帝乃立昭儀爲皇后。左遷遂良潭州都督。顯慶二年，轉桂州都督。未幾，又貶爲愛州刺史，明年卒官。』信息：音信，消息。

〔一二一〕丹旐：舊時出喪所用的紅色魂幡。淪漂：猶言漂泊。

〔一二二〕《史記·屈原列傳》：『屈原曰：「吾聞之：新沐者必彈冠，新浴者必振衣。人又誰能以身之察察，受物之汶汶者乎？寧赴常流而葬乎江魚腹中耳，又安能以皓皓之白，而蒙世之温蠖乎？」』按：舊傳屈原逝後，嘗爲蛟龍所苦。《續齊諧紀》：『屈原五月五日投汨羅水，楚人哀之，至此日以竹筒子貯米投水以祭之。漢建武中，長沙區曲忽見一士人，自云三閭大夫。謂曲曰：「聞君當見祭，甚善。常年爲蛟龍所竊，今若有惠，當以楝葉塞其上，以彩絲纏之，此二物蛟龍所憚。」曲依其言。今五月五日作粽，並帶楝葉、五花絲，遺風也。』此指褚遂良所處環境之危苦。

〔一二三〕楚客招：指宋玉爲屈原招魂事。楚客：指宋玉。《史記·屈原列傳》：『屈原既死之後，楚有宋玉、唐勒、景差之徒者，皆好辭而以賦見稱。』王逸《楚辭章句·招魂章句》：『《招魂》者，宋玉之所作也。招者，召也。以手曰招，以言曰召。魂者，身之精也。宋玉憐哀屈原忠而斥棄，愁懣山澤，魂魄放佚，厥命將落，故作《招魂》。欲以復其精神，延其年壽，外陳四方之惡，内崇楚國之美，以諷諫懷王，冀其覺悟而還之也。』按：此以屈原比褚，暗示褚之冤屈及後人對褚之追思。

〔二四〕文忠：追贈褚遂良的謚號。因爲此時已距褚逝後多年，故云『徒』。

〔二五〕子卯：甲子和乙卯。古以爲忌日。《左傳・昭公九年》：『辰在子卯，謂之疾日。』楊伯峻注：『甲子爲商紂滅亡死日，見《漢書・律曆志》引《武成》與《史記・商本紀》；乙卯爲夏桀亡日，見孔疏。當時人因此以甲子、乙卯爲疾日。疾日即忌日。《禮記・玉藻》謂于此二日食粗糧菜湯，亦可證甲子、乙卯爲忌日。』《漢書・翼奉傳》：『北方之情，好也；好行貪狼，申子主之。東方之情，怒也；怒行陰賊，亥卯主之。貪狼必待陰賊而後動，陰賊必待貪狼而後用，二陰並行，是以王者忌子卯也。』簫韶：舜樂名。《書・益稷》：『《簫韶》九成，鳳皇來儀。』葛洪《抱朴子・安貧》：『萬鈞之爲重，衝飆不能移，《簫韶》未九成，靈鳥不紆儀也。』

〔二六〕猶言未見復公侯。復：恢復。按：《新唐書・褚遂良傳》：『神龍中，復官爵。德宗追贈太尉。』

〔二七〕嗣續：後嗣；子孫。《梁書・范縝傳》：『家家棄其親愛，人人絶其嗣續。』凋：死亡。《新唐書・褚遂良傳》：『後二歲，許敬宗、李義府奏長孫無忌逆謀，皆遂良驅煽，乃削官爵，二子彦甫、彦冲流愛州，殺之。』

〔二八〕流年：如水般流逝的光陰、年華。鮑照《登雲陽九里埭》：『宿心不復歸，流年抱衰疾。』

〔二九〕高誼：即高義。指崇高的道義；高尚的德行。薄：迫近。《宋書·謝靈運傳論》：『周室既衰，風流彌著。屈平、宋玉導清源于前，賈誼、相如振芳塵于後。英辞潤金石，高義薄雲天。』

〔三〇〕柱石：本指頂梁的柱子和墊柱的礎石。比喻擔當重任的人。《漢書·霍光傳》：『將軍爲國柱石，審此人不可，何不建白太后，更選賢而立之。』林公：不詳，俟考。此指褚遂良。

〔三一〕縑緗：供書寫用的淺黄色細絹。顔真卿《送辛子序》：『惜乎困于縑緗，不獲繕寫。』按：褚遂良工書。《舊唐書·褚遂良傳》：『遂良博涉文史，尤工隸書。父友歐陽詢甚重之。太宗嘗謂侍中魏徵曰：「虞世南死後，無人可以論書。」徵曰：「褚遂良下筆遒勁，甚得王逸少體。」太宗即日召令侍書。太宗嘗出御府金帛購求王羲之書迹，天下争齎古書詣闕以獻，當時莫能辨其真僞。遂良備論所出，一無舛誤。』故云。故國：故鄉；家鄉。曹松《送郑谷歸宜春》：『無成歸故國，上馬亦高歌。』饒：多。

〔三二〕奇蹤：此指奇妙的書迹。張彦遠《法書要録·唐高平公蕭齋記》：『所得魏晉已降，名書祕迹多矣。以不越于尺素之間，未爲殊珍也。蓋壁字奇蹤，乃爲希寶。意象所得，非常域也。』天驥：天馬。張協《七命》：『天驥之駿，逸態超越。』李善注：『天驥，天馬也。』此喻奇蹤之狀。

〔三三〕句謂褚遂良遺留下的書軸，現在都被用珍貴的錦緞裝裱。遺軸：遺留下來的書軸。錦鸞翅：有如鸞鳳飛舞花紋的錦緞。《太平御覽》卷六百九十九：『《拾遺録》曰：「周穆王時，鸞章錦幔者，摩連國獻焉，錦文如鸞翔。」』又八百一十五：『周靈王起昆昭之臺以享群臣，張鸞章錦，文如鸞翔。』

〔三四〕淮夷戮：指龐勛被殺事。咸通九年（八六八），龐勛率徐州戍卒，自桂州擅還。七月至浙西，沿江自白沙入濁河，剽奪舟船而進。其年冬，龐勛殺崔彦曾據徐州。徐無兵食，乃分遣各帥攻剽淮南諸郡。滁、和、楚、壽繼陷。咸通十年（八六九）九月，龐勛兵敗于蕲，被殺。

〔三五〕『歸』，《唐詩百名家全集》爲墨釘，《錢抄》、《文苑英華》作『作』。前年：當指咸通十年（八六九）平龐勛反叛事。見注三四。歸馬調：謂戰争止息，不再用兵。語出《尚書·武成》：『乃偃武修文，歸馬于華山之陽，放牛于桃林之野，示天下弗服。』孔穎達疏：『此是戰時牛馬，故放之，示天下不復乘用。』杜甫《白帝》：『戎馬不如歸馬逸，千家今有百家存。』

〔三六〕按：褚遂良死于南方貶所愛州（治所在今越南清化），今歸葬陽翟，在北，故云。

〔三七〕蔭山苗：猶言在山上種植苗木。

〔三八〕聖澤：帝王的恩澤。覃（tán）：深。將：連詞。表示並列，又、且。《詩·小雅·谷風》：『將恐將懼，維予與女。』鄭玄箋：『將，且也。』溥：廣大。

〔三九〕『真』，原作『貞』，當是館臣避清雍正胤禛諱所致，兹據《文苑英華》、《錢抄》改。真魂：猶言靈魂。《舊唐書·姚崇傳》：『昔楊震、趙咨、盧植、張奂，皆當代英達，通識今古，咸有遺言，屬以薄葬。或濯衣時服，或單帛幅巾，知真魂去身，貴於速朽，子孫皆遵成命，迄今以爲美談。』喜定飄：猶言高興終于結束了四處漂泊。

〔四〇〕異時：不同時代。此指褚遂良死後的後世。窮巷客：作者自稱。窮巷：偏僻簡陋的小巷。《墨子·號令》：『吏行其部，至里門，正與開門内吏，與行父老之守及窮巷幽間無人之處。』《史記·陳丞相世家》：『家乃負郭窮巷，以獘席爲門。』王維《渭川田家》：『斜陽照墟落，窮巷牛羊歸。』

〔四一〕『漫』，《文苑英華》作『設』。《錢抄》亦作『設』，然外施方框，似對此存疑。懷古：思念古代的人和事。漫：隨意。謡：此指詩。

五六　東韋曲野思〔一〕

淡霧輕雲匝四垂〔二〕，緑塘秋望獨顰眉〔三〕。野蓮隨水無人見〔四〕，寒鷺窺魚共影知〔五〕。九陌要津勞目擊〔六〕，五湖閑夢誘心期〔七〕。孤燈夜夜愁欹枕〔八〕，一覺滄洲似昔時〔九〕。

〔一〕詩見《文苑英華》卷三百十九、《唐詩類苑》卷二十四、《唐詩統籤》卷七百二十一、《錢抄》卷上。『東』下原有小注：『一作「陳」。』按：今《文苑英華》、《唐詩類苑》、《錢抄》並有，《唐詩統籤》無『東』。韋曲：地名，在今陝西西安長安區。野思：郊野的思緒。

〔二〕『淡』，《唐詩類苑》、《唐詩統籤》、《錢抄》、《晨風閣叢書》本作『澹』。義同。『雲』下有注云：『一作陰。』《文苑英華》作『蔭』，《唐詩統籤》、《錢抄》、《晨風閣叢書》本作『陰』，義亦通。匝：環繞，圍繞。《文心雕龍・物色》：『山沓水繞，樹匝雲合。』元結《招陶别駕家陽華作》：『清渠匝庭堂，出門仍灌田。』四垂：從四面垂下來。曹丕《彈棋賦》：『滑石霧散，雲布四垂。』白居易《有木詩》其一：『漸密陰自庇，轉高梢四垂。』

〔三〕『緑』，《晨風閣叢書》本作『綠』。緑塘：碧緑的池塘。韋應物《遊瑯琊山寺》：『新泉泄陰壁，高蘿蔭緑塘。』顰眉：皺眉。

〔四〕『隨』，《唐詩統籤》、《晨風閣叢書》本作『墮』。

〔五〕白居易《久雨閑悶對酒偶吟》：『鷺臨池立窺魚笱，隼傍林飛拂雀羅。』

〔六〕九陌：本指漢長安城中的九條大道。《三輔黄圖・長安八街九陌》：『《三輔舊事》云：長安城　中八街，九陌。』泛指都城大道和繁華鬧市。駱賓王《帝京篇》：『三條九陌麗城隅，萬户千門平旦開。』要津：重要的津渡。亦比喻要害之地。劉禹錫《偶作》：『萬里長江水，征夫渡要津。』此以『九陌要津』，喻各要害權力部門。勞目擊：猶言空勞目擊。目擊：目光觸及；熟視。《後漢書・郅惲傳》：『子張但目擊而已。』李賢注：『目擊謂熟視之也。』按：喻可望而不可及之意。

〔七〕『誘』下原有小注：『一作「有」。』按：《文苑英華》、《唐詩類苑》並有注。五湖閑夢：指欲效范蠡歸隱于五湖。春秋末越國大夫范蠡，輔佐越王勾踐，滅亡吴國，功成身退，乘輕舟以隱于五湖。見《國語・越語下》。後因以『五湖』指隱遁之所。葛洪《抱朴子・正郭》：『法當仰隮商洛，俯泛五湖，追巢父于峻嶺，尋漁父于滄浪。』李白《書情贈蔡舍人雄》：『我縱五湖棹，煙濤恣崩奔。』誘心期：引誘自己的内心嚮往。

〔八〕『欹』，錢墨筆抄作『歌』，又于上似施朱筆改動。欹枕：倚枕。

〔九〕『覺』下原有小注：『一作「覽」。』按：《文苑英華》、《錢抄》並有注。滄洲：濱水的地方。古時常用以稱隱士的居處。阮籍《爲鄭沖勸晉王箋》：『然後臨滄洲而謝支伯，登箕山以揖許由。』謝朓《之宣城郡出新林浦向板橋》：『既歡懷禄情，復協滄洲趣。』杜甫《曲江對酒》：『吏情更覺滄洲遠，老大悲傷未拂衣。』

五七　上巳〔一〕

上巳接寒食〔二〕，鶯花寥落晨〔三〕。微微潑火雨〔四〕，草草踏青人〔五〕。凉似三秋景〔六〕，清無九陌塵〔七〕。與余同病者〔八〕，對此合傷神〔九〕。

〔一〕詩見《才調集》卷六，《文苑英華》卷一百五十七、二百五十六，《唐詩紀事》卷六十八，《歲時雜詠》卷十七，《古今事文類聚》前集卷八，《古今合璧事類備要》前集卷十七（僅有前四句），《唐詩類苑》卷二十、《唐詩韻匯》、《唐詩統籤》卷七百二十一、《錢抄》卷下。『上巳』，《文苑英華》卷一百五十七作『上巳日』，下有小注『一作上巳日寄韓八』。按：《文苑英華》卷二百五十六、《才調集》、《唐詩紀事》、《唐詩類苑》、《唐詩韻匯》、《歲時雜詠》、《錢抄》並作『上巳日寄韓八』，下有小注：『一云寄難八。』《唐詩統籤》又作『上巳寄韓公』。殷元勛、宋邦綏《才調集補注》引馮班注：『難，姓僻，妄人改爲韓字，不可從。』。按：此取詩首二字爲題，唐彦謙詩中多有此類。『寄韓八（難八）』或是題下小注，誤入題名。上巳：舊時節日名。漢以前以農曆三月上旬巳日爲『上巳』；魏晉以後，定爲三月三日，不必取巳日。《後漢書・禮儀志上》：『是月上巳，官民皆絜于東流水上，曰洗濯祓除去宿垢疢爲大絜。』《宋書・禮志二》引《韓詩》：『鄭國之俗，三月上巳，之溱洧兩水之上，招魂續魄。秉蘭草，拂不祥。』

〔二〕寒食：節日名。在清明前一日或二日。相傳春秋時晉文公負其功臣介之推。介憤而隱于綿山。文公悔悟，燒山逼令出仕，之推抱樹焚死。人民同情介之推的遭遇，相約于其忌日禁火冷食，以爲悼念。以後相沿成俗，謂之寒食。按：《周禮·秋官·司烜氏》『中春以木鐸修火禁于國中』，則禁火爲周的舊制。劉向《别録》有『寒食蹋蹴』的記述，與介之推死事無關；《鄴中記》、《後漢書·周舉傳》等始附會爲介之推事。寒食日有在春、在冬、在夏諸説，惟在春之説爲後世所沿襲。《荆楚歲時記》：『去冬節一百五日，即有疾風甚雨，謂之寒食。禁火三日，造餳大麥粥。』

〔三〕『寥落』，《古今合璧事類備要》前集作『零落』。鶯花：此指鶯啼花落。白居易《快活》：『可惜鶯啼花落處，一壺濁酒送殘春。』

〔四〕潑火雨：舊俗寒食節禁火，其時所下的雨叫『潑火雨』，也叫『清明雨』。吴景旭《歷代詩話》卷五十三：『《退齋雅聞》云：河朔人謂清明雨爲潑火雨。蓋以禁煙之後，方舉火，而雨若潑之也。』白居易《洛橋寒食日作十韻》：『蹴毬塵不起，潑火雨新晴。』

〔五〕草草：匆忙倉促的樣子。李白《南奔書懷》：『草草出近關，行行昧前筭。』

〔六〕三秋：指秋季。七月稱孟秋、八月稱仲秋、九月稱季秋，合稱三秋。陶潛《閑情賦》：『願在莞而爲席，安弱體于三秋。』王融《永明十一年策秀才文》：『四境無虞，三秋式稔。』李善注：『秋有三月，故曰三秋。』

〔七〕沈亞之《送麗子肅》：『三年遊宦也迷津，馬困長安九陌塵。』九陌：本指漢長安城中的九條大道。見五六《東韋曲野思》注六。

〔八〕『與余』下原有小注：『一作「伯輿」，一作「怕與」。』按：《才調集》、《歲時雜詠》作『伯輿』。《文苑英華》亦作『伯輿』，下有小注『一作「怕與」』。按：作『伯輿』似亦通。伯輿：東晉王廞之字。《世説新語·任誕》：『王長史登茅山大慟哭，曰：「琅邪王伯輿終當爲情死。」』此指己與王同爲多情者。同病：此指同一遭遇，同一感受。劉長卿《碧澗别墅喜皇甫侍御相訪》：『不爲憐同病，何人到白雲。』

〔九〕合：應當。傷神：傷心。江淹《别賦》：『造分手而銜涕，感寂寞而傷神。』

彙評

宋劉克莊《後村集》卷十七《詩話》：『彦謙《寒食》五言云：「微微潑火雨，草草踏青人。」本朝王元之詩亦用「潑火雨」。』

五八　移莎〔一〕

移從杜城曲〔二〕，置在小齋東〔三〕。正是高秋裏〔四〕，仍兼細雨中。結根方迸竹〔五〕，疏蔭託高桐〔六〕。苒苒齊芳草〔七〕，飄飄笑斷蓬〔八〕。片時留静者〔九〕，一夜響鳴蛩〔一〇〕。野露通宵滴〔一一〕，溪煙盡日蒙〔一二〕。試才卑庾薤〔一三〕，求味笑周菘〔一四〕。只此霜栽好〔一五〕，他時贈伯翁〔一六〕。

〔一〕詩見《文苑英華》卷三百二十七、《唐詩類苑》卷一百九十一、《唐詩統籤》卷七百二十一、《錢抄》卷上。『曲』，《晨風閣叢書》本作『西』，平聲失韻，非是。莎（suō）：莎木。生于我國南方各省，莖稈内藏有大量澱粉，可作糧食。賈思勰《齊民要術·莎木》引《廣志》：『莎樹多枝葉，葉兩邊行列，若飛鳥翼。其麪色白，樹收麪，不過一斛。』

〔二〕『從』，《文苑英華》、《錢抄》作『徙』。杜城曲：即杜曲。地名。見三九《長溪秋望》注四。

〔三〕小齋：對自己齋室的謙稱。

〔四〕高秋：天高氣爽的秋天。沈約《休沐寄懷》：『臨池清溽暑，開幌望高秋。』

〔五〕『方』，《佩文齋廣群芳譜》卷八十九作『妨』，疑是。結根：猶言植根，扎根。妨迸竹：謂妨礙竹根從中迸出。

〔六〕『託』，《文苑英華》、《唐詩類苑》、《唐詩統籤》、《錢抄》、《晨風閣叢書》本作『説』。《唐詩百名家全集》爲墨釘。《四庫全書考證》卷五十二《御定佩文齋廣群芳譜》謂『唐彦謙《庭莎》：「疏蔭託高桐」。刊本「託」訛「説」，據《全唐詩》改。』按：作『説』則當是同『悦』，似亦通。句猶言託高桐疏蔭。託：藉助。高桐：高大的梧桐。

〔七〕苒苒：猶漸漸。南朝梁宣帝《櫻桃賦》：『既離離而春就，乍苒苒而冬迎。』齊芳草：和芳草相齊。

〔八〕猶言笑斷蓬飄飄。

〔九〕『者』，《錢抄》于外又施方框，似對此存疑。按：『静者』與『鳴蛩』不對，錢疑是。

〔一〇〕鳴蛩：即蟋蟀。錢起《晚次宿預館》：『迴雲隨去雁，寒露滴鳴蛩。』此泛指秋蟲。

〔一一〕通宵：整夜。何仲宣《七夕賦詠成篇》：『通宵道意終無盡，向曉離愁已復多。』

〔一二〕溪：當指長溪。見三九《長溪秋望》。蒙：猶言籠罩。

〔一三〕『薤』，《晨風閣叢書》本作『韭』，誤。試：用。庾：指東晉庾亮。《晉書·庾亮傳》：『亮噉薤，因留白。侃問曰：「安用此爲？」亮云：「故可以種。」侃于是尤相稱歎云：「非唯風流，兼有爲政之實。」』薤（xiè）：即藠頭。多年生草本植物。地下有圓錐形鱗莖，葉叢生，細長中空，斷面爲三角形，傘形花序，花紫色。新鮮鱗莖可作蔬菜，乾燥鱗莖可入藥。陸龜蒙《中酒賦》：『周子之菘向晚，庾郎之薤初春。』

〔一四〕『菘』，《錢抄》墨筆作『松』，又施朱筆于上加『艹』。按：『菘』俗或省寫作『松』。周：周顒。南朝劉宋人。《南史·周顒傳》：『文惠太子問顒菜食何味最勝，顒曰：「春初早韭，秋末晚菘。」』菘：蔬菜名。通常稱白菜。

〔一五〕『栽』，《錢抄》墨筆作『裁』，又施朱筆加以改動。按：句謂在此霜日的時候，正好栽種。

因移種時是秋天，故云。

〔一六〕他時：將來。伯翁：對長輩的敬稱。

五九　西明寺威公盆池新稻〔一〕

爲笑江南種稻時，露蟬鳴後雨霏霏〔二〕。蓮盆積潤分畦小〔三〕，藻井垂陰擢秀稀〔四〕。得地又生金象界〔五〕，結根仍對水田衣〔六〕。支公尚有三吴思〔七〕，更使幽人憶釣磯〔八〕。

〔一〕詩見《文苑英華》卷三百二十七、《唐詩類苑》卷一百八十二、《唐詩統籤》卷七百二十一、《錢抄》卷下。西明寺：唐時長安城中延康坊有西明寺，本隋楊素宅，爲關中名勝。然非種稻之地，且與詩意不合。疑此指廬山西明寺。温庭筠《題西明寺僧院》：『曾識匡山遠法師，低松片石對前墀。爲尋名畫來過院，因訪閑人得看棋。新雁參差雲碧處，寒鴉遼亂葉紅時。自知終有張華識，不向滄洲理釣絲。』可證。且據四九《秋霽夜吟寄友人》『更就東林訪惠休』，知唐彦謙曾到廬山一帶遊歷。一二〇《登廬山》詩，未知是否即同時作。威公：生平事迹不詳，俟考。盆池：能用來大量儲水養魚或者栽種水生植物的大盆。《開元天寶遺事》卷二《盆池魚》：『忽一日，帝曲宴近臣于禁苑中。帝指示于九齡、林甫曰：「檻前盆池中所養魚數頭，鮮活可愛。」』陳與義《盆池》：『三尺清池牕外開，茨菰葉底戲魚回。』楊萬里《卧治齋盆池》：『舊來菰葉已全衰，旋買新荷帶藕栽。』可見此類盆池之大。

〔二〕露蟬：古人以爲蟬飲露水，故云。虞世南《詠蟬》：『垂緌飲清露，流響出疏桐。』雨霏霏：雨盛貌。《詩·小雅·采薇》：『今我來思，雨雪霏霏。』何遜《贈族人秣陵兄弟》：『霏霏入窗雨，漠漠暗床塵。』

〔三〕蓮盆：栽種蓮花的盆子。積潤：猶言積水。畦：田界。《莊子·人間世》：『彼且爲無町畦，亦與之爲無町畦。』成玄英疏：『畦，埒也。』劉禹錫《同樂天和微之深春二十首》之十九：『何處深春好，春深種蒔家。分畦十字水，接樹兩般花。』

〔四〕藻井：中國傳統建築中天花板上的一種裝飾處理。一般做成圓形、方形或多邊形的凹面，上有各種花紋、雕刻和彩畫。張衡《西京賦》：『蒂倒茄于藻井，披紅葩之狎獵。』薛綜注：『藻井，當棟中交木方爲之，如井幹也。』李白《明堂賦》：『藻井綵錯以舒蓬，天窻綺翼而銜霓。』擢秀：此指長出的稻穗。

〔五〕『金象界』，《唐詩韻匯》、《唐詩統籤》、《晨風閣叢書》作『金粟界』，非。金象界：此指西明寺。金象：金身的佛像。《晉書·吕光載記》：『又進攻龜兹城，夜夢金象飛越城外。光曰：「此謂佛神去之，胡必亡矣。」』楊衒之《洛陽迦藍記·永寧寺》：『初掘基至黄泉下，得金象三十軀。』孟浩然《臘月八日于剡縣石城寺禮拜》：『石壁開金像，香山倚鐵圍。』

〔六〕結根：猶言扎根，植根。水田衣：又云稻田衣。即袈裟也。因衣紋正方，似水稻田之界畫，故名。王維《過盧員外宅看飯僧共題》：『乞飯從香積，裁衣學水田。』趙殿成《箋注》云：『《釋氏要覽》、《僧祇律》云：佛住王舍城帝釋石窟前，經行見稻田畦畔分明，語阿難言：過去諸佛衣相如是，從今依此作衣相。《增輝記》云：田畦貯水，生長嘉苗，以養形命法衣之田，潤以四利之水，增其三善之苗，以養法身慧命也。』

〔七〕支公：指東晉高僧支遁，字道林。本姓關，陳留（今河南開封）人。後流寓江南。《高僧傳》卷四有傳。三吴：地名。晉指吴興、吴郡、會稽。《水經注・漸水》：『永建中，陽羨周嘉上書，以縣（會稽）遠，赴會至難，求得分置，遂以浙江西爲吴，以東爲會稽。漢高帝十二年，一吴也，後分爲三，世號「三吴」。吴興、吴郡，會稽其一焉。』後泛指長江中下游一帶。按：支遁嘗來往于會稽、建康等地，故云。

〔八〕『幽人』，《錢抄》作『遊人』。幽人：隱士。釣磯：釣魚時坐的巖石。北周明帝《貽韋居士詩》：『坐石窺仙洞，乘槎下釣磯。』唐趙嘏《曲江春望懷江南故人》：『此時愁望情多少，萬里春流遶釣磯。』

彙評

明胡震亨《唐音統籤》卷八引孫光憲：『《盆稻篇》，亦詠物之俊者。』

六〇　紅葉〔一〕

無處不飄揚〔二〕，高樓臨道旁〔三〕。素娥前夕月〔四〕，青女夜來霜〔五〕。宿雨隨時潤〔六〕，秋晴著物光。幽懷長若此〔七〕，病眼更相妨〔八〕。蜀紙裁深色〔九〕，燕脂落靚粧〔一〇〕。低叢侵小閣〔一一〕，倒影入迴塘〔一二〕。謝脁留霞綺〔一三〕，甘寧棄錦張〔一四〕。何人休遠道，是處有斜陽〔一五〕。薜荔垂書幌〔一六〕，梧桐墜井牀〔一七〕。晚風生旅館〔一八〕，寒籟近僧房〔一九〕。桂綠明淮甸〔二〇〕，楓丹照楚鄉〔二一〕。鴈疏臨鄠杜〔二二〕，蟬急傍瀟湘〔二三〕。樹異桓宣武〔二四〕，園非顧辟疆〔二五〕。茂陵愁卧客〔二六〕，不自保危腸。

〔一〕詩見《文苑英華》卷三百二十七、《古儷府》卷十二、《唐詩統籤》卷七百二十一、《錢抄》卷上。紅葉：指秋天楓、槭、黄櫨等樹的葉子。这些樹木的葉子到了秋天會變紅。

〔二〕『不飄揚』，《文苑英華》、《錢抄》缺，《唐詩百名家全集》爲墨釘，《全唐詩》當是從《唐詩統籤》。

〔三〕王褒《古曲》：『青樓臨大道，遊俠盡淹留。』

〔四〕素娥：嫦娥的别稱。亦用作月的代稱。謝莊《月賦》：『引玄兔于帝臺，集素娥于後庭。』李周翰注：『常娥竊藥奔月，因以爲名。月色白，故云素娥。』李商隱《霜月》：『青女素娥俱耐冷，月中霜裏鬬嬋娟。』

〔五〕『青』，《錢抄》作『清』。青女：傳説中掌管霜雪的女神。《淮南子·天文訓》：『至秋三月……青女乃出，以降霜雪。』高誘注：『青女，天神，青霄玉女，主霜雪也。』蕭統《銅博山香爐賦》：『于時青女司寒，紅光翳景。』杜甫《秋野》詩之四：『飛霜任青女，賜被隔南宮。』

〔六〕宿雨：多日的雨。

〔七〕幽懷：隱藏在内心的情感。《水經注·廬江水》引吴猛詩：『曠載暢幽懷，傾蓋付三益。』皇甫枚《三水小牘·步飛煙》：『兼題短葉，用寄幽懷。』

〔八〕病眼：老眼昏花。白居易《别行簡》：『漠漠病眼花，星星愁鬢雪。』

〔九〕謂紅葉如裁製的深紅色的蜀紙。蜀紙：又稱蜀箋。自唐以來蜀地所製精緻華美的紙的統稱。李匡乂《資暇集》卷下：『薛濤牋、松花牋，代以爲薛濤牋，誤也。元和初，薛濤尚斯色而好製小詩，惜其幅大，不欲長，乃命匠人狹小之，蜀中才子既以爲便，後減諸牋亦如是。特名曰薛濤牋。今蜀紙有小樣者，皆是也，非獨松花一色。』

〔一〇〕謂紅葉又如胭脂落于靚妝之上。燕脂：同『胭脂』。一種用于化妝和國畫的紅色顔料。靚（jìng）妝：艷麗的裝束。

〔一一〕低叢：低矮的樹叢。

〔一二〕『迴』，《唐詩統籤》、《錢抄》作『回』，通。沈約《和王中書白雲》：『皎潔在天漢，倒影入華池。』迴塘：曲折的堤岸。張衡《南都賦》：『收䆉命駕，分背迴塘。』李善注引《廣雅》：『塘，堤也。』又謝惠連《西陵遇風獻康樂》：『迴塘隱艫栧，遠望絕形音。』呂延濟注：『迴塘，曲岸也。』

〔一三〕謂紅葉如謝朓詩歌中所吟誦的晚霞在地上留下的絲綺。謝朓《晚登三山還望京邑》：『餘霞散成綺，澄江静如練。』綺：有花紋的絲織品。《楚辭·招魂》：『纂組綺縞，結琦璜些。』洪興祖《補注》：『綺，文繒也。』

〔一四〕『棄』，《晨風閣叢書》本作『素』，誤。句謂紅葉又如三國時甘寧所丟棄的錦繡。《三國志·吴志·甘寧傳》裴松之注：『《吴書》曰：寧輕俠殺人，藏舍亡命，聞于郡中。其出入，步則陳車騎，水則連輕舟。侍從被文繡，所如光道路，住止常以繒錦維舟，去或割棄，以示奢也。』

〔一五〕是處：處處。

〔一六〕薜荔：植物名。又稱木蓮。常緑藤本，蔓生，葉橢圓形，花極小，隱于花托內。果實富膠汁，可製凉粉，有解暑作用。《楚辭·離騷》：『擥禾根以結茝兮，貫薜荔之落蘂。』王逸注：『薜荔，香草也，緣木而生蘂實也。』此泛指藤科植物。書幌：書帷。亦指書房。劉孝綽《〈昭明太子集〉序》：『猶臨書幌而不休，對欹案而忘怠。』劉長卿《過裴舍人故居》：『書幌無人長不捲，秋來芳草自爲螢。』

〔一七〕『牀』，《錢抄》作『床』，義同。梧桐：此指梧桐樹葉。井牀：即井欄。《樂府詩集·舞曲歌辭三·淮南王篇》：『後園鑿井銀作牀，金瓶素綆汲寒漿。』

〔一八〕旅館：泛指供旅人住宿的房屋。謝靈運《遊南亭》：『久痗昏墊苦，旅館眺郊歧。』

〔一九〕『寒籟』，《文苑英華》、《唐詩統籤》、《錢抄》、《晨風閣叢書》作『寒箒』。

〔二〇〕桂緑：桂樹的緑色。許渾《神女祠》：『長眉留桂緑，丹臉寄蓮紅。』淮甸：淮河流域。鮑照《潯陽還都道中》：『登艫眺淮甸，掩泣望荆流。』

〔二一〕『照』，《錢抄》作『炤』，義同。楓丹：楓樹的紅色。杜甫《奉觀嚴鄭公廳事岷山沲江畫圖十韻》：『谷暗非關雨，楓丹不爲霜。』楚鄉：猶楚地。戴叔倫《夜發袁江寄李潁川劉侍御》：『半夜回舟入楚鄉，月明山水共蒼蒼。』

〔二二〕鴈疏：指鴈陣稀疏。鄠（hù）杜：鄠縣（今陝西户縣北）與杜陵。杜陵，漢宣帝陵墓。靠近長安，爲勝地。班固《西都賦》：『商洛緣其隈，鄠杜濱其足。』許渾《别劉秀才》：『孤帆夜别瀟湘雨，廣陌春期鄠杜花。』

〔二三〕蟬急：指蟬聲急切。謂秋天漸近。許渾《嚴陵釣臺貽行侣》：『鳥喧群木晚，蟬急衆山秋。』瀟湘：湘江與瀟水的並稱。多藉指今湖南地區。杜甫《去蜀》：『五載客蜀郡，一年居梓州。如何關塞阻，轉作瀟湘遊？』

〔二四〕桓宣武：東晉桓温，字元子，譙國龍亢（今安徽懷遠）人，卒謚宣武侯。《晉書》有傳。《世説新語·言語》：『桓公北征，經金城，見前爲琅邪時種柳，皆已十圍，慨然曰：「木猶如此，人何以堪。」攀枝執條，泫然流淚。』

〔二五〕顧辟疆：東晉吴郡吴（今江蘇蘇州）人。《晉書·王獻之傳》記其『有名園』。此因藉指名園。

〔二六〕茂陵愁臥客：作者自稱。茂陵：古縣名。見一三《題宗人故帖》注五。李賀《金銅仙人辭漢歌》：『茂陵劉郎秋風客，夜聞馬嘶曉無蹟。』

六一　鸂鶒〔一〕

一宿南塘煙雨時〔二〕，好風摇動緑波微〔三〕。驚離曉岸銜花去〔四〕，暖下春汀照影飛〔五〕。華屋撚弦彈鼓舞〔六〕，綺窗含筆澹毛衣〔七〕。畫屏見後長迴首〔八〕，争得雕籠莫放歸〔九〕。

〔一〕詩見《文苑英華》卷三百二十九、《唐詩統籤》卷七百二十一。鸂鶒（xīchì）：水鳥名。形大于鴛鴦，而多紫色，好並遊。俗稱紫鴛鴦。羅願《爾雅翼·鴛鴦》：『今婦人閨房中，飾以鴛鴦，黄赤五彩，首有纓者，乃是鸂鶒耳。然鸂鶒亦鴛鴦之類。其色多紫，李白詩所謂

「七十紫鴛鴦，雙雙戲亭幽」，謂鸂鶒也。』《臨海異物志》：『鸂鶒，水鳥，毛有五色，食短狐，其在溪中無毒氣。』

〔二〕煙雨：如煙的細雨。喻雨之小。鮑照《觀漏賦》：『聊弭志以高歌，順煙雨而沈逸。』

〔三〕猶言好風微摇動緑波。

〔四〕衝花：衝出花叢。杜甫《清明》其一：『繡羽衝花他自得，紅顔騎竹我無緣。』

〔五〕春汀：春天水中的小洲或水邊的平地。王勃《春思賦》：『春水春魚樂，春汀春鴈舉。』

〔六〕華屋：裝飾華美的屋子。撚（niǎn）：彈撥琵琶的一種指法。白居易《琵琶行》：『輕攏慢撚抹復挑，初爲《霓裳》後《緑腰》。』張祜《王家琵琶》：『金屑檀槽玉腕明，子弦輕撚爲多情。』

〔七〕滲毛衣：摇動着羽毛。毛衣：此指羽毛。《漢書·五行志》：『未央殿輅軨中雌雞化爲雄，毛衣變化而不鳴。』杜甫《杜鵑行》：『毛衣慘黑貌憔悴，衆鳥安肯相尊崇？』按：上下二句互文，言鸂鶒或于華屋綺窗下之歌舞聲中翩翩起舞，或于華屋綺窗中之人吮毫揮筆時，摇動羽翅。

〔八〕畫屏：繪有圖畫的屏風。江淹《空青賦》：『亦有曲帳畫屏，素女綵扇。』此指繪有鸂鶒的屏風。

〔九〕争得：怎麼能够。雕籠：指雕刻精緻的鳥籠。禰衡《鸚鵡賦》：『閉以雕籠，剪其翅羽。』

杜甫《八哀詩·故著作郎貶台州司户滎陽鄭公虔》：『孔翠望赤霄，愁思雕籠養。』此用爲動詞，指用雕籠裝着。

六二 螢〔一〕

日下蕪城莽蒼中〔二〕，濕螢撩亂起衰叢〔三〕。寒煙陳后長門閉〔四〕，夜雨隋家舊苑空〔五〕。星散欲陵前檻月〔六〕，影低如試北窗風〔七〕。羈人此夕方愁緒〔八〕，心似寒灰首似蓬〔九〕。

〔一〕詩見《文苑英華》卷三百二十九、《唐詩類苑》卷二百、《唐詩韻匯》、《唐詩統籤》卷七百二十一、《錢抄》卷上。『螢』，《唐詩韻會》作《詠螢》。按：此首明顯效仿李商隱《隋宫》。

〔二〕『莽蒼』，《錢抄》作『蒼莽』。日下：太陽落下。庾信《三月三日華林園馬射賦》：『既而日下澤宫，筵闌相圃，悵徙蹕之留歡，眷迴鑾之餘舞。』李嶠《奉教追赴九成宫途中口號》：『雨餘林氣静，日下山光夕。』蕪城：荒蕪的城池。莽蒼：林莽雜草。《莊子·逍遥遊》：『適莽蒼者，三飡而返，腹猶果然。』高適《古大梁行》：『古城莽蒼饒荆榛，驅馬荒城愁殺人。』

〔三〕『衰』下原有小注：『一作「花」。』按：《唐詩類苑》有。濕螢：被雨淋濕的螢火蟲。李白《代秋情》：『白露濕螢火，清霜凌兎絲。』李賀《還自會稽歌》：『野粉椒壁黄，濕螢滿梁殿。』撩亂：紛亂。衰叢：枯萎的草叢。羅隱《金陵夜泊》：『冷煙輕澹傍衰叢，此夕秦淮駐斷蓬。』按：古人以爲螢火蟲爲腐草所化。《禮記·月令》：『温風始至，蟋蟀居壁，鷹乃學習，腐草爲螢。』

〔四〕陳后：漢景帝姊長公主嫖女陳氏。小名阿嬌。漢武帝爲太子時，立爲妃。後爲皇后，因無子被廢。《史記·外戚世家》：『初，上爲太子時，娶長公主女爲妃。立爲帝，妃立爲皇后，姓陳氏。無子。上之得爲嗣，大長公主有力焉。以故陳皇后驕貴。聞衛子夫大幸，恚，幾死者數矣。上愈怒。陳皇后挾婦人媚道，其事頗覺，於是廢陳皇后，而立衛子夫爲皇后。』長門：漢代宫殿名。爲陳皇后被廢後退居之地。見《漢書·外戚列傳》。

〔五〕《隋書·煬帝紀》：『（十二年）壬午，上于景華宫徵求螢火，得數斛，夜出遊山放之，光徧巖谷。』李商隱《隋宫》：『于今腐草無螢火，終古垂楊有暮鴉。』

〔六〕陵：超越，越過。《唐詩韻匯》作『凌』。檻（jiàn）：欄杆。

〔七〕北窗風：《宋書·陶潛傳》：『嘗言五六月北牕下卧，遇凉風暫至，自謂是羲皇上人。』

〔八〕羈人：羈旅之人。即旅客。鮑照《代悲哉行》：『羇人感淑景，緣感欲回轍。』愁緒：憂愁的心緒。梁簡文帝《阻歸賦》：『雲向山而欲斂，雁疲飛而不息；何愁緒之交加，豈樹萱與折麻。』杜甫《泛舟送魏十八倉曹還京因寄岑中允參范郎中季明》：『帝鄉愁緒外，春色淚痕邊。』

〔九〕心似寒灰：喻灰心喪氣。《莊子·齊物論》：『南郭子綦隱几而坐，仰天而噓，嗒焉似喪。其耦顏成子游立侍乎前，曰：「何居乎？形固可使如槁木，而心固可使如死灰乎？」』劉禹錫《上杜司徒啓》：『失意多病，衰不待年。心如寒灰，頭有白髮。』首似蓬：喻頭髮散亂。《詩·衛風·伯兮》：『自伯之東，首如飛蓬。』

六三　夜蟬〔一〕

翠竹高梧夾後溪〔二〕，勁風危露雨凄凄〔三〕。那知北牖殘燈暗〔四〕，又送西樓片月低〔五〕。清夜更長應未已〔六〕，遠煙尋斷莫頻嘶〔七〕。羈人此夕如三歲〔八〕，不整寒衾待曙雞〔九〕。

〔一〕詩見《文苑英華》卷三百三十、《唐詩類苑》卷二百、《錢抄》卷上。

〔二〕高梧：高大的梧桐。按：此以翠竹、高梧，喻蟬出處之高潔。虞世南《蟬》：『垂緌飲清露，流響出疏桐。居高聲自遠，非是藉秋風。』

〔三〕危露：將要消失的露水。楊炯《青苔賦》：『歲峥嶸兮日云暮，迫寒霜兮犯危露。』按：古人以爲蟬飲露水。淒淒：寒凉貌。《詩·鄭風·風雨》：『風雨淒淒，鷄鳴喈喈。』

〔四〕北牖：在北牆上開鑿的窗户。按：古人的房屋多坐北朝南。《晉書·陶淵明傳》：『嘗言夏月虚閑，高卧北牕之下，清風颯至，自謂羲皇上人。』殘燈：殘留的燈火。李益《宿馮翊夜雨贈主人》：『氣耿殘燈暗，聲繁高樹秋。』

〔五〕西樓：古時建築，西邊多爲女子妝樓。片月：弦月。徐陵《走筆戲書應令》：『片月窺花簟，輕寒入錦巾。』

〔六〕清夜：清静的夜晚。司馬相如《長門賦》：『懸明月以自照兮，徂清夜于洞房。』李端《宿瓜州寄柳中庸》：『懷人同不寐，清夜起論文。』更長：猶言時更漫長。更：夜間計時的單位，一夜分爲五更，每更約兩小時。已：停止。

〔七〕『頻』，《錢抄》作『嚬』。尋斷：猶言時不時地中斷。尋：連續。嘶：此指蟬鳴。庾信《小園賦》：『聚空倉而雀噪，驚懶婦而蟬嘶。』

〔八〕羈人：羈旅之人。即旅客。見六二《螢》注八。如三歲：猶言度日如年。《詩·邶風·采葛》：『彼采艾兮，一日不見，如三歲兮。』

〔九〕整：整理。寒衾：冰冷的被子。白居易《冬至夜懷湘靈》：『艷質無由見，寒衾不可親。』曙雞：報曉的雞鳴聲。沈佺期《夜宿七盤嶺》：『浮客空留聽，褒城聞曙雞。』

六四　七夕〔一〕

露白風清夜向晨〔二〕，小星垂佩月埋輪〔三〕。絳河浪淺休相隔〔四〕，滄海波深尚作塵〔五〕。天外鳳皇何寂寞〔六〕，世間烏鵲漫辛勤〔七〕，猗蘭殿北斜樓上〔八〕，多少通宵不寐人〔九〕。

〔一〕詩見《文苑英華》卷一百五十八、《歲時雜詠》卷二十六、《唐詩紀事》卷六十八、《唐詩類苑》卷二十一、《唐詩統籤》卷七百二十一、《錢抄》卷上。七夕：農曆七月初七之夕。民間傳説，牛郎織女每年此夜在天河相會。舊俗婦女于是夜在庭院中進行乞巧活動。

〔二〕露白：即白露。秋天的露水。《詩·秦風·蒹葭》：『蒹葭蒼蒼，白露爲霜。』江淹《清思》：『白露滋金瑟，清風蕩玉琴。』亦指二十四節氣之一。每年在陽曆九月八日前後。《逸周書·時訓》：『白露之日鴻鴈來。』《禮記·月令》『（孟春之月）東風解凍』，孔穎達疏：『謂之白露者，陰氣漸重，露濃色白。』杜甫《月夜憶舍弟》：『露從今夜白，月是故鄉明。』白居易《夜涼》：『露白風清庭户涼，老人先著夾衣裳。』夜向晨：夜深已經接近早晨。《詩·小雅·庭燎》：『夜如何其？夜鄉晨。』

〔三〕『垂』，《唐詩類苑》作『乘』。『佩』，《唐詩統籤》、《錢抄》作『珮』，義通。『月』，《晨風閣叢書》本作『且』。小星：小而無名的星。《詩·召南·小星》：『嘒彼小星，三五在東。』毛亨傳：『小星，衆無名者。』垂佩：此指衆星如垂在天空的佩飾。月埋輪：謂圓月逐漸隱退。古人謂圓月爲月輪。庾信《象戲賦》：『月輪新滿，日暈重圓。』皮日休《天竺寺八月十五日夜桂子》：『玉顆珊珊下月輪，殿前拾得露華新。』

〔四〕絳河：即銀河。又稱天河、天漢。古代觀天象者以北極爲基準，天河在北極之南，南方屬火，尚赤，因借南方之色稱之。舊署名班固《漢武帝内傳》：『上元夫人遣侍女答問云：「阿環再拜，上問起居。遠隔絳河，擾以官事，遂替顔色，近五千年。」』元稹《月三十韻》：『絳河冰鑑朗，黄道玉輪巍。』按：舊説牛郎織女爲天河所阻，不能相見。《古詩十九首》：『迢迢牽牛星，皎皎河漢女。纖纖擢素手，札札弄機杼。終日不成章，泣涕零如雨。河漢清且淺，相去復幾許。盈盈一水間，脈脈不得語。』

〔五〕句謂滄海雖深亦有變爲桑田之時，天河亦未必能永遠阻隔牛郎織女。滄海：大海。董仲舒《春秋繁露·觀德》：『故受命而海内順之，猶衆星之共北辰，流之宗滄海也。』尚作塵：葛洪《神仙傳·王遠》：『麻姑自説云：「接侍以來，已見東海三爲桑田。」』『尚』，《唐詩類苑》卷二十一作『向』。按：東海既可爲桑田，則亦可揚塵也。李賀《天上謡》：『東指羲和能走馬，海塵新生石山下。』

〔六〕鳳皇：即鳳凰。《唐詩類苑》、《錢抄》即作『鳳凰』。因鳳凰不搭鵲橋，故此云寂寞。

〔七〕傳説七夕織女渡銀河與牛郎相會，喜鵲來搭成橋。韓鄂《歲華紀麗·七夕》：『七夕鵲橋已成，織女將渡。』原注引《風俗通》：『織女七夕當渡河，使鵲爲橋。』漫：空，徒勞。因人世間戀人分處兩地不能相見，烏鵲無能爲力，故云。又：胡應麟《詩藪》外編三《唐上》：『唐彦謙《七夕》，真韻出勤字。』按：此當是真文合韻。

〔八〕『猗蘭』，原作『倚蘭』，《唐詩類苑》同，《錢抄》墨筆作『倚蘭』，又施朱筆將『亻』改作『犭』。此據《文苑英華》、《歲時雜詠》、《唐詩統籤》、《晨風閣叢書》本改。《漢武故事》：『帝以乙酉年七月七日旦，生于猗蘭殿。』又《洞冥記》卷一：『漢武帝未誕之時，景帝夢一赤彘從雲中直下，入崇芳閣。帝覺而坐于閣上，果見赤氣如煙霧來蔽户牖，望上有丹霞蓊鬱而起，乃改崇芳閣爲猗蘭殿。』

〔九〕『寐』下原有小注：『一作「睡」。』按：《文苑英華》、《唐詩統籤》、《錢抄》、《晨風閣叢書》本有。通宵不寐：整晚不睡。歐陽詢《藝文類聚》卷九十七引《莊子》：『孔子見老聃而語仁義。老聃曰：「夫播糠眯目，則天地四方易位矣；蚊蝱噆膚，則通宵不寐矣。」』按：舊時風俗，七夕夜（或七夕前一夜）婦女在庭院向織女星乞求智巧，稱爲『乞巧』。宗懔《荆楚歲時記》：『七月七日爲牽牛織女聚會之夜。是夕，人家婦女結綵縷，穿七孔針，或以金銀鍮石爲針，陳瓜果于庭中以乞巧，有喜子網于瓜上則以爲符應。』林杰《乞巧》：『家家乞巧望秋月，穿盡紅絲幾萬條。』又王仁裕《開元天寶遺事·乞巧樓》：『宮中以錦結成樓，殿高百尺，上可以勝數十人。陳以瓜果酒炙，設坐具以祀牛女二星。嬪妃各以九孔針，五色綫，向月穿之，過者爲得巧之候。動清商之曲，宴樂達旦，士民之家皆效之。』故此云『通宵不寐』。

六五　中秋夜玩月〔一〕

一上高樓萬景奇〔二〕，碧天無際水無涯〔三〕。空留皎月當層漢〔四〕，並送浮雲出四維〔五〕。霧盡不容玄豹隱〔六〕，冰生惟恐夏蟲疑〔七〕。坐來離思憂將曉〔八〕，争得嫦娥仔細知〔九〕。

〔一〕詩見《文苑英華》卷一百五十一、《歲時雜詠》卷二十九、《唐詩紀事》卷六十八、《古今合璧事類備要》前集卷十七，《唐詩韻匯》、《唐詩類苑》卷二十一、《唐詩統籤》卷七百二十一、《錢抄》卷上。『中秋夜玩月』，《文苑英華》、《唐詩韻匯》、《錢抄》作『月』。《歲時雜詠》、《唐詩紀事》、《唐詩類苑》作《中秋翫月》。中秋：指農曆八月十五。吴自牧《夢粱録·中秋》：『八月十五日，中秋節，此日三秋恰半，故謂之中秋。』玩月：賞月。韋應物《月下會徐十一草堂》：『暫輟觀書夜，還題玩月詩。』

〔二〕『上』，《歲時雜詠》、《全唐詩》作『夜』，據《文苑英華》、《唐詩韻匯》、《錢抄》、《晨風閣叢書》本改。許渾《咸陽城西樓晚眺》：「一上高城萬里愁，蒹葭楊柳似汀洲。」奇：猶言美。

〔三〕猶言碧天無極如水無涯。謂月色下的天空如水一樣無邊邊際。劉禹錫《秋聲賦》：「碧天如水兮，窅窅悠悠；百蟲迎莫兮，萬葉吟秋。」

〔四〕「空」，原作「只」。據《文苑英華》、《唐詩韻匯》、《錢抄》、《晨風閣叢書》本改。當：在。層漢：猶霄漢。指高空。王僧孺《侍宴景陽樓》：「妙舞駐行雲，清歌入層漢。」

〔五〕四維：指東南、西南、東北、西北四隅。《淮南子·天文訓》：「帝張四維，運之以斗……日冬至，日出東南維，入西南維……夏至，出東北維，入西北維。」《晉書·地理志上》：「天有四維，地有四瀆。」此泛指四方。歐陽詹《早秋登慈恩寺塔》：「寶塔過千仞，登臨盡四維。」

〔六〕「盡」，原作「静」，下有小注：「一作「盡」。」按：《文苑英華》、《唐詩韻匯》、《錢抄》、《晨風閣叢書》皆作「盡」，兹據改。霧盡：猶言霧散盡。《列女傳·陶答子妻》：「妾聞南山有玄豹，霧雨七日而不下食者，何也？欲以澤其毛而成文章也，故藏而遠害。」

〔七〕「惟」，《文苑英華》、《唐詩韻匯》、《錢抄》、《晨風閣叢書》作「祇」。「冰」，《唐詩類苑》作「水」，非是。「生惟」，《後村集》卷十八《詩話下》引作「寒却」。《莊子·逍遥遊》：「北海若曰：「井蛙不可以語于海者，拘于虚也；夏蟲不可以語于冰者，篤于時也。」』

〔八〕『將曉』，《文苑英華》、《唐詩韻匯》、《錢抄》、《晨風閣叢書》本作『生晚』。按：若作『憂生晚』，則謂離思憂愁因晚而生，似亦可通。

〔九〕『嫦娥』，《晨風閣叢書》本作『姮娥』，《文苑英華》同。按：本書嫦娥、姮娥並用，參七《春雨初霽杏花正芳月上夜吟》。争得：怎麼樣才能。神話傳説的月中女神。《淮南子·覽冥訓》：『羿請不死之藥于西王母，姮娥竊以奔月。』高誘注：『姮娥，羿妻。羿請不死之藥于西王母，未及服之，姮娥盗食之，得仙，奔入月中，爲月精也。』舊題干寶《搜神記》卷十四作：『羿請不死之藥于西王母，嫦娥竊之以奔月。將往，枚筮之于有黄。有黄占之曰：「吉，翩翩歸妹，獨將西行，逢天晦芒，毋恐毋驚，後且大昌。」嫦娥遂託身于月，是爲蟾蠩。』

六六　八月十六日夜月〔一〕

斷腸佳賞固難期〔二〕，昨夜銷魂更不疑〔三〕。丹桂影空蟬有露〔四〕，緑槐陰在鵲無枝〔五〕。賴將吟詠聊惆悵〔六〕，早是疏頑耐別離〔七〕。堪恨賈生曾慟哭〔八〕，不緣清景爲憂時〔九〕。

〔一〕詩見《歲時雜詠》卷二十九、《唐詩紀事》卷六十八、《唐詩類苑》卷二十一、《唐詩韻匯》、《唐詩統籤》卷七百二十一、《錢抄》卷上。『八月十六日夜月』，《歲時雜詠》作《八月十六日夜月色轉佳》。

〔二〕斷腸：猶言令人心醉。李白《古風》：『天津三月時，千門桃與李。朝爲斷腸花，暮逐東流水。』佳賞：（使人感到）美好的欣賞。王勃《宇文德陽宅秋夜山亭宴序》：『琴樽佳賞，始詣臨邛；口腹良遊，未辭安邑。』李白《聞丹丘子于城北山營石門幽居中有高鳳遺迹僕離群遠懷亦有棲遁之志因叙舊以寄之》：『安居偶佳賞，丹心期此論。』難期：難以期待。

〔三〕銷魂：形容極其快樂。

〔四〕『蟬』，原作『蟾』，下有小注：『一作「蟬」。』按：《唐詩統籤》作『蟾』，《歲時雜詠》、《唐詩紀事》、《唐詩類苑》、《晨風閣叢書》本皆作『蟬』，是。即從改。因時爲八月十六，節氣已是白露，故云。唐彦謙《夜蟬》：『翠竹高梧夾後溪，勁風危露雨凄凄。』《西明寺威公盆池新稻》：『爲笑江南種稻時，露蟬鳴後雨霏霏。』皆堪佐證。陳子昂《西還至散關答喬補闕知之》：『蒇蕤蒼梧鳳，嘹唳白露蟬。』丹桂影空：謂月色皎潔。舊傳月宫有桂。段成式《酉陽雜俎》卷一：『舊言月中有桂、有蟾蜍，故異書言：月桂高五百丈，下有一人常斫之，樹創隨合，人姓吴名剛，西河人，學仙有過，謫令伐樹。』杜甫《一百五日夜對月》：『斫却月中桂，清光應更多。』

〔五〕曹操《短歌行》：『月明星稀，烏鵲南飛。繞樹三匝，何枝可依。』

〔六〕『賴將』，《唐詩紀事》、《唐詩韻匯》、《唐詩統籤》、《錢抄》、《晨風閣叢書》本作『懶將』。吟詠：吟誦詠歎。

〔七〕早是：已是。疏頑：懶散頑鈍。《後漢書・曹世叔妻》：『吾性疏頑，教道無素，恒恐子穀負辱清朝。』耐：無奈。

〔八〕賈生：西漢賈誼。慟哭：痛哭。按：西漢初年，匈奴强大，數侵漢邊境，而諸侯王僭儗，地過古制。賈誼憂愁國事，屢次上疏陳政事，稱『臣竊惟事勢，可爲痛哭者一，可爲流涕者二，可爲長太息者六，若其它背理而傷道者難徧以疏舉。』見《漢書・賈誼傳》。

〔九〕不緣：不因爲。清景：猶言美景。憂時：憂慮時事。按：《唐詩百名家全集》本止于此詩後之《詠柳》（絆惹春風別有情），並有小注云：『已上見《唐詩類苑》。』然所録《詠柳》（絆惹春風別有情）即《鹿門詩拾遺》之《垂柳》，僅句有小異而已，故徑删。

六七　春殘〔一〕

景爲春時短〔二〕，愁隨別夜長〔三〕。暫碁寧號隱〔四〕，輕醉不成鄉〔五〕。風雨曾通夕〔六〕，莓苔有衆芳〔七〕。落花如便去，樓上即河梁〔八〕。

〔一〕詩見《才調集》卷六、《唐詩統籤》卷七百二十一、《錢抄》卷下。

〔二〕爲：因爲。

〔三〕《古詩十九首》：『愁多知夜長，仰觀衆星列。』

〔四〕句謂自己只是暫時下棋遣愁，哪裏是什麽隱士。因古來仙人隱士多好弈棋度日，故云。任昉《述異記》卷上：『信安郡石室山，晉時王質伐木，至，見童子數人，棋而歌，質因聽之。童子以一物與質，如棗核，質含之，不覺飢。俄頃，童子謂曰：「何不去？」質起，視斧柯爛盡，既歸，無復時人。』棋：唐人多指彈棋，未必定指圍棋。彈棋：古代博戲之一。《後漢書・梁冀傳》：『（梁冀）性嗜酒，能挽滿、彈棋、格五、六博、蹴踘、意錢之戲。』李賢注引《藝經》曰：『彈棋，兩人對局，白黑棋各六枚，先列棋相當，更先彈之。其局以石爲之。』至魏改用十六棋，唐又增爲二十四棋。《世説新語・巧藝》：『彈棋始自魏宫内用妝奩戲。文帝于此戲特妙，用手巾角拂之，無不中。有客自云能，帝使爲之，客着葛巾角，低頭拂棋，妙踰于帝。』王維《故人張諲工詩善易卜兼能丹青草隸頃以詩見贈聊獲酬之》：『不逐城東遊俠兒，隱囊紗帽坐彈棋。』常建《宿五度溪仙人得道處》：『仙人彈棋處，石上青蘿盤。』杜甫《寄岳州賈司馬六丈巴州嚴八使君兩閣老五十韻》：『且將棋度日，應用酒爲年。』或引《世説新語・巧藝》：『王中郎以圍棋是坐隱，支公以圍棋爲手談。』以爲此當謂藉圍棋忘世。亦通。

〔五〕句謂喝酒還没有喝到酣醉進入夢鄉的地步。輕醉：猶言薄醉。指醉的程度不深。鄉：醉鄉。指酣醉入夢鄉的地步。王績《醉鄉記》：『阮嗣宗、陶淵明等十數人，並遊于醉鄉。』

〔六〕通夕：整夜。

〔七〕因通宵風雨，故莓苔上落滿了花瓣。孟浩然《春曉》：『夜來風雨聲，花落知多少。』莓苔：苔蘚。孫綽《天台山賦》：『踐莓苔之滑石，搏壁立之翠屏。』

〔八〕河梁：此指銀河。按：此用曹丕詩意。曹丕《燕歌行》：『秋風蕭瑟天氣凉，草木摇落露爲霜。群鴈辭歸鵠南翔，念吾客遊多思腸。慊慊思歸戀故鄉，君何淹留寄他方。賤妾煢煢守空房，憂來思君不敢忘。不覺淚下霑衣裳，援瑟鳴弦發清商。短歌微吟不能長，明月皎皎照我床。星漢西流夜未央，牽牛織女遥相望，爾獨何辜限河梁。』謂春去花殘之時，即當爲與樓上之人分别之日，從此天各一方，如牛郎織女，相見無期。

彙評

明陸時雍《唐詩鏡》卷四十九：『三四倩甚。』

六八　玫瑰〔一〕

麝炷騰清燎〔二〕，鮫紗覆緑蒙〔三〕。宫妝臨曉日〔四〕，錦段落東風〔五〕。無力春煙裏，多愁暮雨中。不知何事意〔六〕，深淺兩般紅〔七〕。

〔一〕詩見《才調集》卷六、《唐詩統籤》卷七百二十一、《錢抄》卷下。玫瑰：薔薇目薔薇科落葉灌木，枝杆多針刺，奇數羽狀複葉，小葉五至九片，橢圓形，有邊刺。花瓣倒卵形，重瓣至半重瓣，花有紫紅色、白色，果期八至九月，扁球形。

〔二〕麝炷（shè zhù）：麝香的炷頭。趙光遠《詠手》其二：『爐面試香添麝炷，舌頭輕點貼金鈿。』此當喻玫瑰花枝。清燎（liǎo）：猶言清煙。此喻傍晚春雨中玫瑰花上騰起的煙霧。

〔三〕鮫（jiāo）紗：傳説中鮫人所織的綃。張華《博物志》卷九：『南海外有鮫人，水居如魚，不廢織績……從水出，寓人家，積日賣絹。將去，從主人索一器，泣而成珠滿盤，以與主人。』任昉《述異記》卷上：『南海出鮫綃紗，泉室潛織，一名龍紗。其價百餘金，以爲服，入水不濡。』亦藉指薄絹、輕紗。此喻春雨中玫瑰花上騰起的煙霧。緑蒙：李賀《惱公》：『醉纈拋紅網，單羅挂緑蒙。』王琦注：『紅網、緑蒙，亦當時婦女衣佩之飾。』此喻緑葉。

〔四〕『妝』，《才調集》作『粧』，義同。宫妝：宫廷的裝束。殷堯藩《宫人入道》：『卸却宫妝錦繡衣，黄冠素服製相宜。』按：白居易《時世妝》：『時世妝，時世妝，出自城中傳四方。時世流行無遠近，顋不施朱面無粉，烏膏注脣脣似泥。』據此可知，前此女子腮需施朱面傅粉也。故此把紅色的玫瑰花比喻成宫中早晨正在化妝的女子。

〔五〕錦段：一種絲織品，表面有彩色花紋，可做服裝和裝飾品等。此喻飄落的玫瑰花瓣。按：此暗用三國吴甘寧事。參六〇《紅葉》注一四《三國志·吴志·甘寧傳》裴松之注引《吴書》。東風：春風。

〔六〕何事意：猶何事。什麽事情？張鷟《朝野僉載》卷二：『上入苑，吉頊攏馬。上問：「在外有何事意？」頊奏曰：「臣幸預控鶴，爲陛下耳目。在外惟怪來俊臣狀不出。」上曰：「俊臣于國有功，朕思之耳。」』

〔七〕『兩般』，《晨風閣叢書》本作『兩船』，非。深淺：指花瓣顔色或深或淺。兩般紅：兩樣紅。

六九　牡丹〔一〕

真宰多情巧思新〔二〕，固將能事送殘春〔三〕。爲雲爲雨徒虚語〔四〕，傾國傾城不在人〔五〕。開日綺霞應失色〔六〕，落時青帝合傷神〔七〕。嫦娥婺女曾相送〔八〕，留下鵐黄作蘂塵〔九〕。

〔一〕詩見《才調集》卷六、《唐詩統籤》卷七百二十一、《錢抄》卷下。牡丹：見二〇《牡丹》（顔色無因饒錦繡）注一。

〔二〕真宰：万物的主宰。《莊子·齊物論》：『若有真宰，而特不得其眹。』杜甫《遣興》之一：『性命苟不存，英雄徒自强。吞聲勿復道，真宰意茫茫。』

〔三〕『固』，《錢抄》作『故』。能事：所擅长之事。葛洪《抱朴子·行品》：『士有謀猷淵邃，術略入神，智周成敗，思洞幽玄，才兼能事，神器無宜，而口不傳心，筆不盡意，造次之接，不異凡庸。』

〔四〕李濬《松窗雜録》：『開元中，禁中初重木芍藥，即今牡丹也。得四本：紅、紫、淺紅、通白者。上因移植興慶池東沉香亭前。會花方繁開，上乘月夜召太真，妃以步輦從，詔特選梨園子弟中尤者，得樂十六色，李龜年以歌擅一時之名，手捧檀板，押衆樂前，欲歌之。上曰：「賞名花，對妃子，焉用舊樂詞爲？」遂命龜年持金花牋，宣賜翰林學士李白進《清平調》詞三章，白欣承詔旨，猶苦宿酲未解，因援筆賦之：「雲想衣裳花想容，春風拂檻露華濃。若非群玉山頭見，會向瑶臺月下逢。一枝紅艷露凝香，雲雨巫山枉斷腸。借問漢宫誰得似，可憐飛燕倚新粧。名花傾國兩相歡，長得君王帶笑看。解釋春風無限恨，沉香亭北倚欄杆。」』此暗用李詩詩意。又李商隱《深宫》：『豈知爲雨爲雲處，只有高唐十二峰。』

〔五〕『不』，《江湖小集》卷二十作『豈』。傾國傾城：形容女子極其美麗。《漢書·外戚列傳》：『延年侍上起舞，歌曰：「北方有佳人，絶世而獨立。一顧傾人城，再顧傾人國。寧不知傾城與傾國，佳人難再得！」』徐陵《〈玉臺新詠〉序》：『雖非圖畫，入甘泉而不分；言異神仙，戲陽臺而無別，真可謂傾國傾城，無對無雙者也。』武元衡《贈佳人》：『步摇金翠玉搔頭，傾國傾城勝莫愁。』

〔六〕綺霞：喻牡丹盛開時如初升的太陽照耀在美麗的雲霞上。何遜《七召》：『綺霞映水，蛾月生天。』按：牡丹花多爲紅色，故云。

〔七〕青帝：古代神話中的五天帝之一，是位于東方的司春之神，又稱蒼帝、木帝。《史記·封禪書》：『秦宣公作密畤于渭南，祭青帝。』黄巢《題菊花》：『他年我若爲青帝，報與桃花一處開。』

〔八〕『嫦』，《才調集》作『常』，亦通。嫦娥：本指神話中的月中女神。見六五《中秋夜玩月》注八。此指美女。婺（wù）女：本星宿名，即女宿。又名須女，務女。二十八宿之一，玄武七宿之第三宿，有星四顆。《禮記·月令》：『（孟夏之月）日在畢，昏翼中，旦婺女中。』《史記·天官書》：『婺女，其北織女。』《索隱》：『務女。《廣雅》云「須女謂之務女」是也。一作「婺」。』分野屬越。左思《吴都賦》：『婺女寄其曜，翼軫寓其精。』李善注：『《漢書》，「越地，婺女之分野。」』此藉指美女。因越地多美女也。李白《西施》：『西施越溪女，出自苧蘿山。秀色掩今古，荷花羞玉顔。』杜甫《壯遊》：『越女天下白，鑑湖五月凉。』皆可證。又張束之《東飛伯勞歌》：『青田白鶴丹山鳳，婺女姮娥兩相送。』

〔九〕鵶（yā）黄：又作『鴉黄』。古時婦女塗額的化妝黄粉。虞世南《應詔嘲司花女》：『學畫鴉黄半未成，垂肩嚲袖太憨生。』此指枯萎泛黄的花朵。蘂塵：花蘂化作的塵土。

彙評

宋魏慶之《詩人玉屑》卷九《托物以寓意》：『詩人詠物形容之妙，近世爲最。……如唐彦謙《詠牡丹詩》云：「爲雲爲雨徒虚語，傾國傾城不在人」；羅隱《詠牡丹》詩云：「若教解語應傾國，任是無情也動人。」非不形容，但不能臻其妙處耳。』

清殷元勛、宋邦綏《才調集補注》卷六：『鈍吟云：不刻畫却自然是牡丹詩，唐人所以勝宋人也。』又：『鹿門諸詩，詠物最爲可法。』

七〇 秋晚高樓

松拂疏窗竹映闌〔一〕，素琴幽怨不成彈〔二〕。清宵霽極雲離岫〔三〕，紫禁風高露滿盤〔四〕。晚蝶飄零驚宿雨〔五〕，暮鴉凌亂報秋寒〔六〕。高樓瞪目歸鴻遠〔七〕，始信嵇康欲畫難〔八〕。

〔一〕詩見《才調集》卷六、《錢抄》卷下。『闌』，《才調集》作『欄』，亦通。竹映闌：竹葉掩映着樓上的欄杆。

〔二〕素琴：不加裝飾的琴。《禮記・喪服》：『祥之日，鼓素琴，告民有終也，以節制者也。』秦嘉《留郡贈婦》之三：『芳香去垢穢，素琴有清聲。』《晉書・陶潛傳》：『（陶潛）性不能音，而蓄素琴一張，弦徽不具。』幽怨：幽愁哀怨。李頎《古從軍行》：『行人刁斗風沙暗，公主琵琶幽怨多。』不成彈：猶言彈不成。

〔三〕清宵：清静的夜晚。蕭統《鍾山講解》：『清宵出望園，詰晨届鍾嶺。』雲離岫（xiù）：雲霧離開山腰的山洞。陶淵明《歸去來》：『雲無心以出岫，鳥倦飛而知還。』

〔四〕紫禁：古以紫微垣比喻皇帝的居處，因稱宫禁爲『紫禁』。謝莊《宋孝武宣貴妃誄》：『掩綵瑶光，收華紫禁。』李善注：『王者之宫，以象紫微，故謂宫中爲紫禁。』戴叔倫《宫詞》：『紫禁迢迢宫漏鳴，夜深無語獨含情。』露滿盤：《史記·孝武本紀》：『其後則又作柏梁、銅柱、承露僊人掌之屬矣。』《集解》：『《三輔故事》云：「建章宫承露盤高三十丈，大七圍，以銅爲之。上有僊人掌承露，和玉屑飲之。」故張衡賦曰「立脩莖之僊掌，承雲表之清露」是也。』

〔五〕飄零：漂泊離散。杜甫《衡州送李大夫七丈赴廣州》：『王孫丈人行，垂老見飄零。』宿雨：經夜的雨。

〔六〕凌亂：雜亂無次序。鮑照《舞鶴賦》：『輕迹凌亂，浮影交横。』

〔七〕歸鴻：歸雁。詩文中多用以寄託歸思。嵇康《贈秀才入軍》詩之四：『目送歸鴻，手揮五絃。』張喬《登慈恩寺塔》：『斜陽越鄉思，天末見歸鴻。』

〔八〕『始』，原作『如』。此從《才調集》、《唐詩統籤》、《錢抄》改。《晉書·顧愷之傳》：

『愷之每重嵇康四言詩，因爲之圖，恒云：「手揮五絃易，目送歸鴻難。」』按：殷元勛、宋邦綏《才調集補注》卷六：『按：二語本嵇康《送兄入軍詩》，作者乃合用二人語。』

七一　離鸞〔一〕

聞道離鸞思故鄉〔二〕，也知情願嫁王昌〔三〕。塵埃一別楊朱路〔四〕，風月三年宋玉牆〔五〕。下疾不成雙點淚〔六〕，斷多難到九迴腸〔七〕。庭前佳樹名梔子〔八〕，試結同心寄謝娘〔九〕。

〔一〕詩見《才調集》卷六、《錢抄》卷下。離鸞：離群的鸞鳥。署名劉歆《西京雜記》卷二：『慶安世年十五，爲成帝侍郎，善鼓琴，能爲雙鳳離鸞之曲。』後多喻分離的戀人。王僧孺《詠擣衣詩》：『別鵠悲不已，離鸞斷還續。』李商隱《當句有對》：『但覺游蜂饒舞蝶，豈知孤鳳憶離鸞。』鸞：傳説中鳳凰一類的鳥。《漢書·息夫躬傳》：『鷹隼横厲，鸞徘徊兮！』顔師古注：『鸞，神鳥也。』

〔二〕聞道：此當指聽到離鸞的鳴叫聲。

〔三〕王昌：唐人詩中常用之人名，此指情郎。上官儀《和太尉戲贈高陽公》：『南國自然勝掌上，東家復是憶王昌。』喬知之《和李侍郎古意》：『閑花照月愁洞房，自矜夫婿勝王昌。』

崔顥《王家少婦》：『十五嫁王昌，盈盈入畫堂。』當是古時出身顯貴、有才貌之少年，然其本事已不可考。

〔四〕楊朱路：猶言多岐之路。指岔道很多的路。此喻天各一方。《列子·説符》：『楊子之鄰人亡羊，既率其黨，又請楊子之豎追之。楊子曰：「嘻！亡一羊，何追者之衆？」鄰人曰：「多歧路。」既反，問：「獲羊乎？」曰：「亡之矣。」曰：「奚亡之？」曰：「歧路之中又有歧焉，吾不知所之，所以反也。」……心都子曰：「大道以多歧亡羊，學者以多方喪生。」』又李商隱《荆門西下》：『洞庭湖闊蛟龍惡，却羨楊朱泣路歧。』楊朱：戰國時魏國人，字子居。事迹見《孟子》、《莊子》、《列子》等。

〔五〕風月：指男女情愛之事。宋玉牆：宋玉《登徒子好色賦》：『玉曰：「天下之佳人莫若楚國，楚國之麗者莫若臣里，臣里之美者莫若臣東家之子。東家之子增之一分則太長，減之一分則太短，着粉則太白，施朱則太赤，眉如翠羽，肌如白雪，腰如束素，齒如含貝，嫣然一笑，惑陽城，迷下蔡，然此女登牆闚臣三年，至今未許也。」』霍總《關山月》：『每笑東家子，窺他宋玉牆。』此喻如東家之女爲牆阻隔而無緣相聚。

〔六〕下疾：猶言疾下。疾速飛下。此指離鸞無處棲息。

〔七〕斷多：指音信中斷的時候多。結同心：編織成同心結。同心結：舊時用錦帶編成的連環回文樣式的結子，常用以象徵堅貞不渝的爱情。梁武帝《有所思》：『腰中雙綺帶，夢爲同心結。』九迴腸：喻愁思萬千。司馬遷《報任安書》：『僕以口語遇遭此禍，重爲鄉里所戮笑，以污辱先人，亦何面目復上父母之丘墓乎？雖累百世，垢彌甚耳。是以腸一日而九迴。』柳宗元《登柳州城樓寄漳汀封連四州》：『嶺樹重遮千里目，江流曲似九迴腸。』

〔八〕《唐詩統籤》下有小注：『梔子，知子也。』《古詩十九首》：『庭中有奇樹，緑葉發華滋。攀條折其榮，将以遺所思。』梔子：木名。常緑灌木或小喬木。葉子對生，長橢圓形，有光澤。春夏開白花，香氣濃烈，可供觀賞。夏秋結果實，生青熟黄，可做黄色染料。也可入藥，性寒味苦，爲解熱消炎劑。杜甫《梔子》詩：『梔子比衆木，人間誠未多。』此雙關知子。

〔九〕南朝梁徐悱妻劉氏《摘同心梔子贈謝娘因附此詩》：『兩葉雖爲贈，交情永未因。同心何處恨，梔子最關人。』謝娘：唐宰相李德裕家謝秋娘爲名歌妓。李賀《惱公》：『春遲王子態，鶯囀謝娘慵。』此藉指戀人。

彙評

明胡震亨《唐音統簽》卷八引孫光憲：『唐彦謙詩律學温李，「下疾不成雙點淚，斷多難到九迴腸」，何減「春蠶」、「蠟燭」情藻耶？』

七二　柳〔一〕

春思春愁一萬枝〔二〕，遠村遥岸寄相思〔三〕。西園有雨和苔長〔四〕，南内無人拂檻垂〔五〕。遊客寂寥緘遠恨〔六〕，暮鶯啼叫惜芳時〔七〕。晚來飛絮如霜鬢〔八〕，恐爲多情管别離〔九〕。

〔一〕詩見《才調集》卷六、《唐詩韻匯》、《唐詩統籤》卷七百二十一、《錢抄》卷下。

〔二〕按：此以柳枝之衆喻春思春愁之多。

〔三〕古有折柳送别之習俗，故此云寄相思。李白《書情寄從弟邠州長史昭》：『自笑客行久，我行定幾時。綠楊已可折，攀取最長枝。翩翩弄春色，延佇寄相思。』遠村、遥岸：指柳樹生長之處。

〔四〕西園：園林名。本漢上林苑的别名。張衡《東京賦》：『歲維仲冬，大閱西園，虞人掌焉，先期戒事。』薛綜注：『西園，上林苑也。』和苔長：伴隨着苔蘚生長。

〔五〕南内：南邊的宫苑。此泛指宫殿。《舊唐書·穆宗本紀》：『癸巳，皇太后移居興慶宫。皇帝與六宫侍從大合宴于南内，迴幸右軍，頒賜中尉等有差。』白居易《長恨歌》：『西宫南内多秋草，落葉滿堦紅不掃。』拂檻：此指柳枝低垂，拂拭着門檻。

〔六〕緘遠恨：用信寫下客居遠方的離愁。緘：書信。此用作動詞。

〔七〕暮鶯：暮春時的黄鶯。芳時：百花盛開的時節。屈原《離騷》：『恐鵜鴂之先鳴兮，使夫百草爲之不芳。』顔延之《北使洛》：『遊役去芳時，歸來屢徂諐。』

〔八〕飛絮：此指柳樹的種子，上有白色絨毛，隨風飛行如飄絮。因爲白色，故詩人擬以霜鬢。

〔九〕管：定。

彙評

清胡以梅《唐詩貫珠》：『通篇以「春思春愁」爲章本。』

清趙臣瑗《山滿樓箋注唐詩七言律》：『此詠柳之作，通首純寫結句中「多情」二字，「一萬枝」，舉成數也。言此一萬枝柳，枝枝足以動人之春思，枝枝足以動人之春愁也。何則？以其多情也；「寄相思」，不過是上句注脚。「遠村遥岸」，虚寫；「西園」、「南内」，實寫，非有兩層。「和苔長」、「拂檻垂」，柳之多情如此，無論「有雨」、「無人」。而其春思、春愁，何往而不在耶？五六襯貼法：客緘遠恨，亦緘其情；鶯惜芳時，亦惜其情，非有他也。七八結出本旨。晚，遲暮之意，言多情則易老，又故插「霜鬢」字，以見己之多情與柳相似。』

七三　春陰〔一〕

一寸迴腸百慮侵〔二〕，旅愁危涕兩争禁〔三〕。天涯已有銷魂别〔四〕，樓上寧無擁鼻吟〔五〕。感事不關河裏笛〔六〕，傷心應倍雍門琴〔七〕。春雲更覺愁于我，閑蓋低村作暝陰〔八〕。

〔一〕詩見《才調集》卷六、《唐詩韻匯》、《錢抄》卷上。

〔二〕迴腸：猶言愁腸。因腸子在腹腔内迴環纏繞。見前。徐陵《在北齊與楊僕射書》：『朝千悲而掩泣，夜萬緒而迴腸，不自知其爲生，不自知其爲死也。』杜甫《秋日夔州詠懷寄鄭監》：『弔影夔州僻，迴腸杜曲煎。』百慮侵：爲各種思慮所侵擾。孔德紹《夜宿荒村》：『故鄉萬里絶，窮愁百慮侵。』

〔三〕危涕：謂哀傷涕泣。江淹《恨賦》：『或有孤臣危涕，孽子墜心。』李善注：『《孟子》曰：「孤臣孽子，其操心也危，其慮患也深。」《登樓賦》曰：「涕横墜而弗禁」……然心當云危，涕當云墜。江氏愛奇，故互文以見義。』後人沿用。劉禹錫《晚歲登武陵城顧望水陸悵然有作》：『孤臣本危涕，喬木在天涯。』争禁：怎麽能承受。

〔四〕銷魂：謂魂魄消散，不能附着于肉體。形容極其哀愁。江淹《别賦》：『黯然銷魂者，唯别而已矣。』李善注：『言黯然魂将離散者，唯别而然也。』柳宗元《酬婁秀才將之淮南見贈之什》：『海上銷魂别，天邊弔影身。』

〔五〕《晉書·謝安傳》：『安本能爲洛下書生詠，有鼻疾，故其音濁，名流愛其詠而弗能及，或手掩鼻以效之。』後以『擁鼻吟』指用雅音曼聲吟詠。韓偓《雨》：『此時高味共誰論，擁鼻吟詩空佇立。』

〔六〕用向秀《思舊賦》事。向秀《思舊賦序》：『余與嵇康、吕安居止接近，其人並有不羈之才。然嵇志遠而疏，吕心曠而放，其後各以事見法……余逝將西邁，經其舊廬，于時日薄虞淵，寒冰凄然。鄰人有吹笛者，發聲寥亮，追思曩昔遊宴之好，感音而歎。』河裏笛：猶言河裏聞笛。因《思舊賦》有：『濟黄河以泛舟兮，經山陽之舊居。』

〔七〕雍門琴：相傳雍門子周以善琴見孟嘗君。孟嘗君曰：『先生鼓琴亦能令文悲乎？』雍門子周曰：『臣何獨能令足下悲哉……然臣之所爲足下悲者事也。夫聲敵帝而困秦者，君也，連五國之約，南面而伐楚者，又君也。天下未嘗無事，不從則横。從成則楚王，横成則秦帝，楚王秦帝，必報讎于薛矣。夫以秦楚之强而報讎于弱薛，譬之猶摩蕭斧而伐朝菌也，必不留行矣。天下有識之士無不爲足下寒心酸鼻者，千秋萬歲之後，廟堂必不血食矣！』孟嘗君聞之悲淚盈眶。子周于是引琴而鼓，孟嘗君增悲流涕曰：『先生之鼓琴，令文若破國亡邑之人也。』見劉向《説苑·善説》。《三國志·蜀志·郤正傳》：『雍門援琴而挾説，韓哀秉轡而馳名。』後因以『雍門琴』指哀傷的曲調。楊素《贈薛播州》：『離心多苦調，詎假雍門琴。』李白《猛虎行》：『腸斷非關隴頭水，淚下不爲雍門琴。』

〔八〕蓋：猶言籠罩。暝陰：傍晚的陰雲。儲光羲《架簷藤》：『何許答君子？簷間朝暝陰。』

彙評

清倪濤《六藝之一録》卷二百六十四《小學偶拈　汪重閬先生訓子二十紙》：『「雍梁」

之「雍」，仄聲；「雍門」之「雍」，亦仄。唐彦謙詩「傷心應倍雍門琴」，其「三雍」、「肅雍」、「時雍」之「雍」，並平聲。』

清毛張健《唐體膚詮》：『倒出「春陰」，手法甚別。「愁于我」三字以綰全篇。』

七四　春深獨行馬上有作〔一〕

日烈風高野草香，百花狼籍柳披猖〔二〕。連天瑞靄千門遠〔三〕，夾道新陰九陌長〔四〕。衆飲不歡逃席酒〔五〕，獨行無味放遊韁〔六〕。年來與問閑遊者，若箇傷春向路旁〔七〕。

〔一〕詩見《才調集》卷六、《唐詩統籤》卷七百二十一、《錢抄》卷下。

〔二〕狼藉：縱横散亂貌。《史記·滑稽列傳》：『日暮酒闌，合尊促坐，男女同席，履舄交錯，杯盤狼藉。』此指枯萎凋謝之狀。披猖：猶猖披。本指衣不繫帶、散亂不整貌。《楚辭·離騷》：『何桀紂之猖披兮，夫唯捷徑以窘步。』王逸注：『猖披，衣不帶之貌。』此指紛亂。

〔三〕瑞靄：本指吉祥之雲氣。此喻柳樹上的嫩葉。楊巨源《春日奉獻聖壽無疆詞》之四：『瑞靄方呈賞，暄風本配仁。』千門遠：喻夾道的柳樹如深遠的拱門。

〔四〕九陌：本指漢長安城中的九條大道。見五六《東韋曲野思》注五。

〔五〕逃席酒：逃離置酒的坐席。逃席：逃離坐席，不辭而别。《史記·齊悼惠王世家》：『朱虚侯年二十，有氣力，忿劉氏不得職，嘗入侍高后燕飲。高后令朱虛侯劉章爲酒吏，章自請曰：「臣將種也，請得以軍法行酒。」高后曰：「可。」……頃之，諸吕有一人醉，亡酒，章追拔劍斬之，而還報曰：「有亡酒一人，臣謹行法斬之。」太后左右皆大驚，業已許其軍法，無以罪也。因罷。』李廓《長安少年行》：『不樂還逃席，多狂慣衩衣。』

〔六〕無味：没有興味；無趣。放遊韁：放開馬的韁繩，任隨馬兒自由行走。遊韁（jiāng）：即馬韁繩。因能放鬆或拉緊，如遊動般牽引，故名。《宋書·五行志》：『晉海西公太和中民歌曰：「青青御路楊，白馬紫遊韁。汝非皇太子，那得甘露漿。」』段成式《柳枝詞》：『公子驊騮往何處，緑楊堪繫紫遊韁。』

〔七〕若箇：哪个。東方虬《春雪》：『不知園裏樹，若箇是真梅？』傷春：因春天的到來而引發的感傷，苦悶。見五二《寄懷》注二。向：猶言在。

七五　春雨〔一〕

綺陌夜來雨〔二〕，春樓寒望迷〔三〕。遠容迎燕戲〔四〕，亂響隔鶯啼〔五〕。有恨開蘭室〔六〕，無言對李蹊〔七〕。花欹渾拂檻〔八〕，柳重欲垂堤〔九〕。燈檠昏魚目〔一〇〕，薰爐咽麝臍〔一一〕。別輕天北鶴〔一二〕，夢怯汝南雞〔一三〕。入户侵羅幌〔一四〕，梢簷潤繡題〔一五〕。新豐樹已失〔一六〕，長信草初齊〔一七〕。亂蝶寒猶舞〔一八〕，驚烏暝不栖〔一九〕。庾郎盤馬地〔二〇〕，却怕有春泥〔二一〕。

〔一〕詩見《才調集》卷六、《唐詩統籤》卷七百二十一、《錢抄》卷下。

〔二〕綺陌：繁華的街道。亦指風景美麗的郊野道路。簡文帝《登烽火樓》：『萬邑王畿曠，三條綺陌平。』

〔三〕意謂春雨使住在樓上的人感到寒意，遠眺時視綫變得迷離。

〔四〕燕戲：指燕子在春雨中飛行。杜甫《水檻遣心二首》其一：『細雨魚兒出，微風燕子斜。』

〔五〕亂響：此指春雨打在樹葉上發出的聲音。

〔六〕有恨：因無法遊春而感到遺憾。蘭室：像蘭草一樣芳香的居室。多指婦女高雅的居室。張華《情詩》：『佳人處遐遠，蘭室無容光。』李善注：『古詩曰：「盧家蘭室桂爲梁。」』謝朓《奉和隨王殿下》之九：『肅景遊清都，侑簪侍蘭室。』

〔七〕李蹊（xī）：李樹邊的小路。《史記·李將軍列傳》：『諺曰：「桃李不言，下自成蹊。」』《索隱》：『案姚氏云：「桃李本不能言，但以華實感物，故人不期而往，其下自成蹊徑也。」』

〔八〕欹（qī）：斜。拂檻：拂拭着門檻。李白《清平調》其一：『雲想衣裳花想容，春風拂檻露華濃。』

〔九〕無名氏《送別詩》：『楊柳青青着地垂，楊花漫漫攪天飛。』張謂《延平門高齋亭子應岐王教》：『昨夜蒲萄初上架，今朝楊柳半垂堤。』又杜甫《春夜喜雨》：『曉看紅濕處，花重錦官城。』

〔一〇〕《唐詩統籤》『臍』下注：『「檠」，云聲。』按：『云』似爲『去』字之誤。燈檠（qíng）：燈架。庾信《對燭賦》：『刺取燈花持桂燭，還却燈檠下燭盤。』魚目：殷元勛、宋邦綏《才調集補注》卷六引丁静山云：『魚目無光，喻燈之昏暗。』是。《太平廣記》卷四百二《鯨魚目》：『南海有珠即鯨目瞳，夜可以鑒，謂之夜光。』後世因有魚目混珠之説。

〔一一〕薰爐：用于熏香等的爐子。謝惠連《雪賦》：『燎薰鑪兮炳明燭。』楊炯《和崔司空傷姬人》：『粉匣棲餘淚，薰爐減舊煙。』麝臍：雄麝的臍，麝香腺所在。此指麝香。

〔一二〕沈約《古詩》：『愍海上之驚鳧，傷雲間之離鶴。離鶴昔未離，近發天北垂。』

〔一三〕舊説汝南出長鳴雞。《後漢書·百官志》劉昭注：『蔡質《漢儀》曰：南朝徐陵《烏棲曲》其二：「繡帳羅帷隱燈燭，一夜千年猶不足。惟憎無賴汝南雞，天河未落猶争啼。」』

〔一四〕羅幌：絲羅帷幔。鮑照《代陳思王〈京洛篇〉》：『珠簾無隔露，羅幌不勝風。』沈佺期《長門怨》：『玉階聞墜葉，羅幌見飛螢。』

〔一五〕梢簷：樹梢和屋簷。繡題：此指錦繡做成的門簾之類。

〔一六〕意謂新豐的樹木都已消失在春雨之中。《西京雜記》卷二：『高祖少時，常祭枌榆之社。及移新豐，亦還立焉。』庾肩吾《長安路詩》：『遠聽平陵鐘，遥識新豐樹。』新豐：縣名。漢高祖七年置，在長安縣東十八里，唐廢。今屬陝西省西安市臨潼區。

〔一七〕長信：指長信宫。漢宫名，爲太皇太后居住地，此泛指宫殿。庾信《詠長信宫中草詩》：『委翠似知節，含芳如有情。全由履迹少，併欲上階生。』草初齊：指春草已經和宫殿的臺階相齊。

〔一八〕『蝶』，《晨風閣叢書》本作『蜨』，義同。

〔一九〕驚烏：受驚的烏鴉。庾信《奉和趙王喜雨》：『驚烏灑翼度，濕雁斷行來。』駱賓王《夏日夜憶張二》：『織虫垂夜砌，驚烏棲暝林。』

〔二〇〕劉義慶《世説新語・雅量》：『庾小征西嘗出未還，婦母阮是劉萬安妻，與女上安陵城樓上。俄頃，翼歸，策良馬，盛輿衛，阮語女：「聞庾郎能騎，我何由得見？」婦告翼。翼便爲于道開鹵簿盤馬，始兩轉，墜馬墮地，意色自若。』庾郎：指庾翼，東晉人。盤馬：指騎在馬上馳騁迴旋。

〔二一〕劉義慶《世説新語・術解》：『王武子善解馬性。嘗乘一馬，著連錢障泥，前有水，終日不肯渡。王云：「此必是惜障泥。」使人解去，便徑渡。』

明徐伯齡《蟫精雋》卷二《唐詩用字》：『唐人詩中用字平仄與今人不同，嘗言之矣。今以未言者再言之，唐彥謙《春雨》詩云：「燈檠昏魚目，薰煙咽麝臍。」「檠」作去聲。』

明徐應秋《玉芝堂談薈》卷三十一：『唐彥謙《雨》詩：「燈檠昏魚目，薰爐咽麝臍。」「檠」作去聲。』

明顧起元《説略》卷十五：『唐彥謙《雨》詩：「燈檠昏魚目，薰爐咽麝臍。」「檠」作去聲。』

清王士禛《池北偶談》卷十三《唐詩字音》：『（李商隱）「九枝燈檠夜珠圓」，唐彥謙「燈檠昏魚目」，《釋文》：「檠音景。」《前漢・蘇武傳》注：「音警。」』

清吴景旭《歷代詩話》卷五十：『（白樂天詩「鐵檠移燈背」）樂天自注：「檠，去聲。」唐彥謙《雨詩》：「燈檠昏魚目，薰爐咽麝臍。」李義山詩：「九枝燈檠夜珠圓。」韓退之詩：「牆角君看短檠棄」，皆去聲。按：《集韻》：「檠，渠映切。注云：有足，似几物也。」諸詩作去聲用，本此。』

清殷元勛、宋邦綏《才調集補注》卷六：『默庵云：首二句提出題面，已下八韻，俱從第二句生下，落句收得殺。』又：『鈍吟云：結句真義山。』

清李因培《唐詩觀瀾集》：『（結響句下）佳句。（庾郎句下）結得韻。』

七六　漢代〔一〕

漢代金爲屋〔二〕，吴宫綺作寮〔三〕。艶詞傳静婉〔四〕，新曲定妖嬈〔五〕。箭響猶殘夢〔六〕，籤聲報早朝〔七〕。鮮明臨曉日〔八〕，迴轉度春宵〔九〕。半袖籠清鏡〔一〇〕，前絲壓翠翹〔一一〕。静多如有待，閑極似無憀〔一二〕。梓澤花猶滿〔一三〕，靈和柳未凋〔一四〕。障昏巫峽雨〔一五〕，屏掩浙江潮〔一六〕。未信潘名岳〔一七〕，應疑史姓蕭〔一八〕。漏因歌暫斷〔一九〕，燈爲雨頻挑〔二〇〕。飲酒闌三雅〔二一〕，投壺賽百嬌〔二二〕。鈿蟬新翅重〔二三〕，金鴨舊香焦〔二四〕。水净疑澄練〔二五〕，霞孤欲建標〔二六〕。别隨秦柱促〔二七〕，愁爲蜀弦幺〔二八〕。玄宴難瘳痹〔二九〕，臨邛但發痟〔三〇〕。聯詩徵弱絮〔三一〕，思友詠甘蕉〔三二〕。王氏憐諸謝〔三三〕，周郎定小喬〔三四〕。黼幃翹綵雉〔三五〕，波扇畫文鰩〔三六〕。荇密妨垂釣〔三七〕，荷欹欲度橋〔三八〕。不因衣帶水〔三九〕，誰覺路迢迢。

〔一〕詩見《才調集》卷六、《唐詩統籤》卷七百二十一、《錢抄》卷下。按：此取句首二字爲題。

〔二〕舊題班固《漢武故事》：『帝以乙酉年七月七日生于猗蘭殿。年四歲，立爲膠東王。數歲，長公主嫖抱置膝上，問曰：「兒欲得婦不？」膠東王曰：「欲得婦。」長主指左右長御百餘人，皆云不用。末指其女問曰：「阿嬌好不？」于是乃笑對曰：「好！若得阿嬌作婦，當作金屋貯之也。」』

〔三〕吴宫：指三國時吴主的宫殿。李白《登金陵鳳凰臺》：『吴宫花草埋幽徑，晉代衣冠成古丘。』王琦注：『吴宫，謂孫權建都時所造宫室。』綺寮（liáo）：猶綺窗。指雕刻或繪飾得很精美的窗户。左思《魏都賦》：『雷雨窈冥而未半，皦日籠光于綺寮。』吕向注：『寮，窗也。』按：上下兩句互文。

〔四〕静婉：《梁書·羊侃傳》：『侃性豪侈，善音律，自造《採蓮》、《棹歌》兩曲，甚有新致……舞人張净琬，腰圍一尺六寸，時人咸推能掌中舞。』後因以『静婉』指代歌舞能手。温庭筠《題柳》：『香隨静婉歌塵起，影伴嬌嬈舞袖垂。』

〔五〕『妖』，《才調集》作『嬌』。非是。妖嬈：本指嬌媚的女子。曹植《感婚賦》：『顧有懷兮妖嬈，用搔首兮屏營。』趙幼文校注：『嬈，宋刊本《曹子建文集》作「嬈」。』樂府有宋子侯《董妖嬈》。

〔六〕句謂漏箭報時的聲音已經響起，却還在夢鄉之中。箭：此指漏箭漏壺的部件。上刻時辰度數，随水浮沉以計時。殘夢：殘餘的夢。

〔七〕籤聲：投更籤的聲音。《陳書·世祖本紀》：『每雞人伺漏傳，更籤于殿中，乃敕送者必投籤于階石之上，令鎗然有聲，云：「吾雖眠，亦令驚覺也。」』

〔八〕鮮明：本指色彩耀眼。《漢書·陳遵傳》：『公府掾吏率皆贏車小馬，不上鮮明。』《新唐書·李貞素傳》：『性和裕，衣服喜鮮明。』此用爲動詞，穿上色彩鮮明的衣服。

〔九〕迴轉：此指散朝返回後宫。

〔一〇〕半袖：短袖衣。《晉書·五行志上》：『魏明帝著繡帽，披縹紈半袖。』

〔一一〕前絲：前面的頭髮。《子夜歌》：『前絲斷纏綿，意欲結交情。春蠶易感化，絲子已復生。』翠翹：古代婦人首飾的一種。狀似翠鳥尾上的長羽，故名。韋應物《長安道》：『麗人綺閣情飄飄，頭上鴛釵雙翠翹。』

〔一二〕無憀：即無聊。

〔一三〕梓澤：晉石崇别墅金谷園的别稱。故址在今河南省孟縣境。《晉書·石崇傳》：『崇有别館在河陽之金谷，一名梓澤。送者傾都，帳飲于此焉。』

〔一四〕靈和：南朝齊武帝時所建殿名。見一九《賀李昌時禁苑新命》（振鷺翔鸞集禁闈）注五。

〔一五〕句謂步障上描繪着巫山的雲雨。障：步障。用以遮蔽風塵或視綫的一種屏幕。曹植《妾薄命》之二：『華燈步障舒光，皎若日出扶桑。』巫峽雨：猶巫山雨。此因受制聲律，故易『山』爲『峽』，見一一《楚天》注三。

〔一六〕《月令輯要》卷十五《潮生日》：『增《四季須知》：四海之潮皆暗漲，惟浙有明潮。八月十八日，杭人謂之潮生日，偕候江干，斜陽風色陡寒，海門潮起，遠若白練横江而下，瞬息千里，勢若山嶽，聲若雷霆。』宋之問《靈隱寺》：『樓觀滄海日，門對浙江潮。』屏：屏風。

〔一七〕猶言未信名潘岳。潘岳：西晉著名文學家。劉義慶《世説新語・容止》：『潘岳妙有姿容，好神情。少時挾弹出洛陽道，婦人遇者，莫不連手共縈之。』劉孝標注：『《語林》曰：「安仁至美，每行，老嫗以果擲之滿車。」』

〔一八〕猶言應疑姓蕭史。蕭史：秦穆公時人。劉向《列仙傳・蕭史》：『蕭史者，秦穆公時人也。善吹簫，能致孔雀、白鶴于庭。穆公有女字弄玉，好之，公遂以女妻焉。日教弄玉作鳳鳴。居數年，吹似鳳聲，鳳凰來止其屋，公爲作鳳臺。夫婦止其上，不下數年，一旦皆隨鳳凰飛去，故秦人爲作鳳女祠于雍，宫中時有簫聲而已。』

〔一九〕句謂時間好像因爲曼妙的歌舞暫時中斷了。漏：漏壺。古代用于計時的器皿。

〔二〇〕挑：謂挑起燈芯，剔除餘燼，使燈更亮。

〔二一〕闌：將近；將完。三雅：《太平御覽》卷八四五引《典論》：『劉表有酒爵三，大曰伯雅，次曰仲雅，小曰季雅。伯雅容七升，仲雅六升，季雅五升。』後以『三雅』泛指酒器。

〔二二〕百嬌：亦作『百驍』。古代投壺，矢從壺中躍出復還，謂之驍。百驍，謂投壺發矢，百發百還。典出《西京雜記》卷五：『古之投壺，取中而不求還……郭舍人則激矢令還，一矢百餘反，謂之爲驍。』

〔二三〕鈿（diàn）蟬：蟬形的首飾。

〔二四〕金鴨：一種鍍金的鴨形銅香爐。戴叔倫《春怨》：『金鴨香消欲斷魂，梨花春雨掩重門。』

〔二五〕謝朓《晚登三山還望京邑》：『餘霞散成綺，澄江静如練。』

〔二六〕建標：樹立標志。孫綽《游天台山賦》：『赤城霞起而建標，瀑布飛流以界道。』李善注：『建標，立物以爲之表識也。』

〔二七〕秦柱：猶秦弦。指秦國箏瑟之類的弦樂器。柱：瑟、箏等撥弦樂器架弦的碼子。促：急促。

〔二八〕『弦』，《才調集》作『玄』。蜀弦：猶蜀琴。按：唐代蜀地以製琴精良著稱，名匠輩出，尤以雷氏爲最，世稱其所製之琴爲『雷琴』、『雷公琴』。幺：小，細。陸機《文賦》：『猶弦幺而徽急，故雖和而不悲。』李善注：『《説文》曰：「幺，小也。」』

〔二九〕玄晏：指西晉皇甫謐。《晉書·皇甫謐傳》：『居貧，躬自稼穡，帶經而農，遂博綜典籍百家之言。沉静寡欲，始有高尚之志。以著述爲務，自號玄晏先生。著禮樂聖真之論。後得風痺疾，猶手不輟卷。』瘳（chōu）：病愈。痹（bì）：中醫指風、寒、濕侵襲肌體導致肢節疼痛、麻木、屈伸不利的病症。《素問・痺論》：『黄帝問曰：「痺之安生？」岐伯對曰：「風、寒、濕三氣雜至，合而爲痺也。」』

〔三〇〕臨邛（qióng）：地名。今四川邛崍。此指司馬相如。因嘗客居臨邛，故云。痟（xiāo）：病名。消渴，即糖尿病。《广韻・平宵》：『痟，痟渴病也。司馬相如所患。』

〔三一〕聯詩：數人各寫一句或數句，以成一詩。

〔三二〕『詠』，《晨風閣叢書》本作『味』，恐非。詠甘蕉：猶言以甘蕉題詠。甘蕉：香蕉的一種。嵇含《南方草木狀・甘蕉》：『甘蕉，望之如樹，株大者一圍餘，葉長一丈或七八尺，廣尺餘二尺許，花大如酒杯，形色如芙蓉。』古人或以其葉作書。南朝梁徐悱妻劉氏《題甘蕉葉示人》：『夕泣已非疏，夢啼太真數。唯當夜枕知，過此無人覺。』《南史・徐伯珍傳》：『徐伯珍，字文楚，東陽太末人也。祖、父並郡掾史。伯珍少孤貧，學書無紙，常以竹箭、箬葉、甘蕉及地上學書。』又《太平廣記》卷一百七十五《路德延》：『路德延，儋州巖相之猶子也，數歲能爲詩。居學舍中，嘗賦芭蕉詩曰：「一種靈苗異，天然體性虛。葉如斜界紙，心似倒抽書。」詩成，翌日傳於都。會儋州坐事誅，故德延久不能振。光化初，方就舉擢第，大有詩價。又爲感舊詩曰：「初騎竹馬詠芭蕉，嘗忝名卿誦滿朝。五字便容過絳帳，一枝尋許折丹霄。豈知流落萍蓬遠，不覺推遷歲月遥。國境永寧身未立，至今顔巷守簞瓢。」』按：唐彥謙與路德延同時，若本此，則爲今典矣。

〔三三〕《世説新語·賢媛》：『王右軍郗夫人謂二弟司空中郎曰：「王家見二謝，傾筐倒庋，見汝輩來，平平爾，汝可無煩復往。」』

〔三四〕周郎：指周瑜，字公瑾，三國時吴國將軍，廬江舒人。小喬：三國時橋公次女，後嫁周瑜。《三國志·吴志·周瑜傳》：『頃之，策欲取荆州，以瑜爲中護軍，領江夏太守，從攻晥，拔之。時得橋公兩女，皆國色也。策自納大橋，瑜納小橋。』

〔三五〕黼幃（fǔwéi）：繡有華美花紋的帷帳。黼：古代禮服上白黑相間的花紋，取斧形，象臨事決斷。《尚書·益稷》：『藻火粉米，黼黻絺繡。』僞孔安國傳：『黼若斧形。』陸德明《釋文》：『白與黑謂之黼。』《舊唐書·楊炯傳》：『黼能斷割，象聖王臨事能決也。』翿：鳥尾的長羽。《楚辭·招魂》：『砥室翠翿，絓曲瓊些。』王逸注：『翿，羽也。』曹植《鬥雞》：『群雄正翕赫，雙翿自飛揚。』黄節注：『翿，尾長毛也。』綵雉：五彩羽毛的雉鳥，其尾常用做宫扇。韓愈《送區弘南歸》：『蜃沉海底氣升霏，彩雉野伏朝扇翬。』

〔三六〕波扇：儀仗隊列中，兩邊像波浪一樣起伏的扇子。文鰩：文鰩魚。又名飛魚、燕鰩魚。魚綱飛魚科。胸鰭高，特别發達，擴展後，可以在水面或空中作較長距離的滑翔。生活在大海的上層，喜光，夜晚常飛到船甲板上。《吕氏春秋·本味》：『雚水之魚，名曰鰩，其狀若鯉而有翼，常從西海夜飛，游于東海。』

〔三七〕荇（xìng）：多年生水生草本植物，葉呈對生圓形，嫩時可食，亦可入藥。《詩·周南·關雎》：『參差荇菜，左右流之。』南朝梁丘遲《侍晏樂游苑送張徐州應詔》：『巢空初鳥飛，荇亂新魚戲。』

〔三八〕『度』，《才調集》作『渡』，亦通。攲（qī）：斜。

〔三九〕『衣帶水』，《晨風閣叢書》本作『秋帶水』，非是。衣帶水：像一條衣帶那麽寬的河流。形容水面狹窄。後亦泛指僅隔一水，極其鄰近。語出《南史·陳後主本紀》：『隋文帝謂僕射高熲曰：「我爲百姓父母，豈可限一衣帶水不拯之乎？」』

彙評

清殷元勛、宋邦綏《才調集補注》卷六引：『鈍吟云：全似温□狹耳。』

七七　牡丹〔一〕

青帝於君事分偏〔二〕，穠堆浮艷倚朱門〔三〕。雖然占得笙歌地〔四〕，將甚酬他雨露恩〔五〕。

〔一〕詩見《萬首唐人絶句》卷七十一、《唐詩韻匯》、《唐詩統籤》卷七百二十二、《錢抄》卷下。牡丹：見二〇《牡丹》（顏色無因饒錦繡）注一。

〔二〕青帝：指東方的司春之神。見六九《牡丹》（真宰多情巧思新）注六。分（fèn）偏：分外偏心，格外偏愛。

〔三〕『倚』，《錢抄》作『侍』。穠堆：濃密地堆積。指牡丹密集生長在一起。浮艷：指華美艷麗之色。韓愈《風折花枝》：『浮艷侵天難就看，清香撲地只遥聞。』倚朱門：倚傍于豪門。朱門：紅漆大門。藉指貴族豪富之家。《史記・貨殖列傳》：『夫用貧求富，農不如工，工不如商，刺繡文不如倚市門。此言末業，貧者之資也。』

〔四〕笙歌地：吹笙歌舞的地方。藉指顯貴之地。

〔五〕酬：報答。雨露恩：指自然界的雨露。又雙關帝王的恩澤。按：細玩詩意，似是唐彥謙中和中授河南節度副使時所作。

殘句

獨來成悵望，不去泥欄干。〔一〕原注《惜花》。見《詩人玉屑》。

〔一〕按：句見魏慶之編《詩人玉屑》卷三《輕重對》引。

外編

七八　松

托根蟠泰華〔一〕，倚幹蝕莓苔〔二〕。誰云山澤間〔三〕，而無梁棟材〔四〕。

〔一〕《全唐詩》列卷六百七十一，後同。又見《佩文齋廣群芳譜》卷七十。托：又作『託』。依託；藉助。九〇《春草》亦云『托根無處不延綿』。泰華：泰山與華山的合稱。《史記·吴起列傳》：『夏桀之居，左河濟，右泰華，伊闕在其南，羊腸在其北，修政不仁，湯放之。』此泛指高山。

〔二〕倚幹：依賴枝幹。蝕：侵蝕。莓苔：苔蘚。見六七《春殘》注七。

〔三〕山澤：山林與川澤。此泛指山野。

〔四〕梁棟：即棟梁。指房屋的大梁。暗喻擔負國家重任的人。按：此與三四《樓上偶題》『可能前嶺空喬木，應有懷才抱器人』句同意。

七九　梅

玉人下瑶臺〔一〕，香風動輕素〔二〕。畫角弄江城〔三〕，鳴璫月中墮〔四〕。

〔一〕玉人：本用于對容顔出衆的男子的美稱。《晉書·衛玠傳》：『（玠）年五歲，風神秀異……總角乘羊車入市，見者皆以爲玉人，觀之者傾都。』劉義慶《世説新語·容止》：『（裴楷）麤服亂頭皆好，時人以爲玉人。』後多指女子。此喻梅花。《拾遺記》卷八：『先主甘后，沛人也。生于賤微，里中相者云：此女後貴，位極宫掖。及后長而體貌特異，至十八，玉質柔肌，態媚容冶，先主召入綃帳中，于户外望者如月下聚雪。河南獻玉人，高三尺，乃取玉人置后側，晝則講説軍謀，夕則擁后而玩玉人，常稱玉之所貴，德比君子，况爲人形，而可不玩乎？后與玉人潔白齊潤，觀者殆相亂惑，嬖寵者非惟嫉于甘后，亦妬于玉人也。』元稹《鶯鶯傳》：『隔牆花影動，疑是玉人來。』瑶臺：美玉砌成的楼臺。《楚辭·離騷》：『望瑶臺之偃蹇兮，見有娀之佚女。』游國恩《纂义》引徐焕龍曰：『瑶臺，砌玉爲臺。』或指傳説中的神仙居處。《拾遺記·昆侖山》：『傍有瑶臺十二，各廣千步，皆五色玉爲臺基。』杜牧《梅》：『輕盈照溪水，掩斂下瑶臺。』按：此詩所詠當是白梅，故擬之以玉人、瑶臺、輕素。

〔二〕輕素：輕而薄的白色絲織品。此喻梅花花瓣。按：前二句爲倒裝句。正常語序爲『香風動輕素，玉人下樓臺』。謂帶着梅花香味的風摇動着梅花樹，落下片片花瓣，宛如玉人從天上的樓臺翩翩而下。

〔三〕畫角：古管樂器。傳自西羌。形如竹筒，本細末大，以竹木或皮革等製成，因表面有彩繪，故稱。發聲哀厲高亢，古時軍中多用以警昏曉，振士氣，肅軍容。帝王出巡，亦用以報警戒嚴。簡文帝《折楊柳》：『城高短簫發，林空畫角悲。』陳子昂《和陸明府贈將軍重出塞》：『晚風吹畫角，春色耀飛旌。』弄：樂曲一闋或演奏一遍稱一弄。按：古曲有《梅花三弄》。相傳係由晉桓伊所作的笛曲改編而成。內容寫傲霜鬬雪的梅花。全曲主調出現三次，故稱。江城：指今湖北武漢。李白《與史郎中欽聽黄鶴樓上吹笛》：『黄鶴樓中吹玉笛，江城五月落梅花。』

〔四〕鳴璫：古代婦女的耳飾。徐陵《玉臺新詠·古詩〈爲焦仲卿妻作〉》：『腰若流紈素，耳著明月璫。』吴兆宜注：『穿耳施珠曰璫。』曹植《洛神賦》：『無微情以效愛兮，獻江南之明璫。』此喻梅花花瓣。按：古笛曲有《落梅花》（又稱《梅花落》），傳吹之則梅花墜落。吴曾《能改齋漫録》卷三《落梅花折楊柳》：『《樂府雜録》載笛者，羌樂也。古曲有《落梅花》、《折楊柳》。非謂吹之，則梅落耳。故陳賀徹《長笛》詩云：「柳折城邊樹，梅舒嶺外林。」張正見《柳詩》亦云：「不分梅花落，還同横笛吹。」李嶠《笛詩》：「逐吹梅花落，含春柳色驚。」意謂笛有梅柳二曲也。然後世皆以吹笛則梅花落。如戎昱《聞笛詩》云：「平明獨惆悵，飛盡一庭梅。」崔櫓《梅詩》：「初開已入雕梁畫，未落先愁玉笛吹。」《青瑣集詩》：「憑仗高樓莫吹笛，大家留取倚欄看。」皆不悟其失耳。惟杜子美、王之渙、李太白不然。杜云：「故園楊柳今摇落，何得愁中却盡生。」王云：「羌笛何須怨楊柳，春風不度玉門關。」李云：「黄鶴樓中吹王笛，江城五月落梅花。」亦謂笛有二曲也。』按：二句謂江城黄昏時吹奏起的畫角，有似笛曲，梅花花瓣亦如鳴璫，在微風吹拂下，片片墜落。又按：本詩『素』、『墮』不符平水韻。

八〇　蘭　其一〔一〕

清風摇翠環〔二〕，凉露滴蒼玉〔三〕。美人胡不紉〔四〕，幽香藹空谷〔五〕。

〔一〕詩又見《佩文齋廣群芳譜》卷四十四。蘭：蘭花。多年生常緑草本植物。葉細長而尖，根簇生，圓柱形。春初開花，呈淡黄緑色，亦有秋季開花者。品種甚多，常見的有建蘭、墨蘭、蕙蘭等。花幽香清遠，可供觀賞。按：此詩據《楚辭》立意，以蘭生空谷，美人不紉，喻賢士閑處在野，而不能爲世所用。

〔二〕翠環：指蘭之莖葉。因其柔軟，低垂于地，如弧形，故引以爲喻。

〔三〕凉露：指秋天泛凉的露水。李賀《塘上行》：『藕花凉露濕，花缺藕根澀。』白居易《贈内》：『漠漠闇苔新雨地，微微凉露欲秋天。』蒼玉：青玉。喻蘭之莖稈。

〔四〕美人：《楚辭》中常用以藉指國君。《楚辭·九章·抽思》：『結微情以陳詞兮，矯以遺夫美人。』王逸注：『舉與懷王，使覽照也。』紉：搓；撚。《楚辭·離騷》：『扈江離與辟芷兮，紉秋蘭以爲佩。』王逸注：「紉，索也。」

〔五〕靄：瀰漫；縈繞。空谷：空曠幽深的山谷。《詩·小雅·白駒》：「皎皎白駒，在彼空谷。」孔穎達疏：「賢者隱居，必當潛處山谷。」

八一 其二

謝庭漫芳草〔一〕，楚畹多緑莎〔二〕。于焉忽相見〔三〕，歲晏將如何〔四〕。

〔一〕詩又見《佩文齋廣群芳譜》卷四十四。謝庭：東晉高門謝氏家族的庭院。可參一九《賀李昌時禁苑新命》（振鷺翔鸞集禁闈）注一引《世説新語·德行》。謝太傅：東晉謝安。卒後曾追贈太傅。車騎：謝安之子，車騎將軍謝玄。漫：多。馬融《長笛賦》：「焦眇睢維，涕洟流漫。」呂向注：「漫，言多。」芳草：此似兼參用謝靈運事。謝靈運《登池上樓》：「池塘生春草，園柳變鳴禽。」鍾嶸《詩品·謝惠連》：「《謝氏家録》云：康樂每對惠連輒得佳語。後在永嘉西堂思詩，竟日不就。寤寐間忽見惠連，即成『池塘生春草』。故常云：『此語有神助，非吾語也。』」

〔二〕楚畹：楚地的田畝。《楚辭·離騷》：「余既滋蘭之九畹兮，又樹蕙之百畮。」王逸注：「十二畝爲畹。或曰田之長爲畹也。」緑莎：緑色的莎草。《後漢書·馬融傳》：「樹以蒲柳，被以綠莎。』此指蘭。

〔三〕于焉：在此。

〔四〕歲晏：天色將晚。《楚辭·九歌·山鬼》：『留靈修兮憺忘歸，歲既晏兮孰華予。』王逸注：『晏，晚也。』友生冷浪濤補：王維《贈祖三詠》：『歲晏涼風至，君子復何如？』按：此與前首同意，以蘭將枯萎，喻仁人志士年行老大，終難爲世用。

八二　葡萄〔一〕

金谷風露涼〔二〕，綠珠醉初醒〔三〕。珠帳夜不收〔四〕，月明墮清影。〔五〕

〔一〕詩又見汪砢玉《珊瑚網》卷三十一、卞永譽《式古堂書畫彙考》卷四十五、《佩文齋廣群芳譜》卷五十七。葡萄：大宛語 budaw 之對音。唐人多寫作蒲桃。在漢代引入大宛葡萄之前，我國原有一些野生葡萄品種。按：此詩表面寫綠珠遊園，實則摹寫葡萄，殊具巧思。

〔二〕金谷：地名。在今河南省洛陽市西北。《初學記》卷八引晉郭緣生《述征記》：『金谷，谷也。地有金水，自太白原南流經此谷，注谷水。』《水經注·谷水》：『谷水又東，左會金谷水，水出太白原，東南流歷金谷，謂之金谷水。東南流逕晉衛尉卿石崇之故居。』西晉石崇嘗于此築别館，曰金谷園，一名梓澤。日與賓客飲酒爲樂。見《晉書·石崇傳》。按：葡萄舊傳出自西域。《漢書·西域傳上·大宛國》：『漢使采蒲陶、目宿種歸。』其實傳入的時間要晚些，因以爲珍稀難得之物。李頎《古從軍行》：『年年戰骨埋荒外，空見蒲桃入漢家。』故詩云葡萄生于金谷園中。風露：此指秋天的風與露水。暗點葡萄成熟的時令。

〔三〕『醉』，《珊瑚網》、《式古堂書畫彙考》作『酒』。緑珠：石崇有歌妓名緑珠，美而艷，善吹笛。見《晉書·石崇傳》。此雙關，又指緑色的葡萄的果實。

〔四〕『珠帳』，《珊瑚網》、《式古堂書畫彙考》作『錦帳』，當是爲避前『緑珠』之『珠』而改，然作『錦帳』，則與葡萄不切。珠帳：連綴有珠玉的帷帳。暗喻綴滿果實的葡萄架。段成式《酉陽雜俎·廣動植三》：『沙門曇霄因遊諸嶽至此谷，得蒲萄食之，又見枯蔓堪爲杖……持還本寺植之，遂活，長高數仞，蔭地幅員十丈，仰觀若帷蓋焉。其房實磊落，紫瑩如墜，時人號爲草龍珠帳焉。』按：《珊瑚網》録虞集《題温日貫葡萄》詩，與本詩同，然或是虞集書唐彦謙之詩以題詠，不能定其必出自作。又可參一三七《詠葡萄》（西園晚霽浮嫩涼）：『珠帳高懸夜不收。』

〔五〕友生冷浪濤補：杜甫《遊龍門奉先寺》：『陰壑生虛籟，月林散清影。』

八三 春草

隨夢入池塘〔一〕，無心在金谷〔二〕。春風自年年，吹遍天涯緑〔三〕。

〔一〕此似暗用謝靈運事，見八一《蘭》其二注一。池塘與金谷對舉，泛指鄉野之處。

〔二〕金谷：地名，即金谷園。見八二《葡萄》注二。此藉指富貴之地。又劉禹錫《憶春草》：『憶春草，處處多情洛陽道。金谷園中見日遲，銅駝陌上迎風早。』

〔三〕劉安《招隱士》：『王孫遊兮不歸，春草生兮萋萋。』王維《送別》：『春草明年緑，王孫歸不歸。』『明年』一作『年年』。

八四　漁〔一〕

相聚即爲鄰〔二〕，煙火自成簇〔三〕。約伴過前溪，撑破蘼蕪緑〔四〕。

〔一〕漁：此指漁家。

〔二〕即一一八《過湖口》『舟住即爲鄰』之意。

〔三〕『簇』，《晨風閣叢書》本作『族』，亦通。煙火：做飯時燃起的炊煙和漁火。簇（cù）：聚集。

〔四〕蘼蕪：草名。芎藭的苗，葉緑色，有香氣。江總《襍曲三首》其一：『行行春逕蘼蕪緑，織素那復解琴心。』蘼蕪緑：此喻春水。

八五　留别四首[一]　其一

鵬程三萬里[二]，别酒一千鍾[三]。好景當三月[四]，春光上國濃[五]。

〔一〕留别：猶贈别。多指以詩文作紀念贈給分别的人。

〔二〕《莊子·逍遥遊》：『北冥有魚，其名爲鯤。鯤之大，不知其幾千里也。化而爲鳥，其名爲鵬，鵬之背，不知其幾千里也。怒而飛，其翼若垂天之雲。是鳥也，海運則將徙于南冥。南冥者，天池也。齊諧者，志怪者也。諧之言曰：鵬之徙于南冥也，水擊三千里，摶扶摇而上者九萬里，去以六月息者也。』三萬里：極言前途之遠。班固《西都賦》：『踰崑崙，越巨海，殊方異類，至于三萬里。』

〔三〕别酒：此指送别的酒。一千鍾：極言其多。鍾：盛酒器皿。

〔四〕當：值；遇到。

〔五〕上國：指京師長安。江淹《四時賦》：『憶上國之綺樹，想金陵之蕙枝。』《資治通鑑·唐德宗建中二年》：『今海内無事，自上國來者，皆言天子聰明英武，志欲致太平，深不欲諸侯子孫專地。』胡三省注：『時藩鎮竊據，自比古諸侯，謂京師爲上國。』

八六 其二

野花紅滴滴〔一〕，江燕語喃喃〔二〕。鼓吹翻新調〔三〕，都亭酒正酣〔四〕。

〔一〕紅滴滴：紅艷欲滴。極言花之紅艷。劉蛻《哀湘竹》：『悵二妃之淚竹，圓紅滴滴兮。』

〔二〕喃喃：象聲詞。此指燕啼聲。顧況《李供奉彈箜篌歌》：『小絃似春燕，喃喃向人語。』白居易《燕詩示劉叟》：『辛勤三十日，母瘦雛漸肥。喃喃教言語，一一刷毛衣。』

〔三〕鼓吹：擊鼓和吹奏。此泛指打擊樂和吹奏樂。《東觀漢紀·段熲傳》：『熲乘輕車，介士鼓吹。』沈亞之《湘中怨解》：『有彈弦鼓吹者，皆神仙娥眉。』翻：譜寫，改編。

〔四〕都亭：都邑中的傳舍。秦法，十里一亭。郡縣治所則置都亭。《史記·司馬相如傳》：『于是相如往，舍都亭。』《索隱》：『臨邛郭下之亭也。』此指送別飲餞之所。

八七 其三

登庸趨俊乂〔一〕，厠用野無遺〔二〕。起喜賡歌日〔三〕，明良際會時〔四〕。

〔一〕登庸：選拔任用。《尚書·堯典》：『帝曰：疇咨若時登庸。』僞孔安國傳：『疇，誰。庸，用也。誰能咸熙庶績，順是事者，將登用之。』應貞《晉武帝華林園集詩》：『登庸以德，明試以功。』俊乂：才德出衆的人。《尚書・皋陶謨》：『翕受敷施，九德咸事，俊乂在官。』僞孔安國傳：『謂天子如此，則俊德治能之士並在官。』孔穎達疏：『乂，訓爲「治」，故云「治能」。馬、王、鄭皆云：才德過千人爲俊，百人爲乂。』

〔二〕厠用：任用。野無遺：謂民間没有被棄置不用的人才。《尚書・大禹謨》：『野無遺賢，萬邦咸寧。』

〔三〕起：春秋時晉六卿之一韓起，卒謚宣，故又稱韓宣子。《左傳・昭公十六年》：『夏四月，鄭六卿餞宣子于郊。宣子曰：「二三君子請皆賦，起亦以知鄭志。」子齹賦《野有蔓草》。宣子曰：「孺子善哉，吾有望矣。」子産賦鄭之《羔裘》。宣子曰：「起不堪也。」子大叔賦《褰裳》。宣子曰：「起在此，敢勤子至于他人乎？」子大叔拜。宣子曰：「善哉，子之言是。不有是事，其能終乎？」子游賦《風雨》，子旗賦《有女同車》，子柳賦《蘀兮》。宣子喜曰：「鄭其庶乎，二三君子以君命貺起，賦不出鄭志，皆昵燕好也。二三君子數世之主也，可以無懼矣。」宣子皆獻馬焉，而賦《我將》。子産拜，使五卿皆拜，曰：「吾子靖亂，敢不拜德？」宣子私覲于子産以玉與馬，曰：「子命起舍夫玉，是賜我玉而免吾死也，敢不藉手以拜？」』賡（gēng）：繼續、連續。賡歌：此指參加送别之友人互相酬唱和詩。李白《明堂賦》：『千里鼓舞，百寮賡歌。』

〔四〕明良：賢明的君主和忠良的大臣。《尚書・益稷》：『元首明哉，股肱良哉，庶事康哉！』

際會：遭逢，遇合。

八八　其四

鹽車淹素志〔一〕，長坂入青雲〔二〕。老驥春風裏〔三〕，奔騰獨異群〔四〕。

〔一〕鹽車：裝載鹽的負重的車子。《戰國策·楚策四》：『夫驥之齒至矣，服鹽車而上太行。蹄申膝折，尾湛胕潰，漉汁灑地，白汗交流，中阪遷延，負轅不能上。伯樂遭之，下車攀而哭之，解紵衣以羃之。』後以『鹽車』爲典，多喻賢才屈沉于天下。賈誼《吊屈原文》：『驥垂兩耳，服鹽車兮。』李白《天馬歌》：『白雲在青天，丘陵遠崔嵬。鹽車上峻坂，倒行逆施畏。』素志：平素的志願。

〔二〕長坂：猶高坡。司馬相如《哀二世賦》：『登陂陁之長阪兮，坌入曾宮之嵯峨。』按：二句言任重而道險。

〔三〕老驥：年老的駿馬。喻年老而壯志猶存之士。曹操《龜雖壽》：『老驥伏櫪，志在千里。』春風：既指時令，又暗示舒暢的環境。

〔四〕奔騰：奔跑飛馳。群：同類。《楚辭·九章·悲回風》：『鳥獸鳴以號群兮，草苴比而不芳。』

八九　秋葵〔一〕

月瓣團欒翦赭羅〔二〕，長條排蘂綴鳴珂〔三〕。傾陽一點丹心在〔四〕，承得中天雨露多〔五〕。

〔一〕詩又見《佩文齋廣群芳譜》卷四十七。秋葵：錦葵科錦葵屬植物。今稱冬葵、冬莧菜。李時珍《本草綱目·草之五·葵》：『葵菜，古人種爲常食，今之種者頗鮮。有紫莖、白莖二種，以白莖爲勝。大葉小花，花紫黄色，其最小者名鴨脚葵，其實大如指頂，皮薄而扁實，内子輕虚如榆莢仁。四五月種者可留子，六七月種者爲秋葵，八九月種者爲冬葵，經年收採，正月後種者爲春葵。然宿根至春亦生。』

〔二〕『赭』，《佩文齋廣群芳譜》作『赬』。月辦：猶月芽。指月初形狀如鈎的月亮。團欒：圓貌。任華《雜言寄杜拾遺》：『積翠扈游花匼匝，披香寓值月團欒。』因秋葵之果實爲扁圓形，故云。赭羅：本指赤褐色的輕軟的絲織品。此喻葵葉。

〔三〕排蕊：此指秋葵之果實。珂：珂色白如玉，相擊有聲，常作馬勒的飾物。《初學記》卷二二引服虔《通俗文》：『凡勒飾曰珂。』《西京雜記》卷二：『（武帝時）長安始盛飾鞍馬。或一馬之飾直百金。皆以南海白蜃爲珂，紫金爲華，以飾其上。』鳴珂：謂其行則作響。何遜《車中見新林分别甚盛》：『月昃鳴珂動，花連綉户春。』王昌齡《朝來曲》：『隔林望行幰，下阪聽鳴珂。』

〔四〕按：葵性向日。古人多用以比喻下對上之赤心趨向。《淮南子·説林訓》：『聖人之于道，猶葵之與日也。雖不能與終始哉，其鄉之誠也。』《三國志·魏志·陳思王植傳》：『若葵藿之傾葉，太陽雖不爲之回光，然向之者誠也。竊自比于葵藿，若降天地之施，垂三光之明者，實在陛下。』杜甫《自京赴奉先縣詠懷五百字》：『葵藿傾太陽，物性固難奪。』

〔五〕漢樂府《長歌行》：『青青園中葵，朝露待日晞。』中天：高空中，當空。《列子·周穆王》：『王執化人之袪，騰而上者，中天乃止。』杜甫《後出塞》：『中天懸明月，令嚴夜寂寥。』按：羅願《爾雅翼·葵》：『古者葵稱露葵，又終葵，一名繁露。今摘葵必待露解，語曰：「觸露不掐葵，日中不翦韭。」各有宜也。』又《史記·孝武本紀》：『（武帝）其後則又作柏梁、銅柱，承露僊人掌之屬矣。』《索隱》：『《三輔故事》云：「臺高二十丈，用香柏爲殿，香聞十里。」』又：『建章宫承露盤高三十丈，大七圍，以銅爲之，有僊人掌承露，和玉屑飲之。」故張衡《賦》曰：「立脩莖之僊掌，承雲表之清露」是也。』因秋葵莖稈筆直高聳，故擬之漢時承露之仙人，以爲可承接雨露。按：此可與七七《牡丹》互參。

九〇　春草

天北天南遶路邊，托根無處不延綿〔一〕。萋萋總是無情物〔二〕，吹緑東風又一年〔三〕。

〔一〕托根：寄託自己的根。七八《松》亦云『托根蟠泰華』。無處不延綿：没有哪個地方不延續不斷。元稹《競渡》：『延綿復幾歲，逮及羲與軒。』

〔二〕萋萋：本指草茂盛貌。《詩・周南・葛覃》：『葛之覃兮，施于中谷，維葉萋萋。』毛亨傳：『萋萋，茂盛貌。』崔顥《黄鶴樓》：『晴川歷歷漢陽樹，芳草萋萋鸚鵡洲。』此藉指春草。

〔三〕猶言又一年被春風吹緑。東風：春風。李白《愁陽春賦》：『東風歸來，見碧草而知春。』又《侍從宜春苑奉詔賦龍池柳色初青聽新鶯百囀歌》：『東風已緑瀛洲草，紫殿紅樓覺春好。』

九一　春日偶成〔一〕

箏箏簫管和琵琶〔二〕，興滿金尊酒量賒〔三〕。歌舞留春春似海〔四〕，美人顔色正如花〔五〕。

〔一〕春日：立春。偶成：偶然寫成。

〔二〕『箏』，《晨風閣叢書》本作『秦』。秦箏：古秦地（今陝西一带）的一種弦樂器。似瑟，傳爲秦蒙恬所造，故名。曹丕《善哉行》：『齊倡發東舞，秦箏奏西音。』潘岳《笙賦》：『晉野悚而投琴，况齊瑟與秦箏。』簫管：排簫和大管。泛指管樂器。鮑照《代昇天行》：

『鳳臺無還駕，簫管有遺聲。』羅鄴《春風》：『暗添芳草池塘色，遠遞高樓簫管聲。』琵琶：彈撥樂器。初名批把，見《釋名·釋樂器》。此類樂器原流行于波斯、阿拉伯等地，漢代傳入我國。後經改造，圓體修頸，有四弦、十二柱，俗稱『秦漢子』。一説，我國秦末，百姓苦長城之役，弦鞀而鼓之，琵琶即始于此。（見傅玄《〈琵琶賦〉序》）南北朝時又有曲項琵琶傳入我國，四弦，腹呈半梨形，頸上有四柱，横抱懷中，用撥子彈奏，即現今琵琶的前身。唐宋以來經不斷改進，柱位逐漸增多，改横抱爲豎抱，廢撥子，改用手指彈奏。

〔三〕金尊：酒尊的美稱。謝靈運《石門新營所住》：『芳塵凝瑶席，清醑滿金樽。』陳子昂《春夜别友人》之一：『銀燭吐青煙，金尊對綺筵。』賒：多，猶言大。

〔四〕此句又見《香屑集》卷四。歌舞留春：唐人常于立春前後，歌舞相慶。春似海：喻春景正盛。一〇五《無題》十首其三亦云：『吹罷玉簫春似海。』

〔五〕宋玉《神女賦》：『其少進也，皎若明月舒其光。須臾之間，美貌横生，曄兮如華，温乎如瑩。』李白《長相思》：『卷帷望月空長嘆，美人如花隔雲端。』

九二　七夕〔一〕

會合無由歎久違〔二〕，一年一度是緣非〔三〕。而予願乞天孫巧〔四〕，五色紉針補衮衣〔五〕。

〔一〕七夕：農曆七月初七之夕。見六四《七夕》（露白風清夜向晨）注一。

〔二〕無由：没有途徑；没有辦法。久違：許久不見。按：牛郎織女爲銀河所阻，一年始能一見之傳説，見六四《七夕》注四。

〔三〕意謂牛郎織女之所以一年一度才能相聚，那是因爲他們没有緣分。

〔四〕天孫：星名。即織女星。《史記·天官書》：『婺女，其北織女。織女，天女孫也。』《索隱》：『織女，天孫也。』按：舊時風俗，農曆七月七日夜（或七月六日夜）婦女在庭院向織女星乞求智巧，稱爲『乞巧』。見六四《七夕》注九。

〔五〕五色紉針：將彩綫穿于針上，七夕習俗之一。見六四《七夕》注九。衮衣：本指帝王及上公穿的繪有卷龍的禮服。《逸周書·世俘》：『壬子，王服衮衣，矢琰格廟。』《詩·豳風·九罭》：『我覯之子，衮衣繡裳。』毛亨傳：『衮衣，卷龍也。』陸德明《釋文》：『天子畫升龍于衣上，公但畫降龍。』此指彌補國君之過失。《詩·大雅·烝民》：『衮職有闕，維仲山甫補之。』毛亨傳：『有衮冕者，君之上服也。仲山甫補之，善補過也。』鄭玄箋：『衮職者，不敢斥王之言也。王之職有闕，輒能補之者，仲山甫也。』

九三 懷友

金井涼生梧葉秋〔一〕，閑看新月上簾鈎〔二〕。冰壺總憶人如玉〔三〕，目斷重雲十二樓〔四〕。

〔一〕金井：井欄上有雕飾的井。一般用以指宫庭園林裏的井。費昶《行路難》詩之一：『唯聞啞啞城上烏，玉欄金井牽轆轤。』一説即石井。金，謂其堅固。李賀《河南府試十二月樂詞·九月》：『雞人罷唱曉瓏璁，鴉啼金井下疏桐。』葉葱奇注：『金井，即石井。古人凡説堅固，多用金，如金塘、金堤等。』按：此但言井之華美，無煩深究。梧葉秋：猶言梧葉已變成秋天的樣子。韋應物《秋夜南宫寄澧上二弟及諸生》：『况兹風雨夜，蕭條梧葉秋。』又按：楊榮《送修撰楊壽夫致政歸鄉》：『蓐收司令大火流，金井涼生梧葉秋。』

〔二〕新月：農曆每月初出的彎形的月亮。陰鏗《五洲夜發》：『夜江霧裏闊，新月迥中明。』簾鈎：捲簾所用的鈎子。王昌齡《青楼怨》：『腸斷關山不解説，依依殘月下簾鈎。』

〔三〕冰壺：盛冰的玉壺。常用以比喻品德清白廉潔。見一二《寄徐山人》注三。此或藉指月亮或月光。元稹《獻滎陽公》：『冰壺通皓雪，綺樹眇晴煙。』總：縱使。人如玉：喻品德高潔。《詩·小雅·白駒》：『皎皎白駒，在彼空谷。生芻一束，其人如玉。』鄭玄箋：『其德如玉然。』句謂在月下縱使想起品德高潔的友人，其奈無法相見何？

〔四〕十二樓：本指神話傳説中仙人所居處。《史記·封禪書》：『方士有言：「黄帝時爲五城十二樓，以候神人于執期，命曰迎年。」上許作之如方，命曰明年。』《漢書·郊祀志下》：『五城十二樓。』顔師古注引應劭曰：『昆侖玄圃五城十二樓，仙人之所常居。』此指其友居處之地。

九四　翡翠〔一〕

莎草江汀漫晚潮〔二〕，翠華香撲水光遥〔三〕。玉樓春暖笙歌夜〔四〕。妝點花鈿上舞翹〔五〕。

〔一〕翡翠：鳥名。嘴長而直，生活在水邊，吃魚蝦之類。羽毛有藍、緑、赤、棕等色，可做裝飾品。《逸周書·王會》：『倉吾翡翠，翡翠者所以取羽。』《楚辭·招魂》：『翡翠珠被，爛齊光些。』王逸注：『雄曰翡，雌曰翠。』洪興祖補注：『翡，赤羽雀；翠，青羽雀。《異物志》云：「翠鳥形如燕，赤而雄曰翡，青而雌曰翠。」』

〔二〕句謂晚潮漫上長滿莎草的江汀。李白《憶舊遊寄譙郡元參軍》：『浮舟弄水簫鼓鳴，微波龍鱗莎草緑。』江汀：江邊平地。江淹《雜詞·構象臺》：『立孤臺兮山岫，架半室兮江汀。』杜牧《寄崔鈞》：『兩地差池恨，江汀醉送君。』

〔三〕翠華：指翡翠鳥靚麗的羽毛。

〔四〕玉樓：喻裝飾華美之樓。李白《宮中行樂詞》其二：『玉樓巢翡翠，珠殿鎖鴛鴦。』多指富貴家之所居。笙歌夜：吹笙唱歌的夜晚。崔櫓《春日長安即事》：『畫橋春暖笙歌夜，肯信愁腸日九迴。』『畫橋春暖』，《唐百家詩選》卷十九、《三體唐詩》卷四作『玉樓春暖笙歌夜』。元稹《再酬復言》：『繞郭笙歌夜景徂，稽山迴帶月輪孤。』

〔五〕『妝』，《晨風閣叢書》本作『粧』，異體字。妝點：裝飾，打扮。花鈿：用金翠珠寶製成的花形首飾。沈約《麗人賦》：『陸離羽佩，雜錯花鈿。』白居易《長恨歌》：『花鈿委地無人收，翠翹金雀玉搔頭。』舞翹：舞女的翠翹。翹：古代婦女戴的一種首飾。陸機《日出東南隅行》：『金雀垂藻翹，瓊珮結瑶璠。』簡文帝《三月三日率爾成詩》：『金鞍汗血馬，寶髻珊瑚翹。』按：翡翠鳥之羽毛，可經點翠工藝製作成各種精美之飾物。其製作步驟是先用金或鎏金的金屬做成不同圖案的底座，再把翠鳥背部靚麗的藍色的羽毛仔細地鑲嵌在座上。《元豐九域志》卷九《下欽州寧越郡軍事》：『土貢：高良薑一十斤，翡翠毛二十枚。』《方輿勝覽》卷三十九《邕州》：『土産：翡翠。人採其羽。』此詩以翡翠喻賢士。有才高者生逢亂世，不能豹隱遠害之憂。

九五 詠馬二首 其一

紫雲團影電飛瞳〔一〕，駿骨龍媒自不同〔二〕。騎過玉樓金轡響〔三〕，一聲嘶斷落花風〔四〕。

〔一〕句言駿馬奔馳之速，如天上飄過之紫雲，如一團光影，如閃電。紫雲：喻駿馬。古有駿馬名紫騮，見五三《送樊琯司業歸朝》注四二引《南史·羊侃傳》，當是毛色爲紫色者。盧照鄰、李白等有同題詩。電飛瞳：如閃電從眼前飛過。瞳（tóng）：本指瞳孔，此指眼睛。

〔二〕駿骨：駿馬之骨。據《戰國策·燕策一》載，郭隗用買馬作喻，説古代有用五百金買千里馬的馬頭骨，因而在一年内就得到三匹千里馬，勸燕昭王厚幣以招賢。《白孔六帖·市駿骨》：『燕昭王以百金市駿骨，人知好駿馬，不遠千里而至。』此藉指難得之駿馬。任昉《天監三年策秀才文》：『朕傾心駿骨，非懼真龍。』元稹《獻滎陽公》：『駿骨黄金買，英髦絳帳延。』龍媒：招引龍種之媒子。《漢書·禮樂志》：『天馬徠龍之媒。』顔師古注引應劭曰：『言天馬者乃神龍之類，今天馬已來，此龍必至之效也。』後因稱駿馬爲『龍媒』。《晉書·庾亮傳論》：『馬控龍媒，勢成其逼。』

〔三〕玉樓：喻裝飾華美之樓。金轡：用金裝飾的馬轡繩。

〔四〕落花風：指春末夏初，群花逐漸凋謝時之風。丁六娘《十索四首》之三：『寄語落花風，莫吹花落盡。』來鵠《鄂渚清明日與鄉友登頭陁山寺》：『落花風裏數聲笛，秀草煙中無限人。』

九六　其二

崚嶒高聳骨如山〔一〕，遠放春郊苜蓿間〔二〕。百戰沙場汗流血〔三〕，夢魂猶在玉門關〔四〕。

〔一〕崚嶒（língcéng）高聳：此指馬骨高聳突兀貌。沈約《鍾山詩應西陽王教》：『鬱律構丹巘，崚嶒起青嶂。』勢隨九疑高，氣與三山壯。』按：唐人多以馬骨高聳爲駿馬之徵。杜甫《房兵曹胡馬》：『胡馬大宛名，鋒稜瘦骨成。』又《丹青引》：『幹惟畫肉不畫骨，忍使驊騮氣凋喪。』李賀《馬詩二十三首》其四：『此馬非凡馬，房星本是星。向前敲瘦骨，猶自帶銅聲。』骨如山：謂馬老瘦如『山』字之形狀。方回《九月五日所乘小驄不起》：『瘦骨如山老病驄，圉邕治藥竟無功。』郭翼《和李長吉馬詩十二首》其六：『瘦骨如山立，臨流飲渴虹。』

〔二〕苜蓿（mùxù）：古大苑語 buksuk 的音譯。植物名。豆科，一年生或多年生。原產西域各國，漢武帝時，張騫使西域，始從大宛傳入。《史記·大宛列傳》：『（大宛）俗嗜酒，馬嗜苜蓿。漢使取其實來，于是天子始種苜蓿、蒲陶肥饒地。及天馬多，外國使來衆，則離宫别觀旁盡種蒲萄、苜蓿極望。』王維《送劉司直赴安西》：『苜蓿隨天馬，葡萄逐漢臣。』李商隱《茂陵》：『漢家天馬出蒲梢，苜蓿榴花遍近郊。』友生冷浪濤補：杜甫《贈田九判官梁丘》：『宛馬總肥秦苜蓿，將軍只數漢嫖姚。』注：『秦』作『春』。

〔三〕沙場：猶言戰場。李白《從軍行》：『百戰沙場碎鐵衣，城南已合數重圍。』汗流血：漢時西域大宛有駿馬，流汗如血，俗因稱汗血馬。《史記·大宛列傳》：『得烏孫馬好，名曰「天馬」。及得大宛汗血馬，益壯，更名烏孫馬曰「西極」，名大宛馬曰「天馬」云。』《漢書·武帝紀》：『（太初）四年春，貳師將軍廣利斬大宛王首，獲汗血馬來。』顔師古注引應劭曰：『大宛舊有天馬種，蹋石汗血，汗從前肩髆出，如血。號一日千里。』杜甫《洗兵馬》：『京師皆騎汗血馬，回紇餵肉蒲萄宫。』

〔四〕玉門關：關名。漢武帝置。因西域輸入玉石時取道于此而得名。故址在今甘肅敦煌西北小方盤城。漢時爲農耕地區與遊牧地區之分界綫。故東漢班超久處西域，暮年思歸，上疏漢和帝有『臣不敢望到酒泉郡，但願生入玉門』之語。此指玉門關以西，藉指汗血馬之故鄉。按：《詠馬》二首，其一所詠爲富貴人家之馬，其二所詠爲昔日百戰于疆場而今被棄置之馬，對比鮮明，耐人尋味。

九七　留别〔一〕

丹湖湖上送行舟〔二〕，白鴈啼殘蘆葉秋〔三〕。采石江頭舊時路〔四〕，題詩還憶水邊樓〔五〕。

〔一〕留别：猶言贈别。按：此詩之『丹湖』、『采石（磯）』無法從今五代以來各詩文選中收録之唐彦謙詩所涉及之地理行蹤中得到佐證，存疑。

〔二〕丹湖：湖名，不詳，潘自牧《記纂淵海·兩浙東路》：『丹湖在當塗。』或指此。今屬安徽當塗。

〔三〕白鴈：候鳥。體色純白，似雁而小。孔平仲《孔氏談苑·白鴈爲霜信》：『北方有白鴈，似鴈而小，色白。秋深至則霜降，河北人謂之霜信。』蘆葉秋：此指湖邊蘆葦的葉子已經變成了秋天的樣子。劉禹錫《西塞山懷古》：『今逢四海爲家日，故壘蕭蕭蘆荻秋。』行舟：將要遠行的船。簡文帝《詠疏楓》：『落葉灑行舟，仍持送遠客。』

〔四〕采石江：采石磯附近的長江。采石磯：又名牛渚磯。位于今安徽當塗段長江的南岸。李白有《牛渚磯》詩，王琦注：『《江南通志》：「牛渚山在太平府城西北三十五里，山下有磯曰牛渚磯。與采石磯相屬，亦名燃犀浦，晉温嶠燃犀照水族于此。」《太平府志》：「牛渚磯在當塗縣采石山下，江湄有石柱高丈許，突兀峭壁間，相傳古有金牛見此，故名。」《後漢志》：「丹陽疆域獨稱南有牛渚，孫吴、東晋每宿重兵其地。」』

〔五〕水邊樓：疑指太白樓。唐元和中，嘗于采石磯旁建樓，以紀念李白，又稱太白祠。陸龜蒙《懷宛陵舊遊》：『陵陽佳地昔年遊，謝朓青山李白樓。』

九八　詠竹

醉卧涼陰沁骨清，石牀冰簟夢難成〔一〕。月明午夜生虚籟〔二〕，誤聽風聲是雨聲〔三〕。

〔一〕詩又見《佩文齋廣群芳譜》卷八十五。石牀：供人坐卧的石製用具。《水經注·夷水》：『村人駱都少時到此室邊採蜜，見一仙人坐石牀上，見都凝矚不轉。』《南史·宋武帝本紀》：『帝素有熱病……坐卧常須冷物，後有人獻石牀，寢之，極以爲佳，乃嘆曰：「木牀且費，而况石耶。」即令毁之。』許渾《寄題南山王隱居》：『更憶前年醉，松花滿石牀。』冰簟：涼席。李商隱《可歎》：『冰簟且眠金鏤枕，瓊筵不醉玉交杯。』

〔二〕虚籟：指風。《莊子·齊物論》：『厲風濟則衆竅爲虚。』杜甫《遊龍門奉先寺》：『陰壑生虚籟，月林散清影。』楊倫《杜詩鏡銓》：『虚籟謂風也。』

〔三〕句謂將風吹竹葉發出的聲音誤當成雨聲。昌頫《夜飲》：『燈火隔簾明，竹梢風雨聲。』

按：此詩可與三八《竹風》互參。

九九　憶孟浩然〔一〕

郊外凌競西復東〔二〕，雪晴驢背興無窮〔三〕。句搜明月梨花内〔四〕，趣入春風柳絮中〔五〕。

〔一〕孟浩然：字浩然。襄州襄陽（今湖北襄陽）人。《舊唐書》卷一百九十、《新唐書》卷二百三有傳。按：今《全唐詩》唐彦謙卷中，原有《過浩然先生墓》及《贈孟德茂浩然子》二首，經查實爲元人戴表元詩，題作《過應浩然先生墓》及《戊子歲晚贈應德茂》，並見《剡溪文集》卷二十九。故此詩或亦爲戴表元懷應浩然之作，今作《憶孟浩然》者，殆出後人臆改歟？

〔二〕凌競：形容寒凉。《漢書·揚雄傳上》：『登椽欒而狃天門兮，馳閶闔而入凌競。』李白《鳴皋歌送岑徵君》：『洪河凌競不可以徑度，冰龍鱗兮難容舠。』西復東：猶言或西或東。

〔三〕彭大翼《山堂肆考》卷一百二十七《詩思》：『或問孟浩然詩思？答曰：「在灞陵橋，驢子背上。」』按：孫光憲《北夢瑣言·鄭綮相詩》：『相國題老僧詩云：「日照西山雪，老僧門未開。凍缾粘柱礎，宿火焰爐灰。童子病歸去，鹿麑寒入來。」常云：「此詩屬對可以稱衡，重輕不偏也。」或曰：「相國近有新詩否？」對曰：「詩思在灞橋風雪中，驢背上。此處何以得之？」蓋言平生苦心也。』則又屬之鄭綮。然據本詩，則以作孟浩然爲是。

〔四〕明月：此當指謝靈運《歲暮》『明月照積雪，朔風勁且哀』句。梨花：此當指岑參《白雪歌送武判官歸京》『忽如一夜春風來，千樹萬樹梨花開』句。皆爲寫雪景之名句。又李白《宫中行樂詞》其二：『柳色黄金嫩，梨花白雪香。』

〔五〕趣（cù）：趕快，馬上。春風：見注三引岑參詩。柳絮：《世説新語·言語》：『謝太傅寒雪日内集與兒女講論文義，俄而雪驟，公欣然曰：「白雪紛紛何所似？」兄子胡兒曰：「撒鹽空中差可擬。」兄女曰：「未若柳絮因風起。」公大笑樂。即公大兄無奕女，左將軍王凝之妻也。』按：句謂孟浩然希望自己的詩亦能如岑參、王凝之妻一樣受到後人稱贊。

一〇〇 寄友三首 其一

新酒秦淮縮項鯿〔一〕，凌霄花下共流連〔二〕。别來客邸空翹首〔三〕。細雨春風憶往年〔四〕。

〔一〕新酒：用秋季新收穫的稻穀釀製而成的酒。戎昱《成都暮雨秋》：『縱欲傾新酒，其如憶故鄉。』秦淮：即秦淮河。流經南京，相傳秦始皇南巡至龍藏浦，發現有王气，于是鑿方山，斷長壟爲瀆入于江，以泄王氣，故名秦淮。杜牧《泊秦淮》：『煙籠寒水月籠沙，夜泊秦淮近酒家。』縮項鯿：即魴魚。體廣而薄肥，細鱗，青白色，味美。《詩·陳風·衡門》：『豈其食魚，必河之魴？豈其取妻，必齊之姜。』陸佃《埤雅·魴》：『魴一名魾，此今之青鯿也。《郊居賦》曰：「赤鯉、青魴，細鱗、縮項、闊腹，魚之美者。」蓋弱魚也。其廣方其厚褊，故一曰魴魚，一曰鯿魚。魴，方也。鯿，褊也。《詩》曰：「川澤訏訏，魴鱮甫甫。」甫甫，美也。魴之爲美舊矣。今更與鱮魚連道，以著韓國水土之善者。蓋魴魚雖等美，而緣水之異，則有優劣。故里語曰：「洛鯉伊魴，貴于牛羊。」言洛以渾深宜鯉，伊以清淺宜魴也。又曰：居就粮梁水魴，蓋今遼東梁水之魴，特肥而厚。』按：此詩所詠乃江南金陵（今江蘇南京）一帶風物，無法從今五代以來各詩文選中收録之唐彦謙詩所涉及之地理行蹤中得到佐證，存疑。友生冷浪濤補：李群玉《石門韋明府爲致東陽潭石鯽鱠》：『太湖浪説朱衣鮒，漢浦休誇縮項鯿。』

〔二〕凌霄花：落葉藤本植物，攀援莖，羽狀複葉，小葉卵形，邊緣有鋸齒，花鮮紅色，花冠漏斗形，結蒴果。花、莖、葉都可入藥。李頎《題僧房雙桐》：『青桐雙拂日，傍帶凌霄花。』流連：連綿詞，猶言徘徊。傅亮《爲宋公修張良廟教》：『過大梁者，或佇想于夷門；遊九京者，亦流連于隨會。』

〔三〕客邸：旅舍。空：猶言徒勞，白白地。翹首：抬頭而望。多以喻盼望或思念之殷切。阮籍

《奏記詣蔣公》：『群英翹首，俊賢抗足。』

〔四〕李白《白鼻騧》：『銀鞍白鼻騧，緑地障泥錦。細雨春風花落時，揮鞭直就胡姬飲。』

一〇一　其二

寒燈孤對擁青氈〔一〕，牢落何如似客邊〔二〕。却憶花前酣後飲〔三〕，醉呼明月上遥天〔四〕。

〔一〕青氈：青色毛毯。曹操《與太尉楊彪書》：『今贈足下錦裘二領……青氈床褥三具。』杜甫《與任城許主簿遊南池》：『晨朝降白露，遥憶舊青氈。』

〔二〕牢落：孤寂；無聊。陸機《文賦》：『心牢落而無偶，意徘徊而不能揥。』張九齡《自彭蠡湖初入江》：『牢落誰相顧，逶迤日自愁。更將心問影，于役復何求？』客邊：客中。戎昱《成都暮雨秋》：『不知更漏意，惟向客邊長。』

〔三〕李白《月下獨酌》其一：『花間一壺酒，獨酌無相親。』友生冷浪濤補：杜甫《樂遊園歌》：『却憶年年人醉時，只今未醉已先悲。』

〔四〕遥天：高遠的天空。阮籍《詠懷》之三二一：『遥天耀四海，倏忽潛濛汜。』唐太宗《望終南山》：『重巒俯渭水，碧嶂插遥天。』一三七《詠葡萄》（西園晚霽浮嫩凉）亦云：『笑呼明鏡上遥天。』

一〇二　其三

客裏逢春一悵然〔一〕，梅花落盡柳如煙〔二〕。無情最恨東來鴈，底事音書不肯傳〔三〕。

〔一〕一悵然：猶言頓感惆悵。白居易《裴五》：『張家伯仲偏相似，每見青楊一悵然。』

〔二〕柳如煙：喻春天柳枝新生長出的嫩葉。閻朝隱《奉和聖製春日幸望春宫應製》：『宫梅間雪祥光遍，城柳含煙淑氣濃。』韓愈《早春呈水部張十八員外二首》其一：『最是一年春好處，絶勝煙柳滿皇都。』温庭筠《菩薩蠻》：『水精簾裏頗黎枕，暖香惹夢鴛鴦錦。江上柳如煙，鴈飛殘月天。』

〔三〕底事：何事。王維《哭祖六自虚》：『何辜鎩鸞翮，底事碎龍泉？』音書：音訊；書信。沈佺期《獨不見》：『白狼河北音書斷，丹鳳城南秋夜長。』按：古有大雁傳書之傳説。《漢書·蘇武傳》：『數年，匈奴與漢和親。漢求武等，匈奴詭言武死。後漢使復至匈奴，常惠請其守者與俱，得夜見漢使，具自陳道。教使者謂單于，言天子射上林中，得鴈，足有係帛書，言武等在某澤中。使者大喜，如惠語以讓單于，單于視左右而驚，謝漢使曰：「武等實在。」』

一〇三　無題十首[一]　其一

細草鋪茵緑滿堤[二]，燕飛晴日正遲遲[三]。尋芳陌上花如錦[四]，折得東風第一枝[五]。

〔一〕劉瑩瑩《唐彦謙詩歌辨僞》謂『唐彦謙學李商隱詩，不是學其愛情詩，而是學詩歌的語言技巧——用典，以及詩歌的諷諭性。……若唐彦謙學李商隱之無題詩，並親身力爲，歷代的詩話應有所記載，但事實上並没有。所以這有可能是作僞者斷章取義，以此作爲唐彦謙學李商隱之例證。』按：劉疑僅屬推測，唐彦謙學李商隱，亦步亦趨之處甚多。如四一《北齊》，即是效仿李商隱的同題作。然則此效李商隱《無題》，又有何不可？

〔二〕茵：車墊子。《詩·秦風·小戎》：『文茵暢轂，駕我騏馵。』鄭玄箋：『茵，車席也。』此喻春草。謝萬《春游賦》：『羃豐葉而爲幄，靡翠草而成裀。』李賀《蘇小小墓》：『草如茵，松如蓋。』李商隱《過故府中武威公交城舊莊感事》：『新蒲似筆思投日，芳草如茵憶吐時。』

〔三〕《詩·邶風·燕燕》：『燕燕于飛，下上其音。』《詩·豳風·七月》：『春日遲遲，采蘩祁祁。』

〔四〕陌上：猶言道上。陌：田間東西或南北小路。亦泛指田間小路。《史記·秦本紀》：『爲田開阡陌，東地渡洛。』《索隱》引應劭《風俗通》：『南北曰阡，東西曰陌。河東以東西爲阡，南北爲陌。』花如錦：梁元帝《燕歌行》：『黄龍戍北花如錦，玄菟城前月似蛾。』錦：此指錦繡。花紋色彩精美鮮艷的絲織品。司馬光《看花四絶句》之三：『誰道群花如錦繡，人將錦繡學群花。』

〔五〕東風：春風。《禮記·月令》：『（孟春之月）東風解凍，蟄蟲始振，魚上冰。』許渾《客有卜居不遂薄遊汧隴因題》：『樓臺深鎖無人到，落盡春風第一花。』『春風』，《唐詩品彙》作『東風』。

一〇四 其二

錦箏銀甲響鵾弦〔一〕，勾引春聲上綺筵〔二〕。醉倚闌干花下月〔三〕，犀梳斜嚲鬢雲邊〔四〕。

〔一〕錦箏：漆有織錦紋的箏。猶漆有織錦紋的瑟稱錦瑟也。杜甫《曲江對雨》：『何時詔此金錢會，暫醉佳人錦瑟傍。』仇兆鰲注引《周禮樂器圖》：『飾以寶玉者曰寶瑟，繪文如錦者曰錦瑟。』言箏之華美也。銀甲：銀製的假指甲，套于指上，用以彈箏或琵琶等弦樂器。杜甫《陪鄭廣文游何將軍山林》之五：『銀甲彈箏用，金魚换酒來。』李商隱《無題》其二：『十二學彈箏，銀甲不曾卸。』朱鶴齡注：『按：銀甲，繫爪之類。《藝林伐山》：妓女以鹿角琢爲爪以彈箏，曰繫爪。』鵾弦：用鵾雞筋做的弦。段成式《酉陽雜俎》卷六：『古琵琶用鵾雞弦。開元中，段師能彈琵琶用皮弦，賀懷智破撥彈之，不能成聲。』劉孝綽《夜聽妓賦得烏夜啼》：『鵾弦且輟弄，《鶴操》暫停徽。』

〔二〕勾引：猶言撩撥；逗引。春聲：體現春天來到的各種聲響。如冰河開裂後的水流聲、春芽坼裂和禽鳥鳴囀等。李白《侍從宜春苑奉詔賦龍池柳色初青聽新鶯百囀歌》：『春風卷入碧雲去，千門萬户皆春聲。』綺筵：華麗豐盛的筵席。江總《南越木槿賦》：『塹欲寄根對滄海，大願移華厠綺筵。』

〔三〕許渾《秋晚雲陽驛西亭蓮池》：『空懷遠道難持贈，醉倚闌干盡日愁。』

〔四〕犀梳：犀牛角做的梳子。杜牧《張好好詩》：『贈之天馬錦，副以水犀梳。』斜嚲（duǒ）：猶言斜插。鬢雲：言鬢髮之美如烏雲。温庭筠《菩薩蠻》：『小山重疊金明滅，鬢雲欲度香腮雪。』

一〇五　其三

楚雲湘雨會陽臺〔一〕，錦帳芙蓉向夜開〔二〕。吹罷玉簫春似海〔三〕，一雙綵鳳忽飛來〔四〕。

〔一〕楚雲湘雨：可參一一《楚天》注三。湘：此用爲楚地之異稱。陽臺：本指巫山之陽之臺觀。此指男女歡愛之處。

〔二〕錦帳芙蓉：用芙蓉花染繒製成的錦帳。泛指華美的帳子。《佩文齋廣群芳譜·花譜十八·木芙蓉》引《成都記》：「（孟後主）以花（芙蓉）染繒爲帳，名芙蓉帳。」梁武帝《戲作謝惠連體十三韻》：「朱繩翡翠帷，綺幕芙蓉帳。」白居易《長恨歌》：「雲鬢花顔金步摇，芙蓉帳暖度春宵。」向：在。

〔三〕玉簫：玉製的簫。多用于對簫的美稱。陶弘景《真誥》卷三：「玉簫和我神，金醴釋我憂。」春似海：喻春景正盛。九一《春日偶成》亦云「歌舞留春春似海」。

〔四〕綵鳳：鳳凰的美稱。謝朓《永明樂》之十：「綵鳳鳴朝陽，玄鶴舞清商。」李商隱《無題》：「身無綵鳳雙飛翼，心有靈犀一點通。」按：此又暗用《列仙傳》蕭史之典故，盼有弄玉相隨也。見七六《漢代》注一八。

一〇六 其四

春江新水促歸航〔一〕，惜别花前酒漫觴〔二〕。倒盡銀瓶渾不醉〔三〕，却憐和淚入愁腸〔四〕。

〔一〕新水：春天冰雪融化後，江河池塘中增添的上漲的水。白居易《春池閑泛》：『緑塘新水平，紅檻小舟輕。』歸航：回歸的船。張祜《登金山寺》：『皆是登臨處，歸航酒半醺。』

〔二〕酒漫觴：言酒多而溢出酒杯。

〔三〕銀瓶：銀製的酒瓶。極言酒具之精美。段成式《酉陽雜俎》卷一：『安禄山恩寵莫比，錫賚無數。其所賜品目有：八斗金渡銀酒瓮、銀瓶、平脱掏魁、織錦筐。』杜甫《少年行》：『不通姓氏麤豪甚，指點銀瓶索酒嘗。』

〔四〕和淚：伴隨着淚水；連同淚水。白居易《曉別》：『請君斷腸歌，送我和淚酒。』愁腸：憂思鬱結的心腸。歐陽詢《藝文類聚》卷一引晉傅玄：『青雲徘徊，爲我愁腸。』謝朓《秋夜講解》：『沉沉倒營魄，苦蔭蹙愁腸。』

一〇七 其五

誰知別易會應難〔一〕，目斷青鸞信渺漫〔二〕。情似藍橋橋下水〔三〕，年來流恨幾時乾。

〔一〕南朝宋武帝《丁都護歌》其二：『辛苦戎馬間，別易會難得。』戴叔倫《織女詞》：『難得相逢容易別，銀河争似妾愁深。』

〔二〕目斷：猶望斷，一直看不見。青鸞：即青鳥。神話傳説中爲西王母取食傳信的神鳥。《山海經·西山經》：『又西二百二十里，曰三危之山，三青鳥居之。』郭璞注：『三青鳥主爲西王母取食者，别自棲息于此山也。』歐陽詢《藝文類聚》卷九一引舊題班固《漢武故事》：『七月七日，上（漢武帝）于承華殿齋，正中，忽有一青鳥從西方來，集殿前。上問東方朔，朔曰：「此西王母欲來也。」有頃，王母至，有兩青鳥如烏，俠侍王母旁。』後遂以『青鳥』爲信使的代稱。伏知道《爲王寬與婦義安主書》：『玉山青鳥，仙使難通。』李商隱《無題》：『蓬山此去無多路，青鳥殷勤爲探看。』此處因受制于平仄，故易『鳥』爲『鸞』。信：音訊。渺漫：廣遠；幽長。喻遥不可及。又『漫』：此作平聲。

〔三〕藍橋：地名，在陝西藍田縣。《陝西通志·關梁一》：『藍橋，在縣東南五十里，跨藍峪水上（原注：《賈志》）。唐中和元年，監軍楊復光與朱温戰，敗之，逐至藍橋而還。藍橋在藍田關南（原注：《通鑑》胡注）。即唐裴航得玉杵臼，娶雲英，尾生期女子不至，抱柱而死處（原注：《潛確類書》）。……藍橋介商藍之間，三秦阨塞，豫楚要衝。』白居易《初出藍田路作》：『朝經韓公坂，夕次藍橋水。』徐幹《自君之出矣》：『思君如流水，無有窮已時。』友生冷浪濤補：杜甫《題鄭十八著作丈故居》：『第五橋東流恨水，皇陂岸北結愁庭。』

一〇八 其六

漏滴銅龍夜已深〔一〕，柳梢斜月弄疏陰〔二〕。滿園芳草年年恨〔三〕，剔盡燈花夜夜心〔四〕。

〔一〕漏滴銅龍：此指龍形滴漏。漏滴：亦稱『滴漏』、『漏刻』、『漏壺』。爲古代利用滴水多寡來計量時間的一種儀器。漏壺中插入一根標竿，稱爲箭。箭下用一隻箭舟托着，浮在水面上。水流出或流入壺中時，箭下沉或上升，藉以指示時刻。前者叫沉箭漏，後者叫浮箭漏。統稱箭漏。中國歷史上用得最多、流傳最廣的是浮箭漏。此外還有一種以沙代水的沙漏。中國在周朝已經有了漏壺。後來爲了提高水流速度的穩定性，逐漸在漏水壺上另加一隻或幾隻漏水壺，形成多級漏壺。李商隱《深宮》：『金殿銷香閉綺櫳，玉壺傳點咽銅龍。』馮浩《玉溪生詩集箋注》：『《周禮》：挈壺氏。注曰：挈壺水以爲漏。《初學記》：殷夔漏刻法：爲器三重，圓皆徑尺，差立于水輿踟躕之上，爲金龍，口吐水，轉注入踟躕經緯之中，流于衡渠之下。』

〔二〕弄：撩撥；逗引。

〔三〕『滿園』，《晨風閣叢書》本作『□回』。淮南小山《招隱士》：『王孫遊兮不歸，春草生兮萋萋。』王維《送别》：『春草年年緑，王孫歸不歸。』按：暗喻所思之人不能歸。

〔四〕燈花：本指燈心餘燼結成的花狀物。庾信《對燭賦》：『刺取燈花持桂燭，還却燈檠下燭盤。』舊喜以燈花爲占。《月令輯要·燈花占》：『《田家五行》：燈花不可剔去。至一更不謝，明日有吉事；半夜不謝，主有連綿喜慶之事；或有遠親信物至。諺云：燈花今夜開，明朝喜慶來。久陰天息燈，燈煤如炭紅良久，不過明日喜晴。諺云：火留星，必定晴。』此云剔盡燈花，當是以其不靈驗而傷心。夜夜心：一夜復一夜的心。戴叔倫《織女詞》：『鳳梭停織鵲無音，夢憶仙郎夜夜心。』李商隱《常娥》：『常娥應悔偷靈藥，碧海青天夜夜心。』

一〇九　其七

夜合庭前花正開〔一〕，輕羅小扇爲誰裁〔二〕。多情驚起雙蝴蝶〔三〕，飛入巫山夢裏來〔四〕。

〔一〕夜合：合歡的别名。一名馬纓花。落葉喬木，羽狀複葉，小葉對生，夜間成對相合，故俗稱『夜合花』。夏季開花，頭狀花序，合瓣花冠，雄蕊多條，淡紅色。古人以之贈人，謂能去嫌合好。《太平御覽》卷九五八引晉周處《風土記》：『夜合，葉晨舒而暮合。一名合昏。』元稹有《夜合》詩。

〔二〕輕羅小扇：用一種質地較薄的絲織品做成的扇子。杜牧《秋夕》：『紅燭秋光冷畫屏，輕羅小扇撲流螢。』裁：裁製。

〔三〕句猶言驚起多情雙蝴蝶。李白《長干行》：『八月蝴蝶來，雙飛西園草。』

〔四〕《莊子·逍遥遊》：『昔者莊周夢爲蝴蝶，栩栩然蝴蝶也。自喻適志與，不知周也。俄然覺，則蘧蘧然周也，不知周之夢爲蝴蝶與？蝴蝶之夢爲周與？周與蝴蝶則必有分矣，此之謂物化。』巫山夢：見一一《楚天》注三。王涯《思君恩》：『誰入巫山夢，唯應洛水神。』

一一〇　其八

憶別悠悠歲月長〔一〕，酒兵無計敵愁腸〔二〕。柔絲漫折長亭柳〔三〕，綰得同心欲寄將〔四〕。

〔一〕悠悠：思念貌。《詩·邶風·終風》：『莫往莫來，悠悠我思。』鄭玄箋：『言我思其如是，心悠悠然。』歲月長：杜甫《送韋郎司直歸成都》：『天下兵戈滿，江邊歲月長。』

〔二〕酒兵：《南史·陳暄傳》：『暄聞之，與秀書曰：「……吾常譬酒之猶水，亦可以濟舟，亦可以覆舟。故江諮議有言：『酒猶兵也，兵可千日而不用，不可一日而不備；酒可千日而不飲，不可一飲而不醉。』美哉江公，可與共論酒矣。」』無計：猶言没有辦法。敵：抵擋；對抗。愁腸：見一〇六《無題》十首其四注四。

〔三〕猶言漫折長亭柔絲柳。漫：空，徒勞。柔絲：此指春季柔嫩如絲的柳枝。長亭：古時于道路每隔十里設長亭，五里設短亭，供行旅停息。近城的十里長亭常爲送別之處。因亭邊多植楊柳，漢代送行之人，常折楊柳以贈別。《三輔黃圖·桥》：『霸橋在長安東，跨水作橋。漢人送客至此橋折柳贈別。』

〔四〕綰：盤繞成結。同心：同心結。舊時用錦帶編成的連環回文樣式的結子，用以象徵堅貞不渝的愛情。劉禹錫《楊柳枝》：『御陌青門拂地垂，千條金縷萬條絲。如今綰作同心結，将贈行人知不知。』寄將：猶言寄與。將：詞尾，無義。按：此可與七一《離鸞》『試結同心寄謝娘』互參。

一一一　其九

楊柳青青映畫樓〔一〕，翠眉終日鎖離愁〔二〕。杜鵑啼落枝頭月〔三〕，多爲傷春恨不休〔四〕。

〔一〕楊柳青青：隋無名氏《送別詩》：『楊柳青青著地垂，楊花漫漫攪天飛。柳條折盡花飛盡，借問行人歸不歸。』畫樓：雕飾華麗的樓房。李嶠《晚秋喜雨》：『聚靄籠仙闕，連霏繞畫樓。』

〔二〕翠眉：古代女子用青黛畫眉，故稱。崔豹《古今注·雜注》：『魏宫人好畫長眉，今多作翠眉、警鶴髻。』江淹《麗色賦》：『夫絶世而獨立者，信東方之佳人，既翠眉而瑶質，亦盧瞳而頳脣。』鎖離愁：因離愁而緊鎖。離愁：離别的愁思。何仲宣《七夕賦詠成篇》：『通宵道意終無盡，向曉離愁已復多。』友生冷浪濤補：蕭繹《詠歌》：『汗輕紅粉濕，坐久翠眉愁。』

〔三〕李白《蜀道難》：『又聞子規啼夜月，愁空山。蜀道之難，難于上青天，使人聽此凋朱顔。』王琦注：『張華《禽經注》：望帝修道處西山而隱，化爲杜鵑鳥，或云杜宇鳥，亦云子規鳥。至春則啼，聞者悽惻。按：子規，即杜鵑也。蜀中最多，南方亦有之，狀如雀鷂而色慘黑，赤口，有小冠。春暮即鳴，夜啼達旦，至夏尤甚，晝夜不止。鳴必向北，若云不如歸去，聲甚哀切。』崔塗《春夕》：『胡蝶夢中家萬里，子規枝上月三更。』原注：一作『杜鵑』。

〔四〕多爲：表揣測之詞。猶言多半是因爲。

一一二 其十

雲色鮫綃拭淚顔〔一〕，一簾春雨杏花寒〔二〕。幾時重會鴛鴦侣〔三〕，月下吹笙和綵鸞〔四〕。

〔一〕鮫綃（xiāo）：傳説中鮫人所織的綃。張華《博物志》卷九：『南海外有鮫人，水居如魚，不廢織績……從水出，寓人家，積日賣絹。將去，從主人索一器，泣而成珠滿盤，以與主人。』又任昉《述異記》卷上：『南海出鮫綃紗，泉室潛織，一名龍紗。其價百餘金，以爲服，入水不濡。』此指手帕。淚顔：流着眼淚的容顔。

〔二〕戴叔倫《蘇溪亭》：『燕子不歸春事晚，一汀煙雨杏花寒。』

〔三〕鴛鴦侶：像鴛鴦一樣恩愛的伴侶。鴛鴦：鳥名。舊傳雌雄偶居不離，古稱『匹鳥』。《詩·小雅·鴛鴦》：『鴛鴦于飛，畢之羅之。』毛亨傳：『鴛鴦，匹鳥也。』崔豹《古今注·鳥獸》：『鴛鴦，水鳥，鳧類也。雌雄未嘗相離，人得其一，則一思而死，故曰疋鳥。』杜牧《送劉三復郎中赴闕》：『好是鴛鴦侣，正逢霄漢秋。』

〔四〕和（hè）：應和。綵鸞：指鸞鳥。李商隱《寓懷》：『綵鸞餐顥氣，威鳳入卿雲。』按：此用蕭史、弄玉之典故，藉指鳳凰。見七六《漢代》注一八。

一一三　留別〔一〕

西入潼關路〔二〕，何時更盍簪〔三〕。年來人事改〔四〕，老去鬢毛侵〔五〕。花染離筵淚，葵傾報國心〔六〕。龍潭千尺水〔七〕，不似别情深〔八〕。

〔一〕留别：猶贈别。

〔二〕潼關：在今陝西省渭南市華陰縣北。李吉甫《元和郡縣圖志·華陰縣》：『潼關在縣東北三十九里，古桃林塞也。春秋時，晉侯使詹嘉處瑕以守桃林之塞是也。關西一里有潼水，因以名關。又云河在關内，南流衝激關山，因謂之衝關。』

〔三〕盍（hé）簪：亦作『盍戠』。《易·豫》：『勿疑，朋盍簪。』王弼注：『盍，合也；簪，疾也。』陸德明《經典釋文》：『簪，虞作戠。戠，叢合也。』孔穎達疏：『群朋合聚而疾來也。』此指重聚。杜甫《杜位宅守歲》：『盍簪喧櫪馬，列炬散林鴉。』

〔四〕《全唐詩·四丈夫同賦》：『春月不知人事改，閑垂光影照洿宫。』

〔五〕鬢毛侵：指鬢毛爲白髮所侵。《才調集》卷二引盧綸《逢南中使因寄嶺外故人》：『炎方難久客，莫使鬢毛侵。』

〔六〕李白《杭州送裴大澤時赴廬州長史》：『去割辭親戀，行憂報國心。』按：葵性向日。古人因多用以比喻臣下的忠君報國之心。見八九《秋葵》注四。

〔七〕龍潭：其地不詳，俟考。

〔八〕李白《贈汪倫》：『桃花潭水深千尺，不及汪倫送我情。』

一一四　宿獨留〔一〕

日晚宿留城〔二〕，人家半掩門〔三〕。群鴉棲老樹，一犬吠荒村〔四〕。争買魚添價〔五〕，新篘酒帶渾〔六〕。船頭對新月〔七〕，誰與共清論〔八〕。

〔一〕獨留：地名，疑即留城，故址在今山東濟寧市微山島六公里處。按：此詩所言『獨留』，無法從今五代以來各詩文選中收録之唐彦謙詩所涉及之地理行蹤中得到佐證，存疑。

〔二〕『宿留城』，《晨風閣叢書》本作『獨留□』。疑當作『獨留宿』。留城：即獨留城。

〔三〕許渾《南樓春望》：『下岸誰家住，殘陽半掩門。』人家：有人居住的屋舍。

〔四〕荒村：偏僻荒凉、人煙稀少的村落。

〔五〕句謂因爲争着買魚，造成賣魚的加價。添價：加價。

〔六〕句謂剛用竹篘濾過的酒還比較渾濁。篘（chōu）：濾酒用的竹具。

〔七〕『新月』，《晨風閣叢書》本作『初月』。新月：農曆每月初出的彎形的月亮。陰鏗《五洲夜發》：『夜江霧裏闊，新月迴中明。』

〔八〕清論：猶清談。清雅的談論。謝靈運《拟魏太子鄴中集詩·徐幹》：『清論事究萬，美話信非一。』韓翃《题張逸人園林》：『花源一曲映茅堂，清論閒陛坐夕陽。』友生冷浪濤補：杜甫《春日憶李白》：『何時一樽酒，重與細論文。』

一一五　客中感懷

客路三千里〔一〕，西風兩鬢塵〔二〕。貪名笑吴起〔三〕，説國歎蘇秦〔四〕。託興非耽酒〔五〕，思家豈爲蓴〔六〕。可憐今夜月，獨照異鄉人〔七〕。

〔一〕客路：爲客遊歷之路。皇甫冉《赴李少府莊失路》：『月照煙花迷客路，蒼蒼何處是伊川？』三千里：極言路途之遥遠。陳子昂《感遇》三十四：『故鄉三千里，遼水復悠悠。』

按：此詩風格不類唐彦謙詩。

〔二〕白居易《賣炭翁》：『賣炭翁，伐薪燒炭南山中。滿面塵灰煙火色，兩鬢蒼蒼十指黑。』

〔三〕猶言笑已如吴起之貪圖名位。《史記・吴起列傳》：『吴起者，衛人也。好用兵，嘗學于曾子，事魯君。齊人攻魯，魯欲將吴起，吴起取齊女爲妻，而魯疑之。吴起于是欲就名，遂殺其妻，以明不與齊也。……吴起于是聞魏文侯賢，欲事之。文侯問李克曰：「吴起何如人哉？」李克曰：「起貪而好色，然用兵，司馬穰苴不能過也。」』《索隱》：『今李克言起貪者，……是貪榮名耳。』按：《舊唐書・唐彦謙傳》稱其『才高負氣，無所屈降，十餘年不第』。此云『貪名』云云，殊爲乖舛。

〔四〕猶言歎己又如蘇秦之遊説列國。説：遊説。按：蘇秦嘗客遊于秦，『説秦王書十上，而説不行，黑貂之裘弊，黄金百斤盡，資用乏絶，去秦而歸。』見《戰國策·秦一》。

〔五〕託興：因外物而觸動感情；藉外物以抒寫感情。李白《望終南山寄紫閣隱者》：『心中與之然，託興每不淺。』耽酒：猶言嗜酒。指沉溺于飲酒。王維《偶然作》其四：『陶潛任天真，其性頗耽酒。』

〔六〕《晉書·張翰傳》：『翰因見秋風起，乃思吴中菰菜、蓴羹、鱸魚膾，曰：「人生貴得適志，何能羈宦數千里以要名爵乎！」遂命駕而歸。』蓴（chún）：即蓴菜，又名鳧葵。多年生水草。葉片橢圓形，浮水面。莖上和葉的背面有黏液。花暗紅色，嫩葉可做湯菜。按：據此則作者當是江南一帶之人，與現存五代以來所選唐彦謙詩歌履歷不合，可疑。

〔七〕杜甫《月夜》：『今夜鄜州月，閨中只獨看。』

一一六　過三山寺〔一〕

三山江上寺，宫殿望岧嶢〔二〕。石徑侵高樹〔三〕，沙灘半種苗〔四〕。一僧歸晚日〔五〕，群鷺宿寒潮〔六〕。遥聽風鈴語〔七〕，興亡話六朝〔八〕。

〔一〕三山：疑指在今江蘇南京以西的三山，又稱護國山，位于長江之中。《元和郡縣圖志·江南道》：『三山，在（上元）縣西南五十里。晉王濬伐吴宿于牛渚部分，明日前至三山即此也。』按：此詩及一二一《金陵九日》、一二二《遊清凉寺》、一二四《金陵懷古》皆無法從今五代以來各詩文選收録之唐彦謙詩所涉及之地理行蹤中得到佐證，存疑。

〔二〕 岧嶢：高峻；高聳貌。曹植《九愁賦》：『踐蹊隧之危阻，登岧嶢之高岑。』宋之問《靈隱寺》：『鷲嶺鬱岧嶢，龍宫瑣寂寥。』此指高山。

〔三〕 句言山寺高聳，遠望石徑直接進入高樹之中。

〔四〕 苗：尚未開花結實的禾類植物。《詩·王風·黍離》：『彼黍離離，彼稷之苗。』孔穎達疏：『苗，謂禾未秀。』《公羊傳·莊公七年》：『無麥苗，無苗。』何休注：『苗者，禾也。生曰苗，秀曰禾。』此泛指一般植物之初生者。

〔五〕 猶言一僧晚日歸。晚日：夕陽。劉長卿《行營酬吕侍御》：『晚日歸千騎，秋風合五兵。』

〔六〕 按：三山附近江中有洲，因常有白鷺棲息，故名白鷺洲。李白《登金陵鳳凰臺》：『三山半落青天外，一水中分白鷺洲。』王琦注：『《景定建康志》：「三山在城西南五十七里，周迴四里，高二十九丈。」《輿地志》云：「其山積石森鬱，濱于大江，三峰排列，南北相連，故號三山。」陸放翁《入蜀記》：「三山自石頭及鳳凰臺望之，杳杳有無中耳。及過其下，則距金陵才五十餘里。」史正志《二水亭記》：「秦淮源出句客溧水，兩山自方山合流，至建業貫城中，而西以達于江，有洲横截其間，李太白所謂二水中分白鷺洲是也。」《一統志》：

「白鷺洲在應天府西南江中。」』

〔七〕風鈴：指殿閣塔簷懸掛的鈴鐺，因風吹常發出響聲，故云。元稹《神麴酒》：『遥城傳漏箭，鄉寺響風鈴。』

〔八〕猶言話六朝興亡。因南京曾爲三國吴、東晉和南朝宋、齊、梁、陳六朝之都城，故云。

一一七 望夫石〔一〕

江上見危磯〔二〕，人形立翠微〔三〕。妾來終日望，夫去幾時歸。明月空懸鏡〔四〕，蒼苔漫補衣〔五〕，可憐雙淚眼，千古斷斜暉〔六〕。

〔一〕望夫石：舉凡大江大河兩岸，多有依水而謀生、常年奔波在外之縴夫、商賈等，致其家中妻子，常年獨守空閨。因而後人常將江中人行石頭，附會爲癡情守望、企盼外地夫君早日還家，以致化爲石頭的妻子。各地江河之中，所在皆有。

〔二〕危磯：水邊高聳突出于江面的石頭。

〔三〕翠微：本指青翠掩映的山腰幽深處。《爾雅·釋山》：『未及上，翠微。』郭璞注：『近上旁陂。』郝懿行《義疏》：『翠微者……蓋未及山頂孱顔之間，葱鬱葐蒀，望之殆殆青翠，氣如微也。』此指青山。

〔四〕懸鏡：喻明月。沈佺期（一作康庭芝詩，一作宋之問詩）《和洛州康士曹庭芝望月有懷》：『臺前疑挂鏡，簾外似懸鈎。』李白《古朗月行》：『小時不識月，呼作白玉盤。又疑瑶臺鏡，飛在青雲端。』

〔五〕謂蒼緑色的苔蘚好像給望夫石穿上了一件衣服。李白《望夫石》：『露如今日淚，苔似昔年衣。』

〔六〕謂望夫石千百年來仍在江邊每天守望，直至夕陽西下。斷：猶言望斷。向遠處眺望直至看不見。温庭筠《憶江南》：『梳洗罷，獨倚望江樓。過盡千帆皆不是，斜暉脈脈水悠悠。腸斷白蘋洲。』

一一八　過湖口〔一〕

江湖分兩路〔二〕，此地是通津〔三〕。雲浄山浮翠〔四〕。風高浪潑銀〔五〕。人行俱是客，舟住即爲鄰。俯仰煙波内〔六〕，蜉蝣寄此身〔七〕。

〔一〕湖口：縣名，唐時屬江南西道江州。今屬江西九江市。《太平寰宇記·江南西道》：『湖口縣，西北一百里，二鄉。本湖口戍，是南朝舊鎮，上據大鐘石，傍臨大江。唐武德五年，安撫使李大亭以爲要衝，遂置鎮在彭蠡湖口。』

〔二〕按：湖口處長江與鄱陽湖之交匯口，故云。

〔三〕通津：四通八達之津渡。《梁書·武帝紀上》：『追奔逐北，奄有通津。』皇甫冉《西陵寄靈一上人》：『西陵遇風處，自古是通津。』

〔四〕謂滿山翠緑的樹木的倒影在江水中浮動。浮翠：浮動的翠緑的山。張又新《孤嶼》：『碧水逶迤浮翠巘，緑蘿蒙密媚晴江。』

〔五〕潑銀：喻浪花。李白《司馬將軍歌》：『揚兵習戰張虎旗，江中白浪如銀屋。』

〔六〕俯仰：喻舟行水中，忽上忽下。煙波：指煙霧蒼茫的水面。江總《秋日侍宴婁苑湖應詔》：『霧開樓闕近，日迥煙波長。』

〔七〕蜉蝣：蟲名。幼蟲生活在水中，成蟲褐緑色，有四翅，生存期極短。《詩·曹風·蜉蝣》：『蜉蝣之羽，衣裳楚楚。』毛亨傳：『蜉蝣，渠略也，朝生夕死。』此喻己如蜉蝣之渺小短暫。

一一九　夜泊東溪有懷〔一〕

水昏天色晚，崖下泊行舟。獨客傷歸鴈〔二〕，孤眠歎野鷗〔三〕。溪聲牽別恨〔四〕，鄉夢惹離愁〔五〕。酒醒推蓬坐〔六〕，凄凉望女牛〔七〕。

〔一〕東溪：地名，疑在今浙江湖州。《太平寰宇記·江南東道·湖州》：『東溪，在（烏程）縣東南三百二十里。《吴興記》云：東溪出美魚。』按：此詩無法從今五代以來各詩文選收録之唐彦謙詩所涉及之地理行蹤中得到佐證，存疑。

〔二〕歸鴈：大鴈春天北飛，秋天南飛，候時去來，故稱『歸鴈』。蘇武《報李陵書》：『豈可因歸雁以運糧，託景風以餉軍哉。』陸機《拟古》其十二：『翩翩歸鴈集，嘒嘒寒蟬鳴。按：此云『傷歸鴈』，恨己不得如大鴈之歸還也。

〔三〕鷗：水鳥名。頭大，嘴扁平，趾間有蹼，翼長而尖，羽毛多，灰白色。生活在海洋及内陸河川，以魚類和昆蟲等爲食。種類繁多。性喜成群飛翔、棲息。杜甫《江村》：『自去自來堂上燕，相親相近水中鷗。』按：此云『歎野鷗』，喻羡慕之意。

〔四〕牽别恨：牽引出離别之愁。張循之《婺州留别鄧使君》：『别恨雙溪急，留歡五馬遲。』羅隱《縣谷回寄蔡氏昆仲》：『山牽别恨和愁斷，水帶離聲入夢流。』

〔五〕惹：招引；逗起。

〔六〕蓬：船篷。可推拉閉合。

〔七〕女牛：織女星和牽牛星。李賀《石城曉》：『女牛渡天河，柳煙滿城曲。』按：此歎己與所思之人如織女牽牛，不能相聚。友生泠浪濤補：杜牧《秋夕》：『天階夜色凉如水，坐看牽牛織女星。』

一二〇　登廬山〔一〕

五老峰巔望〔二〕，天涯在目前。湘潭浮夜雨〔三〕，巴蜀暝寒煙〔四〕。泰華根同峙〔五〕，嵩衡脈共聯〔六〕。憑虚有仙骨〔七〕，日月看推遷〔八〕。

〔一〕廬山：在今江西省九江市。《太平寰宇記·江南西道九·江州》：『廬山，在縣南，高二千三百六十丈，周迴二百五十里。其山九疊，川亦九派。《郡國志》云：「廬山疊嶂九層，崇巖萬仞。《山海經》所謂三天子障，亦曰天子都。本周武王時，匡俗字子孝兄弟七人，皆好道術，結廬于此山，仙去空廬尚在，故曰廬山。」』

〔二〕五老峰：位于廬山東南。李白《望廬山五老峰》：『廬山東南五老峰，青天削出金芙蓉。』王琦注：『《太平御覽》：「《潯陽記》云：廬山北有五老峰，于廬山最爲峻極，横隱蒼穹，積石巉巖，迴壓彭蠡，其形勢如河中虞卿縣前五老之形，故名。」《太平寰宇記》：「五老峰在廬山東，懸崖突出，如五人相逐羅列之狀。」《方輿勝覽》：「五老峰在廬山，五峰相連，故名。浮屠、老子宫，皆在其下。」《潛確居類書》：「五老峰在廬山頂東南，自府治北望，森然如施帟幕者是也。」《商丘漫語》曰：「自下望之，狀如離立其上，相距甚遠，不相聯屬，巉峭壁立數千仞，軒軒然如人箕踞而窺重湖。又如五雲翩翩欲飛。舊有李太白書堂。」《江西通志》：「五老峰在南康府城北三十里，爲廬山盡處。石山骨立，突兀淩霄，如五人騈肩，然懸巖峭壁，難于登陟，雲霧卷舒，乃郡之發脉山也。」』

〔三〕湘潭：此與後巴蜀對舉，指古之湘州、潭州。《元和郡縣圖志》卷三十《江南道五》：『潭州：……自漢至晉，並屬荆州。（晉）懷帝分荆州、湘中諸郡，置湘州。南以五嶺爲界，北以洞庭爲界。漢晉以來亦爲重鎮。……隋開皇九年平陳，改爲潭州，取昭潭爲名也。又置總管府。大業中，罷牧，置都尉府。三年，罷長沙郡。武德四年，又置潭州總管府。七年，改爲都督府。』大致包括今湖南長沙、益陽、湘潭、醴陵一帶。此泛指廬山之南。

〔四〕巴蜀：秦漢設巴蜀二郡，在今四川、重慶一帶。此亦誇飾之言。泛指廬山之西。暝：昏暗。宋玉《神女賦》：『闇然而暝，忽不知處。』孟浩然《宿業師山房期丁大不至》：『夕陽度西嶺，群壑倏已暝。』

〔五〕泰華（huà）：泰山、華山。此偏指泰山，句中泛指廬山之東。

〔六〕嵩衡：嵩山（在今河南登封境内）；衡山（在今湖南衡陽境内）。按：此偏指嵩山，句中泛指廬山之北。

〔七〕憑虚：淩空。袁昂《古今書評》：『張伯英書如漢武帝愛道，憑虚欲仙。』高適《登廣陵棲靈寺塔》：『直上造雲族，憑虚納天籟。』仙骨：道教語。謂成仙的資質。《太平廣記》卷五引葛洪《神仙傳》：『于是神人授以素書……凡二十五篇，告墨子曰：「子有仙骨，又聰明，得此便成，不復須師。」』許渾《廣陵送剡縣薛明府赴任》：『尋仙在仙骨，不用廢牛刀。』友生冷浪濤補：岑參《下外江舟懷終南舊居》：『頃來壓塵網，安得有仙骨。巖壑歸去來，公卿是何物。』

〔八〕猶言看日月推遷。推遷：推移；變遷。友生冷浪濤補：曹操《觀滄海》：『日月之行，若出其中。』

一二一　金陵九日〔一〕

野菊西風滿路香，雨花臺上集壺觴〔二〕。九重天近瞻鍾阜〔三〕，五色雲中望建章〔四〕。緑酒莫辭今日醉〔五〕，黄金難買少年狂〔六〕。清歌驚起南飛鴈〔七〕，散作秋聲送夕陽。

〔一〕傅璇琮《唐才子傳校箋》卷九《唐彦謙》引陶敏謂『亦非唐人詩，而當明初都金陵時人口吻。』劉瑩瑩《唐彦謙詩辨僞》則謂：『考明初人之詩，大都以歌功頌德爲主，一改以往朝代建國之處的總結興廢，寄望寬恤百姓的傳統。這首詩頷聯頸聯就明顯有這種傾向，尤其是「九重天近瞻鍾阜，五色雲中望建章」兩句，不像是處于動亂社會的唐末人語氣。』然皆未有確鑿證據，故暫存之。金陵：南京舊稱。戰國楚威王七年（公元前三三三年）滅越後在今南京市清凉山（石城山）設金陵邑。謝朓《鼓吹曲·入朝曲》：『江南佳麗地，金陵帝王州。』九日：即重陽節。舊本題晉宗懔《荆楚歲時記》：『九月九日，四民並藉野飲宴。』傳隋杜公瞻注：『九月九日宴會，未知起于何代，然自漢至宋未改。今北人亦重此節，佩茱萸、食餌、飲菊花酒，云令人長壽。近代皆設宴于臺榭。又《續齊諧記》云：「汝南桓景隨費長房遊學，長房謂之曰：『九月九日，汝家中當有灾厄，急令家人縫囊，盛茱萸繫臂上，登山飲菊花酒，此禍可消。』景如言，舉家登山。夕還，見雞犬牛羊，一時暴死。長房聞之曰：『此可代也。』今世人九日登高、飲酒，婦人帶茱萸囊，蓋始于此。」』

〔二〕雨花臺：周應合《景定建康志》卷二十二：『雨花臺，在城南三里，據岡阜最高處，俯瞰城闉。考證：舊傳梁武帝時有雲光法師講經于此，感天雨賜花，故名。』按：今《全唐詩》、《全唐文》中皆未見有『雨花臺』一詞其他用例，一可疑也。壺觴：酒器。陶潛《歸去來辭》：『引壺觴以自酌，眄庭柯以怡顔。』

〔三〕九重天：古人認爲天有九層，因泛言天爲『九重天』。《淮南子・天文訓》：『天有九重。』因亦指帝王或朝廷。韓愈《左遷至藍關示侄孫湘》：『一封朝奏九重天，夕貶潮陽路八千。』按：唐時未嘗定都金陵，故此句意亦與時代背景不合，二可疑也。鍾阜：即鍾山。周應合《景定建康志》卷十七：『鍾山，一名蔣山。在城東北一十五里，周迴六十里，高一百五十八丈。東連青龍山，西接青溪，南有鍾浦，下入秦淮，北接雉亭山。漢末有秣陵尉蔣子文逐盜，死事于此。吴大帝爲立廟，封曰蔣侯。大帝祖諱鍾，因改曰蔣山。案《丹陽記》：

「京師南北並連山嶺，而蔣山岧嶤嶷異，其形象龍，實作揚都之鎮。諸葛亮云：鍾山龍盤。蓋謂此也。」』

〔四〕五色雲：五色之雲彩。古人以爲祥瑞。《陳書·徐陵傳》：『母臧氏，嘗夢五色雲化而爲鳳，集左肩上，已而誕陵焉。』《舊唐書·鄭肅傳》：『仁表文章尤稱俊拔……自謂門地、人物、文章具美，嘗曰：「天瑞有五色雲，人瑞有鄭仁表。」』建章：本漢代長安宫殿名，南朝劉宋時以京城建康北邸爲建章宫。《宋書·前廢帝紀》：『（永光元年秋八月）甲申，以北邸爲建章宫，南第爲長楊宫。』此泛指宫殿。

〔五〕绿酒：美酒。陶潛《諸人共游周家墓柏下》：『清歌散新聲，绿酒開芳顔。』黄滔《寄罗郎中隱》：『绿酒千盃腸已爛，新詩數首骨猶存。』

〔六〕羅虬《比紅兒詩》：『不似紅兒些子貌，當時争得少年狂。』

〔七〕清歌：清亮的歌聲。葛洪《抱朴子·知止》：『輕體柔聲，清歌妙舞。』謝靈運《擬魏太子鄴中集詩·魏太子》：『急弦動飛聽，清歌拂梁塵。』南飛鴈：曹丕《燕歌行》：『群燕辭歸鴈南翔，念君遠遊多思腸。』高適《送蔡十二之海上》：『尚有南飛鴈，知君不忍看。』

一二三　遊清凉寺〔一〕

白雲紅樹路紆縈〔二〕，古殿長廊次第行。南望水連桃葉渡〔三〕，北來山枕石頭城〔四〕。

一塵不到心源净〔五〕，萬有俱空眼界清〔六〕。竹院逢僧舊曾識〔七〕，旋披禪衲爲相迎〔八〕。

〔一〕清涼寺：當指金陵（江蘇南京鼓樓區清涼山上）之清涼寺。《江南通志・寺觀》：『清涼寺，在府西北石城門内清涼山。吴順義中，建爲興教寺。南唐爲文益禪師道場，後主嘗留宿寺中，有未能歸去宿龍宫之句。宋太平興國間，改清涼廣恵寺。蘇軾嘗捨彌陀佛像于寺中，有詩。明洪武初賜今額，左上爲清涼臺，俯視大江，即南唐翠微亭舊址。登覽最勝。西偏爲善慶庵，幽潔高爽，莫愁湖朗然在目。』按：據此，是南京之『清涼寺』，北宋時始得名，故此詩是否爲唐彦謙作，存疑。

〔二〕趙嘏《李侍御歸炭谷山居同宿華嚴寺》：『家在青山近玉京，白雲紅樹滿歸程。』紅樹：指秋天樹葉泛紅的樹。如槭樹屬等樹種、楓香、烏桕及部分漆樹科樹種。紆縈：此指山路回旋環繞。

〔三〕桃葉渡：張敦頤《六朝事迹編類・桃葉渡》：『《圖經》云：在縣南一里秦淮口。桃葉者，晉王獻之愛妾名也，其妹曰桃根。獻之詩曰：「桃葉復桃葉，渡江不用楫。但渡無所苦，我自迎接汝。」不用楫者，謂横波急也。嘗臨此渡歌送之。楊修有詩云：「桃葉桃根柳岸頭，獻之才調頗風流。相看不語横波急，艇子翻成送莫愁。」』

〔四〕石頭城：南京城西有石頭山，後漢建安十六年，吴孫權乃加修理，修築土塢，改名石頭城，用貯軍粮器械。義熙初，始加磚累甓，因山以爲城，因江以爲池，地形險固，尤有奇勢，亦謂之石首城。

〔五〕一塵不到：猶言一塵不染。佛教謂色、聲、香、味、觸、法爲六塵，修道者達到真性清净不被六塵所染污爲『一塵不染』。心源：猶心性。亦即真如。佛教視心爲萬法之源，故稱。元稹《度门寺》：『心源雖了了，塵世苦憧憧。』

〔六〕萬有俱空：猶言四大皆空。佛教主張世界萬物與人之身體皆由地、水、火、風之四大和合而成，皆爲妄相，若能了悟此四大本質亦爲空假，終將歸于空寂，而非『恒常不變』者，則亦可體悟萬物皆無實體之諦理。眼界：目力所及的範圍。界：梵语 dhaṭu 之意譯。音譯爲馱都，含有層、根基、要素、基礎、種族諸義。界爲各種分類範疇之稱呼，如眼、耳、鼻、舌、身、意等六根，對色、聲、香、味、觸、法等六境，而産生眼識、耳識、鼻識、舌識、身識、意識等六識，合稱爲十八界。又如地、水、火、風、空、識稱爲六界。此外，欲界、色界、無色界稱爲三界；此『界』有接近于『境界』之意。唯識宗即將一切法之種子稱爲『界』，有要素、因之意。

按：現存五代兩宋詩文集選本選録之唐彦謙詩，並無似此直接稱引佛經典故之處，故此詩疑點重重。

〔七〕竹院：栽有竹子的庭院。李涉《題鶴林寺僧舍》：『因過竹院逢僧話，又得浮生半日閑。』

〔八〕旋：旋即；馬上。禪衲：僧衣。

一二三　高平九日〔一〕

雲浄南山紫翠浮〔二〕，憑陵絶頂望悠悠〔三〕。偶逢佳節牽詩興〔四〕，漫把芳尊遣客愁〔五〕。霜染鴉楓迎日醉〔六〕，寒衝涇水帶冰流〔七〕。烏紗頻岸西風裏〔八〕，笑插黄花滿鬢秋〔九〕。

〔一〕高平：疑指涇州。今屬甘肅平凉市。唐于此設涇原節度使，治涇州。管涇、原、渭、武四州。按：此詩所言高平，如指涇州，則無法從今五代以來各詩文選中收録之唐彦謙詩所涉及之地理行蹤中得到佐證，存疑。九日：即重陽節。見一二二《金陵九日》注一。

〔二〕紫翠浮：喻夕陽照耀在緑樹上浮動起紫色的暮靄。翠：緑樹。紫：山頂瀰漫的煙霧，在夕陽照耀下折射出五顔六色的光芒。李白《望廬山瀑布水》其二：『日照香爐生紫煙，遥看瀑布挂前川。』

〔三〕憑陵：登臨其上。李白《大鵬賦》：『燀赫乎宇宙，憑陵乎崑崙。』悠悠：遼闊無際；遥遠。《詩·王風·黍離》：『知我者謂我心憂，不知我者謂我何求，悠悠蒼天，此何人哉？』毛亨傳：『悠悠，遠意。』

〔四〕佳節：此指重陽節。牽：引起。

〔五〕漫把：胡亂舉起。芳尊：亦作『芳樽』。精緻的酒器。亦藉指美酒。《晉書·阮籍等傳論》：『嵇阮竹林之會，劉畢芳樽之友。』李頎《夏宴張兵曹東堂》：『雲峰峨峨自冰雪，坐對芳罇不知熱。』遣：排遣。客愁：客居他鄉的愁思。

〔六〕句謂夕陽染紅了歸鴉和經霜的楓葉。醉：喻夕陽染紅了歸鴉和楓樹，像醉酒了一樣。王實甫《西廂記·長亭送别》：『碧雲天，黄花地，西風聚，北雁南飛。曉來誰染霜林醉？總是離人淚。』取喻與此正同。

〔七〕涇水：即涇河。發源于寧夏六盤山東麓，南源出于涇源縣老龍潭，北源出于固原大灣鎮，至平凉八里橋匯合，東流經平凉、涇川于楊家坪進入陝西長武縣，再經政平、亭口、彬縣、涇陽等，于高陵縣陳家灘注入渭河。于良史《冬日野望寄李贊府》：『風兼殘雪起，河帶斷冰流。』許渾《别張秀才》：『風捲暮沙和雪起，日融春水帶冰流。』

〔八〕烏紗：帽名。東晉成帝時宫官着烏紗帢。南朝宋始有烏紗帽，直至隋代均爲官服。唐初曾貴賤均用，以後各代仍多爲官服。《宋書·五行志一》：『明帝初，司徒建安王休仁……製烏紗帽，反抽帽裙，民間謂之「司徒狀」，京邑翕然相尚。』馬縞《中華古今注·烏紗帽》：『武德九年十一月，太宗詔曰：「自今已後，天子服烏紗帽，百官士庶皆同服之。」』頻岸西風裏：謂頭上戴的帽子，頻頻被秋風吹得露出前額。岸：謂將冠帽上推，露出前額。孔融《與韋端書》：『閑僻疾動，不得復與足下岸幘廣坐，舉杯相于，以爲邑邑。』按：此又暗用西晉孟嘉之典故。《晉書·孟嘉傳》：『九月九日，温燕龍山，寮佐畢集。時佐吏並着戎服，有風至，吹嘉帽墮落，嘉不之覺。温使左右勿言，欲觀其舉止，嘉良久如厠，温令取還之，命孫盛作文嘲嘉，着嘉坐處。嘉還見，即答之，其文甚美，四坐嗟歎。』

〔九〕黄花：菊花。《禮記·月令》：『（季秋之月）鞠有黄華。』陸德明《經典釋文》：『鞠，本又作菊。』按：王維《九月九日憶山東兄弟》：『獨在異鄉爲異客，每逢佳節倍思親。遥知兄弟登高處，徧插茱萸少一人。』此猶盛唐時重陽景象也。然杜牧《九日齊安登高》：『塵世難逢開口笑，菊花須插滿頭歸。』則知晚唐時，重陽習俗已改爲登高，改戴菊花也。滿鬢秋：喻兩鬢已斑白。

一二四 金陵懷古〔一〕

碧樹凉生宿雨收〔二〕，荷花荷葉滿汀洲〔三〕。登高有酒渾忘醉，慨古無言獨倚樓〔四〕。
宫殿六朝遺古迹〔五〕，衣冠千古漫荒丘〔六〕。太平時節殊風景〔七〕，山自青青水自流。

〔一〕劉瑩瑩《唐彦謙詩歌辨僞》：『這首詩不似晚唐人語。「太平時節殊風景，山自青青水自流」乃處于太平時節人的語氣。而唐彦謙所身處的唐末，是唐王朝最混亂最黑暗最没有希望的時期，根本談不上是什麽太平時節，而且這首懷古詩與唐彦謙用語激烈、諷刺悠遠、感情深沉的其他懷古詩相比較，語氣平和，氣定神閑，不似其詠史懷古詩的一貫的風格。』按：劉說亦無確證，只能存疑。又按：此詩『荷花荷葉滿汀洲』一句，黄之雋《香屑集》卷十七亦引作彦謙詩。金陵：南京舊稱。見一二一《金陵九日》注一。

〔二〕猶言宿雨收碧樹生涼。楊凝《和直禁省》：『宵直丹宫近，風傳碧樹涼。』宿雨：經夜的雨。收：停止。

〔三〕汀洲：水中小洲。《楚辭·九歌·湘夫人》：『搴汀洲兮杜若，將以遺兮遠者。』李商隱《安定城樓》：『迢遞高城百尺樓，綠楊枝外盡汀洲。』

〔四〕慨古：猶言感慨往昔。獨倚樓：杜甫《江上》：『勳業頻看鏡，行藏獨倚樓。』

〔五〕猶言遺六朝宫殿古迹。六朝：三國吴、東晉和南朝的宋、齊、梁、陳，相繼建都建康（吴名建業，今江蘇南京），史稱爲六朝。

〔六〕猶言千古衣冠漫荒丘。謂千年後，昔日搢紳士大夫出入之地，現在皆已成爲荒丘。衣冠：代指搢紳、士大夫。李白《登金陵鳳凰臺》：『吴宫花草埋幽徑，晋代衣冠成古丘。』

〔七〕此反用《世説新語·言語》：『過江諸人，每至美日，輒相邀新亭，藉卉飲宴。周侯中坐而歎曰：「風景不殊，正自有山河之異。」皆相視流淚。』

一二五　道中逢故人

蘭陵市上忽相逢〔一〕，叙别殷勤興倍濃〔二〕。良會若同雞黍約〔三〕，暫時不放酒杯空〔四〕。愁牽白髮三千丈〔五〕，路入青山幾萬重〔六〕。行色一鞭催去馬〔七〕，畫橋嘶斷落花風〔八〕。

〔一〕蘭陵：羅敏中先生《唐彦謙年譜》認爲爲南蘭陵之省，即今江蘇常州一帶。

〔二〕叙别：叙説别後的思念之情。殷勤：情誼深厚貌。

〔三〕良會：美好的聚會。曹植《洛神賦》：「悼良會之永絶兮，哀一逝而異鄉。」杜甫《送高司直尋封閬州》：「良會苦短促，溪行水奔注。」雞黍約：東漢范式在他鄉與其至友張劭約定，兩年後當赴劭家相會。劭歸告其母，請届時設酒食候之。母曰：「二年之别，千里結言，爾何相信之審邪？」劭謂式信士，必不乖違。至其日，式果至。二人對飲，盡歡而别。事見《後漢書·范式傳》。後以「雞黍約」爲友誼深長、聚會守信之典。

〔四〕暫時：此指時光之短暫。暫時不放酒杯空：猶言一點時間都不讓酒杯空。即斟滿美酒之意。《後漢書·孔融傳》：「性寬容少忌，好士，喜誘益後進。及退閑職，賓客日盈其門。常歎曰：「坐上客恒滿，尊中酒不空，吾無憂矣。」」李中《下蔡春偶作》：「多難不堪容鬢改，沃愁惟怕酒杯空。」

〔五〕李白《秋浦歌》其十五：「白髮三千丈，緣愁似箇長。」

〔六〕李嶠《餞駱四》其一：「明日臨溝水，青山幾萬重。」

〔七〕行色：此指行旅之人。

〔八〕畫橋：雕飾華麗的橋梁。陰鏗《渡岸桥》：『畫橋長且曲，傍險復憑流。』落花風：指春末夏初，群花逐漸凋謝時之風。見九五《詠馬二首》其一注四。

一二六　早行遇雪

下馬天未明，風高雪何急〔一〕。須臾路欲迷〔二〕，頃刻山盡白〔三〕。雞犬寂無聲，曙光射寒色〔四〕。荒村絶煙火〔五〕，髯凍布袍濕〔六〕。王事不可緩〔七〕，行行動悽惻〔八〕。

〔一〕風高：風大。

〔二〕欲：逐漸。

〔三〕元稹《酬樂天雪中見寄》：『鏡水遶山山盡白，琉璃雲母世間無。』

〔四〕曙光：黎明的陽光。

〔五〕煙火：指炊煙。

〔六〕布袍：布製長袍。多爲寒士所穿。

〔七〕王事：王命差遣的公事。

〔八〕行行：不停地前行。悽惻：哀傷。按：趙蓉、尉遲治平《晚唐詩韻系略説》：『晚唐詩歌緝韻（《廣韻》）僅見于古體詩，共獨用二十二例，只有一例與陌錫、職德跨部混押，唐彦謙《早行遇雪》緝職陌同用：急白色濕惻。……入聲深梗曾三攝相混，僅見這一例，可能是方言現象。』琥按：趙蓉、尉遲治平不知今署名唐彦謙詩多有後人僞作，其實據此，此詩很有可能是後世人之詩作。

一二七 樊登見寄四首〔一〕 其一

新辭翦秋水〔二〕，洗我胸中塵〔三〕。無由愜良會〔四〕，極目空懷人〔五〕。醉來拔劍歌〔六〕，字字皆《陽春》〔七〕。

〔一〕樊登：生平事迹不詳，俟考。

〔二〕『翦』，《晨風閣叢書》本作『剪』。義同。新辭：此指樊登所寄詩歌。翦：通『淺』。《儀禮·既夕禮》：『加茵，用疏布，緇翦，有幅，亦縮二横三。』鄭玄注：『翦，淺也……今文翦作淺。』賈公彦疏：『翦，淺也，謂染爲淺緇之色。』翦秋水：晚唐文人常用比喻。白居易《筝》：『雙眸剪秋水，十指剥春葱。』李賀《唐兒歌》：『骨重神寒天廟器，一雙瞳人剪秋水。』此喻樊文清澈無疵。杜牧《李賀集序》：『雲煙綿聯，不足爲其態也；水之迢迢，不足爲其清也；春之盎盎，不足爲其和也；秋之明潔，不足爲其格也。』

〔三〕塵：喻世俗之念。宗教稱俗世，隱者稱仕途皆曰塵，以其骯髒卑下。如佛教稱人間爲塵，道家稱一世爲一塵。《魏書·釋老志》：『净居無塵，道家所先。』張喬《秦原春望》：『無窮名利塵，軒蓋逐年新。』

〔四〕良會：美好的聚會。見一二五《道中逢故人》注三。

〔五〕極目：縱目，用盡目力遠望。王粲《登樓賦》：『平原遠而極目兮，蔽荆山之高岑。』

〔六〕拔劍歌：喻慷慨激昂之狀。杜甫《短歌行贈王郎司直》：『王郎酒酣拔劍斫地歌莫哀，我能拔爾抑塞磊落之奇才。』

〔七〕《陽春》：戰國時楚國的高雅歌曲名。宋玉《對楚王問》：『其爲《陽阿》、《薤露》，國中屬而和者數百人，其爲《陽春》、《白雪》，國中屬而和者不過數十人而已。』李周翰注：『《陽春》、《白雪》，高曲名也。』後因用以泛指高雅的曲子。鮑照《翫月城西門廨中》：『蜀琴抽《白雪》，郢曲發《陽春》。』白居易《張十八員外以新詩二十五首見寄因題卷後》詩：『《陽春》曲調高難和，淡水交情老始知。』

一二八　其二

輕黄著柳條〔一〕，新春喜更始〔二〕。感時重搔首〔三〕，悵望不能已〔四〕。無由託深情〔五〕，傾瀉芳尊裏〔六〕。

〔一〕句謂柳條上的柳葉已經開始泛黄。岑參《送裴侍御赴歲入京》：『臺寒柏樹緑，江暖柳條黄。』著（zhuó）：附著。

〔二〕更始：重新開始，除舊布新。《逸周書·月令》：『數將幾終，歲將更始。』

〔三〕感時：感慨時序的變遷或時勢的變化。王逸《九思·哀歲》：『歲忽忽兮惟暮，余感時兮悽愴。』杜甫《春望》：『感時花濺淚，恨别鳥驚心。』搔首：以手搔頭。焦急或有所思貌。《詩·邶風·静女》：『愛而不見，搔首踟躕。』杜甫《春望》：『白頭搔更短，渾欲不勝簪。』

〔四〕悵望：惆悵的眺望。謝朓《新亭渚别范零陵》：『停驂我悵望，輟棹子夷猶。』不能已：不能停止。

〔五〕託：寄託。

〔六〕猶言只能將深情寄託在酒中。芳尊：指精緻的酒器。見一二三《高平九日》注五。

一二九 其三

明月入我室〔一〕，天風吹我袍〔二〕。良夜最岑寂〔三〕，旅况何蕭條〔四〕。馳情望海波〔五〕，一鶴鳴九皋〔六〕。

〔一〕陸機《擬明月何皎皎》：『安寢北堂上，明月入我牖。』白居易《素屏謡》：『夜如明月入我室，曉如白雲圍我牀。』

〔二〕天風：風。風行天空，故稱。蔡邕《飲馬长城窟行》：『枯桑知天風，海水知天寒。』阮籍《詠懷》：『薄帷鑒明月，清風吹我襟。』

〔三〕岑寂：高而静。鮑照《舞鶴賦》：『去帝鄉之岑寂，歸人寰之喧卑。』李善注：『岑寂，猶高静也。』杜甫《樹間》：『岑寂雙柑樹，婆娑一院香。』

〔四〕旅況：旅途的境況。何：多麼。

〔五〕馳情：猶言縱情。《古詩十九首·東城高且長》：『音響一何悲，弦急知柱促。馳情整中帶，沉吟聊躑躅。』海波：大海的波濤。此喻極遠處。

〔六〕九皋：曲折深遠的沼澤。《詩·小雅·鶴鳴》：『鶴鳴于九皋，聲聞于野。』毛亨傳：『皋，澤也。』言身隱而名著也。』鄭玄箋：『皋，澤中水溢出所爲坎，自外數至九，喻深遠也。鶴在中鳴焉，而野聞其鳴聲……喻賢者雖隱居，人咸知之。』陸德明《經典釋文》：『《韓詩》云：九皋，九折之澤。』按：此當喻己之孤苦無托。

一三〇 其四

悠悠括城北[一]，眄眄巖泉西[二]。宿草暝煙緑[三]，苦竹含雲低[四]。幽懷不可託[五]，鷓鴣空自啼[六]。

〔一〕悠悠：遼闊無際貌。括城：疑作『栝（kuò）城』，指處州府，今浙江麗水。唐末盧約竊據是州，遷治于小栝山上，故云栝城。按：此詩所言括城無法從今五代以來各詩文選中收録之唐彦謙詩所涉及之地理行蹤中得到佐證，存疑。

〔二〕眄眄：斜視貌。鮑溶《湘妃列女操》：『目眄眄兮意蹉跎，魂騰騰兮驚秋波。』巖泉：俟考。或指山巖下面的泉水。

〔三〕宿草：隔年的草。暝煙：傍晚的煙靄。

〔四〕苦竹：又名傘柄竹。禾本科。稈圓筒形，高達四米。籜鞘細長三角形，籜葉披針形。筍有苦味，不能食用。莖可作造紙原料和製傘柄、筆管等。李白《勞勞亭》：『苦竹寒聲動秋月，獨宿空簾歸夢長。』

〔五〕幽懷：隱藏在内心的情感。酈道元《水經注·廬江水》引晉吴猛詩：『曠載暢幽懷，傾蓋付三益。』託：寄託。

〔六〕鷓鴣：鳥名。形似雌雉，頭如鶉，胸前有白圓點，如珍珠。背毛有紫赤浪紋。足黄褐色。以穀粒、豆類和其他植物種子爲主食，兼食昆蟲。爲中國南方留鳥。古人諧其鳴聲爲『行不得也哥哥』，詩文中常用以表示思念故鄉。左思《吴都賦》：『鷓鴣南翥而中留，孔雀弦羽以翱翔。』劉逵注：『鷓鴣，如雞，黑色，其鳴自呼。或言此鳥常南飛不止。豫章已南諸郡處處有之。』

一三一　宿田家〔一〕

落日下遥峰〔二〕，荒村倦行履〔三〕。停車息茅店〔四〕，安寢正鼾睡〔五〕。忽聞扣門急，云是下鄉隸。公文捧花柙〔六〕，鷹隼駕聲勢〔七〕。良民懼官府，聽之肝膽碎〔八〕。阿母出搪塞〔九〕，老脚走顛躓〔一〇〕。小心事延款〔一一〕，□餘糧復匱〔一二〕。東鄰借種雞〔一三〕，西舍覓芳醑〔一四〕。再飯不厭飽〔一五〕，一飲直呼醉。明朝怯見官，苦苦燈前跪。使我不成眠，爲渠滴清淚。民膏日已瘠〔一六〕，民力日愈弊〔一七〕。空懷伊尹心〔一八〕，何補堯舜治〔一九〕。

〔一〕《全唐詩》題下原有小注：『第十四句缺一字。』琥按：此詩陰聲支微、齊祭、灰咍、魚模跨部通押，晚唐不見其他詩人有用例。

〔二〕『遥峰』，《晨風閣叢書》本作『瑶崲』。

〔三〕倦：使……感到疲倦。行履：行走。

〔四〕茅店：用茅草蓋成的旅舍。言其簡陋。温庭筠《商山早行》：『雞聲茅店月，人迹板橋霜。』

〔五〕『安』，《晨風閣叢書》本作『妥』。安寢：安睡。《詩·小雅·斯干》：『下莞上簟，乃安斯寢。乃寢乃興，乃占我夢。』鼾睡：因熟睡而打呼嚕。段成式《酉陽雜俎》卷一：『太和中，鄭仁本表弟不記姓名，嘗與一王秀才遊嵩山，捫蘿越澗，境極幽夐，遂迷歸路，將暮，不知所之。徙倚間，忽覺叢中鼾睡聲。』韓愈有《嘲鼾睡》。

〔六〕猶言捧公文花押。花押：舊時文書契約末尾的草書簽名或代替簽名的特種符號。黄伯思《東觀餘論·記與劉無言論書》：『文皇（唐太宗）令群臣上奏，任用真草，惟名不得草。後人遂以草名爲花押。韋陟五朵雲是也。』

〔七〕鷹隼：鷹和雕。按：晚唐國君多好馴養鷹隼。《舊唐書·穆宗本紀》：『（長慶二年）十二月丁亥朔，詔五坊鷹隼並解放，獵具皆毁之。』又《舊唐書·文宗本紀》：『（開成二年三月）壬申詔曰：「……諸州遭水旱處，並蠲租税，中外修造並停，五坊鷹隼悉解放。」』職是之故，多有藉此自高身份，擾民之舉。《新唐書·劉貞亮傳》：『五坊朱超晏、王志忠縱鷹隼入民家，搒二百奪職，由是莫不慴畏。』駕：用胳膊支撑。

〔八〕肝膽碎：喻悲傷。

〔九〕搪塞：應付、敷衍。

〔一〇〕顛躓：跌跌撞撞地行進、奔跑。陸龜蒙《野廟碑》：『一旦有大夫之憂，當報國之日，則佪撓脆怯，顛躓竄踣。』此喻惶恐、驚懼之狀。

〔一一〕延款：接納、款待。

〔一二〕□，《唐詩百名家全集》本爲墨釘。中國科學院文學研究所唐詩選注小組編選的《唐詩選注》作『酒』，並説：『這一句在《全唐詩》中，「酒」字原缺，據别本校補。「酒餘」，即酒已很少只有一點剩餘的意思。』惜未明言依據。匱：窮盡。

〔一三〕種雞：留待配種的雞。

〔一四〕芳醑（xǔ）：美酒。謝靈運《拟魏太子鄴中集詩·阮瑀》：『傾酤繫芳醑，酌言豈終始。』

〔一五〕再飯：本已吃過飯，又吃飯。不厭：不嫌。

〔一六〕民膏：喻百姓的財富。膏：脂肪。

〔一七〕民力：指百姓的人力、物力、財力等。

〔一八〕伊尹：商湯時的賢臣，名伊，一名摯，尹是官名。相傳生于伊水，故名。本是湯妻陪嫁的奴隸，後助湯伐夏桀，被尊爲阿衡。湯去世後歷佐卜丙（即外丙）、仲壬二王。後太甲即位，因荒淫失度，被伊尹放逐到桐宫，三年後迎之復位。

〔一九〕何補：猶言無補。無助于。堯舜：唐堯和虞舜的並稱。遠古部落聯盟的首領。古史傳説中的聖明君主。唐詩中常以代指本朝國君。杜甫《自京赴奉先縣詠懷五百字》：『生逢堯舜君，不忍便永訣。』按：此詩可與白居易《宿紫閣山北村》比勘。

一三一　夏日訪友〔一〕

提樹生晝凉〔二〕，濃陰撲空翠〔三〕。孤舟喚野渡〔四〕，村曈入幽邃〔五〕。高軒俯清流〔六〕，一犬隔花吠。童子立門牆，問我向何處〔七〕。主人聞故舊〔八〕，出迎時倒屣〔九〕。驚迓叙間闊〔一〇〕，屈指越寒暑〔一一〕。殷勤爲延款〔一二〕，偶爾得良會〔一三〕。春盤擘紫蝦〔一四〕，冰鯉斫銀鱠〔一五〕。荷梗白玉香〔一六〕，荇菜青絲脆〔一七〕。臘酒擊泥封〔一八〕，羅列總新味〔一九〕。移席臨湖濱〔二〇〕，對此有佳趣。流連送深杯〔二一〕，賓主共忘醉〔二二〕。清風岸烏紗〔二三〕，長揖謝君去〔二四〕。世事如浮雲〔二五〕，東西渺煙水〔二六〕。

〔一〕琥按：此詩陰聲支微、齊祭、灰咍跨部通押，晚唐不見其他詩人有用例。

〔二〕『提樹』，《晨風閣叢書》本作『堤樹』，是，當從。生晝凉：猶言使白晝都産生清凉。

〔三〕空翠：指碧空，蒼天。白居易《大水》：『蒼茫生海色，渺漫連空翠。』

〔四〕猶言野渡喚孤舟。野渡：荒落之處或村野的渡口。韋應物《滁州西澗》：『春潮帶雨晚來急，野渡無人舟自横。』

〔五〕村疃：村莊。幽邃：幽静、深邃之處。

〔六〕高軒：堂左右有窗的高敞的長廊。舊本題晉葛洪《西京雜記》卷三：『（思賢苑）中有堂隍六所，客館皆廣廡高軒。』左思《蜀都賦》：『開高軒以臨山，列綺窗而瞰江。』李善注：『高軒，堂左右長廊之有窗者。』

〔七〕向何處：到哪個地方。

〔八〕故舊：老朋友。

〔九〕倒屣：急于出迎，把鞋倒穿。《三國志·魏志·王粲傳》：『時邕才學顯著，貴重朝廷，常車騎填巷，賓客盈坐。聞粲在門，倒屣迎之。粲至，年既幼弱，容狀短小，一坐盡驚。邕曰：「此王公孫也，有異才，吾不如也。」』後因以形容热情迎客。皮日休《初夏即事寄魯望》：『敲門若我訪，倒屣欣逢迎。』按：此句『屣』與『處』、『暑』失韻。

〔一〇〕驚迓：吃驚地迎接。間闊：言分别之久。

〔一一〕屈指：弯着指頭計數。《三國志·魏志·張郃傳》：『屈指計亮糧不至十日。』

〔一二〕延款：接納、款待。

〔一三〕偶爾：偶然。良會：猶言嘉會。美好的聚會。見一二五《道中逢故人》注三。

〔一四〕春盤：古代風俗，立春日以韭黄、果品、餅餌等簇盤爲食，或餽贈亲友，稱春盤。擘（bò）：剥。紫蝦：當時姑孰一帶出産的一種名貴的蝦。一三四《索蝦》：『姑孰多紫蝦。』

〔一五〕句謂斫冰鯉如銀鱠。冰鯉：本指冬天冰下的鯉魚。《晉書·王祥傳》：『母常欲生魚，時天寒冰凍，祥解衣將剖冰求之，冰忽自解，雙鯉躍出，持之而歸。』此指珍稀難得之鯉魚。銀鱠（kuài）：同『膾』。此指切得很細的魚絲。《吴越春秋·闔閭内傳》：『吴王聞三師將至，治魚爲鱠。』《論語·鄉黨》：『食不厭精，膾不厭細。』陸德明《釋文》：『膾，又作鱠。』李白《秋下荆門》：『此行不爲鱸魚鱠，自愛名山入剡中。』李時珍《本草綱目·鱗四·魚鱠》：『魚生，劊切而成，故謂之鱠。』

〔一六〕句謂荷梗散發出白玉香的香氣。荷梗：荷的莖稈。古人或以爲食物。田汝成《西湖遊覽志餘·熙朝樂事》：『市食則糖粽、粉團、荷梗、孛婁、瓜子諸品果蓏，篝燈交易，識辨銀錢真僞，纖毫莫欺。』白玉香：香名。

〔一七〕荇菜：一種多年生水生草本植物，葉呈對生圓形，嫩時可食，亦可入藥。

〔一八〕猶言擊泥封臘酒。擊：擊打。此指敲碎泥封。臘酒：臘月釀製的酒。泥封：釀酒的酒罈上用泥封的口。

〔一九〕總：皆、都。

〔二〇〕移席：将坐席移至他處。按：古人席地而坐。

〔二一〕流連：猶言盤桓，沉浸于其中。深杯：容積大的高長的酒杯。

〔二二〕忘醉：忘情而醉。

〔二三〕岸烏紗：謂將烏紗帽上推，露出前額。見一一三《高平九日》注八。

〔二四〕長揖：拱手高舉，自上而下行禮。《漢書·高帝紀上》：『沛公方踞床，使兩女子洗。酈生不拜，長揖曰：「足下必欲誅無道秦，不宜踞見長者。」』顏師古注：『長揖者，手自上而極下。』謝：告辭。

〔二五〕謂變幻莫測。杜甫《可歎》：『天上浮雲如白衣，斯須改變如蒼狗。』

〔二六〕東西：或東或西。指分別。

一三三　遊南明山〔一〕

久聞南明山，共慕南明寺〔二〕。幾度欲登臨，日逐擾人事〔三〕。于焉偶閑暇〔四〕，鳴轡忽相聚〔五〕。乘興樂遨遊〔六〕，聊此托佳趣〔七〕。涉水渡溪南，迢遥翠微裏〔八〕。石磴千疊斜〔九〕，峭壁半空起。白雲鎖峰腰，紅葉暗溪嘴。長藤絡虛巖〔一〇〕，疏花映寒水〔一一〕。金銀拱梵刹〔一二〕，丹青照廊宇〔一三〕。石梁卧秋溟〔一四〕，風鈴作簷語〔一五〕。深洞結苔陰〔一六〕，嵐氣滴晴雨〔一七〕。羊腸轉咫尺〔一八〕，鳥道轉千里〔一九〕。屈曲到禪房〔二〇〕，上人喜延竚〔二一〕。香分宿火薰〔二二〕，茶汲清泉煮〔二三〕。投閑息萬機〔二四〕，三生有宿契〔二五〕。行廚出盤飧〔二六〕，擔甕倒芳醑〔二七〕。脱冠挂長松，白石藉憑倚。宦途勞營營〔二八〕，暫此滌塵慮〔二九〕。鬮令促傳觴〔三〇〕，投壺更聯句〔三一〕。興來較勝負〔三二〕，醉後忘爾汝〔三三〕。忽聞吼蒲牢〔三四〕，落日下雲嶼〔三五〕。長嘯出煙蘿〔三六〕，揚鞭賦歸去〔三七〕。

〔一〕劉瑩瑩《唐彦謙詩歌辨僞》：『（唐彦謙）爲官範圍應不出河中、興元，故其不可能在浙江做官。詩中所述情況「宦途勞營營，暫此滌塵慮」，與之明顯不符。又考南明山，查《舊唐書·地理志》、《元和郡縣圖志》、《括地志》等唐代地理書，均無南明山一名。宋以後才有相關的地理書籍提到此山名，這進一步證明此詩乃後人僞作也。』按：此詩固屬可疑，然劉疑並無確據。南明山：未詳。浙江麗水、新昌等地均有山名南明。此或指麗水之南明山。一二七《樊登見寄四首》其四，似亦記麗水遊歷事。琥按：此詩陰聲支微、齊祭、魚模跨部通押，晚唐不見其他詩人有用例。

〔二〕南明寺：未詳。當在南明山。

〔三〕猶言每日被擾人之事所迫逐。

〔四〕于焉：猶言現在。

〔五〕鳴轡：指騎馬。轡：本指套在騾馬等頭上的籠頭，用來繫韁繩，有的並掛嚼子。《莊子·馬蹄》：『夫加之以衡扼，齊之以月題，而馬知介倪、闉扼、鷙曼、詭銜、竊轡。故馬之知而能至盜者，伯樂之罪也。』成玄英疏：『詭銜，吐出其勒；竊轡，盜脱籠頭。』因亦藉指馬。左思《吴都賦》：『飛輕軒而酌緑醽，方雙轡而賦珍羞。』李周翰注：『雙轡則四馬也。』

〔六〕乘興：藉着興致。遨遊：遊樂、嬉遊。《詩・邶風・柏舟》：『微我無酒，以敖以遊。』

〔七〕佳趣：高雅的趣味。

〔八〕迢遥：遠貌。顔延之《秋胡詩》：『迢遥行人遠，婉轉年運徂。』翠微：指青翠掩映的山腰幽深處。《爾雅・釋山》：『未及上，翠微。』郭璞注：『近上旁陂。』郝懿行《義疏》：『翠微者……蓋未及山頂孱顔之間，葱鬱葐蒀，望之谸谸青翠，氣如微也。』李白《贈秋浦柳少府》：『摇筆望白雲，開簾當翠微。』

〔九〕石磴：石頭臺階。千疊：猶千重。

〔一〇〕絡：纏繞、攀爬。虚巖：猶巖洞。

〔一一〕疏花：稀疏的花。因臨近深秋，故云。

〔一二〕句謂寺廟裝飾着金銀。梵刹：即寺廟。刹：梵語 ksetra 之略譯。全稱剌瑟胝。意謂標志、記號。指旗杆或塔之心柱。一般稱寺院謂寺刹、梵刹、金刹或名刹等，蓋佛堂前自古有建幡竿（即刹）之風，故得此名。僧人對語時，稱對方之寺爲寶刹。

〔一三〕句謂廊宇上的彩繪。丹青：丹砂和青雘，可作顔料。因指繪畫。

〔一四〕石梁：石橋。秋溟：秋日的溪水。

〔一五〕風鈴：屋簷下懸掛的鈴鐺，因風吹發出響聲，故云。元稹《神麴酒》：『遥城傳漏箭，鄉寺響風鈴。』

〔一六〕猶言深洞陰結苔。謂深洞背陰處長滿了青苔。

〔一七〕猶言嵐氣晴滴雨。嵐氣：山中的霧氣。

〔一八〕羊腸：喻指狹窄曲折的小路。《尉繚子・兵談》：『兵之所及，羊腸亦勝，鋸齒亦勝，緣山亦勝，入谷亦勝。』杜甫《喜聞官軍已臨賊境》：『路失羊腸險，雲横雉尾高。』

〔一九〕鳥道：只有飛鳥才能通行的道路。喻山路險峻狹窄。沈約《愍塗賦》：『依雲邊以知國，極鳥道以瞻家。』李白《蜀道難》：『西當太白有鳥道，可以横絶峨眉巔。』

〔二〇〕屈曲：猶言輾轉。禪房：修禪者所居之静室。此指寺院。

〔二一〕上人：《釋氏要覽・稱謂》引古師云：『内有德智，外有勝行，在人之上，名上人。』自南朝宋以後，多用作對和尚的尊稱。《南史・宋武帝本紀上》：『嘗遊京口竹林寺，獨卧講堂前，上有五色龍章，衆僧見之，驚以白帝，帝獨喜曰：「上人無妄言。」』延佇：猶言早早等候。

〔二二〕猶言分宿火薰香。宿火：隔夜未熄的火。韋應物《郡齋卧疾絶句》：『香爐宿火滅，蘭燈宵影微。』

〔二三〕猶言汲清泉煮茶。

〔二四〕投閑：置身于清閑之地。萬機：指各種機巧功利之心。

〔二五〕三生：佛教語。指前生、今生、來生。牟融《送僧》：『三生塵夢醒，一錫衲衣輕。』宿契：猶宿緣。干寶《搜神記》卷十六：『經三宿三日後，女即自言曰：「君是生人，我鬼也。共君宿契，此會可三宵，不可久居，當有禍矣。」』

〔二六〕行廚：謂出遊時携帶酒食；亦謂傳送酒食。庾信《詠畫屏風詩》其十七：『行廚半路待，載妓一雙回。』盤飧（sūn）：用盤子盛的熟食品。

〔二七〕芳醑（xǔ）：美酒。見一三一《宿田家》注一三。

〔二八〕營營：勞而不得休息；忙碌。《莊子·庚桑楚》：『全汝形，抱汝生，無使汝思慮營營。』鍾泰《發微》：『營營，勞而不知休息貌。』

〔二九〕塵慮：猶俗念。劉禹錫《遊桃源一百韻》：『道芽期日就，塵慮乃冰釋。』

〔三〇〕『鬮』，《晨風閣叢書》本爲墨釘。鬮（jiū）令：通過抓鬮的方式拈取酒令。按：唐代詩文，除此之外，尚未見他處有包含『鬮』字之用例。傳觴：飲宴中傳遞酒杯勸酒。盧綸《送張郎中還蜀歌》：『迴首岷峨半天黑，傳觴接膝何由得。』

〔三一〕投壺：古代宴會禮制。亦爲娱樂活動。賓主依次用矢投向盛酒的壺口，以投中多少決勝負，負者飲酒。參閱《禮記·投壺》。《左傳·昭公十二年》：『晉侯以齊侯宴，中行穆子相。投壺，晉侯先，穆子曰：「有酒如淮，有肉如坻。寡君中此，爲諸侯師。」中之。』聯句：作詩方式之一。由兩人或多人各成一句或幾句，合而成篇。舊傳始于漢武帝和諸臣合作的《柏梁詩》。亦用于飲宴時勸酒。

〔三二〕較：較量。

〔三三〕杜甫《醉時歌》：『忘形到爾汝，痛飲真吾師。』

〔三四〕蒲牢：本是古代傳説中一種生活在海邊的獸。據説它吼叫的聲音非常宏亮，故古人常在鐘上鑄上蒲牢的形象。班固《東都賦》：『于是發鯨魚，鏗華鐘。』李善注引三國吴薛綜曰：『海中有大魚曰鯨，海邊又有獸名蒲牢。蒲牢素畏鯨，鯨魚擊蒲牢，輒大鳴。凡鐘欲令聲大者，故作蒲牢于上。所以撞之者爲鯨魚。』後因以『蒲牢』爲鐘的别名。皮日休《寺鐘暝》：『重擊蒲牢唅山日，冥冥煙樹睹棲禽。』

〔三五〕『嶼』，《晨風閣叢書》本爲墨釘。雲嶼（yǔ）：雲霧瀰漫的山。嶼：平地小山。戴侗《六書故》：『嶼，徐與切，平地小山也，在陸爲嶼，在水爲島。』

〔三六〕長嘯：撮口發出悠長清越的聲音。古人常以此述志。曹植《美女篇》：『顧盼遺光采，長嘯氣若蘭。』煙蘿：指山中生長的各種藤科植物上瀰漫的霧氣。李端《寄廬山真上人》：『更説謝公南座好，煙蘿到地幾重陰。』蘿：指松蘿，或云女蘿。蔓生植物。色青灰，緣松柏或其他喬木而生，亦間有寄生石上者，枝體下垂如絲狀。因泛指山中生長的各種藤科植物。

〔三七〕歸去：回去。陶潛《歸去來兮辭》：『歸去來兮！田園將蕪，胡不歸？』

一三四　索蝦〔一〕

姑孰多紫蝦〔二〕，獨有湖陽優〔三〕。出産在四時，極美宜於秋。雙箝鼓繁鬚〔四〕，當頂抽長矛。鞠躬見湯王〔五〕，封作朱衣侯〔六〕。所以供盤餐〔七〕，羅列同珍羞〔八〕。蒜友日相親〔九〕，瓜朋時與儔〔一〇〕。既名釣詩釣〔一一〕，又作鈎詩鈎〔一二〕。于時同相訪〔一三〕，數日承款留〔一四〕。厭飲多美味〔一五〕，獨此心相投〔一六〕。别來歲云久〔一七〕，馳想空悠悠〔一八〕。銜杯動遐思〔一九〕，哆口涎空流〔二〇〕。封緘托雙鯉〔二一〕，于焉來遠求〔二二〕。慷慨胡隱君〔二三〕，果肯分惠否〔二四〕。

〔一〕劉瑩瑩《唐彦謙詩歌辨僞》謂『《索蝦》詩末尾提到的「胡隱君」，我遍查各種資料，均無爲唐人的記載。只發現明朝人有稱「胡隱君」的。又這首詩和上首《蟹》（琥按：指一三八《蟹》）内容瑣碎，用語質實，風格俚俗俏皮，和唐彦謙其他的詩歌風格相差甚遠，不似其詩。』琥按：此詩固屬可疑，然本詩實仿韓愈《毛穎傳》寫作手法，滑稽爲文，晚唐常見。所謂胡隱君乃對湖陽一帶産蟹湖泊之諧稱也。劉誤會詩意甚深。

〔二〕姑孰：地名。在今安徽當塗。紫蝦：姑孰當地出産的一種名貴的蝦。

〔三〕湖陽：地名。在今安徽當塗湖陽鎮。

〔四〕雙箝：指蝦的兩個大螯。

〔五〕鞠躬：指蝦身體蹺曲，如鞠躬之狀，故云。湯王：諧音『湯旺』。因蝦需在沸水中煮。

〔六〕朱衣侯：指蝦煮熟後，全身變紅。

〔七〕盤餐：用盤子盛放食用。

〔八〕羅列：陳列。珍羞：珍美的肴饌。張衡《南都賦》：『珍羞琅玕，充溢圓方。』

〔九〕因蝦煮熟後，經常蘸蒜食用，故云蒜友。

〔一〇〕儔：伴侶。按：據此，則當時有啖瓜食蝦之習俗。

〔一一〕釣詩：釣蝦的詩。

〔一二〕鈎詩：鈎蝦的詩。

〔一三〕于時：在這個時候（指蝦上市的時候）。

〔一四〕款留：謂殷勤留客。

〔一五〕厭飲：猶暢飲。

〔一六〕投：猶契合。

〔一七〕云：句中語氣詞，無義。

〔一八〕馳思：遐想。悠悠：憂思貌。《詩·邶風·終風》：『莫往莫來，悠悠我思。』鄭玄箋：

『言我思其如是，心悠悠然。』喬知之《定情篇》：『去時恩灼灼，去罷心悠悠。』

〔一九〕銜杯：口含酒杯。指喝酒。劉伶《酒德頌》：『捧甖承槽，銜杯漱醪。』遐思：悠遠地思索或想象。

〔二〇〕嘐口：疑即咂口，咂嘴之義。涎：口水。喻想吃。友生冷浪濤補：杜甫《飲中八仙歌》：『汝陽三斗始朝天，道逢麯車口流涎。』

〔二一〕古詩謂鯉魚可傳書信。蔡邕《飲馬長城窟行》：『客從遠方來，遺我雙鯉魚。呼兒烹鯉魚，中有尺素書。』故此云『托雙鯉』。封緘：此指將寫好的書信封口。

〔二二〕于焉：在這時。

〔二三〕胡隱君：『胡』諧音『湖』。藉指出産蝦的湖沼。

〔二四〕『果』，《晨風閣叢書》本爲墨釘。分惠：將恩惠分與他人。又：『否』下，《唐詩百名家全集》本原有小注：『平聲。』友生冷浪濤補：杜甫《因崔五侍御寄高彭一絶》：『爲問彭州牧，何時救急難？』

一三五　採桑女

春風吹蠶細如蟻〔一〕，桑芽纔努青鴉嘴〔二〕。侵晨探采誰家女〔三〕，手挽長條淚如雨〔四〕。去歲初眠當此時〔五〕，今歲春寒葉放遲。愁聽門外催里胥〔六〕，官家二月收新絲〔七〕。

〔一〕按：陳尚君疑爲僞詩（見《全唐詩中的僞好詩例評》，刊《古典文學知識》二〇一九年第五期），然並無確證。蠶細如蟻：蠶剛從蠶卵中孵化出來時，身體的顏色是褐色或黑色，極細小，且多細毛，樣子有點像螞蟻，因謂之蠶蟻或蟻蠶。白居易《和微之春日投簡陽明洞天五十韻》：『産業論蠶蟻，孳生計鴨雛。』梅堯臣《蠶女》：『自從蠶蟻生，日日憂蠶冷。』

〔二〕『努』，《晨風閣叢書》本作『弩』，義通。凸出，鼓起。青鴉嘴：喻桑芽細小青翠之狀。

〔三〕『探采』，《晨風閣叢書》本作『采采』，疑是。本茂盛貌。《詩·秦風·蒹葭》：『蒹葭采采，白露未已。』毛亨傳：『采采，猶萋萋也。』然後人亦多誤會爲采了又采。《詩·周南·芣苢》：『采采芣苢，薄言采之。』毛亨傳：『采采，非一辭也。』侵晨：天快亮時；拂曉。

〔四〕嵇康《思親詩》：『訴蒼天兮天不聞，淚如雨兮歎青雲。』按：因桑樹枝條無桑葉可採，故採桑女見之落淚。

〔五〕初眠：蠶孵化出來後，初次蜕皮時出現不動不食的現象，謂之初眠。秦觀《蠶書·時食》：『蠶生明日，桑或柘葉風戾以食之，寸二十分，晝夜五食。九日不食，一日一夜謂之初眠，又七日，再眠如初。既食葉寸十分，晝夜六食。又七日，三眠如再。又七日，若五日不食。二日謂之眠。食半葉，晝夜八食。又三日，健食乃食全葉。晝夜十食，不三日遂繭。』當此時：在這個時候。

〔六〕猶言愁聽門外里胥催。里胥：指里長。《漢書·食貨志上》：『春將出民，里胥平旦坐于右塾，鄰長坐于左塾，畢出然後歸，夕亦如之。』顏師古注引孟康曰：『里胥，如今里吏也。』韓愈《謝自然》：『里胥上其事，郡守驚且歎。』

〔七〕聶夷中《詠田家》：『二月賣新絲，五月糶新穀。醫得眼前瘡，剜却心頭肉。』

一三六　送許户曹〔一〕

沙頭小燕鳴春和〔二〕，楊柳垂絲煙倒拖〔三〕。將軍樓船發浩歌〔四〕，雲樯高插天嵯峨〔五〕。白虹走香傾翠壺〔六〕，勸飲花前金叵羅〔七〕。神鰲駕粟升天河〔八〕，新承雨澤浮恩波〔九〕。

〔一〕許户曹：不詳，俟考。户曹：掌管民户、祠祀、農桑等的官署。後漢、三國魏以下有户曹掾。北齊與功曹同爲參軍。隋有户曹參軍。唐諸府稱户曹。在州曰司户。户曹掌管籍賬、婚姻、田宅、雜徭、道路等事。可參馬端臨《文獻通考·職官十七》。

〔二〕沙頭：沙灘邊；沙洲邊。庾信《春賦》：『樹下流杯客，沙頭渡水人。』鳴春和：和暖的春日中鳴叫。春和：春日和暖。《漢書・文帝紀》：『方春和時，草木群生之物皆有以自樂。』

〔三〕句謂倒垂的柳條上的嫩芽，從上到下越來越細，所以遠望去，就像從下到上、由淡變濃的煙霧。煙：指柳條上的嫩芽。可參一〇二《寄友三首》其三注二。

〔四〕漢元鼎五年，漢武帝曾命楊僕爲樓船將軍，攻番禺。樓船：有樓的大船。古代多用作戰船。《史記・平準書》：『是時越欲與漢用船戰逐，乃大修昆明池，列觀環之。治樓船，高十餘丈，旗幟加其上，甚壯。』浩歌：放聲高歌，大聲歌唱。《楚辭・九歌・少司命》：『望美人兮未來，臨風怳兮浩歌。』白居易《春江閑步贈張山人》：『江景又妍和，牽愁發浩歌。』此喻志氣高揚。

〔五〕雲檣（qiáng）：喻帆船桅桿，其高入雲。檣：船桅桿。嵯峨：本指山高峻貌。《楚辭・淮南小山〈招隱士〉》：『山氣巃嵸兮石嵯峨，谿谷嶄巖兮水曾波。』王逸注：『嵯峨巀嶭，峻蔽日也。』此喻桅桿之高。

〔六〕白虹走香：猶言香走白虹。謂香煙繚繞如白虹。翠壺：越地出產的一種壺。高似孫《剡録》卷七：『翠壺：甲戌冬，剡丁發諸荒墟，壺範簡古，蘚花黛緑，銅性空，入手輕。其銘：黛澤涵靈，苔花布蹟。金性積蛻，土膏輟蝕。』

〔七〕金叵羅：此指精美的酒杯。叵羅：西域語音譯，當地的一種飲酒器，口敞底淺。亦泛指酒杯。《北齊書·祖珽傳》：『神武宴寮屬，于坐失金叵羅，竇泰令飲酒者皆脱帽，于珽髻上得之。』李白《對酒》：『蒲萄酒，金叵羅，吴姬十五細馬馱。』瞿蜕園、朱金城校注：『叵羅，胡語酒杯也。《舊唐書·高宗紀》作頗羅。』

〔八〕神鰲駕粟：比喻裝載着糧食的樓船。鰲：此指神話中負載五仙山的大龜。相傳渤海之東，有一深壑，中有岱輿、員嶠、方壺、瀛洲、蓬萊五山，乃仙聖所居之地。然五山皆浮于海，常隨潮波上下往還。『帝恐流于西極，失群仙聖之居，乃命禺彊使巨鰲十五，舉首而戴之。迭爲三番，六萬歲一交焉。五山始峙而不動。而龍伯之國有大人，舉足不盈數步而暨五山之所，一釣而連六鰲，合負而趣歸其國，灼其骨以數焉。于是岱輿、員嶠二山流于北極，沉于大海，仙聖之播遷者巨億計。』事見《列子·汤問》，此因以喻大船。天河：此指通往京城的河道。

〔九〕雨澤：雨水。恩波：雙關帝王的恩澤。丘遲《侍宴樂游苑送張徐州應詔》：『參差别念舉，肅穆恩波被。』劉駕《長门怨》：『御泉長繞鳳皇樓，只是恩波别處流。』友生冷浪濤補：白居易《長恨歌》：『侍兒扶起嬌無力，始是新承恩澤時。』

一三七　詠葡萄

西園晚霽浮嫩凉〔一〕，開尊漫摘葡萄嘗〔二〕。滿架高撑紫絡索〔三〕，一枝斜嚲金琅璫〔四〕。天風颼颼葉栩栩〔五〕，蝴蝶聲乾作晴雨〔六〕。神蛟清夜蟄寒潭，萬片濕雲飛不起〔七〕。石家美人金谷遊〔八〕，羅幃翠幕珊瑚鈎〔九〕。玉盤新薦入華屋〔一〇〕，珠帳高懸夜不收〔一一〕。勝遊記得當年景〔一二〕，清氣逼人毛骨冷。笑呼明鏡上遥天〔一三〕，醉倚銀牀弄秋影〔一四〕。

〔一〕西園：園林名。本漢上林苑的别名。見七二《柳》（春思春愁一萬枝）注四。此泛指。晚霽：謂傍晚雨停，天氣晴朗。司空圖《松滋渡》其一：『江鄉宜晚霽，楚老語豐年。』嫩凉：微凉。

〔二〕開尊：白居易《宿紫閣山北邨》：『邨老見予喜，爲予開一尊。』

〔三〕紫絡索：掛滿紫色葡萄的葡萄藤。絡索：繩索。此指葡萄藤。

〔四〕嚲（duǒ）：下垂。金鋃鐺：本指鈴鐺。杜甫《大雲寺贊公房》其三：『夜深殿突兀，風動金鋃鐺。』仇兆鰲注：『此詩所用，當指鈴鐸。』此喻指葡萄。

〔五〕颼颼：象聲詞，形容風聲。栩栩：徐徐、微動貌。

〔六〕句謂風吹葡萄葉就像蝴蝶扇動翅膀發出的聲音，又像晴天的雨聲。李商隱《楚澤》：『夕陽歸路後，霜野物聲乾。』又可參三八《竹風》注四。

〔七〕句謂天上有濕雲而没能下雨，是因爲神蛟深夜蟄伏于深潭之中没有飛起。神蛟：古代傳説中指以魔力興風作浪的蛟龍。劉向《新序·善謀下》：『夫神蛟濟于淵，而鳳鳥乘于風，聖人因于時。』柳宗元《遊朝陽巖遂登西亭二十韻》：『高巖瞰清江，幽窟潛神蛟。』

〔八〕石家美人：指西晉石崇家的婢女。《世説新語·汰侈》：『石崇每要客燕集，常令美人行酒，客飲酒不盡者，使黄門交斬美人。』金谷：即金谷園。見八二《葡萄》（金谷風露凉）注二。

〔九〕羅幃：絲製的帷幔。翠幕：翠色的帷幕。潘岳《藉田賦》：『青壇蔚其嶽立兮，翠幕黕以雲布。』珊瑚鈎：用珊瑚所作的帳鈎。杜甫《八哀詩·贈秘書監江夏李公邕》：『豐屋珊瑚鈎，麒麟織成罽。』按：此句乃想象之詞，謂晚上的葡萄架宛如當年西晉豪富之家石崇的婢女，到金谷遊玩，搭起的絲製的帷幔和帷幕，葡萄就像帷幔上的珊瑚。

〔一〇〕句謂用玉盤盛着葡萄，作爲時新的貢品進入豪富之家。新薦：時新的貢品。華屋：華美的房屋。

〔一一〕珠帳：裝飾有珍珠的帷帳。又暗指綴滿葡萄的葡萄架。見八二《葡萄》（珠帳夜不收）注四。

〔一二〕勝遊：快意的遊覽。

〔一三〕『明鏡』，《晨風閣叢書》本作『明月』。句謂明亮的鏡子竟然到天上去了。明鏡：喻月。見一一七《望夫石》注四。又可參一〇一《寄友》三首其二『醉呼明月上遥天』。

〔一四〕銀牀：銀色的牀。按：此之『牀』謂坐具，因爲月光所照，故云銀牀。

一三八 蟹〔一〕

湖田十月清霜墮〔二〕，晚稻初香蟹如虎〔三〕。板罾拖網取賽多〔四〕，篾簍挑將水邊貨〔五〕。縱横連爪一尺長，秀凝鐵色含湖光〔六〕。蟛蜞石蟹已曾食〔七〕，使我一見驚非常。買之最厭黄髯老〔八〕，償價十錢尚嫌少〔九〕。漫誇丰味過蝤蛑〔一〇〕，尖臍猶勝團臍好〔一一〕。充盤煮熟堆琳琅〔一二〕，橙膏醬渫調堪嘗〔一三〕。一斗擘開紅玉滿〔一四〕，雙螯哆出瓊酥香〔一五〕。岸頭沽得泥封酒〔一六〕，細嚼頻斟弗停手。西風張翰苦思鱸〔一七〕，如斯丰味能知否。物之可愛尤可憎，嘗聞取刺於青蠅〔一八〕。無腸公子固稱美〔一九〕，弗使當道禁横行〔二〇〕。

〔一〕劉瑩瑩《唐彦謙詩歌辨僞》疑本詩爲僞作，然亦無確證，見一三四《索蝦》注一。

〔二〕古人以爲蟹經霜後始無毒，且肥美。傅肱《蟹譜·食莨》：『陶隱居云：蟹未被霜者甚有毒，以其食水莨也。人或中之，不即療，則多死。至八月腹内有稻芒，食之無毒。』皮日休《寒夜文宴得泉字》：『蟹因霜重金膏溢，橘爲風多玉腦鮮。』

〔三〕晚稻：一種生長期較長、成熟期較晚的稻，一般在霜降後收割。此時亦正是螃蟹肥美的時候。劉禹錫《曆陽書事七十韻》：『場黄堆晚稻，籬碧見冬菁。』高似孫《蟹略·肥》引顧臨詩：『如逢公釀年來富，鬬虎匡螯稻正肥。』蟹如虎：喻蟹肥壯有力。

〔四〕板罾：一種利用杠杆原理，製作使用的正方形網。用松毛竹等十字交叉捆綁架子，竹子細的一端向上，主根粗的垂下，形成拱形四脚掛網，兩根木杆小人字相連，靠岸支撑在着陸的涌基上，支點之外自然較重會輕鬆落下垂入水中，有的在網心處拴上羊骨頭做誘餌引魚進圈，當魚蝦等進入罾的範圍之内，搬罾的人迅速起罾。參《漁獲率高的板罾網》（見《海洋漁業》一九八二年第二期）。拖網：漁網的一種。形似口袋，使用時用漁船拖拽，捕撈中底層魚類。按：『板罾』一詞，唐代詩文中未見有其他用例。賽：比賽。

〔五〕篾簍：竹簍。一種用竹子編製的圓柱形容器。按：『篾簍』一詞，唐代詩文中他處未見有用例。貨：賣。

〔六〕秀：此指螃蟹背殼之光澤。鐵色：喻湖水幽深。按：蟹殼以青黑者爲佳。梅堯臣《二月七日吴正仲遺活蟹》：『年年收稻賣江蟹，二月得從何處來。滿腹紅膏肥似髓，貯盤清殼大于杯。』含湖光：猶言帶着湖水的光澤。

〔七〕蟛蜞：甲殼綱。似蟹，體小，螯足無毛，紅色；步足有毛。穴居近海地區江河沼澤的泥岸中。參《蟹略·蟛蜞》。石蟹：溪蟹的俗稱。産溪澗石穴中，體小殼堅。鮑照《登大雷岸與妹書》：『至于繁化殊育，詭質怪章，則有石蟹、土蚌、燕箕、雀蛤之儔。』

〔八〕黄髯老：此指賣蟹的黄須老者。按：『黄髯老』一詞，唐代詩文中他處未見有用例。

〔九〕償價：猶言付價、付給……錢。

〔一〇〕漫誇：空自誇贊。丰味：同『豐味』：猶言美味。釋贊寧《宋高僧傳·宋秀州靈光寺皓端傳》：『身無長衣，口無豐味，居不施關，坐唯一榻。』蝤蛑：即梭子蟹。劉恂《嶺表録異》卷下：『蝤蝥，乃蟹之巨而異者。蟹螯上有細毛如苔，身有八足。猶螯則螯無毛，足後兩小足薄而闊，俗謂之撥掉子。與蟹有殊，其大如升。南人皆呼爲蟹。』

〔一一〕尖臍：指雄蟹。雄蟹的腹甲形尖，稱『尖臍』；雌蟹的腹甲形團，稱『團臍』。

〔一二〕琳瑯：藉指美好、誘人的樣子。

〔一三〕橙膏：用橙子製作的用來蘸食螃蟹的醬料。李時珍《本草綱目·果之二·橙》：『案：《事類合璧》云：橙樹高，枝葉不甚類橘，亦有刺，其實大者如盌，頗似朱欒，經霜早熟，色黄皮厚，蹙衄如沸，香氣馥郁，其皮可以熏衣，可以芼鮮，可以和葅醢，可以爲醬虀，可以蜜煎，可以糖製爲橙丁，可以蜜製爲橙膏，嗅之則香，食之則美，誠佳果。』傅肱《蟹譜·食品》：『北人以蟹生析之，酤以鹽梅，芼以椒橙，盥手畢，即可食，目爲洗手蟹。』高似孫《蟹略·洗手蟹　酒蟹》：『黄太史賦云：「蟹微糟而帶生，今人以蟹沃之鹽酒，和以薑橙，是蟹生亦曰洗手蟹。」……黄太史詩：「解縛華堂一座傾，忍堪支解見香橙。」』

〔一四〕斗：量器。容量爲一斗。《莊子·胠篋》：『掊斗折衡，而民不争。』擘（bò）：分開；

掰開。紅玉：喻蟹黄。指雌性螃蟹體内的卵巢和消化腺，橘黄色，以味道鮮美著稱。

〔一五〕哆：見一三四《索蝦》注二〇。瓊酥：酥酪。此喻雄性蟹大螯中白色的肉。

〔一六〕沽：買。泥封酒：用泥密封尚未開啓的酒。

〔一七〕《晉書·張翰傳》：『翰因見秋風起，乃思吴中菰菜、蓴羹、鱸魚膾，曰：「人生貴得適志，何能羈宦數千里以要名爵乎！」遂命駕而歸。』

〔一八〕按：螃蟹煮熟後，容易招來蒼蠅，故詩云：『取刺於青蠅』。又暗用《詩·小雅·青蠅》：『營營青蠅，止于樊。豈弟君子，無信讒言。營營青蠅，止于棘。讒人罔極，交亂四國。』

〔一九〕無腸公子：蟹的别名。葛洪《抱朴子·登涉》：『稱無腸公子者，蟹也。』

〔二〇〕當道：在路上。又雙關掌權。横行：横着行走。又雙關肆意妄爲。

一三九　叙别〔一〕

譙樓夜促蓮花漏〔二〕，樹陰摇月蛟螭走〔三〕。蟠拏對月吸深杯〔四〕，月府清虚玉兔吼〔五〕。翠盤擘脯臙脂香〔六〕，碧碗敲冰分蔗漿〔七〕。十載番思舊時事〔八〕，好懷不似當年狂〔九〕。夜合花香開小院〔一〇〕，坐愛凉風吹醉面〔一一〕。酒中彈劍發清歌〔一二〕，白髮年來爲愁變〔一三〕。

〔一〕叙別：猶言話別。

〔二〕譙樓：城門上的瞭望樓。《三國志·吴志·吴主傳》：『詔諸郡縣治城郭，起譙樓，穿塹發渠，以備盗賊。』蓮花漏：古代的一種計時器。李肇《唐國史補》卷中：『初，惠遠以山中不知更漏，乃取銅葉製器，狀如蓮花，置盆水之上，底孔漏水，半之則沉。每晝夜十二沉，爲行道之節，雖冬夏短長，雲陰月黑，亦無差也。』張喬《寄清越上人》：『遠公獨刻蓮花漏，猶向空山禮六時。』

〔三〕猶言樹影在月光下摇曳，猶如奔跑的蛟螭。螭（chī）：古代傳説中無角的龍。

〔四〕猶言對月蟠拏深杯吸。蟠拏（ná）：屈曲作攫拿狀。此指用手握酒杯。深杯：容積大的高長的酒杯。

〔五〕月府：月宫。蕭統《十二月啓·林鐘六月》：『藏形月府，遁迹冰床。』清虚：清澈空曠。玉兔：古代神話傳説謂月中有白兔。稱月中兔。又稱月兔。歐陽詢《藝文類聚》卷一引劉向《五經通義》：『月中有兔與蟾蜍何？月，陰也，蟾蜍，陽也，而與兔並明，陰係陽也。』歐陽詢《藝文類聚》卷一引晉傅咸《擬天问》：『月中何有？白兔擣藥。』

〔六〕翠盤：青玉盤。曹植《妾薄命》其二：『覽持佳人玉顔，齊舉金爵翠盤。』此泛指精美的盤子。擘脯：此指分開的肉脯。臙脂：一種用于化妝的紅色顔料。按：句謂塗着胭脂穿着香薰衣服的侍女端上用翠盤裝的肉脯。

〔七〕碧碗：琉璃碗。杜甫《喜聞盜賊蕃寇總退口號》其四：『勃律天西采玉河，堅昆碧盌最來多。』孟元老《東京夢華録・食店》：『吾輩入店，則用一等琉璃淺稜椀，謂之「碧椀」。』敲冰：王仁裕《開元天寶遺事・敲冰煮茗》：『逸人王休居太白山下，日與僧道異人往還。每至冬時，取溪冰，敲其晶瑩者煮建茗，共賓客飲之。』此指敲下冰塊，放入甘蔗汁内。蔗漿：甘蔗汁。梁元帝《謝東宫賚瓜啓》：『味奪蔗漿，甘踰石蜜。』王維《敕賜百官櫻桃》：『飽食不須愁内熱，大官還有蔗漿寒。』

〔八〕番思：猶言回想，回憶。番：通『翻』。杜甫《北征》：『翻思在賊愁，甘受雜亂聒。』

〔九〕好懷：好興致。陶潛《飲酒》其十：『清晨聞叩門，倒裳往自開。問子爲誰歟，田父有好懷。』當年：指少年時。羅虬《比紅兒詩》：『不似紅兒些子貌，當時争得少年狂。』

〔一〇〕夜合花：合歡的别名。落葉灌木，葉橢圓形，至長圓形，先端尾狀漸尖。花頂生，色白，極香。《太平御覽》卷九五八引晉周處《風土記》：『夜合，葉晨舒而暮合。一名合昏。』元稹有《夜合》詩。

〔一一〕坐：程度副詞。猶言甚、特别。

〔一二〕彈劍：猶彈鋏。指彈擊劍把。《戰國策・齊策四》：『齊人有馮諼者，貧乏不能自存，使人屬孟嘗君，願寄食門下。孟嘗君曰：「客何好？」曰：「客無好也。」曰：「客何能？」曰：「客無能也。」孟嘗君笑而受之曰：「諾。」左右以君賤之也，食以草具。居有頃，倚柱彈其劍，歌曰：「長鋏歸來乎！食無魚。」左右以告。孟嘗君曰：「食之，比門下之客。」居有頃，復彈其鋏，歌曰：「長歸來乎！出無車。」左右皆笑之，以告。孟嘗君曰：「爲之駕，比門下之車客。」于是乘其車，揭其劍，過其友曰：「孟嘗君客我。」後有頃，復彈其劍鋏，歌曰：「長鋏歸來乎！無以爲家。」左右皆惡之，以爲貪而不知足。孟嘗君問：「馮公有親乎？」對曰：「有老母。」孟嘗君使人給其食用，無使乏。于是馮諼不復歌。』李白《玉真公主别館苦雨贈衛尉張卿》其一：『彈劍謝公子，無魚良可哀。』

〔一三〕猶言年來爲愁變白髮。年來：近年以來。

補編

一四〇 木蘭〔一〕

衆花摇落正無憀〔二〕，脈脈芳叢契後凋〔三〕。舒卷緑苞臨小檻〔四〕，剪裁檀的綴長條〔五〕。獨當春盡情何限〔六〕，尚有秋期别未遥。桃葉近來消息絶〔七〕，見君長憶木蘭橈〔八〕。

〔一〕按：詩見《全唐詩》卷八百八十五《補遺四》，然來歷出處不詳，後同。木蘭：香木名。又名杜蘭、林蘭。皮似桂而香，狀如楠樹。李時珍《本草綱目·木一·木蘭》：『木蘭枝葉俱疏，其花内白外紫，亦有四季開者，深山生者尤大，可以爲舟。』此指此種植物的花。

〔二〕摇落：凋落。無憀：空閑而煩悶的心情，閑而鬱悶。李商隱《雜曲歌辭·楊柳枝》：『暫憑樽酒送無憀，莫損愁眉與細腰。』

〔三〕脈脈：凝視貌。《漢書·東方朔傳》：『跂跂脈脈善緣壁，是非守宫即蜥蜴。』顔師古注：『脈脈，視貌也。』又可參九二《七夕》（會合無由歎久違）注二。契：契合，投合。後凋：《論語·子罕》：『子曰：「歲寒，然後知松柏之後彫也。」』

〔四〕綠苞：帶着綠葉的花苞。《梁書·張率傳》：『發色于綠苞，佇流芬于紫裹。』小檻(jiàn)：低矮的欄杆。張祜《題丹陽永泰寺練湖亭》：『小檻俯澄鮮，龍宫浸浩然。』

〔五〕檀的：古代婦女用紅色點于面部的裝飾。杜牧《寄澧州張舍人笛》：『檀的染時痕半月，落梅飄處響穿雲。』

〔六〕『獨當春盡』呼應前『衆花揺落』。

〔七〕桃葉：傳爲東晉王獻之妾，常渡江與其相會。見一一二二《遊清涼寺》注三。

〔八〕木蘭橈：木蘭樹做的船槳。此藉指船，猶言木蘭舟。《全唐詩》作『渡江橈』。駱賓王《晚泊河曲》：『通波竹箭水，輕舸木蘭橈。』任昉《述異記》卷下：『木蘭洲在潯陽江中，多木蘭樹。昔吴王闔閭植木蘭于此，用構宫殿也。七里洲中，有魯般刻木蘭爲舟，舟至今在洲中。詩家云木蘭舟，出于此。』

一四一　玉蕊〔一〕

玉蕊兩高樹，相輝松桂旁〔二〕。向來塵不雜〔三〕，此夜月仍光〔四〕。秀掩叢蘭色〔五〕，艷吞穠李芳〔六〕。世人嫌具美〔七〕，何必更清香〔八〕。

〔一〕玉蕊：花名，唐代詩文多見，宋人以爲瓊花，見張淏《雲谷雜記》。今人吴征鎰以爲乃山礬，屬山礬科白檀。落葉灌木或小喬木，高可達五米，花白色。

〔二〕相輝：猶言交相輝映。

〔三〕向來：從來，一向。塵不雜：喻其花色之白。

〔四〕句謂即使在夜晚也因月光的照耀而皎潔。

〔五〕謂玉蕊的花掩蓋了蘭花。叢蘭：叢生的蘭草。

〔六〕吞：超過、勝過。穠李：密集盛開的李花。沈佺期《芳樹》：『夭桃色若綬，穠李光如練。』

〔七〕具美：完美，各方面都美。《晉書·山濤傳論》：『若夫居官以潔其務，欲以啓天下之方，事親以終其身，將以勸天下之俗，非山公之具美，其孰能與于此者哉！』

〔八〕玉蕊無香，故云。

一四二　蓮

新蓮映多浦〔一〕，迢遞緑塘東〔二〕。静影摇波日，寒香映水風。金塵飄落蕊〔三〕，玉露洗殘紅〔四〕。看著餘芳少，無人問的中〔五〕。

〔一〕多浦：此指衆多的池塘。

〔二〕迢遞：連綿不絶貌。沈約《九日侍宴樂遊苑》：『虹旌迢遞，翠華葳蕤。』楊巨源《送絳州盧使君》：『朱欄迢遞因高勝，粉堞清明欲下遲。』

〔三〕金塵：秋風刮起的塵土。張協《雜詩》：『金風扇素節，丹霞啓陰期。』李善注：『西方爲秋而主金，故秋風曰金風也。』

〔四〕玉露：秋天的露水。謝朓《泛水曲》：『玉露沾翠葉，金風鳴素枝。』杜甫《秋興》之一：『玉露凋傷楓樹林，巫山巫峽氣蕭森。』殘紅：已凋零殘損的花。白居易《龍昌寺荷池》：『冷碧新秋水，殘紅半破蓮。』

〔五〕的（di）：通『菂』。蓮子。潘岳《芙蓉賦》：『丹煇拂紅，飛鬚垂的。』李商隱《李夫人》之二：『剩結茱萸枝，多擘秋蓮的。』

一四三　望岳時賊據華夏〔一〕

長路風埃隔楚氛〔二〕，忽驚神岳映朝曛〔三〕。削成絶壁五千仞，高揖泥金七十君〔四〕。祝史秘辭今莫睹〔五〕，從臣嘉頌久無聞〔六〕。幽人閑望封中地〔七〕，好爲吾皇起白雲〔八〕。

〔一〕岳：當指東岳泰山。華夏：此指中原一帶。《尚書·武成》：『華夏蠻貊，罔不率俾。』《三國志·蜀志·關羽傳》：『羽威震華夏，曹公議徙許都以避其鋭。』按：此詩所言泰山，無法從今五代以來各詩文選中收録之唐彦謙詩所涉及之地理行蹤中得到佐證，存疑。

〔二〕風埃：意當同風塵，喻指戰亂。《後漢書・班固傳下》：『設後北虜稍彊，能爲風塵，方復求爲交通，將何所及？』杜甫《重經昭陵》：『風塵三尺劍，社稷一戎衣。』楚氛：楚地惡劣鄙俗之氣。《左傳・襄公二十七年》：『晉楚各處其偏。伯夙謂趙孟曰：「楚氛甚惡，懼難。」』杜預注：『氛，氣也。言楚有襲晉之氣。』

〔三〕神岳：對山岳的敬稱，言其具有靈異。曹植《遠遊篇》：『靈鼇戴方丈，神嶽儼嵯峨。』傅玄《正都賦》：『神岳雙立，岡巖崟崟。』此指泰山。朝曛：此指朝陽與夕陽。

〔四〕高揖：雙手抱拳高舉過頭作揖。古代作爲辭別時的禮節。《孔叢子・儒服》：『子高遊趙，平原君客有鄒文、季節者，與子高相友善。及將還魯，故人訣既畢，文、節送行三，宿臨別，文、節流涕交頤，子高徒抗手而已，分背就路。其徒問曰：「先生與彼二子善，彼有戀戀之心，未知後會何期，悽愴流涕，而先生厲聲高揖，無乃非親親之謂乎？」』泥金：古代帝王行封禪禮時所用的玉牒有玉檢、石檢，檢用金縷纏住，用水銀和金屑泥封。見《後漢書・祭祀志上》。後因以藉指封禪。劉勰《文心雕龍・封禪》：『樹石九昊，泥金八幽。』七十君：指上古時期曾到泰山封禪的七十多個首領。《史記・封禪書》：『秦繆公即位九年，齊桓公既霸，會諸侯于葵丘，而欲封禪。管仲曰：「古者封泰山禪梁父者，七十二家，而夷吾所記者十有二焉。」』

〔五〕祝史：主持祭祀之官。《左傳・昭公十八年》：『郊人助祝史除于國北。』孔穎達疏：『祝史，掌祭祀之官。』秘辭：此指封禪時的禱祝之辭。

〔六〕從臣：跟隨封禪的大臣。嘉頌：贊美稱頌之詞。班固《西都賦》：『采遊童之讙謠，第從臣之嘉頌。』宋之问《奉和幸神皋亭应制》：『多慚獻嘉頌，空累屬車塵。』

〔七〕幽人：隱士。《易·履》：『履道坦坦，幽人貞吉。』孔穎達疏：『幽人貞吉者，既無險難，故在幽隱之人守正得吉。』《後漢書·逸民傳序》：『光武側席幽人，求之若不及。』此作者自指。封中地：封禪的土地。

〔八〕白雲：《史記·封禪書》：『皆至泰山祭后土，封禪祠；其夜若有光，晝有白雲起封中。』此指祥瑞之兆。

一四四　片石〔一〕

小齋廬阜石〔二〕，寄自沃洲僧〔三〕。山客勞携笈〔四〕，幽人自得朋〔五〕。瘦雲低作段〔六〕，野浪凍成雲〔七〕。便可同清話〔八〕，何須有物憑〔九〕。

〔一〕片石：孤石；一塊石頭。李頎《題璿公山池》：『片石孤峰窺色相，清池皓月照禪心。』此當指用作假山之石。

〔二〕廬阜：當指江西九江附近之廬山。劉孝綽《酬陸長史倕》：『廬阜擅高名，岧岧凌太清。』

〔三〕沃洲：此或指沃州山，在今浙江新昌。見《元豐九域志》卷五。東晉支遁嘗駐錫于此。

〔四〕句猶言勞山客負笈。山客：當指沃州僧。負笈（jí）：謂其將廬山石背負而來事。笈：盛器。多竹、藤編織，常用以放置書籍、衣巾、藥物等。

〔五〕幽人：作者自指。見一四三《望岳時賊據華夏》注七。又《易·坤卦》：『君子有攸往，先迷；後得主，利。西南得朋，東北喪朋。』

〔六〕段：通『緞』。

〔七〕句謂沃州山雲如錦緞，如野浪。

〔八〕清話：高雅不俗的言談。陶潛《與殷晉安別》：『信宿酬清話，益復知爲親。』岑參《虢州卧疾喜劉判官相過水亭》：『見君勝服藥，清話病能除。』

〔九〕句謂何須藉助此片石。憑：依託。

一四五　柳

春風向楊柳〔一〕，能事盡風流〔二〕。有意疑張緒〔三〕，無情見莫愁〔四〕。依然金谷在〔五〕，寧免武昌偷〔六〕。前路難回首，何須苦映樓〔七〕。

〔一〕向：對。

〔二〕能事：擅長的事。

〔三〕張緒：字思曼，南朝齊吴郡吴縣（今蘇州）人。見一九《賀李昌時禁苑新命》（振鷺翔鸞集禁闈）注五。

〔四〕莫愁：傳爲石城歌女名，具體時代已難詳考。郭茂倩《樂府詩集·莫愁樂》：『莫愁在何處？莫愁石城西。艇子打兩槳，催送莫愁來。』按：古人常于水邊遍種楊柳，故云。

〔五〕金谷：地名，即金谷園，在今河南洛陽。西晉石崇嘗于此築别業。見八二《葡萄》（金谷風露凉）注二。李益《上洛橋》：『金谷園中柳，春來似舞腰。』

〔六〕《晉書·陶侃傳》：『（陶）侃性纖密好問，頗類趙廣漢。嘗課諸營種柳，都尉夏施盜官柳植之于己門，侃後見，駐車問曰：「此是武昌西門前柳，何因盜來此種？」施惶怖謝罪。』

〔七〕孟浩然《泝江至武昌》：『行看武昌柳，髣髴映樓臺。』

一四六　紫薇花〔一〕

素秋寒露重，芳事固應稀〔二〕。小檻臨清沼〔三〕，高叢見紫薇。濕纑終有思〔四〕，暗淡豈無輝〔五〕。見欲迷交甫〔六〕，誰能狀宓妃〔七〕。妝新猶倚鏡〔八〕，步緩不勝衣。怳似新相得，悵如久未歸。又疑神女過〔九〕，猶佩七香幃〔一〇〕。還似星娥織〔一一〕，初臨五綵機〔一二〕。慶雲今已集〔一三〕，威鳳莫驚飛〔一四〕。綺筆題難盡〔一五〕，煩君白玉薇〔一六〕。

〔一〕紫薇：花木名，千屈菜科紫薇屬落葉灌木或小喬木，高可達七米。又稱滿堂紅、百日紅。樹皮滑澤，夏、秋之間開花，淡紅紫色或白色，美麗可供觀賞。

〔二〕芳事：開花的事情。

〔三〕小檻：低矮的欄杆。張祜《題丹陽永泰寺練湖亭》：『小檻俯澄鮮，龍宮浸浩然。』清沼：猶言清池。束晳《補亡詩》之六：『魚游清沼，鳥萃平林。』

〔四〕濕蘆：不詳，俟考。

〔五〕此詩所詠乃白紫薇，故此句言暗淡。

〔六〕句猶言交甫見欲迷。交甫：即鄭交甫。相傳他曾于漢臯臺下遇到兩位神女。見張衡《南都賦》『遊女弄于漢臯之曲』。李善注引《韓詩外傳》。又左思《蜀都賦》：『娉江斐，與神遊。』李善注：『江斐二女，遊于江濱，逢鄭交甫，挑之，不知其神女也。遂解珮與之，交甫悦，受珮而去數十步，空懷無珮，女亦不見。語在《列仙傳》。』張子容《春江花月夜二首》之二：『交甫憐瑶珮，仙妃難重期。』

〔七〕宓妃：傳説中的洛水女神。見二七《洛神》注一。李白《感興》詩之二：『洛浦有宓妃，飄飖雪争飛。』

〔八〕鏡：此當指鏡臺。即裝有鏡子的梳妝臺。徐堅《初學記》卷二五引《魏武雜物疏》：『鏡臺出魏宮中，有純銀參帶鏡臺一，純銀七子貴人公主鏡臺四。』

〔九〕神女：此當指漢臯之神女。見注六。

〔一〇〕七香幃：此指香囊。見注六。七香：極言香料之多。

〔一一〕星娥織：此指織女。李商隱《聖女祠》：『星娥一去後，月姊更來無？』朱鶴齡注：『星娥謂織女。』

〔一二〕五綵機：即織機。可參九二《七夕》（會合無由歎久違）注二。

〔一三〕慶雲：五色雲。古人以爲喜慶、吉祥之氣。《列子·湯問》：『慶雲浮，甘露降。』《漢書·天文志》：『若煙非煙，若雲非雲，鬱鬱紛紛，蕭蕭輪囷，是謂慶雲。慶雲見，喜氣也。』

〔一四〕威鳳：瑞鳥。舊説鳳有威儀，故稱。《關尹子·九藥》：『威鳳以難見爲神，是以聖人以深爲根。』《漢書·宣帝紀》：『九真獻奇獸，南郡獲白虎威鳳爲寶。』顔師古注引晉灼曰：『鳳之有威儀者也，與《尚書》「鳳皇來儀」同意。』

〔一五〕綺筆：猶言彩筆。南朝陳江淹少時，曾夢人授以五色筆，從此文思大進，晚年又夢一個自稱郭璞的人索還其筆，自後作詩，再無佳句。見鍾嶸《詩品》。此指能寫出詞藻富麗的文辭的筆。

〔一六〕煩：勞煩。猶言辜負。白玉薇：指紫薇。因紫薇花或白色，故擬以白玉。

一四七　望中條〔一〕

虞鄉縣西郭〔二〕，改觀揖中條〔三〕。第蓄終南小〔四〕，交□□□遥。崦深應有寺〔五〕，峰盡恐通橋。爲語前村叟，他時應採樵〔六〕。

〔一〕題下原有小注：『第四句缺三字。』中條：山名，此山薄狹而延袤，故謂之中條。位于今山西省南部，黄河、涑水河間，横跨臨汾、運城、晉城三市。

〔二〕虞鄉縣：在山西省永濟。唐屬河東道河中府。

〔三〕改觀：猶言改容。改變原有的儀容。

〔四〕終南：終南山。又稱中南山、太白山、太乙山，爲秦嶺山脈的一段，西起陝西寶雞眉縣，東至陝西西安藍田縣。

〔五〕崦（yān）：山崦。指山坳。許渾《歲暮自廣江至新興往復中題峽山寺》之一：『樹隨山崦合，泉到石稜分。』

〔六〕他時：昔日、往時。王維《終南山》：『欲投人處宿，隔水問樵夫。』

一四八　蒙穀山〔一〕

蒙穀山低碧海枯〔二〕，仲君閑坐説麻姑〔三〕。遥天鶴語知虚實〔四〕，長夜神光竟有無〔五〕。祕祝齋心開九轉〔六〕，侍臣回首聽三呼〔七〕。交朋漫信文成術〔八〕，短燭瑶壇漏滿壺〔九〕。

〔一〕按：此詩不類唐彦謙詩，地理行蹤亦與五代宋選本所選唐彦謙詩不合，可疑，然亦無確證，故存之。蒙穀山：不詳，詩句多言祭祀事，疑即蒙山，又稱東蒙山，在今山東省臨沂市西北。可與一四三《望岳時賊據華夏》互參。

〔二〕碧海枯：用《神仙傳》典故，見注三。

〔三〕仲君：疑指董仲君。古神仙名。葛洪《神仙傳》卷七《董仲君》：『董仲君者，臨淮人也。服炁鍊形，二百餘歲不老，曾被誣繫獄，乃佯死。須臾蟲出，獄吏乃舁出之，忽失所在。』麻姑：古神仙名。傳説東漢桓帝時曾應仙人王遠（字方平）召，降于蔡經家，爲一美麗女子，年可十八九歲，手纖長似鳥爪。蔡經見之，心中念曰：『背大癢時，得此爪以爬背，當佳。』方平知經心中所念，使人鞭之，且曰：『麻姑，神人也，汝何思謂爪可以爬背耶？』麻姑自云：『接侍以來，已見東海三爲桑田。』又能擲米成珠，爲種種變化之術。事見葛洪《神仙傳》卷三。

〔四〕指傳説中的遼東人丁令威修道升仙、化鶴歸飛之事。見五〇《賀李昌時禁苑新命》（玉簡金文直上清）注九。

〔五〕神光：此指祥瑞之兆。《漢書·宣帝紀》：『（神爵）四年春二月，詔曰：「乃者鳳皇甘露降集京師，嘉瑞並見。修興泰一、五帝、后土之祠，祈爲百姓蒙祉福。鸞鳳萬舉，蜚覽翺翔，集止于旁。齋戒之暮，神光顯著。薦鬯之夕，神光交錯。或降于天，或登于地，或從四方來集于壇。上帝嘉嚮，海内承福。』

〔六〕秘祝：指秘室禱祝。齋心：祛除雜念，使心神凝寂。《列子·黄帝》：『退而閑居大庭之館，齋心服形。』九轉：指九轉丹或其煉製秘訣。道教謂丹的煉製有一至九轉之别，而以九轉爲貴。葛洪《抱朴子·金丹》：『九轉之丹，服之三日得仙。』何遜《七召·神仙》：『尋玉塵于萬里，守金竈于千年。三屍可度，九轉難傳。』

〔七〕《漢書·武帝紀》：『（元封元年）翌日，親登崇嵩，御史乘屬在廟旁，吏卒咸聞呼萬歲者三。』

〔八〕交朋：交往的朋友。文成：本西漢齊地方士少翁之封號。《史記·孝武本紀》：『其明年，齊人少翁以鬼神方見上。上有所幸王夫人，夫人卒，少翁以方術蓋夜致王夫人及竈鬼之貌云，天子自帷中望見焉。于是乃拜少翁爲文成將軍，賞賜甚多，以客禮禮之。文成言曰：

「上即欲與神通，宮室被服不象神，神物不至。」乃作畫雲氣車，及各以勝日駕車辟惡鬼。又作甘泉宮，中爲臺室，畫天、地、泰一諸神，而置祭具以致天神。居歲餘，其方益衰，神不至，乃爲帛書以飯牛，詳弗知也，言此牛腹中有奇，殺而視之，得書，書言甚怪，天子疑之。有識其手書，問之人，果僞書，于是誅文成將軍而隱之。』

〔九〕瑶壇：用美玉砌成的高臺，多指神仙的居處。《後漢書・方術傳序》：『然神經怪牒，玉策金繩，關扃于明靈之府，封縢于瑶壇之上者，靡得而闚也。』漏滿壺：即漏壺，古代計時工具。按：此句言夜晚禱祝之狀。

一四九　菊

雪菊金英兩斷腸〔一〕，蝶翎蜂鼻帶清香〔二〕。寒村宿霧臨幽徑〔三〕，廢苑斜暉傍短牆。近取松筠爲伴侣〔四〕，遠將桃李作參商〔五〕。年來病肺疏杯酒〔六〕，每憶龍山似故鄉〔七〕。

〔一〕金英：本指秋天的花，此特指菊花。因古人五行學説謂西方、秋天爲金。《吕氏春秋・孟秋》：『某日立秋，盛德在金。』高誘注：『盛德在金，金主西方也。』斷腸：猶言使人心醉。

〔二〕蝶翎：猶言蝶翅。温庭筠《春日野行》：『蝶翎朝粉盡，鴉背夕陽多。』

〔三〕宿霧：夜霧。陶潛《詠貧士》：「朝霞開宿霧，衆鳥相與飛。」白居易《酬鄭侍御多雨春空過詩三十韻》：「慘淡陰煙白，空濛宿霧黄。」

〔四〕松筠：松樹和竹子。因松竹與菊花，同樣經秋不凋，故云菊花與松筠爲伴侣。

〔五〕參（shēn）商：參星和商星。參星在西，商星在東，此出彼没，永不相見。喻彼此疏離。語本《左傳·昭公元年》：「昔高辛氏有二子，伯曰閼伯，季曰實沈。居于曠林，不相能也。日尋干戈，以相征討。後帝不臧，遷閼伯于商丘，主辰，商人是因，故辰爲商星。遷實沈于大夏，主參，唐人是因，以服事夏商。」

〔六〕病肺：肺病，故忌酒。楊巨源《答振武李逢吉判官》：「近來時輩都無興，把酒皆言肺病同。」疏：疏遠，遠離。

〔七〕龍山：山名。北齊後主高緯武平年間又以爲縣名，在今山西太原一帶。李吉甫《元和郡縣圖志》卷十六：「（晉陽縣）武平六年于今治置龍山縣，屬太原郡，因縣西龍山以爲名也。隋開皇三年，罷郡，置并州。十年，廢龍山縣，移晉陽縣治之。」

主要參考文獻

明胡震亨《唐詩統籤》，海南出版社二〇〇〇年版

《明錢謙益抄本鹿門集》，文物出版社二〇一六年版

席啓寓《唐詩百名家全集》，清康熙四十七年東山席氏琴川書屋仿宋本

彭定求等《全唐詩》，上海古籍出版社一九八六年影印康熙揚州詩局版

沈宗畸《晨風閣叢書》，中國書店二〇〇九年版

《續修四庫全書》，上海古籍出版社二〇〇二年版

《四庫全書存目叢書》，齊魯書社一九九七年版

《文淵閣四庫全書》，臺灣商務印書館一九八六年版

《十三經注疏》整理本　北京大學出版社二〇〇〇年版

西漢司馬遷《史記》，中華書局一九八二年版

東漢班固《漢書》，中華書局一九六二年版

晉陳壽《三國志》，中華書局一九八二年版

南朝宋范曄《後漢書》，中華書局一九六五年版

唐房玄齡《晉書》，中華書局一九七四年版

南朝梁沈約《宋書》，中華書局一九七四年版

南朝梁蕭子顯《南齊書》，中華書局一九七二年版

唐李百藥《北齊書》，中華書局一九七二年版

北齊魏收《魏書》，中華書局一九七四年版

唐姚思廉《梁書》，中華書局一九七三年版

唐姚思廉《陳書》，中華書局一九七二年版

唐李延壽《南史》，中華書局一九七五年版

唐李延壽《北史》，中華書局一九七四年版

唐魏徵《隋書》，中華書局一九七三年版

五代後晉劉昫《舊唐書》，中華書局一九七五年版

宋歐陽修《新唐書》，中華書局一九七五年版

周本淳《唐才子傳校正》，江蘇古籍出版社一九八七年版

宋李昉《文苑英華》，中華書局一九六六年版

《唐人選唐詩十種》，上海古籍出版社一九七八年版

清何文焕《歷代詩話》，中華書局一九八一年版

清丁福保《歷代詩話續編》，中華書局一九八三年版
清丁福保《清詩話》，上海古籍出版社一九七八年版
郭紹虞《清詩話續編》，上海古籍出版社一九八三年版
唐汝詢《唐詩解》，河北大學出版社二〇〇一年版
陸林《金聖歎全集》，鳳凰出版社二〇〇八年版
李慶甲《瀛奎律髓彙評》，上海古籍出版社二〇〇五年版

附録一：五代以來詩文選本收録唐彥謙詩歌情況表

題目	收録選本	詩歌體裁	詩歌内容	詩歌特點	反映地理行蹤	是否存在疑點
新豐	《文苑英華》	七律	宦遊		今陝西西安	否
蒲津河亭	《文苑英華》《三體唐詩》	七律	宦遊		今山西永濟	否
秋霽豐德寺與玄真師詠月	《文苑英華》	七律	酬贈	與僧侶之交遊	今陝西西安	否
長陵	《文苑英華》	七律	宦遊	取首句二字爲題	今陝西西安	否
緋桃	《三體唐詩》	七律	詠物			否
小院	《才調集》	五絶	詠懷			否
春雪初霽杏花正芳月上夜吟	《萬首唐人絶句》	五絶	詠物			否

文惠宫人	《萬首唐人絶句》	五絶	詠史			否
贈竇尊師	《萬首唐人絶句》	五絶	酬贈	與道士之交遊		否
穆天子傳	《萬首唐人絶句》	七絶	詠史			否
楚天	《萬首唐人絶句》	七絶	詠懷	取首句二字爲題	今重慶湖北一帶	否
寄徐山人	《萬首唐人絶句》	七絶	酬贈	與隱士之交遊		否
題宗人故帖	《萬首唐人絶句》	七絶	詠懷		今陝西興平	否
垂柳	《才調集》《萬首唐人絶句》《唐詩紀事》	七絶	詠物			否
登興元城觀烽火	《萬首唐人絶句》	七絶	宦遊		今陝西漢中	否
鄧艾廟	《萬首唐人絶句》	七絶	宦遊		今四川廣元	否

曲江春望	《萬首唐人絶句》《三體唐詩》	七絶	宦遊		今陝西西安	否
漢殿	《萬首唐人絶句》	七絶	詠懷		今陝西西安	否
賀李昌時禁苑新命（振鷺翔鸞集禁闈）	《文苑英華》	七絶	酬贈	與僚屬之交遊		
牡丹（顏色無因饒錦繡）	《萬首唐人絶句》	七絶	詠物			
羅江驛	《萬首唐人絶句》	七絶	宦遊		今四川德陽	否
奏捷西蜀題沱江驛	《萬首唐人絶句》	七絶	宦遊		今四川成都	否
春早落英	《萬首唐人絶句》《寶真齋法書贊》	七絶	詠物			否
仲山	《萬首唐人絶句》	七絶	詠懷		今陝西蒲城	否

漢祠	《萬首唐人絶句》	七絶	詠懷	取首句二字爲題		否
四老廟	《萬首唐人絶句》	七絶	詠懷		今陝西西安	否
洛神	《萬首唐人絶句》	七絶	詠懷		今河南洛陽	否
初秋到慈州冬首换絳牧	《萬首唐人絶句》	七絶	宦遊		今山西吉縣、新絳	否
南梁戲題漢高廟	《萬首唐人絶句》	七絶	宦遊		今四川廣元	否
重經馮家舊里	《萬首唐人絶句》	七絶	宦遊		今陝西西安一帶	否
克復後登安國寺閣	《萬首唐人絶句》	七絶	感時		今陝西西安	否

題虔僧室	《萬首唐人絶句》	七絶	酬贈	與僧侶之交遊		此詩多處使用佛教典故，不比其他泛泛之談，爲選本詩歌中之孤例。
見煬帝寶帳	《萬首唐人絶句》	七絶	詠懷			否
樓上偶題	《萬首唐人絶句》	七絶	感時			否
親仁里聞猿	《萬首唐人絶句》	七絶	感時		今陝西西安	否

聞李瀆司勛下世	《萬首唐人絶句》	七絶	感時			否
試夜題省廊桂	《萬首唐人絶句》	七絶	宦遊		今陝西西安	否
竹風	《萬首唐人絶句》	七絶	宦遊	取首句二字爲題		否
長溪秋望	《才調集》《萬首唐人絶句》	七絶	詠懷		今陝西西安	否
嚴子陵	《萬首唐人絶句》	七絶	詠史	取首句二字爲題		
北齊	《萬首唐人絶句》	七絶	詠史			否
楚世家	《萬首唐人絶句》	七絶	詠史			否
驪山道中	《萬首唐人絶句》	七絶	宦遊		今陝西西安	
韋曲	《萬首唐人絶句》	七絶	詠懷		今陝西西安	否
黄子陂荷花	《萬首唐人絶句》	七絶	詠物		今陝西西安	否

野行	《萬首唐人絶句》	七絶	詠懷			否
興元沈氏莊	《文苑英華》	七絶	宦遊		今陝西漢中	否
亂後經表兄瓊華觀舊居	《文苑英華》	七律	感時	與道士之交遊	疑在今江蘇揚州	否
秋霽夜吟寄友人	《文苑英華》	七律	酬贈	與僧侣之交遊	疑在江西廬山	否
賀李昌時禁苑新命（玉簡金文直上清）	《文苑英華》	七律	酬贈	與僚屬之交遊		否
寄蔣二十四	《才調集》	七律	酬贈	與僧侣之交遊		否
寄懷	《才調集》《文苑英華》	七律	詠懷			否

送樊瑄司業歸朝	《文苑英華》	五言排律	酬贈	與僚屬之交遊		否
奉使岐下……有作	《文苑英華》	七律	感時	與僚屬之交遊	今陝西岐山一帶	否
咸通中……因成二十韻	《文苑英華》	五言排律	感時			否
東韋曲野思	《文苑英華》	七律	詠懷		今陝西西安	否
上巳	《才調集》	五律	酬贈	取首句二字爲題		否
移莎	《文苑英華》	五言排律	詠物		今陝西西安	否
西明寺威公盆池新稻	《文苑英華》	七律	詠物	與僧侶之交遊	疑江西廬山	否
紅葉	《文苑英華》	五言排律	詠物			否
鸂鶒	《文苑英華》	七律	詠物			否

螢	《文苑英華》	七律	詠物			否
夜蟬（翠竹高梧夾後溪）	《文苑英華》	七律	詠物			否
七夕（露白風清夜向晨）	《文苑英華》《歲時雜詠》《唐詩紀事》	七律	詠懷			否
中秋夜玩月	《文苑英華》《歲時雜詠》《唐詩紀事》	七律	詠懷			否
八月十六日夜月	《才調集》《歲時雜詠》《唐詩紀事》	七律	詠懷			否
春殘	《才調集》	五律	詠懷			否
玫瑰	《才調集》	五律	詠物			否

牡丹（真宰多情巧思新）	《才調集》	七律	詠物			否
秋晚高樓	《才調集》	七律	詠懷			否
離鸞	《才調集》	七律	詠懷			否
柳（春思春愁一萬枝）	《才調集》	七律	詠物			否
春陰	《才調集》	七律	詠懷			否
春深獨行馬上有作	《才調集》	七律	詠懷			否
春雨	《才調集》	五言排律	詠物			否
漢代	《才調集》	五言排律	詠史	取首句二字爲題		否
牡丹（青帝於君事分偏）	《萬首唐人絶句》	七絶	詠物			否

附録二：五代以來詩文選本之外署名唐彥謙詩歌可信度表

題目	體裁是否相同	題材是否相同	風格是否近似	地理行蹤是否吻合	語義等是否具有關聯	是否存在其他疑點	可信度
松	否	是	是	／	是，『誰云山澤間，而無梁棟材』與《樓上偶題》『可能前領空斋木，應有懷才抱器人』意近。	否	高
梅	否	是	是	否	否	用韻存疑	低
蘭二首	否	是	是	／	否	否	中
葡萄（金谷風露涼）	否	是	是	／	否	否	中
春草（隨夢入池塘）	否	是	是	是	否	否	中
漁	否	否	否	／	否	否	低

留別四首	是	是	否	/	否	否	中
秋葵	是	是	是	/	是，末句『傾陽一點丹心在，承得中天雨露多』與《牡丹》『雖然占得笙歌地，將甚酬他雨露恩』意近。	否	高
春草（天北天南遶路邊）	是	是	是	/	否	否	中
春日偶成	是	是	是	/	否	否	中
七夕（會合無由歎久違）	是	是	是	/	與《松》、《樓上偶題》等同。	否	高
懷友	是	是	是	/	否	否	中
翡翠	是	是	是	/	否	否	中
詠馬二首	是	否	是	/	否	否	中

留別（丹湖湖上送行舟）	是	是	是	否	否	否	低
詠竹	是	是	是	／	末句『月明午夜生虛籟，誤聽風聲是雨聲』與《竹風》『夜來留得江湖夢，全爲乾聲似荻花』表現手法近似。	否	高
憶孟浩然	是	是	是	／	否	《晨風閣叢書·鹿門集》所收《過浩然先生墓》等詩，經考訂爲戴表元之詩，疑此亦同彼。	低
寄友三首	是	是	是	是	否	否	中
無題十首	是	是	是	／	是，如『錦帳芙蓉』、『同心』等。另唐彥謙取首二字爲題之詩甚多。	否	高

留別（西入潼關路）	是	是	是	是	『葵傾報國心』與《秋葵》『傾陽一點丹心在』意近。	否	高
宿獨留	是	否	否	否	否	否	低
客中感懷	是	是	否	/		據『思家豈爲尊』，則作者當是江南一帶人。	低
過三山寺	是	是	否	否	否	否	低
望夫石	是	否	否	/	否	疑所描寫爲長江一帶景物。	中
過湖口	是	否	否	否	否	否	低
夜泊東溪有懷	是	是	否	否	否	否	中
登廬山	是	否	是	是	否	否	高
金陵九日	是	是	否	否	否	『雨花臺』一詞未見唐人用例。	低

遊清涼寺	是	是	否	否	否	『清涼寺』等地名，唐時典籍未見。	低
高平九日	是	是	是	/	否	『高平』不知所指，存疑。	中
金陵懷古	是	是	否	否	否	否	低
道中逢故人	是	是	否	否		『蘭陵』不知所指，存疑。	低
早行遇雪	否	否	否	/	否	否	低
樊登見寄四首	否	是	否	/	否	括城不知所指，存疑。	低
宿田家	否	否	否	/	否	否	低
夏日訪友	否	是	否	/	否	用韻存疑	低
遊南明山	否	否	否	否	否	用韻存疑	低
索蝦	否	否	否	否	否	否	低

採桑女	否	否	否	／	否	否	中
送許户曹	是	是	是	／	是，末句『新承雨澤浮恩波』與《牡丹》『將甚酬他雨露恩』表現手法近似。	否	高
詠葡萄	否	是	是	／	否	否	中
蟹	否	是	否	／	否	所描寫屬江南一帶，『黄髯老』一詞，唐代詩文未見用例。	低
敘別	否	是	是	／	否	否	中
木蘭	是	是	是	／	否	來源不明	中
玉蕊	是	是	是	／	否	來源不明	中
蓮	是	是	是	所描寫似屬江南一帶景色	否	來源不明	中

望岳時賊據華夏	是	是	否	否	否	來源不明	低
片石	是	否	否	/	否	來源不明	中
柳（春風向楊柳）	是	是	是	是	是，與《賀李昌時禁苑新命》同用張緒之典故。	來源不明	高
紫薇花	是	是	是	/	是	來源不明	高
望中條	是	是	是	是	否	來源不明	中
蒙穀山	是	是	否	否	否	來源不明	低
菊	是	是	是	是	否	來源不明	中

附録三：唐彦謙研究資料選輯

一、唐彦謙傳記資料選輯

（一）五代後晉劉昫《舊唐書》卷一百九十《文苑傳下》：

子彦謙，字茂業，咸通末應進士，才高負氣，無所屈降，十餘年不第。乾符末，河南盜起，兩都覆没，以其家避地漢南。中和中，王重榮鎮河中，辟爲從事，累奏至河中節度副使，歷晉、絳二州刺史。彦謙博學多藝，文詞壯麗，至于書畫音樂博飲之技，無不出于輩流，尤能七言詩。少時師温庭筠，故文格類之。

光啓末，王重榮爲部下所害，朝議責參佐，彦謙與書記李巨川俱貶漢中掾曹。時楊守亮鎮興元，素聞其名，彦謙以本府參承，守亮見之，喜握手曰：『聞尚書名久矣，邂逅于兹。』翌日，署爲判官。累官至副使，閬、壁二郡刺史。卒于漢中。有詩數百篇，禮部侍郎薛廷珪爲之序，號《鹿門先生集》，行于時。子涣，位亦至郡守。

（二）宋歐陽修《新唐書》卷八十九《唐彦謙傳》：

子彦謙字茂業，多通技藝，尤工爲詩，負才無所屈。乾符末，避亂漢南。王重榮鎮河中，辟幕府累表爲副。歷晉、絳二州刺史。重榮軍亂，彦謙貶興元參軍事。節度使楊守亮表爲判官，遷副使，終閬、壁二州刺史。

（三）元辛文房《唐才子傳》卷九《唐彦謙》：

彦謙，字茂業，并州人也。咸通末舉進士及第。中和，王重榮表爲河中從事，歷節度副使，晉、絳二州刺史。重榮遇害，彦謙貶漢中掾。興元節度使楊守亮留署判官，尋遷副使，爲閬州刺史，卒。彦謙才高負氣。毫髮逆意，大怒叵禁。博學足藝，尤長于詩，亦其道古心雄，發言不苟，極能用事，如自己出。初師温庭筠，調度逼似，傷多纖麗之詞。後變淳雅，尊崇工部。唐人效甫者，惟彦謙一人而已。自號『鹿門先生』。有《詩集》傳于世，薛廷珪序云。

二、唐彦謙詩歷代書目著録情況

宋歐陽修等《新唐書・藝文志》：『《唐彦謙詩集》三卷。』

宋鄭樵《通志・藝文略》：『《唐彦謙詩集》三卷。』

宋晁公武《郡齋讀書志》前志卷四《唐彦謙鹿門詩一卷》：『右唐唐彦謙茂業也，并州人。咸通末，舉進士第。中和，王重榮表河中從事，歷節度副使，晉、絳二州刺史。重榮遇害，貶漢中掾。興元楊守亮留署判官，遷副使、閬壁刺史卒。彦謙才高負氣，無所摧屈，博學多藝，尤能七言詩。師温庭筠，故格體類之，世稱「耳聞明主提三尺，眼見愚民盗一抔」，蓋彦謙句也。自號鹿門先生，有薛廷珪序。』

宋陳振孫《直齋書録解題》卷十九《唐彦謙集一卷》（自注：案《唐書・藝文志》作三卷）：

『唐河中節度副使襄陽唐彦謙茂業撰，號鹿門先生。』

元脱脱等《宋史·藝文志》：『《唐彦謙詩集》二卷。』

元馬端臨《文獻通考·經籍考》卷二百四十三《唐彦謙鹿門詩一卷》。

清孫星衍《孫氏祠堂書目》内編卷四：『《鹿門詩集》三卷，《拾遺》一卷，《續補》一卷。』

清瞿良士《鐵琴銅劍樓藏書題跋集録》卷四：『《鹿門集》二卷。』

《全唐詩》卷六百七十一《唐彦謙》：『集三卷，今編詩二卷。』

傅增湘《藏園群書經眼録》卷十二：『《鹿門詩集》三卷，《拾遺》一卷。』吴翌鳳跋：『《唐彦謙詩》，藏書家著録者甚罕，其編入胡氏《唐音戊籤》者僅三卷，乾隆癸卯中秋，借陸恭所藏金孝章所藏手抄《鹿門集》凡三卷，與《唐藝文志》合。暇以《戊籤》校之，其詩在三卷者只五首，餘具在孝章《拾遺》卷中，别有二十三首《拾遺》所無，因爲《續補遺》一卷，附傳本之後云。廿九日吴翌鳳識。』

三、唐彦謙詩評選輯

《四庫全書總目·唐才子傳》：『謂唐人學杜甫者，惟唐彦謙一人，乖舛不一而足。』

《四庫全書總目考證》卷三十八《唐才子傳》：『《唐彦謙傳》：「尊崇工部，唐人效甫者，惟彦謙一人而已。」案：彦謙所著在晚唐，僅當中駟，未能窺杜甫門廡也。原文揄揚失實。』

《山西通志·人物三十六》：『唐彥謙字茂業，并州人。咸通時舉進士，十餘年不第。乾符末，携家避地漢南。中和中，王重榮鎮河中，辟從事。光啓末，貶漢中掾曹。楊守亮鎮興元，署判官，累官至副使，閬、壁、絳三州刺史。彥謙博學多藝，文詞壯麗，書畫音樂，胥出輩流，號鹿門先生，集三卷。』

明胡震亨《唐詩統籤》卷七百二十一《唐彥謙》：『唐彥謙字茂業，晉陽人，莒公儉之後，博學多藝，文詞壯麗，書畫音樂博飲之技，無不出于流輩。咸通末，應進士，負才無所屈降，十餘年不第。乾符末，避亂漢南。中和中，河中王重榮辟爲從事，累表爲副。歷晉、絳二州刺史。重榮軍亂，貶漢中掾曹，節度楊守亮復署爲判官，累表爲副，歷閬、壁二州刺史卒。彥謙詩尤工七言，少師温庭筠，故體格類之，有《鹿門先生集》三卷，今編其存者二卷。』

《全唐詩》卷六百七十一《唐彥謙》：『字茂業，并州人。咸通時，舉進士十餘年不第。乾符末，携家避地漢南。中和中，王重榮鎮河中，辟爲從事。光啓末，貶漢中掾曹，楊守亮鎮興元，署爲判官，累官至副使、閬壁絳三州刺史。彥謙博學多藝，文詞壯麗，至于書畫音樂，無不出于輩流，號鹿門先生。』

宋計有功《唐詩紀事》卷五十三《李商隱》：『鹿門先生唐彥謙爲詩，纂慕玉溪，得其清峭感愴，盡其一體也，然警絶之句亦多有。』

宋計有功《唐詩紀事》卷六十八《唐彥謙》：『彥謙學義山爲詩。』

宋晁公武《郡齋讀書志》前志卷四《唐彥謙鹿門詩一卷》：『右唐唐彥謙茂業也，并州人。咸通末，舉進士第。中和，王重榮表河中從事，歷節度副使，晉、絳二州刺史。重榮遇害，貶漢中掾。興元楊守亮留署判官，遷副使、閬壁刺史卒。彥謙才高負氣，無所摧屈，博學多藝，尤能七言詩。師温庭筠，故格體類之，世稱「耳聞明主提三尺，眼見愚民盜一抔」，蓋彥謙句也。自號鹿門先生，有薛廷珪序。』

宋陳振孫《直齋書録解題》卷二十二《楊氏筆苑句圖一卷續一卷》：『黄鑑編。蓋楊億大年之所嘗舉者，皆時賢佳句。續者不知何人，亦大年所書唐人句也。所録李義山、唐彥謙之句爲多，西崑體蓋出二家。』

宋歐陽修《集古録・唐王重榮德政碑》：『彥謙以詩知名，而詩鄙俚，字畫不甚工，皆非余所取也。』

宋江少虞《事實類苑》卷三十四《玉溪生》：『鹿門先生唐彥謙，慕玉溪得其清峭感愴，蓋聖人之一體也，然警拔之句亦多。予數年類集搆求，得薛廷珪所作序，凡百八十二首。』

宋葉夢得《石林詩話》卷中：『楊大年、劉子儀皆喜唐彥謙詩，以其用事精巧，對偶親切。黄魯直詩體雖不類，然亦不以楊、劉爲過。』

宋陳師道《後山詩話》：『唐人不學杜詩，惟唐彥謙與今黄亞夫庶、謝師厚景初學之。魯直，黄之子，謝之婿也。其于二父，猶子美之于審言也。然過于出奇，不如杜之遇物而奇也，三江五湖，平漫千里，因風石而奇爾。』

宋胡仔《苕溪漁隱叢話》前集卷二十二《唐彥謙》：『《蔡寛夫詩話》云：國初沿襲五代之餘，士大夫皆宗白樂天詩，故王黄州主盟一時。祥符、天禧之間，楊文公、劉中山、錢思公專喜李義山，故崑體之作翕然一變，而文公尤酷嗜唐彦謙詩，至親書以自隨。景祐、慶曆後，天下知尚古文，于是李太白、韋蘇州諸人，始雜見于世。杜子美最爲晚出，三十年來，學詩者非子美不道，雖武夫女子，皆知尊異之，李太白而下，殆莫與抗。文章隱顯，固自有時哉。今太白諸集猶兼行，獨彦謙殆罕有知其姓名者，詩亦不多，格力極卑弱，僅與羅隱相先後，不知文公何以取之？當是時以偶儷爲工耳。』

宋劉克莊《後村詩話》：『楊、劉諸人師李義山，可也。又師唐彦謙，唐詩雖雕斲對偶，然求如一語猶渾成，未甚破碎。若《西崑酬倡集》，對偶字面雖工，而佳句可録者殊少，宜爲歐公之所厭也。』杯三尺之聯。惜不多見。五言叙亂離云：「不見泥函谷，俄驚火建章。剪茅行殿濕，伐柏舊陵香。」

明楊慎《升庵詩話》卷八：『唐彦謙絶句，用事隱僻而諷諭悠遠似李義山。如《奏捷西蜀題沱江驛》云：「野客乘軺非所宜，況將儒服報戎機。錦江不識臨邛酒，幸免相如渴病歸。」即李義山「相如未是真消渴，猶放沱江過錦城」之意也。餘如《登興元城觀烽火》云：「漢川城上角三呼，護蹕防邊列萬夫。褒姒塚前烽火起，不知泉下破顔無。」《鄧艾廟》云：「昭烈遺黎死尚羞，揮刀斫石恨譙周。如何千載留遺廟，血食巴山伴武侯。」此即唐人《題吳中范蠡廟》云「千年宗國無窮恨，只合江邊祀子胥」之句也。《漢殿》云：「鳥去雲飛意不通，夜壇斜月轉桐風。君王寂慮無消息，却就真人覓鉅公。」首首有醖藉，堪吟詠，比之貫休、胡曾輩，天壤矣。考其世，蓋僖宗時人也。』

明胡應麟《詩藪》外編三《唐上》：『唐詩賦程士，故父子兄弟文學並稱者甚衆，而不能如漢、魏之烜赫。至祖孫相望，則襄陽之杜，亦今古所無也。世所共知二賈、二蘇、三王、五竇外，他或以爵位勳名掩之。結夏杜門，永晝如歲，呻吟之暇，漫疏其略于後。衰鈍遺忘，挂一漏萬，姑識此，爲博雅前驅云。……祖孫則唐次、唐彦謙。』

又外編五《宋上》：『自李商隱、唐彦謙諸詩作祖，宋初楊大年、錢惟演、劉子儀輩，翕然宗事，號西昆體。人多訾其僻澀，然諸人材力富健，格調雄整，視義山不啻過之，惟丰韻不及耳。』

明高棅《唐詩品彙·叙目》：『餘響：五言絶句：李商隱、杜牧、許渾、温庭筠、馬戴、雍陶、陳陶、項斯、于武陵、李群玉、劉駕、聶夷中、儲嗣宗、于濆、陸龜蒙、唐彦謙、羅鄴、崔魯、司空圖、崔道融、韓偓、武瓘、曹鄴、薛瑩。元和以後，不可多得，故自李義山而下至唐末，通得二十四人，共詩五十首，爲餘響。』『七言絶句，餘響：雍陶、劉得仁、陳陶、馬戴、薛逢、薛能、孟遲、項斯、段成式、李群玉、韓琮、司馬禮、杜荀鶴、李頻、劉駕、儲嗣宗、陸龜蒙、張賁、方干、唐彦謙、張喬、司空圖、高駢、羅鄴、李拯、崔魯、崔塗、章碣、鄭谷、高蟾、曹松、王駕、吴融、李洞、韋莊、韓偓、江爲、李建勛、張泌、孫光憲。晚唐絶句之盛，不下數千篇，雖興象不同，而聲律亦未遠。今自會昌下及五季，得四十人，共詩八十五首，爲餘響。』『七言律詩，餘響：杜牧、薛逢、趙嘏、李遠、劉得仁、姚鵠、項斯、温庭筠、雍陶、司馬禮、李頻、杜荀鶴、李郢、李群玉、陸龜蒙、崔珏、李山甫、張喬、唐彦謙、羅隱、羅鄴、高駢、方干、來鵬、崔魯、崔塗、鄭谷、韓偓、胡曾、曹松、吴融、韋莊、張泌、廖匡圖。』

明謝榛《四溟詩話》卷一：『嚴滄浪曰：「學其上，僅得其中；學其中，斯爲下矣。」豈有不法前賢而法同時者？」李洞、曹松學賈島；唐彦謙學温庭筠；盧延讓學薛能；陳履常學黄山谷；予箠之以爲學者誡。』

清魯九臯《詩學源流考》：『其餘皮陸、許渾、馬戴、趙嘏、韋莊、羅隱、唐彦謙諸人，雖間有遺韻，靡靡無足觀。』

清馮班《才調集補注》卷六：『此君全法飛卿，時有玉溪之體，皆西崑所祖也。』

清薛雪《一瓢詩話》：『唐茂業有時極似玉溪，想亦如李洞之師賈島，故臭味不殊。』

清翁方綱《石洲詩話》卷二：『唐彦謙師温八叉，而頗得義山風致，但稍弱耳。』

清李因培《唐詩觀瀾集》：『唐彦謙詩穠麗如温、李，而骨力不如義山，然亦雕章間出。』

清宋育仁《三唐詩品》：『其源出于韋蘇州，而氣浮傷骨，辭縟害體。律絶抽秘騁研，清擬杜、岑，艷如温、李，雖未成後者，亦備一流。』

清紀昀《閲微草堂筆記》卷一：『平定王孝廉執信，嘗隨父宦榆林，夜宿野寺經閣下，聞閣上有人絮語，似是論詩。竊訝此間少文士，那得有此？因諦聽之。終不甚了了。後語聲漸出閣廊下，乃稍分明。其一曰：「唐彦謙詩格不高，然『禾麻地廢生邊氣，草木春寒起戰聲』，故是佳句。」』

清陳僅《竹林答問》：『問：「晚唐諸家有可取者否？」唐彦謙，特立之士也。嚴滄浪謂「馬戴詩在諸家之上」。若論唐末完人，則惟韓偓、司空圖耳，其次羅隱、黄韜，正不當徒以詩人目之。』

四、唐彦謙研究論文選輯

鄭騫《有關唐彦謙之劄記六則》，《東吴文史學報》第一輯，一九七六年

曹　汛《唐彦謙詩中的所謂孟浩然父子》，《中華文史論叢》二七辑，一九八三年
王兆鵬《唐彦謙四十首贋詩辨僞》，《中華文史論叢》五二輯，一九九三年
羅敏中《唐彦謙年譜》，《中國文學研究》，一九九五年第四期
羅敏中《唐彦謙江南之行及其生卒年考索》，《湖南師範大學學報》（社科版），一九九五年第五期
吴在慶《唐五代作家生卒年考》，《遼寧大學學報》（哲社版），一九九六年第五期
趙蓉　尉遲治平《晚唐詩韻系略説》，《語言研究》，一九九九年第二期
劉瑩瑩《晚唐詩人唐彦謙生平的幾點考述》，《吉林省教育學院學報》（學科版），二〇一〇年第四期
劉瑩瑩《唐彦謙詩歌辨僞》，《文教資料》二一期，二〇一〇年
劉瑩瑩《唐彦謙艷詩風格》，《南昌教育學院學報》，二〇一一年第十一期
劉瑩瑩《論唐彦謙詩歌的用典》，《文教資料》三〇期，二〇一一年
王　顔《唐彦謙詩歌研究綜述》，《長春工程學院學報》（社科版），二〇一二年第一期
劉瑩瑩《論唐彦謙詩歌對李商隱的師承》，《佳木斯教育學院學報》，二〇一二年第五期
宋學達《晚唐詩人唐彦謙文獻研究綜述》，《中國詩歌研究動態》，二〇一六年第二期
袁津琥《唐彦謙詩校箋》，《綿陽師院學報》，二〇一七年第六期
陳尚君《全唐詩中的僞好詩例評》，《古典文學知識》，二〇一九年第五期

附録四：署名唐彦謙僞詩考辨

一、《逢韓喜》：『相逢渾不覺，衹似茂陵貧。』

按：元人戴表元詩，見《剡溪文集》卷二十九。

二、《夜坐示友》：『夜久燭花落，凄聲生遠林。』

按：元人戴表元詩，見《剡溪文集》卷二十九。

三、《梅亭》：『東海窮詩客，西風古驛亭。』

按：元人戴表元詩，題作《晦亭》，見《剡溪文集》卷二十九。

四、《歲除》：『索索風搜客，沈沈雨洗年。』

按：元人戴表元詩，題作《丁亥歲除前二日書事》，見《剡溪文集》卷二十九。

五、《詠月》：『陰盛此宵中，多爲雨與風。』

唐人李頻詩，見《黎嶽集》。《文苑英華》卷一百五十一、《歲時雜詠》卷三十、《全唐詩》卷五百八十七李頻下已收録。《唐詩品彙》卷六十九始誤作唐彦謙詩。

六、《聞應德茂先離棠溪》：『落日蘆花雨，行人穀樹村。』

按：元人戴表元詩，見《剡溪文集》卷二十九。

七、《寄同上人》：『高高山頂寺，更有最高人。』

按：元人戴表元詩，題作《寄雪竇同長老嘗許畫蘭不至》，見《剡溪文集》卷二十九。

八、《秋日感懷》：『溪上芙蓉映醉顔，悲秋宋玉鬢毛斑。』

按：明人石存禮詩，題作《七言絶句詩三十八首》之第三首，見《海岱會集》卷十二。

九、《夜坐》：『愁鬢丁年白，寒燈丙夜青。』

按：元人戴表元詩，見《剡溪文集》卷二十九。

一〇、《弔方干處士二首》：『不謂高名下，終全玉雪身。』又：『不比他人死，何詩可挽君。』

按：元人戴表元詩，見《剡溪文集》卷二十九。

一一、《題證道寺》：『彎環青徑斜，自是野僧家。』

按：元人戴表元詩，題作《證道寺》，見《剡溪文集》卷二十九。

一二、《宿趙崍別業》：『溪山兵後縣，風雪旅中人。』

按：元人戴表元詩，題作《宿趙崍丞家》，見《剡溪文集》卷二十九。

一三、《原上》：『危橋横古渡，村野帶平林。』

按：元人許謙詩，題作《花溪道中》，見《白雲集》卷一。明曹學佺《石倉歷代詩選》卷二百六十三同。

一四、《寄臺省知己》：『久懷聲籍甚，千里致雙魚。』

按：元人許謙詩，題作《次韻丘以道三首》，見《白雲集》卷一。

一五、《自詠》：『白髮三千丈，青春四十年。』

按：元人許謙詩，題作《己酉余年四十》，見《白雲集》卷一。

一六、《遊陽明洞呈王理得諸君》：『禹穴蒼茫不可探，人傳靈笈鎖煙嵐。』

按：元人戴表元詩，題作《遊陽明一洞天呈王理得諸君》，見《剡溪文集》卷二十九。

一七、《拜越公墓因遊定水寺有懷源老》：『越公已作飛仙去，猶得潭潭好墓田。』

按：元人戴表元詩，題作《拜袁越公墓因遊定水寺有懷源老》，見《剡溪文集》卷二十九。

一八、《任潛謀隱之作》：『江邊秋日逢任子，大理索詩吾欲忘。』

按：元人戴表元詩，題作《次韻任起潛謀隱之作》，見《剡溪文集》卷二十九。

一九、《晚秋遊中溪》：『淡竹岡前沙鴈飛，小花尖下柘丸肥。』

按：元人戴表元詩，題作《晚秋遊中溪四首戊子》，見《剡溪文集》卷二十九。

二〇、《寄陳少府兼叔高》：『懷人路絶雲歸海，避俗門深草蔽丘。』

按：元人戴表元詩，題作《次韻寄陳達觀少府兼簡叔高》，見《剡溪文集》卷二十九。

二一、《清凉寺王導墓下》：『江左風流廊廟人，荒墳抛與梵宫鄰。』

按：元人戴表元詩，題作《過清凉寺王參預墓下》，見《剡溪文集》卷二十九。

二二、《第三溪》：『日晏霜濃十二月，林疏石瘦第三溪。』

按：元人戴表元詩，題作《東湖第三溪上皆史氏故第》，見《剡溪文集》卷二十九。

二三、《毘陵道中》：『百年只有百清明，狼狽今年又避兵。』

按：元人戴表元詩，題作《乙亥歲毘陵道中清明》，見《剡溪文集》卷二十九。

二四、《越城待旦》：『策策虛樓竹隔明，悲來展轉向誰傾。』

按：元人戴表元詩，見《剡溪文集》卷二十九。

二五、《過浩然先生墓》：『人間萬卷龐眉老，眼見堂堂入草萊。』

按：元人戴表元詩，題作《過應浩然先生墓》，見《剡溪文集》卷二十九。

二六、《贈孟德茂浩然子》：『江海悠悠雪欲飛，抱書空出又空歸。』

按：元人戴表元詩，題作《戊子歲晚贈應德茂》，見《剡溪文集》卷二十九。

二七、《春風四首》：『春風吹愁端，散漫不可收。』又：『新花紅爍爍，舊花滿山白。』又：『回頭語春風，莫向新花叢。』又：『多金不足惜，丹砂亦何益。』

按：元人戴表元詩，見《剡溪文集》卷二十七。

二八、《感物二首》：『騄驥初失群，亦自矜趫騰。』又：『魚目出泥沙，空村百金珍。』

按：元人戴表元詩，見《剡溪文集》卷二十七。

二九、《和陶淵明貧士詩七首》：『貧賤如故舊，少壯即相依。』又：『我居在窮巷，來往無華軒。』又：『松風四山來，清宵響瑶琴。』又：『中年涉事熟，欲學唾面婁。』又：『古人重畎畝，有禄不待干。』又：『村郊多父老，面垢頭如蓬。』又：『去年秋事荒，販糴仰鄰州。』

按：元人戴表元詩，題作《自居剡源少遇樂歲辛巳之秋山田可擬上熟吾貧庶幾得少安乎乃和淵明貧士七首與鄰人歌而樂之》，見《剡溪文集》卷二十七。

三〇、《舟中望紫巖》：『近山如畫牆，遠山如帚長。』

按：元人戴表元詩，見《剡溪文集》卷二十七。

三一、《九日遊中溪》：『悠悠循澗行，磊磊據石坐。』

按：元人戴表元詩，題作《九日與兒輩遊中溪》，見《剡溪文集》卷二十七。

三二、《六日十三日上陳微博士》：『驕雲飛散雨，隨風爲有無。』又：『青青澤中蒲，九夏氣凄寒。』又：『窮居無公憂，私此長夏日。』

按：爲元人戴表元《六月十三日壽陳子徽太博十首以無官一身輕有子萬事足爲韻》組詩之前三首，見《剡溪文集》卷二十七。

三三、《岐王宅》：『朱邸平臺隔禁闈，貴遊陳迹尚依稀。』

按：唐羅隱詩，見《羅昭諫集》卷三，《文苑英華》卷三百七。《全唐詩》卷六百六十五羅隱下已收録。

三四、《送韋向之睦州謁使君》：『才子南遊多遠情，閑舟蕩漾任春行。』

按：唐僧皎然詩，題作《送韋向睦州謁獨孤使君氾》，見《杼山集》卷四。《全唐詩》卷八百十八僧皎然下已收録。《萬首唐人絶句》卷六十三、《古今禪藻集》卷七題作《送韋向之睦州謁使君》。

三五、《湘妃廟》：『劉表荒碑斷水濱，廟前幽草閉殘春。』

按：唐羅隱詩，見《羅朝諫集》卷三、《文苑英華》卷三百二十。《全唐詩》卷六百六十五羅隱下已收録。

三六、《垂柳》：『垂柳碧髯茸，樓昏帶雨容。』

按：唐李商隱詩，見《李商隱詩集注》卷三。《全唐詩》卷五百四十一李商隱下已收録。

三七、《别商明府》：『許教門館久踟躕，仲叔懷恩對玉壺。』

按：此詩不見《全唐詩》及唐彦謙各詩集，王重民先生據《永樂大典》增補，然此實爲唐人方干詩，見《玄英集》卷八、《萬首唐人絶句》卷五十九。《全唐詩》卷六百五十三方干下已收録。

三八、《寒食夜》：『清江碧草兩悠悠，各自風流一種愁。』

按：此詩不見《全唐詩》及唐彦謙各詩集，明敖英等《唐詩絶句類選》卷三署名唐彦謙，然實爲唐韓偓詩，題作《夜深》。見《古今事文類聚》前集卷八、《全芳備祖》後集卷十、《才調集》卷八、《萬首唐人絶句》卷五十、《石倉歷代詩選》卷九十六。《全唐詩》卷六百八十三韓偓下已收録，題下原注：『作深夜，一作夜深。』